第一眼就喜欢的人，

多久了也不会腻

常冬

将洒下的光藏进故事的土壤里

光粒

如果生命再重来一次

他依旧会在那个雨天对齐雨了一见钟情

那是他生命，再一次的开始

常冬

我揽星河

常冬——著

广东旅游出版社
GUANGDONG TRAVEL & TOURISM PRESS
悦读书·悦旅行·悦享人生

中国·广州

图书在版编目（ＣＩＰ）数据

我揽星河 / 常冬著 . — 广州 ：广东旅游出版社 ,2024.10
ISBN 978-7-5570-3228-9

Ⅰ．①我… Ⅱ．①常… Ⅲ．①长篇小说－中国－当代Ⅳ．① I247.5

中国国家版本馆 CIP 数据核字 (2024) 第 041423 号

出 版 人：刘志松
策划编辑：阿 乔
责任编辑：李 丽
封面设计：颜玉芷
责任校对：周 欢
责任技编：冼志良

我揽星河
WO LAN XING HE

广东旅游出版社出版发行
（广东省广州市荔湾区沙面北街 71 号首、二层）
邮编：510130
电话：020-87347732（总编室） 020-87348887（销售热线）
投稿邮箱：2026542779@qq.com
印刷：长沙鸿发印务实业有限公司
地址：长沙县黄花镇黄花印刷工业园 3 号（电话：0731-82755298）
开本：880 毫米 ×1230 毫米 1/32
字数：360 千字
印张：11
版次：2024 年 10 月第 1 版
印次：2024 年 10 月第 1 次
定价：46.80 元

目录

Contents

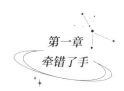

第一章
牵错了手

傍晚刚过，天色还未完全暗下来，街道上的灯柱已准点亮起，望过去是一片霓虹。

乔西宁瞥了一眼，很快收回目光。她对着化妆镜，像一只小天鹅一样，微微抬着下巴，在自己的锁骨上画上了红唇微张的图案。

她还来不及仔细欣赏，放在桌上的手机突然响了起来。

乔西宁接起："喂。"

她将手机夹在自己的肩膀上，拿过灰色亮闪的手包，将口红、粉饼放进袋里。

"大小姐，"那头先是传来一阵嘈杂的背景音乐，然后才是好友顾简的声音，"全场都等着你呢，什么时候过来？"

乔西宁挑眉道："主角都是要最后出场的，你不知道？去你的酒吧给你捧场就不错了，别那么多要求，等着接驾吧。"

挂断电话后，乔西宁翻出一张翻页烫金镶边的邀请函，将镜头对准拍了几张照片。

过了几分钟，她更新了一条微博。

两张配图，一张是江城这天开业的 Dreamland（梦境）的邀请函，一张是她的自拍照。

乔西宁的微博有将近一千万粉丝，不少人是垂涎她的颜值慕名而来的"颜粉"。

她的皮肤白，五官精致，眼睛格外出彩。眼头勾圆，眼尾微微上挑，是勾人的狐狸眼。

这会儿微博刚发了没五分钟，就冒出了不少评论——

"今日份的美貌也正常'营业'了！"

"想当宁宝锁骨上的唇印。"

"看我刷到了什么好东西，是宁宝又在用脸'杀'人了！"

除却吹嘘乔西宁"颜值"的评论，偶尔有几条谈到邀请函上的酒吧。

"Dreamland 不是今天刚开业的酒吧吗？"

"宁宝和顾简是好朋友呀，今天也是去捧场的吧？"

"宁宝是不是要做 Dreamland 最抢镜的蹦迪公主？"

Dreamland 是顾简鼓动几个好友一同投资的，位于寸土寸金的淮海路，各种高科技元素跟不要钱一样往里面砸，受众集中在高端人群。

乔西宁到的时候，酒吧气氛正好。

她和几个人打了招呼，便转身进了舞池。

酒吧中心卡座。顾简看了乔西宁一会儿，和旁边的人碰了下杯："看到没有？我们乔大小姐，宝刀不老，依旧酒吧一枝花。"

"又说我什么呢？"乔西宁一下来就听到这话，当即瞪他。

顾简笑得吊儿郎当的："说你美。"

"少来！"乔西宁笑道。

和顾简闹过之后，乔西宁坐在沙发上，有些无聊地扫了一圈舞台，最后失望地收回眼。

啧，没劲。几千号人，她愣是没看到一个合眼的帅哥。

乔西宁之所以答应顾简过来。一层原因是捧场，另一层就为了物色合眼缘的帅哥。

她已经好几年没谈过恋爱了。再这样下去，她都快要怀疑自己是不是有问题了。

这个世界上最倒霉的，就是有高"颜值"的择偶标准，却从来没有遇上符合标准的帅哥。

不，还是有一个的。

想到那个人，乔西宁突然就有些烦躁。

旁边朋友家的两个妹妹凑在一起低头看手机，谈论声不断——

"怎么可以连'生图'都这么好看？！"

"真的就下凡到人间来的。"

"这个拍摄角度，我感觉我在被他看着一样。"

顾简被叫去处理事情，乔西宁和周围的人偶尔聊几句，满世界都是小女生的尖叫声。

因为一些原因，乔西宁已经很久没关注演艺圈，这会儿看这些女生的反应，不由得有些好奇。

女人的第一直觉告诉乔西宁——她们讨论的应该是帅哥。

她来了点儿兴趣，凑过去问："你们在说谁？"

乔西宁的五官本就生得明媚，酒吧迷幻的灯光衬得她的妆容格外好看。两个女生抬头看到她，愣了一下才把手机递过去。

旁边似乎有人姗姗来迟。

乔西宁没在意，低头去看手机。

屏幕上那张脸被拉扯着放大。

乔西宁的瞳孔一缩，撑着沙发的手掌下意识地收紧，像是被一桶冰水兜头泼下。因为跳舞和酒精的刺激激起的那么一点热意，顷刻间如潮水一般退去，让人瞬间惊醒。

照片上，男人明显刚下飞机，一身黑色装扮，看上去简单而干净。线条流畅利落的下巴被口罩罩住，只露出一双像是镀着光的眼睛。

曾经乔西宁最喜欢那双眼睛。

不笑的时候，时常保持着平直的状态；一笑起来，全世界都黯然失色。

曾经那双眼睛最温柔的注视，只属于她。

"姐姐，怎么样？"女生在一旁滔滔不绝道，"我们哥哥可不是只有一张好看的脸。他一出道就拿了电影新人奖，过两天即将上映的《荒岛行动》，就已经入选国际电影节了……"

乔西宁心里那股烦躁的感觉更盛了。她抬手捏了捏眉心，控制着情绪说："我知道。"

林述在他们二十岁时，凭借一部网络剧横空出道，随后接了几部大片，迅速在演艺圈站稳了脚跟，是天生就该活跃在大荧幕上的男人。

不知道出于什么心理，乔西宁又补充了一句："我们认识。"

两个女生对于这个消息倒没有什么太大的反应。

乔西宁这样高调的人，认识林述倒也正常。她们只安静了一瞬，很快又聊了起来——

"长得这么好看，也不知道最后便宜了谁。"

"那可没人能得到。"

乔西宁一顿，然后说："我得到了。"

两个女生看了她一眼，"呵呵"笑了两声，没说话，只当她在开玩笑。

见对方明显不信，乔西宁心里更烦了。

这烦躁的情绪更多的是对自己。她觉得自己简直莫名其妙，人家谈话她上去凑什么热闹，怎么说她和林述都已经没关系了。

也不知道是不是受了谈话气氛的影响，乔西宁有种呼吸不顺畅的感觉。

她站了起来，只当之前过来的那个人是顾简，随意地拉过他的手腕："你陪我去跳舞。"

手指传来清晰的触感，非常熟悉。

乔西宁心下一悸，下意识地转身。

昏暗的灯光下，坐在她旁边的人，以一种电影慢镜头的速度慢慢地抬起头。白色的口罩往上是那双外露的眼睛，乌黑又明亮，直勾勾地和她对视。

旁边两个女生早就控制不住地叫出了声。

乔西宁的嘴唇翕动，眼神有些复杂，无声地开口："林述。"

乔西宁这会儿非常绝望。

这个世界上最尴尬的事情，不是蹦迪的时候牵错了手，而是前一秒在吹嘘和前男友的风流韵事，回头就撞见了前男友。

想到刚才自己说出来的话，乔西宁的呼吸都轻了，第一次不太敢看林述，甚至还想要不要一头撞死。

她是脑子坏了吗？怎么能说出这样的话？！

"你……"

乔西宁下意识地看向林述的眼睛，想要看看他那双眼睛里会不会露出嘲笑。

在一方不知情的情况下，主动提出分手的前任，和别人谈及他们曾经有过的恩爱。是她的话，估计已经恨不得大笑并毫不留情地嘲讽了。

林述的眼珠乌黑干净，不掺一丝杂质，眼尾微微上扬，有种冷淡感。

他此刻没在看她。

乔西宁顺着他的目光往下，看到自己还抓着他的手时，一怔后猛地松开，马上将手背在身后，却又忍不住去看他刚被自己抓着的手腕。

手腕上戴着一只腕表，表带已经开始发白泛旧了，偏偏没有一丝一毫的损痕，足以见主人对它的爱护。

可和它一套的情侣款，早就不知道被丢去了哪里。

她也是摸到了对方的手表，才意识到自己认错人了。

乔西宁停止胡思乱想，故作平静地说："好巧，你怎么也在这里？"

刚才不是还在机场的吗？

林述抬起手将口罩取了下来。他的唇瓣没有任何唇彩点缀，呈现出干净健康的粉色。天生的笑唇，此刻弧线却是平直的，压出寡淡的弧度。

他看了她一眼，声音很淡："嗯。"

嗯……就这？

"怎么了？怎么还站着了？"

顾简处理完事情回来，就看到乔西宁站着，背对着他，似乎在和谁说话。他顺着她的目光看去，一下就看到坐在沙发上的林述。

乔西宁和林述交往过这件事，只有几个亲近的人知道。

顾简是其中一个，也因为这个原因，酒吧开业他给林述也递了一张邀请函。

不过奇怪的是，明明林述告诉他没时间的，也不知道怎么会突然过来捧场。对此，他聪明地选择不问。

他拉过乔西宁的手腕说道："坐下呀，还站着干什么？"

林述的眼皮微抬，眼神略过顾简牵着乔西宁的手，有些发沉。

这情绪很快被他压制下去。

卡座突然安静下来。

在座的都跟人精似的，也没错过乔西宁牵错人的那一出。看了一眼林述，又看了看她，低头私语。

乔西宁没在意，她现在满脑子都在假设林述到底会怎么想她。

见乔西宁时不时地看着林述所在的方向，顾简忍不住揶揄："怎么一直看着他？后悔分手了？"

乔西宁直接一个手肘捅向他的胸膛："后悔什么？你妈后悔把你生出来我都不会后悔。"

或许是后悔过的。得到过那样浓烈的爱意之后，旁人所有的喜欢便都黯然失色了。

往后每遇到一个人，她就会下意识地把对方和林述比较，以至于空窗了这么久。但后悔是一天，不后悔也是一天，日子就这么一天天过去了。

有人不经意间听到了，下意识地拔高嗓门儿说："西宁，你什么时候和林述交往过了？我们怎么都不知道？"

乔西宁看了她一眼。

对方一脸看好戏的表情："不过你们之间谁追的谁？连林述这样的大明星都无法招架，那还真是没有人能从你的追求中全身而退。"

这话里信息量太大，似乎还在告诉林述从乔西宁身上及时抽身是对的。

乔西宁的眉眼冷了几分，斜了对方一眼："怎么？你嫉妒我魅力大？"

"你……"苏安妮一噎，有些愤愤地看了一眼默不作声的林述，转而一笑，"西宁，你之前为了追别人，能砸几百万去学潜水。追林述，怕是也下了不少功夫吧？怎么就分手了？"

乔西宁嗤笑了一声。

她明明是对潜水有兴趣，也不知怎么的，就传成她是为了追人才学的潜水。放平时她估计会和苏安妮唇枪舌剑，这天却顾不上，也懒得搭理。

林述坐在沙发上，坐姿看上去有几分懒洋洋的。

他刚才一直没说话，低头摆弄手机。这会儿听到了这话，他倏然抬起头，视线直直地落在乔西宁身上。

乔西宁刚好也在看他。

一瞬间四目相对。她动了动嘴唇，想说点儿什么，林述却已经漫不经心地移开眼神，嘴角勾起些许弧度，浮现出淡淡的嘲讽之意："我追的她。"

乔西宁一怔，突然就想到了许久不曾回忆的过去——

"林述，我们之间虽然是我主动的，但对外要说是你追的我，知道吗？女孩子都是要面子的。"

没想到分开这么久了，他还记得。

在说完那句话后，林述似乎觉得没有再待在这里的必要了，戴着口罩起身离开。

乔西宁喝了不少酒，以往都能奋战到半夜两三点，这会儿不知道为什么，只觉得有些累和无趣。和顾简说了一声后，她便打电话让家里的司机过来接她。

天上突然下起了雨。路人行色匆匆，有人在欢呼这场雨，有人找地方避雨。

乔西宁等了一会儿，刚要再给司机打个电话，就注意到几步开外一辆车，朝着她的方向亮起了车前灯，像是在对她示意。

漆黑的车窗紧闭，她看不见车内的情况，也没去看车牌，只当是自家的车，快步走了过去。

"向晚，顾简不是开了家酒吧吗？你知道我在……"

乔西宁和朋友发语音，低头坐上车，对司机说："放一下音乐。"

一路上这么安静地回家，她可受不了。

话音刚落，乔西宁就注意到车内的情况似乎有些不对。

乔西宁不明所以地偏头，这才发现旁边还坐着一个人。

林述的手肘抵着车窗，手支着头，目光冷淡又平静地看着她，嘴角勾起的弧度分不清是笑唇的缘故，还是带上了嘲弄的意思。

乔西宁握着手机的手下意识地发紧。

居然上错车了，而且好死不死，上了林述的车。

乔西宁镇定自若地边说边拨通了司机的电话："我没注意到车牌，还以为是我家的车。我先问问我家司机。"

她的手机音量本就调得高，连带着通话声音都放大了不少。她家司机的声音在车内清晰地响起："前面发生了一起车祸，这会儿正堵着车，估计是过不去……"

林述看了一眼还在垂死挣扎的乔西宁，收回目光，朝前面驾驶座上的司机开口："开车吧。"

车子平稳地驶入车流。

司机似乎是看出了点儿什么，听从了乔西宁的意思打开了音乐。是舒缓的轻音乐，声音轻得没什么存在感。

乔西宁皱了皱眉，又展开，难得地妥协了。

毕竟不是自己的地盘。

一路没人说话，只能听到舒缓的音乐声。

乔西宁无聊地低头玩手机，又忍不住用余光扫了一眼林述。

他背靠着椅背，整个人很放松，半闭着眼，像是在闭目养神。睫毛不长，却很浓密，眼底有淡淡的青紫色，似乎没休息好。

乔西宁看得有些出神。

林述一开始就是以高冷的形象出道的，几乎没有什么别的情绪，但私底下对她，却像陡然坠落的谪仙，对她的占有欲和掌控欲极强，常常不动声色地掌握她的行踪。

这种被别人时刻需要和关注着的感觉，乔西宁一开始还觉得新鲜，时间渐长，就有些受不了了。

她本来就不是什么脾气特别好的女生，撒娇卖萌也只是因为喜欢对方。那天说不清是为了什么吵架，怒气上头，直接抓过一起制作的情侣杯朝他砸了过去。

林述没躲开，瓷器掉落在地上，发出一道声响，在他的额角处划出一道清晰的血痕。

"还砸吗？"他问。

似乎是打算任由她发泄自己的怒火后，再将这件事情一笔带过。

但乔西宁还是把那句话说了出来："林述，我们分手吧。"

想到这，乔西宁的视线上移，去看他的额角。

那时候分手仓促，砸伤他后也没去查看他的伤口。很多时候午夜梦回，乔西宁想到这一幕，还是有些后悔的。

闹得太难看了。

"乔西宁。"林述陡然睁开眼，直直地看着她，问，"你在看什么？"

乔西宁："……"

偷看被抓包，这要怎么解释？

乔西宁一顿，眼珠子快速一转，答道："你……你那边的夜景还挺好看的。

我在看夜景，怎么了吗？"

要死！可能是因为回忆起砸伤他的那段往事，这会儿和他说话，居然都没有什么底气。

林述还挺配合的："那你看吧。"

乔西宁尴尬到极点，听着车内流淌的轻音乐，索性把耳机一戴，侧过身背对着他，也不再说话。

黑色轿车在滨江公寓缓缓停下。

滨江公寓是近两年开发的楼盘，安保和娱乐设施齐全。乔西宁从国外进修回来，就一个人搬出来住在这里。

她看了一眼外面的瓢泼大雨，问司机："怎么不开进去？"

这么大的雨，都送到小区门口了，就不能送佛送到西吗？

司机有些为难地看了林述一眼。送乔西宁回来本来就是多余的，再把车开进去，就更是浪费时间了。

"乔西宁，"林述出声提醒，"他是我的司机。"

刚刚乔西宁还能理直气壮问司机，林述一开口，她就跟泄了气的皮球一样，有些怂了。

"我就问问而已，"乔西宁说，"在这里下车就在这里下车，反正也就几步路。"

乔西宁推开车门，冷风夹带着雨丝灌了进来，冻得她忍不住哆嗦了一下。她还没下车，刚刚还光彩夺目的形象一下子有些狼狈起来。

"乔西宁。"林述叫住她。

乔西宁回头。

一把黑色的伞被他递了过来："撑伞回去。"

乔西宁接过伞，忍不住在心里唾弃了一下自己。

她刚才有一瞬间，还以为林述是想看她淋雨，以此来报复她。

那把伞很大，衬得伞下的乔西宁十分娇小。她低着头，仔细查看脚下的路，避免踩中小水洼。

林述坐在后车座上，一直看着乔西宁的背影在眼底消失，才慢慢地升起车窗，对司机说："去医院吧。"

知道乔西宁今晚会去顾简的酒吧，林述紧赶慢赶地从外地赶回来，中途也没休息，身体有些吃不消。

晚上他还喝了点酒，胃已经开始不舒服了。

乔西宁和林述第一次见面，是在他出道没几天后，两个人正好在同一家餐厅吃饭，碰上了。

"嗨！"对长得好看的人，乔西宁一向热情到不行，打过招呼就开门见山，"要不我们加个微信呗，以后也可以约着出来吃饭。"

林述皱眉，下意识地拒绝："不用。"

"为什么不用？"乔西宁瞪圆了眼睛，凑过去扒住他的手臂，问，"你难道不想和我一起吃饭吗？"

林述很直接："不想。"

乔西宁只当没听到："可是我想和你一起吃饭。我看着你那张脸就可以了，这样能减肥呢。"

在软磨硬泡之下，乔西宁还是加到了他的微信。

乔西宁加上微信后，几次主动提出一起吃饭。林述虽然态度冷淡，但总会赴约。

某次见面吃完饭，乔西宁要补妆，发现自己忘记带化妆镜了。碰巧林述座位旁竖着一扇玻璃屏风，她想也没想，拿起口红走到他身旁。

"林述，"乔西宁在他跟前站定，微微弯下腰，"我涂个口红。"

林述端坐在座位上，抬眼看向她，还未来得及开口，乔西宁却已俯身。棕色鬈发擦过他的脖颈，带起一阵发香和痒意。

她今天穿了条低领的连衣裙，白皙的胸线随着弯腰的动作若隐若现。

"怎么样？"涂完口红后，见林述有些失神，乔西宁推了推他的肩膀，扬了扬自己手上的口红，说道，"这新出的颜色，我涂起来好看吗？"

想起刚刚看到的，林述的神色紧绷。

"你说话呀，"乔西宁不自觉地撒娇，"好看还是很好看？"

"好看，很好看。"他像是放弃挣扎一般，迅速开口。

其实他根本没敢仔细看，很快就移开了视线。

眼前放大的樱桃唇，唇瓣丰盈，唇珠明显，色泽鲜艳。每看一秒，他体内的燥意就会上升一分。

再看下去，他都怕自己会忍不住想吻她。

梦到了过去，乔西宁醒来还有些恍惚，呆坐了一会儿才反应过来，下床往卫生间走。

她大学读的是珠宝专业，在此基础上又进修了 GIA 珠宝鉴证课程，在国外参加了不少比赛，也获得了不少奖项，算得上是年少成名。

她回国前，不少公司都给她发出了 Offer（录取通知）。

但乔西宁自己有钱，在恒隆广场中心地段创立了自己的高级珠宝首饰品牌店——Xi Ning Qiao Jewelry（乔西宁珠宝）。

这天刚好是她在江城首家珠宝店剪彩的日子。

江城的媒体得知乔大小姐创办自己独立的珠宝品牌，纷纷扛着相机在门口等候，准备夺得第一手资料，顺便给乔大小姐卖个面子。

乐清于是近几年的新晋小花，势头正旺，和乔西宁关系不错。

一见到乔西宁，她便忍不住凑过去低声说道："你今天穿这么好看，是因为林述吗？"

乔西宁接过旁人递过来的剪刀，说道："关林述什么事？"

"还想蒙我是吧？"乐清于翻了个白眼，"你昨天去酒吧不是撞见林述了吗？顾简都和我说了。你说说，你这人怎么打这么好的如意算盘，让前男友给你免费宣传。"

乐清于自己就是免费给乔西宁宣传品牌的，下意识地认为林述也是。

毕竟林述对乔西宁，向来是要什么给什么。

乔西宁的眉头一皱，道："你说的话我怎么一个字都听不懂？顾简又和你乱说什么了？"

这家伙完全是看热闹不嫌事大。

每次乔西宁嫌弃其他男人，顾简就总爱在她面前提起林述，好像她离开了林述，就找不到什么好男人一样。

可他们分手的原因根本就不在于林述是好还是坏，纯粹就是不合适。

"可我刚刚看到林述了，穿着一身黑色西装过来的，我还和他打招呼了。他不是过来参加剪彩的吗？"

看乔西宁的神色不像是说谎，乐清于也有些蒙。

林述不是过来给乔西宁新店剪彩的，那他过来干吗？他这天有活动吗？

乔西宁心里不相信，却又忍不住看向聚集在门口的一群人。

乐清于的嘴角微勾："你这是期待他来，还是期待他不来？"

乔西宁的嘴唇动了动。

还没开口，就听到人群中传来一道激动的声音："林述居然在隔壁出席 SW 手表的代言活动。"

此消息一出，一堆记者直接跑了。

乔西宁看着，胸口憋了一团气，说不清是因为恼怒自己刚刚自恋的想法，还是因为被林述抢走了风头。她咬牙切齿，一把剪断了绸缎，最后索性把应付的工作交给员工。

价值不菲的手表在玻璃橱窗中展示，低调奢华的高级表盘在灯光下熠熠发光，可这些都不如站在一旁的男人夺目。

镁光灯咔嚓咔嚓直闪。

乔西宁站在最外围，直勾勾地盯着林述。

他身形挺拔，短发打理得干净利落，眉峰稍挑。此刻微侧着头和旁边的人说话，下颌线条流畅，能看到脖颈处起伏的脉络。

他看上去比当初分手的时候又帅了不少。

乔西宁也说不出自己是什么心理，希望他过得好，却又不希望分手后他真的变得比之前更好。

像是察觉到了什么，林述一顿，扭头看了过来。

二人隔着人海的四目相对。

一秒，两秒，……

林述的表情没变，淡漠地移开了目光。

乔西宁一怔，心里突然有些空落落的。

活动很快结束。

等候在一旁的保镖自动清出了一条道路，恰巧是乔西宁所在的方位。

乔西宁也不知道自己站了多久，保持原有的姿势多久……人群涌过来，尖叫着让她闪开时，她才发现自己腿麻了。

大家眼中只有林述的身影，哪里顾得上站在一旁的乔西宁。

眼看着人们就要直接撞过来。

突然有一只手拽住乔西宁的胳膊往旁边一拉，她便不受控制地扑进一个温热的胸膛。

薄荷的，烟草的，混合出属于林述独有的、好闻的味道。

死一般的寂静。周围人的眼神如有实质，仿佛要在乔西宁身上烧出一个洞。

"谢谢。"要不是林述及时伸手，她就要直接摔倒在地了。她踌躇了两下，才开口道谢。

林述松开她的胳膊，面色发沉："自己注意安全。"

眼见他就要走，乔西宁情急之下，趔趄了一下又扑向他。

投！怀！送！抱！

身后的目光仿佛要杀人了。

乔西宁顾不上其他，小声道："你等会儿能不能先别走？一楼楼梯口，我有事要问你。"

林述蹙了一下眉，问道："什么事？"

乔西宁没说话。

林述没了等待的耐心，直接伸手把她拉开，转身快步离开了活动现场。

乔西宁看着他的背影，撇撇嘴，抱着林述不可能会等自己的想法，回了自己的珠宝店，却静不下心做事情。直到旁边有人小声议论："楼下怎么蹲了这么多人？"

"林述的粉丝吧？他今天不是有活动？"

"不是结束了吗？"

"但车还没出来。"

所以，林述还在等她？

乔西宁的脸色一变，快步走出了珠宝店。

楼道里。乔西宁踩着高跟鞋下楼，一眼就看到靠墙站着的林述。

他似乎等了很久，低着头，有些无聊地拨弄着打火机，一下又一下。橙色的火苗照亮了他的瞳孔。

乔西宁慢慢走下楼。

林述察觉到动静，抬了抬眼。

"林述，"乔西宁开口，"你刚才不说话就走了，我还以为你不会等我。"

林述开门见山地问："你找我什么事？"

乔西宁"啊"了一声，道："我今天个人珠宝店开业剪彩，筹备了好几个月了，还请了不少人来观礼，结果你在隔壁出席活动，记者全跑去拍你了……"

她顿了顿，有些委屈地说："你怎么老是爱和我作对？"

这委屈的语调，就连声音都不自觉放软了，是过去惯常和他说话的语气。

林述沉声说："我不知道。"

平日里都是助理告诉他行程。这天的活动先前他并不打算出席，也是经纪人打电话过来，千叮咛万嘱咐。

如果知道乔西宁在这里，林述也说不清自己还会不会过来。但只是这样看着她，只看着她一个人，哪怕她是气鼓鼓的，也很好。

没料到他的回答，乔西宁眼底闪过一丝意外和窘迫。

林述不知道她在这里剪彩，这说明什么，说明了人家根本不在意她，她在这里想东想西，显得是她放不下。

乔西宁没话说了，甚至有点儿想逃。

见她突然抿着唇不说话了，林述往前凑近一步，俯身盯着她的眼睛："乔西宁。"

"干……干吗？"

"雨伞还我。"

林述上车的时候，坐在副驾驶座的经纪人刚好看到乔西宁的背影。

王洋从林述出道的时候就在带他，自然知道他和乔西宁的那些事儿。见他低头整理雨伞，王洋叫了他一声："阿述。"

林述没应，反而压低声音，带着警告意味对王洋说："以后不要这样。"

知晓乔西宁就在隔壁剪彩的那一刻，他就知道王洋在打什么主意。

王洋的脸色变了变，开始支支吾吾："负责方刚好知道你回了江城，才让我问你有没有时间出席。"

"没有下次，"林述平静地说，"我不想她不开心。"

王洋的嘴唇动了一下，到底没再多说什么。

他是知道乔西宁对于林述的重要性的，但没想到乔西宁不值一提的大小姐脸面，林述也看得这样重要。

如果不是他跟林述相处得够久，此刻怕也是要被直接解雇了。

林述背靠着椅背，想到她说的老是和他作对，不由得皱了一下眉。

乔西宁是他的全世界。

他怎么会，又怎么敢和自己的全世界作对？

车子正好遇上红绿灯，缓缓停下。

林述偏头看向窗外，商场广告屏和公共交通的站点广告，均挂着关于乔西宁的宣传。只一张身着黑色女士衬衫的半身照，白字的"Xi Ning Qiao"和十二星座系列珠宝。

这是在江城的第一家，也是国内的第一家"乔西宁"高级珠宝品牌。发布众多新品的同时，还会陈列过去的经典款，包括她初涉珠宝设计的处女作，即一款名为"安定"的求婚戒指，也是她设计的唯一一枚婚戒。

喜欢一个人，就是想停止流浪颠簸，陪着对方安定。

这是乔西宁设计的出发点，只是后来并没有在任何场合展出或者出售。

谁知道这天她会突然宣布，公开展示这一款仅一枚的求婚戒指。

林述垂着眼，刷着网上的消息，慢慢捏紧了手机。

乔西宁重回珠宝店，一眼看到前不久才摆放在玻璃陈列柜里的戒指被工作人员取下，换上她以前设计的其他作品。

"怎么取下来了？"乔西宁一顿，问得艰难，"有人出价了？"

比起她后来设计的那些作品，这枚戒指的设计显得不是那么成熟和精致。没想到居然真的会有人看上这枚戒指。

或许是因为取名灵感来源于林述，让她觉得这枚戒指其实也有他的一部分心血，才会在知道有人购买后，产生一点儿不舍。

手机响了起来。

乔西宁闭了闭眼，索性眼不见为净地走到一旁去接电话。

"爸，有什么事吗？"

"今天你的珠宝店剪彩，回国了这么几天，"对面的声音略带些沧桑，"晚上回家吃顿饭吧？"

乔川最为疼爱独女，几乎是到了摘星捧月的程度，父女俩的感情也很好。只是乔西宁出国留学，有好几年没有回家了。

乔西宁开口："行，那我晚上回去。"

知道乔西宁被叫回去吃饭，好友乐向晚发来语音："不会是要给你介绍什么青年才俊，催你恋爱结婚吧？"

她一顿，又说道："估计看你一直不谈恋爱，乔叔心里着急了。"

"不是吧，"乔西宁下意识地抗拒，"他估计就是想我了，让我回去吃顿饭而已。"

乔西宁说完，不自觉地叹了一口气。

乐向晚和乔西宁从小就是闺密，乔西宁叹了一口气，她就能猜到乔西宁心里面在想些什么："乔叔要是真的给你介绍人，估计没人会比林述合你心意。"

乐向晚只是提一下，乔西宁却想起了别的。

她是"外貌协会骨灰级"成员，即使有男朋友也不影响她欣赏长得好看的人。

林述特别在意她这个毛病，像是铁了心要让她改掉。只要她多看别人一眼，林述就会掐着她的下巴吻下来，吻到她双腿发软，吻到她脑海里再无旁人，吻到她眼睛只能看到他一个人。

想到这儿，乔西宁忍不住又叹了一口气。

都分手了，还想什么呢。

乔家。

餐桌上摆满了精致的菜肴，乔西宁却没什么胃口。

"西宁。"乔川关切地问，"工作情况怎么样？需不需要爸爸帮你宣传宣传？"

乔西宁拒绝："不用。"

比起别人给的几分薄面，她更想靠真正的实力来证明自己。

乔川点点头，又问："这两年你在国外谈男朋友了吗？"

"没看得上的。"

得到乔西宁否定的回答，乔川叹了一口气，倒没说要给她介绍男朋友。

饭后乔西宁本想回公寓，结果突然下起了大雨，便只能在家住一晚。

她洗完澡，躺在床上，听着外面滴滴答答的雨声，有些出神。

林述来她家的那天，似乎也是这样一个雨天。

雨势过大，她顺势留他在家里住下，又在深夜背着所有人偷偷溜到他的房间。

那时候是冬天，乔西宁从自己房间过来，整个人身上都带了一层寒气。推开门，她立刻就往林述暖和的被窝里钻。

整个被窝里都是他身上干净清冽的气息。

乔西宁意动，贴着他的耳朵说话："林述，你想不想？"

林述的下颚绷紧，扶着她腰的手骤然使力，几乎是在她话音刚落的瞬间，骤然翻身，对调了两个人的位置，看向她的眼神暗沉沉的。

"乔西宁。"

"啊？"

他低声警告，像是在下最后通牒："你不要后悔。"

——不要后悔，接纳全部的我。

乔西宁看不懂林述眼底的情绪，双手环上他的脖颈，笑着主动亲他。

林述低头回应，如同俘获一只最心爱的猎物。他的耐心告罄，攻城略池，强势扫荡。

乔西宁逐渐被亲得有些喘不过气，只觉得胸腔中的空气在一点点减少，好似要窒息。

她不仅没喊停，还觉得有几分刺激。

林述却突然停了下来。

"嗯？"乔西宁睁开眼问，"你怎么突然停下来了？"

林述沉着脸说："你自己的身体你不知道？"

他的语气少见的有些凶。

几分钟后。乔西宁窝在被窝里哼哼唧唧，难得有了几分尴尬。

是她糊涂了，居然忘了这几天是她"亲戚"光临的日子。

乔西宁没有痛经的毛病，就是手脚会无端冰冷。冷到极致时整个人就会瑟缩成一团，嘴唇也苍白得不像话。

林述的手掌宽大滚烫，包裹着乔西宁的手。

她还不罢休，伸着小拇指去拉他的，非要和他十指相扣。

"别动。"

林述低声喝住她，看着她蜷缩起来的脚趾，摸上去也是冰冰凉凉的。他几乎想也没想就掀开自己身上的睡衣，没有丝毫嫌弃地捧起乔西宁的脚，放进衣服里取暖。

乔西宁难得害羞："林述，你不用这样，我待会儿被子一盖自然就暖和了。"

林述懒得理她，低头做事。

乔西宁试探着开口："林述，你是不是很想？如果你想……"

"乔西宁，"他的声音透着点儿嘶哑，目光牢牢锁定她，警告道，"你再说一句试试？"

乔西宁恼羞成怒："不说就不说！我还不是看你难受才说，你凶什么凶？"

林述没说话。

乔西宁把被子往头上一拉，只露出漂亮饱满的额头，声音闷闷地传出来："那你就自己难受吧，我不管你了。以后我再心疼你，我就不叫乔西宁，我跟着你姓。"

林述听到，笑了一下说道："行。"

乔西宁顿时更生气了，躲在被子里数落他，数落着数落着，眼皮开始上下打架。

窗外雷声轰隆，狂风呼啸，雨珠噼里啪啦地击打着巨大的芭蕉叶。

乔西宁不知道自己睡了多久，等她迷迷糊糊睁眼的时候，发现自己浑身上下暖和极了。

林述依然端坐在床上，睁着眼睛，看上去很精神，嘴角弯起一个弧度。他小心翼翼地包裹住乔西宁的双手，不时俯身触摸她的脚踝，像是在确认她身上的温度。

乔西宁的身体不可控制地僵了一瞬。

"乔西宁。"

察觉到乔西宁的变化，林述突然出声，试探她是否清醒。

乔西宁说不出为什么，只是下意识地闭上了眼睛，装成熟睡的样子。她的心却忍不住沉重起来。

在她安心熟睡没心没肺的夜晚，有人通宵达旦地为她取暖。

房间的空调设置了自动定时模式，乔西宁醒来的时候，莫名地感觉到一股冷意。

现实和梦中截然相反，让她不由得有几分怅然若失。

薄被在睡梦中滑到了她的腰际，两条细细的吊带下，是大片雪白的肌肤，像牛奶一般丝滑。

她拿起一旁的手机，懒洋洋地看着。看到一半时，她手指一顿，鬼使神差地点开了和乐清于的聊天页面。

乔西宁："你有林述微信吗？推给我一下。"

乐清于："姐，你不是吧？万千女性的梦中情人，你说删就给删了？你这要是随便问一个人，都会说你精神病了。"

乔西宁："废话少说。"

乐清于："林述哥还是以前那个号，你一搜就搜得到。"

乔西宁抿唇皱眉，没好意思告诉乐清于，和林述交往了好几年，她连他的号码都没记住。

林述平时一直待在她身边，就算偶尔不在，只要摁下数字"1"的快捷通话键，无论多远，他都会出现在她身边。

乐清于："喏，发给你了。"

乔西宁没有一刻觉得乐清于这么贴心，看了一眼号码后，立刻复制到搜索栏搜索，跳出来一个黑色头像。

看到头像下方"添加到通讯录"的按钮，乔西宁想也没想就按了下去。

下一秒页面一变，竟然直接通过了。

乔西宁愣怔了，原本冰凉的手机，拿在手里像是变得滚烫了起来。

林述不会没发现被她删了吧？可这么多年过去，自己居然一直存在于他的列表里。

如果不是顾简的电话打了进来，乔西宁估计还会继续发呆。

"喂？"她接了电话，语气很冲，"有事快说，有屁快放。"

"大早上的，你的火气这么大？"

乔西宁简直懒得搭理他："到底什么事？"

"这不是你昨天品牌剪彩完就回了，我都还没给你庆祝吗？晚上江南宴？"

乔西宁想了想，说："行吧，那没什么事我就挂了。"

她之前受邀的某杂志专访，时间正好安排在下午。她打算收拾一下自己，没那么多时间和顾简叽叽歪歪。

"你等会儿，"顾简叫住她，"听说你加他微信了？不会真要复合吧？"

顾简刚说话的时候，乔西宁还在想着是哪个他，听到后一句话，便知道是林述了。

她的微信加了不少人，可称得上和她复合的，只有一个林述。

乔西宁翻了一下白眼，问道："我加个微信，值得你这么兴奋找我求证？"

"你怎么说话呢？"顾简立马反驳，想到正事又斩钉截铁地说，"你加他绝对有什么想法。"

乔西宁的呼吸顿了顿。她刚刚加林述的时候，只是凭着一股冲动，也不知道加了要做什么。

加了就加了，以后要做什么也是以后的事，不知道他们一个个的怎么这么激动。

一直没听到乔西宁的声音，顾简刚想再说些什么，才发现电话直接被挂断了。

江南宴。

乔西宁一结束杂志采访就过来了。她也是在路上才知道，沈家这晚将在这里举办家宴，听说是为了介绍刚刚归家的继承人。

家宴应该是不想人去打扰的。

乔西宁想了想，绕道去了地下停车场，打算直接乘坐电梯上楼。

她找了个合适的位置停好车，停车场四边都分别设有电梯，距离也不远。她还没走近，就看到一个熟悉的身影，背对着她站着，身边还有一个女生。

她刚想上前，可在听到他们的对话时，下意识地躲到了一旁的建筑柱体后。

"怎么？知道乔西宁今晚有聚餐，上赶着找来？她和你在一起，就只是为了你那张脸和你玩玩的，没新鲜感就分手了。这都过去多久了，你以为她还会看你一眼吗？"

齐雪是乔西宁的堂妹，表面亲亲热热，却一直嫉妒乔西宁。

她不确定乔西宁还喜不喜欢林述，但能够侮辱乔西宁曾经的男人，她心里面舒服不少。

林述的眼底浮上一层戾气："与你无关。"

他其实不是什么脾气特别好的人，所有的温柔和耐心都给了乔西宁。如果齐雪不是和乔西宁沾亲带故，都没有机会能拦住他，和他说话。

想到自己昨晚做的梦，再听到这样的话，乔西宁心里涩涩的，突然就有些难受。

乔西宁才出神没多久，被突然拔高的音量拉回了思绪。

齐雪充满恶意地说："一个好的前任就该跟死了一样，你居然还有脸找过来？不过你有病嘛，不能用常人……"

乔西宁再也听不下去了，几步上前，趁林述没注意将他拉到自己身后，然后扬手。

啪——

齐雪的脸颊迅速红了，脸被迫扭向一旁。

不知道用了多大的力气，乔西宁只觉得手掌火辣辣的。她顾不得手疼，胸口气得一起一伏的，恶狠狠地盯着齐雪。

"你有种再说一句。"

齐雪还未从突然被打中回过神来，看向乔西宁的眼里还带着茫然。

乔西宁目光不善地盯着她。

齐雪的瞳孔骤然一缩，忙说："姐，我刚刚在和林述哥开玩笑呢……"

"开玩笑？"乔西宁都不想听她的话，直接打断她，"你刚才说他有病，像是在开玩笑的样子吗？"

乔西宁知道林述不会受齐雪说的话影响，但齐雪和她有一层亲戚关系，难保他不会多想，以为她这个妹妹的意思就是她的意思。

　　自己曾经对他的影响力有多大，她是清楚的。

　　"姐，"齐雪的脸上血色尽失，"我没有，真的……"

　　"你没有最好，我和林述怎么样都轮不到你一个外人置喙，还有……"乔西宁皱了一下眉，脱口而出，"林述和你没那么熟，他也没有妹妹。"

　　齐雪的脸一白。

　　她没想到乔西宁对着前男友，居然还有这么强的占有欲，连别人只是礼貌性地叫一声都不行。

　　乔西宁看懂了齐雪目光里的意思。

　　其实并不是她现在对林述还有占有欲，只是这个场景恰好和以前的一件事情重叠，让她不自觉地把话说了出来。

　　他们交往那会儿，也发生过类似称呼的事。

　　那次朋友生日，散场后，朋友直接给林述打了电话，让他过来接乔西宁。

　　"林述哥，"林述过来后，乔西宁的朋友和他打招呼，"西宁姐就麻烦你带回去了。"

　　林述没回答，看向坐在沙发上的人。

　　乔西宁靠着靠背，微垂着头，棕色的大波浪卷发凌乱地披散在脸上，看不清楚脸上的表情。她一直安静地坐着，不耍酒疯，乖巧得像个等待家长来接的小朋友。

　　林述走过去："乔西宁。"

　　乔西宁抬头，视线很轻地略过那个和林述说话的女生，最后直直地落回他身上。

　　"你什么时候来的？"乔西宁打了个酒嗝，也不顾其他人还在场，无所顾忌地朝他张开手，"抱抱。"

　　林述俯身，双手绕过乔西宁的腋下，手掌贴着她略显单薄的后背，把她整个人从沙发上提起来："背你回去？"

　　乔西宁点头："好。"

　　林述让乔西宁在沙发上坐好，转过身在沙发前蹲下。

　　乔西宁往前挪动，慢吞吞地爬上他的背。

　　林述偏头说："再上来一点儿。"

　　乔西宁撇撇嘴："没力气，上不去。"

　　林述无奈地叹了口气。

　　他直起身，把乔西宁整个人往背上掂了掂。手绕过她大腿，抓住她乱动的小腿，防止她摔下去。

两个人刚准备走。

刚才说话的女生及时叫住人："林述哥，等等——包，你还没拿包。"

林述接过："谢谢。"

乔西宁原本在林述的背上哼哼唧唧，突然就安静下来。

两个人从包间出来，往停车场走。

"林述。"乔西宁突然叫了他一声，跟着张嘴，咬住了他的耳朵。

是那种真真正正的啃咬。

她的牙齿用力，含住他耳朵上的软肉，从他的耳朵尖到耳垂，一整个咬下去。

林述的脚步没停："嗯？"

"人家刚才就是礼貌性地叫你一句，你应什么应？"

林述浑身紧绷。

"你刚刚在应谁呢？只有我能叫你哥哥。"乔西宁不屑极了，开始耍酒疯，"她算你哪门子的妹妹？凭什么叫你哥哥？我不许。"

林述的呼吸开始变了。

乔西宁没意识到，只一个劲地叫着新称呼："哥哥、哥哥……"

林述深深地吸了一口气。

旁人的几句话都抵不过乔西宁玩笑似的一句话，轻而易举地让他起了反应。

"哥哥。"乔西宁又叫了一声，有些不平，"别人叫你就应她，我叫你怎么就不应我？难道我叫得没有她的好听？"

林述沉声道："乔西宁。"

他不是在和乔西宁生气。

只是这毕竟是在外面，这样惹人遐想的话被有心人听到了，私底下不知道会怎么想她。而且她隔天酒醒之后，估计会觉得羞耻。

"你凶我！"乔西宁下巴搁在他的肩膀上，偏头咬他的脖颈，"我不管，反正你只能有我一个。不然，不然我就不要你了，你知不知道？"

她在吃醋。

林述淡笑道："嗯，我只有你一个。"

得到了他的承诺，乔西宁趴在他的背上，闭着眼睛迷迷糊糊放狠话："你不能惹我不开心，我要是不开心你也别想好过。'和乔西宁作对就是和天作对！和世界作对'，你回去要把这句话好好地抄一百遍、一千遍，一万遍也行，你一定要牢牢记住这句话。"

对于乔西宁这种无理取闹的要求，林述却轻轻笑了声："好。"

教训完齐雪，乔西宁不想再待在这里，拉着林述的手腕，转头就往停车场的出口走。她连和顾简等人的约饭都忘了，也没问林述过来做什么。

沈易杰刚停好车，一眼就看到从车窗外经过的两道人影。

一个他知道，那个圈子特别高调的小公主乔西宁，心情不顺的时候所到之处都要清场；另一个如果他没认错，是这晚家宴的主角。

现在他们这是要离开？

他待会儿要是被人知道自己看到林述离开却没拦住，会不会又被念叨？

"哎，林——"沈易杰手疾眼快降下车窗，刚要出声叫住人，却发现一个两个，连个眼风都没赏给他。

沈易杰："……"

这两个人什么时候搞一块儿去了？

江南宴地下停车场灯光明亮，照得人脸上的情绪一览无余。

乔西宁内心有几分罕见的忐忑。她在想要怎么开口，才能让林述不要在意齐雪的话。

乔西宁边想边走，发觉胳膊有些酸，才注意到自己居然还牵着林述的手。

她回头，径直对上了林述的眼睛。

不知道他看了多久。

乔西宁心下一颤，有种异样的心慌，下意识地松开他的手："我不是故意牵你的手的，就是不想你还待在那儿，你别想太多。"

林述淡淡地勾了一下嘴角，像是在笑，又好像没什么情绪地说："我能想什么。"

乔西宁见不得他自嘲的样子，想说什么，顾简的电话却打了过来。

乔西宁接通："喂。"

顾简一顿输出："小乔，你怎么回事？全场又等你一个人了。你大小姐脾气又犯了？"

乔西宁看了林述一眼，默默地走到几步开外，这才开口说："我这边临时有事，你自己看着办吧。"

"菜都上齐了，人也到齐了，结果主角不来了？你刚刚不是和我说都到停车场了吗？你是玉皇大帝呀？临时有一堆事要你处理。"

乔西宁被说得脑子一热："那行吧，我……"

"乔西宁。"林述忽然叫她，声音低沉沙哑。

乔西宁回头看向他。

"小乔，你那边什么情况，我怎么感觉好像听到了林述的声音……"

乔西宁下意识地挂断了电话。她放下手机，疑惑地看着林述："怎么了吗？突然叫我。"

他的视线缓慢地扫过她的眼睛，一路下移，最终定格在她的右手上。

"手疼吗？"他问。

江南宴包间。

一旁的服务员适时地递上点单的平板电脑。

乔西宁习惯性地点了几个自己常点的菜品，点完之后才发觉自己似乎应该询问一下林述。

当初他们在一起的时候，几乎是她喜欢什么，林述就喜欢什么，她的喜好就是林述的喜好，她都习惯替林述点单了。

但那会儿他们浓情蜜意，是一种情侣间的小情趣。现在分手了，她再这样做，就有些不合适。

乔西宁将手中的平板电脑推向林述："你看看你想吃什么？"

林述接了过来，垂眸在平板上点了几下。

灯光下，林述的皮肤显得更白皙了。他的长眸清冷，轮廓清晰，每一处都很勾人。

乔西宁一边倒茶一边看他，不得不感叹自己挑选男朋友的眼光。

察觉到乔西宁的目光，林述的动作几不可察地顿了一下。

他把平板电脑交给服务员，而后抬眼，对视上还没来得及收回目光的乔西宁。

林述挑眉："看我做什么？"

乔西宁错开目光，问道："你刚刚怎么会出现在那里？"

林述蹙了一下眉，又松开。

乔西宁尴尬了一下，后悔自己问了这个问题。

林述看了她一下，选择了一个笼统的回答："私事。"

"哦，"乔西宁一顿，道，"刚刚齐雪说的话，你可别当真。"

"嗯？"

"就她刚刚说的话，"乔西宁重复不出来，只说，"那些都是她乱说的，是她自己认为的，我没有那样想过。"

林述勾了下嘴角："我知道。"

气氛又安静下来。

乔西宁有些无聊，有一搭没一搭地喝茶。

桌上放了几样凉菜，她嘴馋，扶着玻璃桌慢慢地转圈，把凉菜全转到了她这边。

她感觉不好意思，开口招呼他："林述，那茶还挺好喝的，你可以喝喝看。"

没办法。

凉菜到了她这边，茶壶正好被她转去了林述那边。

林述垂眸，扫了茶壶和茶杯一眼，像是和她确认一样，低声道："你说的。"

"啊……是我说的，那个茶真的挺好喝的，不信你喝喝看。"

"嗯。"他应声，拿起了摆在边上的茶杯。

吃完凉菜，乔西宁总觉得嘴里咸咸的，下意识地伸手去摸自己放在旁边的茶杯，结果摸了个空。

电光石火之间，她想到了林述刚刚说的话。

"林述。"她反应过来后，镇定地开口，"你手上那个，是我用过的茶杯。"

林述只是平静地看了她一眼，抬手。

"你……"

乔西宁看着林述的两瓣嘴唇和她刚刚喝过的茶杯边缘留下的口红印记重合。

杯壁上烫金的小字正对着她，耀武扬威般。

他是故意的。

乔西宁别过头去，却又忍不住为他明目张胆的举动而心跳加速。

菜品适时地被端了上来。

乔西宁这才发现，林述在她刚刚点单的基础上又点了几道她爱吃的菜品。

每一道菜上面都浮着一层红彤彤的辣油。

乔西宁在采访厅里待了一个下午饿到不行，见桌上都是自己爱吃的，直接大快朵颐起来。

没一会儿，她就发现了不对劲："林述，你没胃口吗？怎么不吃呀？"

她有意无意地看了林述几眼，发现他似乎都没怎么动筷，即使动也就动了几下摆在他面前的清炒时蔬，还是她随意点的。

"这些都是有辣椒的。"她有些疑惑，"你不能吃辣吗？"

不对呀，他们在一起的时候，林述可是经常跟着她吃辣的，不像是吃不了辣的人。

林述否认："没有。"

乔西宁催他："那你动筷呀。"

乔西宁盯着他吞下去，才暗暗松了一口气。

林述要是不能吃辣的话，乔西宁会觉得自己和他交往的那几年就是个笑话。

连男朋友的口味都不知道，她真的可以找根面条上吊了。

江南宴主宴厅。

没等到该来的人，沈老爷子跌坐在身后的椅子上，脸色灰白，举着拐杖的手都有些颤抖。

一旁不成器的儿子还在说风凉话："沈家都等着他，还没进沈家就摆这么大的谱。如果不是只有他一个儿子，我……"

"你还有脸说别人。"

沈闯的话音刚落，沈老爷子的拐杖毫不留情地抽打在他的肩上，一下比一下狠。

沈闯风流浪荡大半辈子，最后影响了生育能力。要不是查到他以前风花雪月的时候留下了个儿子，估计这辈子就要断子绝孙了。

主宴厅里一团乱。

另一边，林述和乔西宁正一前一后走进电梯，准备离开。

电梯慢慢地下降。

"林述，"乔西宁偏头看他，"其实我和顾简他们约好了一起吃饭的，结果和你吃了。"

林述没说话，神情平静地看了她一眼，像在问：所以呢？

乔西宁和他商量："你待会儿自己先去停车场吧，我上去一趟，再下去找你。"

听了这话，林述的目光直接沉了下去。

乔西宁一怔，还没反应过来，手腕便被林述给扣住了："我送你回去。"

她的手腕被抓得有点儿痛。

乔西宁刚想挣扎，突然意识到林述的心情在刚刚发生了变化。

她明明只是想上去一趟就下来，但在林述看来，她是在他和顾简之中选择了顾简。

"本来就是打算让你送的。"

乔西宁面上不显情绪，语气却刻意带了点儿撒娇的意味："你拽我的时候，能不能别用这么大力气？好疼呀。"

林述低眸，看到她纤细白皙的手腕上多了一道红印子。

他抿了抿唇，突然有些烦。

他不想伤害她，但有时候，他好像控制不住自己。看到她身上出现因他而起的痕迹，他甚至还会兴奋、颤抖。

"别抿唇呀，长得这么好看是不是要多笑笑？"乔西宁得寸进尺地逗他，"来，哥哥，笑一个给我看看好不好？"

听着她的称呼，林述的太阳穴突突跳了一下。

从在酒店停车场见到乔西宁起，他其实一直在忍耐。偏偏乔西宁还不自知，一个劲地往他身边凑。

林述深吸一口气，一把扣住她的手腕，将人拉远了些。

"乔西宁，"他的目光黑沉沉的，浓厚的欲念蔓延，低声警告，"你再说一句试试。"

和那天晚上一模一样的话。

乔西宁突然福至心灵："你是不是想亲我？"

林述没说话。

乔西宁了解他，没否认那就是承认了。

她飞快地捂住自己的嘴巴，有点儿得意："那你想吧。"

乔西宁一直捂着嘴巴，就连中途犯困在车上睡着了，也不忘护好。

她睡得不太踏实，醒不过来，却能感知到周围的动静。不知道过去了多久。迷糊中，像是有人拉开了她的手。熟悉的气息逼近，密密麻麻地包围着她，手心甚至传来了陌生的濡湿感。

她像是被人扣着手腕，从腕骨到手心，炙热的唇一遍一遍地亲吻她，认真又专注。

乔西宁一个激灵，瞬间清醒过来。

"你……你在干吗？"她整个人靠着椅背，有些没反应过来，迷茫地问道。

凑得那么近，跟要吻她似的。

乔西宁吸了吸鼻子，似乎还能闻到空气中一股淡淡的药味。

林述往后退，举了一下自己手中的跌打损伤药。

他看着乔西宁，语气很淡地问："不是手疼？"

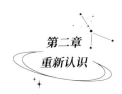

第二章
重新认识

乔西宁是回家后才意识到不对的。

林述这次直接把车开到了她居住的楼栋，可她并没告诉他自己住几栋。

而且……乔西宁低头看着自己的手，似乎还有种在梦中被人反复亲吻的感觉。

林述应该不会做出那样的事吧？

他说是在上药，那应该就是在上药。

"晚上我和别人去吃饭了，喝了点儿酒，只能让他送我回家，就没上去找你们了。"

洗完澡后，乔西宁躺在床上，和顾简打电话，不免说起晚上的事情。

"那个人是不是个男人？"顾简愤愤不平，"你果然还是重色轻友！我难道没他好看？！你居然为了他抛弃我！"

乔西宁毫不留情地说："猪要是有你这样的自信也不至于只能待宰，来十个你都比不过一个林述。"

"有你这样损人的吗？等会儿，你说你和谁吃饭了？"顾简追问，"你们居然一起吃饭了？这才加上好友没多久吧？"

经顾简这么一说，乔西宁才猛地记起，自己早上已经加回了林述，但还没打声招呼。

于是她非常愉快地挂断顾简的电话，点开和林述的聊天页面。

"你开车还挺稳的，我都不知道你什么时候停车去买的药。"

乔西宁给他发了一个打招呼的表情包，跟着发了一条语音过去。

她的手掌虽然不是火辣辣的疼，但还是有些发麻，让她不太想打字。

"刚刚车里太黑了，我都没看清楚你喷的是什么，还挺管用的，手没那么疼了。你在干吗呀？怎么都不回我消息？林述？"

微信语音并没有改变乔西宁原本的声音。

她咬字清晰，声音很软，还带了点儿鼻音，瓮声瓮气的，很诱人。

尤其在叫他名字的时候。

浴室里哗啦啦的水声，伴随着一遍又一遍播放的语音。

林述的头发被水打湿，铺天盖地的冷水笼罩着他，一路从脸颊、锁骨慢慢往下，淌过胸腹。

可冷水并不足以化解他体内的燥热。

四周黑漆漆的，只有放在一旁的手机发出微弱的光。

他所有黑暗的想法都无处隐藏。

在那声"林述"开启之前，他的双臂紧绷，青筋凸起，眼底微红，像是放弃了某种无谓挣扎的困兽，双手慢慢往下。

他的手心滚烫。

伴随着手机里传来的声音，平日里俊朗淡漠的眉目染上了欲念的色彩，昳丽非常。

久久没有等到林述的回复，乔西宁打了个哈欠，关灯睡觉。

隔天，乔西宁醒来立刻就打开手机，发现和林述的消息还停留在她发的几条语音上。

倒是乐向晚约了她一起去看电影。

电影院。

乔西宁一脸意外地问："今天不是什么节日吧？怎么人这么多？"

"喏，"乐向晚指了指前方一群人，说道，"林述的电影上映了，粉丝一个个都在和人形立牌合照。"

乔西宁依稀记起，林述最近好像是有电影上映，叫《荒岛行动》。

头顶的 LED 大电视，这会儿正播放着电影预告片。

听说片方找上林述是让他参演电影里的男主角——一个十分正义勇敢的警察。可他看过剧本后却更倾向于里面的反派角色——更具有表现力和冲突性。

事实证明，确实如此。

一分三十多秒的预告片里，林述出现的镜头不多，人物性格却有显著的情感变化。

一开始是眼神清澈的青年，微微抿唇露出腼腆干净的笑容；到后来的嘴角轻扯，状似嘲讽的冷笑，配上冷漠阴鸷的眼神，压迫感极强。

乐向晚看着她问："你要看哪一部？其实其他的电影也挺好……"

乔西宁没犹豫："就《荒岛行动》吧。"

乐向晚还要说什么，乔西宁已经抬头继续看预告片了。

电影开场。整个六号电影厅里全是人，座无虚席。

林述刚从黑暗中走出来的那一刻，电影厅里全是尖叫声。随着剧情的展开，慢慢变成了惊呼声——被他出场帅到的，剧情反转刺激的……但更多的是被他吓到了。

太变态了。

屏幕上，他单手扯开自己身上的领带，像在黑暗中伺机而动的猛兽，气息冷漠，盯着在地上不断挣扎的人露出一抹阴狠的冷笑。

"跑呀，"他擦了一下自己的嘴角，看到自己手上的血迹时，眼神更冷了，另一只手举起木棍直接敲下去，还恶狠狠地笑道，"你倒是继续跑呀。"

他拖着根棍子，擦过水泥地发出刺耳的摩擦声，一步一步向地上挣扎的人逼近。

昏暗的环境里，只能听到一个很轻的声音："都得陪我死，一个都跑不了。"

他手上的动作凶狠，偏偏语调温柔，像是在和情人低语。

乔西宁直接起了一身鸡皮疙瘩，忍不住拿出手机，调低亮度，给林述发了消息。

"你好变态呀。"

"你真的……演得都让我觉得你是个变态了。"

变态是真的变态，有魅力也是真的。

林述垂着眼，看着跳进来的一条又一条的消息。

自加上好友后零星的几条消息，他看了一遍又一遍，连上面有几个符号都知道。

看着"演得都让我觉得你是个变态"那行字，林述垂眸，有几分自厌。

他就是个变态，可他依旧拿她没办法。

乔西宁若即若离，靠近或者离开，他都压抑着自己，却拿她没办法。

他只能接受她的靠近，目送她的离开。

即使他偶尔也想用华贵紧实的锁链锁住她的四肢，让她眼里只能看到他一个人，变成一个只知欲念的怪物，真真正正地只属于他。

看完电影，乔西宁刚要和乐向晚一起去吃晚饭，乔川的电话就打了过来，让她去机场接她堂哥乔子言。

乔子言一家定居国外，刚好要去香港办事，顺道在乔家住几天。而乔西宁和他关系还不错，所以乔川才会开口让她去接机。

乐向晚看了一眼手机，说道："反正我们今天逛街看电影玩得也挺久了，我回家，你去机场正好。"

"行吧。"见乐向晚都这么说了，乔西宁点点头，对父亲说道："爸，你把乔子言的航班发给我，我去接他。"

晚上。

林述刚点开微信，就看到了朋友圈那里，乔西宁带着红点提示的头像。

他点进去，看到一张乔西宁和一个男人的合照。他们靠得很近，很亲密，背景是在她家里。

林述浑身的血液倒流，捏着手机的手指骨节发白。

所以，他们下午一起去看了电影，一同回家，见了家长。

她会像那天晚上对他一样，对另外一个男人。

林述知道没有一个男人会抗拒。

四周漆黑一片，仿佛世界都跟着暗淡无光，只有他的眼睛隐隐发红。

下一秒，手机被他狠狠地砸向墙壁，支离破碎。

乔子言难得回一次江城。作为东道主，乔西宁自然想着好好接待，于是约了几个朋友一起出来。

她打完电话后，顺便点开微信，看林述有没有回她消息。

答案是没有。

乔西宁有些郁闷地呼了口气。她以为那天吃饭，两个人的关系差不多恢复了。做不成情侣，至少也能像普通朋友那样。

谁知道他都不搭理她。

啧，冷漠。

"小乔，你什么时候把人带过来？我好让人醒酒。"

乔西宁和顾简、乐向晚三个人高中毕业去国外旅行，一直是乔子言招待的。

现在人家过来了，顾简觉得于情于理自己都应该有所表示，便组了一个饭局。

乔西宁回复："马上就来。"

吃饭地点定在江南宴。

乔西宁刚把车停好，就看到一个熟悉的背影走进前方不远处的电梯里。

她有轻微的近视，平时画设计图偶尔会戴上眼镜，这会儿戴的却是没有度数的美瞳。

距离远，乔西宁也不确定那是不是林述。

"怎么了？"看乔西宁解开安全带，凑近风挡玻璃，眼神聚焦在某一处，一旁的乔子言好奇，"看到什么了吗？"

"没什么，"乔西宁拔了车钥匙，说道，"走吧，他们估计在等着了。"

乔西宁要是早几秒把车开过来，就能确认那真的是林述本人。

《荒岛行动》上映的第一天票房十分卖座，不过三四天的时间，就在一众大片中杀出重围，一骑绝尘。

各种社交网络上都是铺天盖地的好评。

影片取得的成绩，与所有人的努力息息相关。导演心情好，大手一挥组织聚餐。

林述原本是不打算参加的，但他怕自己再不找点儿事情做，指不定什么时候就冲到乔西宁面前，做出什么无法自控的事情来。

酒足饭饱。

"西宁，"乐向晚叫她，"卫生间去吗？"

乔西宁点点头："好。"

附近的包间似乎是有剧组在聚餐，很热闹。

乔西宁站在外面等乐向晚，恍惚听到了林述的名字。她的脑袋昏沉，下意识地循着声音的方向，头重脚轻地一步一步走过去。

包间的门半开着，可以看到里面的场景。

"述哥有女朋友了吗？"

乔西宁站在门外，看到林述身旁的女演员靠近他，和他说着话。

不少明星一出道，或多或少都有几段绯闻，林述倒好，干干净净的，没传过一次绯闻。

这年头，和这位同框一次都能吸引不少关注，更别说谈恋爱这回事了。

许樱和林述相处的时间不长，却也足够她产生点儿微妙的想法。

林述背靠着椅背，眉目低垂，看上去懒洋洋的。

他拿起桌上的烟盒，敲出一支咬在嘴里，咔嚓一声点火，火苗舔上烟尾。

乔西宁看见他深深地吸了一口烟，两颊微陷，呼出一片青白烟雾，声音又低又沙哑，磨砂一样的冰冷质感："有。"

是有，而不是有过。

似乎没想到林述会自爆恋情，一时间所有人侧目，刚要开口问，包间的门就被敲响了。

乔西宁站在包间门口，手指着林述："你……出来！"

所有人都没想到包间外会突然出现一个人，更不知道她到底在叫谁。

林述的表情没有什么变化。他看了乔西宁一眼，像是根本没听到她在叫自己一样，漫不经心地收回视线。

许樱微笑道：“你是不是走错包间找错人了？”

乔西宁"啊"了一声，看向餐桌中央。

她揉了揉眼睛，似乎想把里面的人看得仔细一点儿，动作有几分傻里傻气。

林述心里突然就有些烦躁。

他掐灭烟，站了起来："她找我的。"

包间里的人眼睁睁看着林述走过去，一把扣住那女生的手腕往外面拉。

女生跟抱树袋熊一样，紧紧抱着他。

私下从不和异性举止亲密的林述脚步微顿，认命一样地由她抱着。

两个人渐行渐远。

走廊里。

林述紧扣着乔西宁的两只手腕，想把她从自己身上扒开。

乔西宁不愿意，更加用力地抱紧他："你别拉我。我现在人有点儿晕，你借我靠靠。"

林述不让。

乔西宁也执拗，越拉她贴得越紧。

乔西宁身上夹杂着淡淡香水味和酒味，直直地钻入林述的鼻腔。

林述额角的青筋毕露，眼神渐渐有了变化。

没人知道他此刻心中那点儿下流的念头。

想抱她，想亲她。

在这里，当着那个男人的面，当着所有人的面。

那样所有人都会知道，乔西宁是他的。

没有人能夺走。

乔西宁缓了过来，想到什么又仰头去看他："你刚刚不会在说我吧？女朋友什么的。"

林述面无表情地垂眸看她。

隐藏在他平淡外表下的，是浓重的阴郁和藏也藏不住，且已经不太想压制的戾气。

"你说话呀，林述。"乔西宁有些得意，"虽然我们已经分手了，但借你挡挡别人也不是不可以。"

林述扣着她手腕的手逐渐用力，像是要掰断这纤细的腕骨一般。

乔西宁皱了一下眉，忍着疼痛没甩开他的手："那天晚上我给你发微信，你怎么没回我呀，后来我……"

突如其来的疼痛，让她所有的声音一瞬间止在喉咙里。

林述的眼神很暗。他微微倾身，把身上的重量全部压在她身上，嗅了嗅她身上的清香，然后张口，对准她的锁骨，毫不犹豫地咬了下去。像是猛兽抓住了自己的猎物，迫不及待地给予致命一击。

他的牙齿收紧，咬住皮肤。

乔西宁被疼痛刺激得一瞬间回过神："嗒——林述，你咬我干吗？"

身上的人犹如丧失了理智，毫不收敛自己的力度。

有时候，林述真想看看乔西宁到底有没有心。为什么能那样一脸坦然地对着他，提起和别人恩爱的场面？

可他更想把自己的心挖出来给乔西宁，完好无损地捧到她面前，再由着她碾碎。

不知道过了多久，林述松开牙齿，后退了几步。隔了点儿距离站着，他低垂着眼，面无表情地看着她。

"乔西宁，"林述闭了闭眼，再睁开，看她的目光非常冷，声音也是，"不是有男朋友了？为什么还要来找我？为什么还要出现在我面前？"

乔西宁的脑子慢半拍："什么男朋友？你说的我怎么听不懂？"

"没听懂？"他点点头，没什么情绪地笑了一下。

乔西宁看着他，整个人控制不住地战栗，不明白为什么会这样想她。

空气突然安静了下来。

"西宁。"

乔子言站在不远处，打破寂静："向晚说从卫生间出来找不到你了，大家都在等你。"

乔西宁吸了吸鼻子说："我待会儿就回去。"

乔子言点头，和林述对视一眼。

虽然不理解对方眼底的敌意，但乔子言还是礼貌地点了一下头，算是打招呼。

就在乔子言转身的一刹那，林述方才筑起的城墙轰然倒塌。他上前一步，捏住乔西宁的脸，低头亲下去。

看着在眼前放大的脸，乔西宁瞪大了眼睛。

她反应过来，下意识地想挣扎，可两只手腕被林述单手扣在一起，高高地举过头顶。他们的呼吸与唇齿交缠，密不可分。

他托着她的后脑勺，修长的手指插进她顺滑的鬓发里，重重地啃噬她，激烈得像是在撕扯她的唇，恨不得咬断她的舌头。

乔西宁抗拒的话还来不及说出口，就被林述吞入腹中。

分开的时候，两个人都在喘气。

林述的脸色因亲吻染上几分红润，目光却还是阴沉的。

他重重地呼吸了一下，声音低哑："我送你回去。"

"我不要你，"乔西宁还记恨着他说过的话，"我自己回去。"

林述扣住她手腕，语气强硬："我送你。"

乔西宁突然有些心酸。

她不知道林述为什么会说那样的话，但总归还是和她有关。

林述其实是个无欲无求的人，就算有人冒犯他，也只是一笑置之。只有和她有关的事情，哪怕是一丁点儿小事，都能让他的情绪山崩地裂。

乔西宁捧着林述给的矿泉水，坐在座位上有一口没一口地喝着，脑袋还很混沌。

"林述。"

乔西宁从刚刚的刺激中回过神来，不自觉有些委屈："我脖子好疼呀。"

林述沉默。

见他不说话，乔西宁开始上纲上线："你都把我咬伤了，是不是得有所表示？"

林述把车停在路旁，熄了火。

乔西宁心里犯怵，面上虚张声势地瞪着他。

林述的目光落在乔西宁的脖颈上，心里泛起隐秘的情绪。车内没开灯，伤口看上去就像是被人种上的"小草莓"。

挺好，回去了那个人也能看到。

林述觉得自己好像又开始犯病了。

他解开安全带，压低身体凑过去。

"你干吗？"

距离太近了，乔西宁一抬头就能看到他清俊的眉目。往日平静淡漠的眼中，现在盛满欲望。

可他们还在车上呀！

林述毫无顾忌，禁锢着乔西宁的两只手腕，压在椅背上，慢慢地俯身。他冰凉的唇轻轻地贴上她的锁骨。

他温热的舌尖像是舒缓疼痛的药物，一点一点，慢慢地舔着那一处伤口。

久久没等到乔西宁回来，乔子言不由得有些担心。

他看向桌子上的其他人，低声问："西宁是不是交男朋友了？"

顾简明显喝大了，想到什么说什么："是，是，是，是交了一个男朋友。分手闹得难看，现在又凑到了一起。不过我们也甭担心，她和林述估计越磨感情越好。"

"林述。"乔子言念了一下这个名字,觉得有些耳熟,"她男朋友?"

乐向晚:"不是……"

顾简:"是呀,哥,我们再喝一杯。"

乐向晚气得捶了顾简一拳:"顾简,你乱说什么?!"

"我没说错呀,"顾简委屈,"林述那样子明显就被小乔吃得死死的,小乔真要和他待在一起,那才是最安全的。就算是他死了,小乔也会毫发未损。"

乔子言点点头,若有所思。

他想了想,还是给乔西宁发了个微信。

林述偏头,看了一眼闭着眼睛均匀呼吸的乔西宁。她缩成小小的一团,白皙的脖颈上泛着血丝的咬痕,周围的皮肤红得不像话。

若有似无的几枚吻痕,让她看上去有些可怜。

被她抓在手里的手机振动了一下,屏幕跟着亮起来。

手机的光打在林述的右脸上。他略微低头,一眼就看到了屏幕上的消息。

子言哥:"晚上早点儿回家。"

林述抿着唇,慢慢地握紧方向盘,手上的青筋迸发。

他几乎想也没想,冷着一张脸,打着方向盘往乔西宁家相反的反向开。

乔西宁是被热醒的。更确切地说,是被人滚烫的体温给热醒的。

她身上像是压着什么重物一样,闷得她喘不过气来。

她的呼吸急促,猛地睁开眼睛,一抬手就摸上了伏在自己胸前的黑发。

"醒了?"林述的声音有些哑,头也不抬地问。

周边的路灯明亮,绿植茂盛,明显不是她公寓的环境。

"这是哪里?"

乔西宁知道林述不会对自己做什么,才敢放心地在他的车上睡觉。谁知道一醒来,她就被带到了陌生的地方。

"我家。"他的声音有些低沉嘶哑,舌尖再次舔过她脖颈上的伤口,不紧不慢地来回扫荡。

他的眼睛被厚重的欲念覆盖,看着她,舔了舔唇,说道:"你晚上和我睡。"

乔西宁跟着林述走进别墅的时候,还没有从他刚刚那句话中回过神来。

是她想的那个意思吗?

乔西宁无意识地吞咽了一口口水,问道:"林述,我们这样会不会太快了点儿?"

林述俯身从鞋柜里拿出一双女鞋,丢到乔西宁的脚边,随口问:"快什么?"

乔西宁盯着被丢在地上的粉红色女鞋，心里窝火。

一个单身独居的男人，家里怎么会有一双女鞋？！

还是粉红色的。

是哪个女的喜欢，所以他才准备的？

"林述，"乔西宁盯着那双女鞋，憋着火气说，"我不穿别的女人穿过的鞋子。"

话音刚落，乔西宁也意识到自己不该说这样的话，像是在吃醋。

林述打开灯："嗯？"

乔西宁心虚地移开眼，道："你别想太多。你知道的，我不喜欢用别人用过的东西。"

林述看了她一眼："给你准备的。"

"你还能预知到我会来？"乔西宁嘟囔一句，还是信了，"好吧，谅你也不敢骗我。"

乔西宁的脚后跟用力一蹬，直接脱下了高跟鞋。似乎刚接触到空气有些冷，她白皙圆润的脚趾不自觉地蜷缩着，透明色的甲油在灯下发出莹润的光。

林述的喉咙有些干："冷就穿鞋。"

乔西宁翻了个白眼："用你说。"

林述转身往厨房走。

乔西宁穿着拖鞋，亦步亦趋地跟在他后面："你进厨房做什么？你要下厨？你晚上聚餐没吃饱吗？"

林述从冰箱里拿出生姜，一片片切开，丢进沸腾的热水里，声音很淡："煮醒酒汤。"

她体内的酒精没消散，第二天醒来头就会疼。

厨房的灯是冷白调的，将林述的脸色照得有几分苍白。他低着头冲洗杯子，认真而又专注。

乔西宁的眼睛突然有些发酸，好像又回到了交往的时候，关于她的每一件事，林述都不会假手于人。

"给我煮的？"乔西宁移开眼睛，得寸进尺地说，"那你能不能顺便给我煮点儿面？我晚上没吃多少，肚子有些饿了。"

林述这会儿还挺好说话的："你去外面等着。"

乔西宁坐在餐椅上刷着手机，有一口没一口地吃着面条。

林述看着她，眉头轻蹙。

乔西宁这会儿才看到乔子言发来的消息。

她按住手机，给他发了条语音："我现在在朋友家里，晚上会早点儿回家的。"

林述骤然沉下脸，手背青筋凸起，非常用力才勉强克制住自己，没走过去把她的手机丢出窗外。

林述非常烦。

和她相处被别人打扰，而且这个人可能还和她有关系。

刚刚在路上，他应该把她的手机扔出去的。

乔西宁不知道他在想什么，但多少还是感知到了他情绪的变化。

"林述，"乔西宁见他盯着自己的手机，神情冷漠，一想就通，"你该不会是误会了什么？"

在江南宴他突然失控，是她提到"那天晚上"四个字。

那天晚上有什么呢？

只有她发在朋友圈的和乔子言的合照。

所以林述是在误会她和乔子言的关系？

他们交往那会儿，乔子言人在国外，她没法介绍他们认识。现在乔子言人来了，他们却分手了，都没介绍的立场和必要了。

不怪林述不知道乔子言和她的关系。

乔西宁点开相册，找到自己当初在国外过年和乔子言一家的合照，把手机推向林述："他是我堂哥，这几天有事在我家住几天，你别想太多。"

林述紧紧盯着乔西宁，像是在看她有没有撒谎。

确定她没有撒谎的痕迹后，他紧绷着的神经终于放松下来，这才看向手机。

照片里的乔西宁穿着一件红色的大衣，和旁边人肩并肩一起朝向镜头，笑得很明艳，让人移不开眼。

林述的喉结不自觉滚动了一下。

既然说了那样一句话，林述自然不会放乔西宁离开，哪怕知道乔子言是她的哥哥。

乔西宁洗完澡，穿着林述过于宽大的睡衣，躺在他的床上，整个人还有种不真实的感觉。

原来是这样的"你和我睡"。

窗帘没拉紧，外面的建筑鳞次栉比，霓虹灯透过窗帘的缝隙溜了进来。乔西宁侧过身，能清晰地看到地上鼓起的一团。

"林述。"乔西宁又躺回去，无聊地看着漆黑一片的天花板，问道，"你睡着了吗？"

乔西宁也并不需要他回答，自顾自地开口："我睡不着，床上的枕头和被子上都是你的气味。"

其实根本没有什么气味，只有一点儿清冽干净的薄荷味。

乔西宁有种被他的气息细密缠住的错觉。

林述在黑暗中睁着眼睛，浑身紧绷，才没冲上去堵住她的嘴。

存在即诱惑。

偏偏这诱惑还不自知，在他耳边喋喋不休。

"闭眼，睡觉。"他哑声道。

乔西宁被吓了一跳："你这声音怎么了？跟要感冒了一样。这地板很凉吗？你是不是被子没铺好？"

心里天人交战片刻。

"要不，"乔西宁顿了顿，试探地开口，"你上来和我一起睡床？"

深夜时分，孤男寡女，共居一室。没有任何关系的男女就该恪守自己的本分，安静地待在彼此的领地，井水不犯河水。

但他们以前什么都做过了。

这会儿只是睡在同一张床上，也没有什么。

林述没说话。

乔西宁觉得这是他无声的拒绝，又开始欲盖弥彰地为自己挽回面子："你可别误会了，我就是怕你真的着凉了才让你上来睡的。你要不愿意就算了。"

"乔西宁。"

沉默了一阵后，乔西宁才听到他的声音，似乎比刚刚更哑了，好像下一秒就会疯狂咳嗽。

"那什么？"他笑了一下，直白地说，"你是要和我亲热？"

隔天早晨。

乔西宁醒过来，林述已经不在房间里了。

地上的床铺被收拾得很干净，没留下一丝痕迹。就好像昨晚只是她的梦境，只有她待在这个房间里，那场对话也只是她臆想出来的。

房间的门被人敲了敲。

乔西宁扬声道："你直接进来就行了。"

林述站在门口说："洗漱用品给你放门把手上挂着了，弄完下来吃早餐。"

乔西宁简单洗漱了一下，往楼下走。

林述坐在沙发上，退去了昨晚的疯狂，眉目间回归冷淡沉静。他安静不说话的样子，像一幅水墨画，让人忍不住想在上面留下自己的痕迹。

乔西宁走过去说："一大早叫我下来吃早餐，是什么早餐？"

不用林述回答，她也看到了。

桌前摆着几样精致的早点，全是她喜欢的。

乔西宁拿了一个牛角包咬着："你刚刚在看什么电影？干吗我走过来你就突然转台？你在偷看什么不该看的东西？"

林述的声音淡淡的："没什么。"

乔西宁"喷"了一声，毫不犹豫地拆穿："看自己的电影被我看到了，还和我说没什么。别转，我要看。"

看到林述转回了原先的频道，乔西宁满意了，又低头拿了个牛角包。

牛角包外皮酥脆，口感绵密，带着浓郁的奶味，她一直很喜欢，可以当作餐点的小零食。

没想到林述还记得。

电视里播放的是两年前的电影，林述在里面饰演一个狙击手。他身穿迷彩制服，身姿挺拔，表情冷峻，饰演的人物性格沉稳冷静，枪法出神入化，在丛林中也能迅速击毙对方。

那张脸再加上那一身制服，非常帅。

"哎——"乔西宁看着电影，突然就有了探究的兴趣，"我记得你本科读的好像不是表演相关吧？怎么突然就去拍戏了？我听说你拍这部电影的时候，还受伤了。伤哪儿了？严重吗？"

听着她叽叽喳喳的声音，林述有些出神。

他想起了他们更早的相遇。

那年他上大一。

江大有全国最好的医学院。整个学校都知道，医学院有个新生长得特别好看。

医学院林星渡，这六个字不知道已经上了多少次学校的表白墙。

学校表白墙是含蓄的女生表达感情的地方，开放而大胆的女生，更多的是直接在校道上堵人。

林述隔三岔五就被人堵着表白。

"我是外语学院的林柠，我们几百年前估计还是本家。你有女朋友吗？要是没有的话，我们能交个朋友吗？"

林述蹙眉，声音很冷地说："抱歉。"

这是拒绝交朋友的意思了。

可对方明显更起劲了："你为什么拒绝？你是觉得我哪方面不够好还是……"

林述眼里闪过一丝不耐烦。

林柠没注意到，开玩笑般地开口："你知道你拒绝我，我对你反而更有感觉了。你是故意的吗？"

一道声音突然冒了出来："嘿，你是想说我男朋友是故意冷脸，以此让你更加有兴趣吗？"

林述嗅到淡淡的香水味，胳膊也很快被人从后面挽住。

他偏头看了一眼。女生穿着一袭红色的长裙，娇艳明媚，小腿白皙，曲线纤细笔直。化着精致的妆容，嘴角微翘着，有浅浅的梨涡。

这是很容易让人一见钟情的长相。

乔西宁挽着林述，水汪汪的眼睛懒散随意地看了一眼眼前的女生。

显而易见，乔西宁占据了上风。

于是她嘴角的笑意更深了，看向林述的目光都带着亲昵："你怎么不告诉我，原来学校里有这么多女生喜欢你？是不是怕我多想，怪你呀？"

她一顿，又说："难怪你都不愿意我来学校找你，原来是怕我会不开心。"

林述懒得搭理，抬脚就想走。

乔西宁死死地挽住他，看向林柠，语气有些不客气："你还站着干吗？我可没有当着别人的面，和男朋友接吻的爱好。"

等人走后，乔西宁立刻发难："你刚才怎么回事？都不懂得配合我，你这样子之后怎么做演员？"

林述莫名其妙："我不是演员。"

"不是演员，"乔西宁瞪大眼睛，盯着他的脸来回回地扫视，"长这么帅，还是原装的。居然不是演员？！"

江大隔壁就是电影学院。这么个大帅哥，乔西宁下意识地以为他是过来找同学玩的。

没想到居然是这所学校的。

林述抿着唇没说话，抬脚要走。

乔西宁拦住他："我刚刚帮了你，你就不打算和我说说话？你是不是得谢谢我呀？要不是我临时有事过来这儿，你信不信你就要被那个女生纠缠了？"

林述垂眼沉默，心里有些烦。

他没接触过这样直白的女孩子，就连刚刚那个大胆的女生，都不会像现在这样，这么理直气壮地向他讨要谢礼。

好像艳丽的色调，强势地融入他这幅单调的黑白画中，整个世界都是她的色彩。

"我要的谢礼很简单的。"

男生的睫毛细密，乔西宁都数不清有多少根，索性放弃，转了转眼珠子，道："你就站着就行，不用动，好不好？"

乔西宁向来不太爱管别人的事情，要不是男生的长相对她胃口，她也不会多管闲事。

但她的出场是需要有人买单的。

林述拒绝："不——"

乔西宁不想听，直接用唇堵住了他的声音。

他的唇瓣很软，呼吸也很轻。乔西宁在那双干净的眼睛里，清晰地看到自己。

林述回过神来，一把将她推开了。

看到他这副模样，乔西宁反而得逞地笑了："我还以为你这人没有情绪的呢，原来你也是会生气的。"

林述抿唇，没说话。

乔西宁一脸"扯平了"的意思，说："我长得这么好看，你不吃亏。"

开门声打断了林述的思绪。

他抬眼看去，经纪人王洋站在玄关处。在看到乔西宁时，他脸色一变，语气毫不客气："你怎么在这里？"

早上他过来看到玄关放着一双高跟鞋时，一边诧异，一边忍不住为林述高兴，想着林述终于又敞开心扉，知道找女朋友了。

谁知道他回去途中记起自己落了东西，没想到会看到这样的画面——

乔西宁穿着林述的睡衣，坐在沙发上，手里拿着早上他陪林述去排队买的牛角包。

王洋觉得自己一口老血都要喷出来了。

乔西宁对王洋的态度感到奇怪："我在这里怎么了吗？我不能来吗？"

"乔大小姐，乔大小姐，"王洋就差没把对她的不喜写在脸上了，恨恨地脱口而出，"算我求你，放过我们家阿述吧，他真的没有第二条命再陪着你玩了。"

"王洋。"

林述对出道就带着他的经纪人几乎没红过脸。因为乔西宁，这样的警告已经是第二次了。

"什么意思？"乔西宁脸上的笑一点一点地消失了，"我不关心你讨不讨厌我，你对我的态度怎么样，但你说的第二条命是什么意思？你给我说清楚。"

"没什么，"林述截过她的话，"得了胃病而已。"

"是吗？"乔西宁不信，直接看向王洋："你来说，你刚才说的话是什么意思？"

林述冷声道："王洋。"

"你闭嘴，"乔西宁指着林述，"你让他说。不然就你说，你自己告诉我，他说的话是什么意思？"

空气仿佛凝固一般。好像过了很久，林述开口了："你以为呢？"

他的嘴角勾起一抹嘲讽的弧度，声音淡得仿佛下一秒就会消失："你觉得我会为你去死吗？"

乔西宁听到这句话，想要说什么，可脑子里乱糟糟的，林述和王洋的话交替响起，让她根本静不下心来思考。

林述的目光平静："上去换衣服，我送你回去。"

乔西宁心里藏着事，如同被下了指令的机器人，遵循林述的话上楼。

在走过二楼转角时，乔西宁往下看了一眼。

王洋往沙发走了两步，神色焦急地和林述说话。林述低垂着头，手肘搭在膝盖上，像是在听，又好像没在听。

察觉到她的注视，两个人齐刷刷地看了过来。

乔西宁注意到王洋的眼神，恶狠狠的，恨不得要把她盯穿一样。

这更让她觉得，林述一定有什么事情瞒着她。

乔西宁换好衣服下楼，在林述起身之前先开了口："我刚刚叫我家司机来接我了，你经纪人找你应该有事，你们慢慢聊，不用送我了。"

走出门的那一刻，乔西宁低头给王洋发了一条见面详谈的短信。

咖啡馆。

"我过来不是喝咖啡的。"王洋谢绝了乔西宁要帮他点一杯咖啡的举动，开门见山，"你和林述已经分手了，他的工作性质你也知道。没有必要的话，希望你以后不要出现在他面前了。"

"你说的我可以考虑，"乔西宁的下巴微抬，"但我现在只想知道，你早上那句话什么意思。"

王洋抿唇，牙关紧闭，显然不打算再提起这件事情。

乔西宁眯起眼："你说不说？"

王洋起身道："我要说的话就那些，没其他什么事的话……"

乔西宁气笑了："你这态度，是想让我现在再去和他谈恋爱，然后又一次甩了他？"

"乔西宁，你——"王洋被她气得不轻，连基本的客套都省了，索性破罐子破摔，

"你和他交往了那么久，从来不知道他不能吃辣的吧？每次和你吃完饭，他都要把止痛药当饭吃下去。你现在是不是在想，林述为什么不告诉你他吃不了辣呢？你真的不知道为什么吗？"

乔西宁的声音很轻："为什么？"

" '交男朋友三观重要，三餐也重要。要是我喜欢的对方不喜欢，这种人还怎么磨合相处呀，还不如趁早分手。'"王洋一顿，接道，"这些话，听着耳熟吗？"

能不耳熟吗？

那是她亲口说出来的。

王洋一脸讽刺："你朋友都比你在乎你男朋友的忌口和身体。"

那天他送林述去和乔西宁吃饭，在包间外就听到了乔西宁和朋友的一段对话——

"西宁，虽然我们无辣不欢吧，但你也不用一桌全红吧？不用问问你男朋友的意见？万一你男朋友吃不了呢？"

"不用问，我男朋友我还不了解吗？他和我吃一样的。"

"看不出来呀，你还会去了解别人的喜好和忌口？"

"没。交男朋友三观重要，三餐也重要。要是我喜欢的对方不喜欢，这种人还怎么磨合相处呀，那还不如趁早分手呢。"

"这才交往多久啊，就把分手挂嘴边？而且怎么就相处不了？在一起的话，两个人互相准备对方喜欢的，不也挺好的。"

王洋听到这儿，当场就要推门进去，是林述拦住了他。

"没事，"他说，"就这一次，以后乔西宁会知道的。"

结果并不止这一次。

林述在等乔西宁重视他，然后真正发现他的喜好。而等他完全了解她后，乔西宁依旧不在意、不上心，反而让他对这件事情更加沉默。

由此恶性循环。

"先不说这个，这只是其中最微不足道的一件小事。至于第二条命，"王洋平静下来，"林述当初因为和你分手，一口气喝了半斤白酒，差点儿死在医院。所以你现在是打算重新折腾他一次吗？"

半斤白酒，相当于轻度酗酒了。

乔西宁不知道林述不能吃辣，但知道他不太会喝酒。

好像是身体缺少了什么酶，一喝酒整张脸就会变得特别红，狂吐，恨不得把胆汁也给吐出来。

"乔西宁，你现在听到这些是什么心情？"王洋一顿，突然笑起来，"本来你就是和他玩玩嘛，谁像他谈恋爱这么认真啊？和他分手后，你有没有庆幸自己解脱了？"

王洋离开后，乔西宁垂着脑袋，还在想他说的那些话。

放在桌上的手机忽然响了起来。

看到屏幕上的备注，乔西宁的瞳孔紧缩。她抬手，接通电话："喂。"

"乔西宁，"林述的声音淡淡的，"你有东西落在这里了。"

她吸了吸鼻子，说："我晚点儿过去拿，没什么事情我挂了。"

"你哭了。"

她的声音很奇怪，在一起的时候，林述几乎没见她哭过，想不出有什么事情居然让她伤心成这样。

他嫉妒又心疼。

她就从来不会为他哭。

"没有，"乔西宁矢口否认，"我没哭，你听错了。"

林述很直接地问："你在哪里？"

"淮海路这边的咖啡馆。"

乔西宁嘴快，一下子就把地址给说了出来。反应过来后，她忍不住低声骂了句。

"等着，我过去找你。"

林述过来的时候，乔西宁刚化完妆。

她听了王洋的话后，眼圈控制不住地发红。怕被林述看出来，于是她赶紧给自己画了个桃花妆遮挡。

林述的身影很快出现在咖啡馆。他走了过来，手里还拎着一个白色袋子，里面应该是她的东西。

乔西宁仰头对他笑："你来啦。"

林述淡声应了，抬手摘下黑色的口罩，露出了口罩下精致冷淡的脸。

摘下口罩的那双手，腕骨冷白，手指修长分明，手背上有淡淡的青色脉络。

看着他摘口罩的样子，乔西宁恍惚想起了从前。

那次不记得是为了一件什么小事，她单方面地和林述吵了起来。

正是傍晚的时候，街道冷清寂静，只有几个小姑娘在吵吵闹闹地斗嘴。

乔西宁窝着火走在前面，林述跟在后面亦步亦趋。

"你看前面那个男生，长得很帅。"

"又没看到脸你怎么知道？"

"看背影呀，这种背影的男生一般都是帅哥。你不信，我们绕到前面去看。"

乔西宁顿时更生气了。她转过身看了一眼那群女生，冲着林述发火："你是故意的吗？自己都感冒了还不赶紧戴口罩，是不是想传染给别人？"

明明还在生气，却又害怕他被人认出来，于是想了这么一个拙劣的借口。

林述看着乔西宁，笑了。

这人居然还在笑？

乔西宁觉得自己快要气炸了："你笑什么？有什么好笑的？难道我说得不对吗？"

"我口袋里有口罩，"他往前靠近一步，低头凑近，很亲昵地对她说，"乖，帮我戴上。"

乔西宁的心跳快了一拍："说就说，靠这么近干吗？"

林述的喉结滚动，提醒她："口罩。"

乔西宁不情不愿地去掏他的口袋，拿出一次性口罩，非常粗鲁地帮他戴上。

"好了，给你戴好了。别忘了我们现在还在吵架，你离我远点儿……嗯……"

林述低头亲了下来。

明明隔着一层口罩，她却能感受到他唇瓣的温度，还有呼吸间带出的热意。

乔西宁的脸一点一点红了。

他笑道："现在只有你能看到我了。"

林述拉开椅子，桌腿擦过地面，发出刺耳的声音，同时拉回了乔西宁的思绪。

"你想喝点儿什么吗？"她主动问。

林述看了她一会儿，淡声道："眼睛怎么回事？你刚刚哭了？"

"我没哭。"乔西宁矢口否认，指了指自己的眼睛，"我可能今天眼皮比较肿，加上化了个桃花妆，所以看着像是被人打了一拳，你是'直男'当然不懂了。"

林述抿唇，没说话。

乔西宁哭没哭过，他一眼就能看出来。而且她笑起来的模样，也不是这么僵硬的。

但她不肯说。

林述点点头："行。"

"等等——"见林述突然站起来，乔西宁急忙喊住他，"你是要走了吗？那你能不能顺便送我回家？"

林述拒绝："你的司机呢？"

乔西宁想也没想地说："有其他事情让他先离开了，你送我回去呗。"

"小姐。"

刚走下商场停车场，乔西宁就听到有人叫她。

是司机的声音。

乔西宁的眉目间有几分被当场拆穿的恼意。

明明她都发消息让司机先走了，谁知道这么背。而且地下停车场这么大，这也能遇上？

林述看了过来，像是无声的审视。

乔西宁也看着他，镇定自若地说道："不是在叫我，叫别人的。不信你再听听。"

"西宁小姐，西宁小姐。"

见乔西宁对自己的喊声无动于衷，司机从驾驶座里探出头来，极力叫唤。

林述冷声道："乔西宁，你又在玩什么把戏？"

怕他生气，乔西宁连忙开口解释："好吧，我承认我刚刚骗了你。"

林述的脸色骤沉。

"我有话想对你说的。"乔西宁难得有几分无措，"可是咖啡馆里不方便。"

林述直直地看着她，不知道有什么话是在咖啡馆里不方便说的。直到她柔软的身体，带着一阵香风扑了上来。

"咖啡馆不方便我抱你。"

乔西宁张开手抱住他，声音是罕见的郑重："重新认识一下吧。"

林述浑身紧绷。他觉得此刻的自己像是个五感缺失的木头人，却又那么真实地听到了她的话。

"重新认识一下吧，我是乔西宁。"

——你好，我的林星渡。

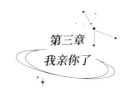

第三章
我亲你了

久久没等到林述的回应，乔西宁从他怀里退出来，抬头看他："林述？"

林述低垂着眼，和她对视。

他个子高，眼睛看起来冷淡却不锋利，只是垂眼看人的时候，带着点儿天然的审视和威压。加上被他这样注视着，很容易产生一种被他看透的错觉。

乔西宁有些紧张："你这样看我做什么？"

林述还是看着她，没说话。

乔西宁抿抿唇，问："你怎么想的？就我刚才说的重新认识。"

林述淡声道："林述。"

"啊？"乔西宁愣了两秒，反应过来他是在做自我介绍，弯着唇又重复一遍，"我是乔西宁。"

林述的视线扫过她嘴角的梨涡，微顿后收回视线，抬脚往前走："走吧。"

乔西宁跟上去："去哪儿？"

林述扫了她一眼，问道："不是要我送你回去？"

"哦，"乔西宁差点儿忘了自己刚才随口扯的谎，点点头，"那你这是愿意送我的意思了？"

林述明显不想回答废话。

乔西宁也不在意他的态度，刚想了新的话题，就见这人已经走出老远了，连忙出声喊他："那你别走那么快，我跟不上。"

林述的脚步没停，却不动声色地放慢了自己的步伐。

乔西宁跟上去，和他一起上了车："我不回我的公寓，你送我回我家。"

车上没开音乐电台，气氛很安静。

乔西宁忍了几分钟，在下一个红绿灯路口停下的时候终于憋不住找话："你最近应该都待在这里吧？"

林述想了想，给了个模棱两可的答案："不一定。"

他手头有剧本，近段时间估计会进组，但还不确定是什么时间。

"有事？"林述问。

"没有，我就问问而已。"乔西宁一顿，又问，"你每次进组拍戏，时间都会很长吗？"

林述言简意赅道："看情况。"

乔西宁偏头看他，问道："那你下午应该在家吧？"

林述单手打着方向盘，声音有些低："嗯。"

乔西宁点点头："这样呀。"

听出乔西宁估计有事，林述扫了她一眼，见她明显不说的样子，也就没问，专心地开车。

乔西宁刚要闭眼休息，就看到窗外一家甜品店。

眼见着即将要经过，乔西宁赶紧抬手指了下那个方向："去那里一下，我买点东西。"

林述将车停好，目送乔西宁走进甜品店。不一会儿，乔西宁拎着一个包装漂亮的小蛋糕走了出来。

乔西宁晃了晃手上的东西："我知道你不爱吃巧克力慕斯，所以我这次只买了一个。放心，我一个人肯定吃得完。"

本来她只是随口一说，可说完就想到了以前，不由得有些愣怔。

林述不是爱吃甜食的人，偏偏乔西宁喜欢。

在一起的时候，乔西宁买的许多甜食也曾一口一口地被两个人分食。

甜食的热量高，乔西宁喜欢归喜欢，但在这方面严格地控制自己。每次她总是尝个一两口解解馋，就悉数丢给了林述。

"林述。"

乔西宁发现自己到现在依然记得那会儿和林述说的话——

"你看看人家男朋友，你干吗不吃？

"你是不是嫌弃我？那你以后不要亲我了。

"分手！你居然嫌弃我！我要和你分手！"

…………

这样的小打小闹林述没看在眼里，每当她说这种话，他总是懒得听，直接一把拉过她，俯身亲下去。

然后在她的亲手投喂下，一点点地解决掉那些甜品。

如王洋所说，不管是否喜欢一个人，都不应该强迫他去吃自己不喜欢的食物。所以这次她只买了一份，打算自己解决。

乔西宁摇摇头，把刚才的回忆从脑海里甩出去。她把东西从甜品袋里拿出来，拿过一次性刀叉，吃了没两口，她感觉林述一直在看她。

乔西宁茫然地抬头："你一直看着，是想吃吗？可你不是不喜欢吃甜食的吗？"

林述不吃辣她不知道，但他不喜欢吃甜食她是知道的。

早不说他想吃，不然她就多买几个了。

乔西宁想了想，舀了一勺蛋糕递到了他嘴边。

林述扬眉："嗯？"

乔西宁举勺子，对着她点了点下巴："你不是想吃吗？我喂你吃一口呀。"

林述神色平静地问："只有一把勺子？"

乔西宁猛地反应过来，刚才急着想喂他，都忘了这勺子自己用过。

"就……就是只有一把呀。"乔西宁的脸上臊得慌，偏偏又不想认输，"你不想吃就别吃了，我自己吃。"

乔西宁说完就想收回手。

碰巧是红绿灯，林述动作迅速地停下车，拉过乔西宁的手臂，就着她的手，低头咬住勺子。

等他再松口的时候，勺子上干干净净的。

乔西宁眨了眨眼。

林述仿佛心情很好，嘴角勾起一抹细微的弧度："很甜。"

回到家，乔西宁在房间睡了一会儿，下楼走进厨房，正好碰上家里的阿姨陈妈。

"西宁呀。"陈妈从乔西宁刚出生就待在乔家了，算是看着她长大的，说话没那么多规矩，"怎么突然想要下厨熬粥了？好不容易回家一趟，我待会儿给你煮点儿好的补补身体。"

乔西宁从小到大要什么有什么，十指不沾阳春水的。炸了厨房还是小事，陈妈就怕她一个不小心把自己给伤着碰着了。

"我一个朋友胃不是很好，我想给他熬点儿粥带过去。"

林述昼夜颠倒，饮食不规律，一个人的时候，对三餐也不太上心。

那天给她煮了些面条，估计还是他今年第一次下厨。

乔西宁觉得自己有责任有义务监督他的饮食。

她生疏的手艺自然比不上陈妈，可带着不是自己亲手熬的粥去借花献佛，乔西宁觉得心里愧疚，说不过去。

陈妈瞪大眼睛问："你这是……谈男朋友了？"

乔西宁对朋友好得没话说，但能让她亲自下厨的，还是头一次。

绝对不是什么普通的朋友。

乔西宁摇摇头，脑海里的想法一下就到了嘴边："还不是。"

话音刚落，乔西宁有些呆住了。

还不是。现在不是，以后可能会是。

林述是她已经没有关系的前男友。她大可说不是，而不是留有余地的"还不是"。

陈妈面露喜色，有些好奇："他长得怎么样？对你好不好？家里这条件也不需要对方条件太好，只要对你好就行。"

八字还没一撇呢，陈妈就已经操心上了。

"好，"乔西宁垂着眼，声音很低，"他对我的好都不能用好来形容了。"

她突然想起那晚他背着她走在江边小路的场景。

那天在路上，她因为吃醋林述应了别人的一声哥哥，让他抄一百遍一千遍"和乔西宁作对就是和天作对"。

对她来说，那只是醉酒后的胡话。

可林述当真了。全是在外地拍戏想她的时候写的，厚厚一沓。

拿到的那一刻，她是感动的。

可是那感动没持续几天，就被她随手丢进了垃圾桶。

现在想想，她还真挺不是人的。

陈妈喊了她一声："西宁？"

乔西宁"啊"了一声。

"你还没说呢，他人长得怎么样？可不兴找一些歪瓜裂枣，浪费你这么好的基因。"

乔西宁被她的话逗笑，缓过来后才说："他长得特别好看，还在上学的时候就有很多女孩子追着表白，现在也有很多人喜欢，差不多就九千万人吧。"

"有九千万人喜欢，你这说的是明星吧？"陈妈狐疑，明显不信，"你不是骗我吧？"

"真的，"乔西宁理直气壮，"林述你知道吗？就是他。"

林述还没拍过电影的时候，演过几部大热的电视剧,陈妈是知道这个年轻人的，更别说他还来家里吃过饭。

陈妈神色复杂："你说说你都这么大的人了，怎么还和那些小孩似的，爱幻想。"

乔西宁哭笑不得："我怎么爱幻想了？他可喜欢我了，我真的没骗你。"

陈妈叹了一口气："不管是不是他，既然是你以后的男朋友，我先去把冰箱里的龙虾拿出来剁碎了。你放进去和粥熬一熬，也比较有营养。"

乔西宁："……"

林述喜欢她有这么让人难以相信的吗？！

原本乔西宁的态度还挺懒散，纯粹当作聊聊天，可陈妈这态度，反而让她生出一股现在就把林述叫过来的冲动。

陈妈打断了她的思绪："西宁，你问问你那朋友，他能吃龙虾吗？万一虾过敏我们就不煮了，免得好心办坏事。"

"他能吃，"乔西宁想了想，又说，"不过不知道有胃病的人能不能吃，我查查。"

"你快查。"

"不用拿龙虾了，"乔西宁也不纠结陈妈相信不相信的问题，扬了扬手中的手机，说道，"有胃病的人不能吃太多龙虾，会加重病情的。"

陈妈的脸上挂着欣慰的笑："果然长大了，都知道关心人了。"

乔西宁："……"

好不容易把满脸都写着担心的陈妈支出去，知道了熬粥的步骤后，乔西宁松了一口气，抬手擦了擦自己脸上并不存在的虚汗。

这天她是真的上了心了，又是上网查询患有胃病的人的忌口，又是熬粥的，林述要是敢不喝，那可真的践踏了她一番苦心。

熬粥的时候，她接到了乐向晚的电话。

乔西宁舀了一口，尝了一下味道，说："今天我没空出门，给林述熬了点儿粥，待会儿给他送过去。"

"真的假的？"乐向晚震惊了，"你熬粥？给林述？"

"是呀，你至于这么吃惊吗？"乔西宁看着那一锅热乎乎的粥，有些骄傲地说，"而且你还别说，我熬的粥还挺好喝的呢。"

乐向晚问："你们复合了？"

"还没，"乔西宁笑了一下，"我早上抱了他一下，说要重新认识，那就是从头开始了。所以我现在，是以朋友的身份关心他的。"

"从头开始？"乐向晚也笑了，"你为什么不从女朋友开始？"

"姐妹，你说这话没法接，你知道吗？"乔西宁好一会儿才找回自己的声音，又说，"女朋友不也是从朋友开始的，又不是一开始就是女朋友。"

乐向晚试探地问："听你这意思，是有复合的想法？"

乔西宁没说话。

"你们分手，我觉得两个人都有原因，如果你真的想要和他在一起，那你们都要好好磨合。"乐向晚说道，"不然你们重新在一起也不会长久，到时候就又是一次伤害。"

耳边是乐向晚分析的声音，乔西宁心不在焉地听着，脑海里乱七八糟的，想的全是关于林述的。

想到她当初说的话——和乔西宁作对就是和全世界作对。

她玩笑般的话语，林述却当了真。

还有王洋说的话："乔西宁，我一开始也以为你是能对林述好的那个人。毕竟和你在一起的时候，能看出来他是真的开心。"

王洋几乎是咬紧牙关在说话，声音都是颤抖的，显然用了极大的力气克制着自己："可是还不如没有你呢，至少林述不会因为谁而差点儿出事。"

"西宁、西宁……"乐向晚的声音从手机里头传了过来，"你还在听吗？"

乔西宁"啊"了一声，回过神来。

她关了电源，急匆匆道："向晚，我不和你说了，我粥熬好了，我准备一下要去找林述了。"

挂断电话后，乔西宁找出了和林述的聊天页面，开门见山说明来意。

"林述，你在家吧？"

乔西宁其实也只是问一下，毕竟早上她刚问过他，就算不在家也必须在家。

那头过了好久才回："嗯。"

乔西宁不介意他的冷淡，直接给他发了一条语音过去，是她一贯的语音语调："那我现在过去找你，有事情，你记得要给我开门呀。"

夕阳缓慢下坠，金光染黄了天际，远远看去像是一幅浓墨重彩的油画。

林述站在阳台，略显冷淡的眉眼被火烧云的余光笼罩着，多了一点儿温度。

安静的空间里，只有不断循环播放的语音。

林述垂着眼，手指滑过手机屏幕，最后将那条语音收藏。

最后一丝夕阳余光在地平线上消失，夜幕悄然降临。

乔西宁敲响了林述家的门。

门被人从里面打开。

屋里没开灯。林述穿着家居服，垂着眼睫，没什么表情地扫了她一眼，转身就往里面走。

"林述。"

见他似乎有要上楼的趋势，乔西宁连忙叫住他："你别走，帮我去厨房拿两副碗筷出来。我带了东西过来，我们一起吃呀。"

他高大的背影顿在原地，慢慢地转过身，一下子就看到乔西宁手里的保温桶。

粉红色的，被她小心地抱在怀里。

林述没由来地嫉妒那保温桶，竟然让她抱得那样紧，那么重视。

乔西宁被他的眼神看得有些不自在，下意识地避开了他的视线："我昨天不是在你这儿借住了一晚，早上又让你送我回家，所以特地让我家的阿姨给你熬了点儿粥。"

林述静静地看着她说话。

虽然不知道她为什么要过来找他、亲近他，但总归不是这样的理由。

可是他也没问，走进厨房去拿消毒柜里的碗筷。

保温桶里是热腾腾的青菜瘦肉粥，上面撒了切得细碎的小葱，房间里飘着香气。

乔西宁以前不爱吃这些清淡的食物，闻到香味后，这会儿也被勾起了一点儿食欲。她笨拙地把保温桶里的清粥倒在两个碗里，将其中一碗推向林述："吃吧。"

林述没说话，把碗端起来。

看林述吃饭，其实也是一件特别赏心悦目的事情。

他的皮肤很白，眉目好看，细密的睫毛像是小扇子一样扫出一片阴影。动作不紧不慢，有一种优雅感。

林述喝粥的动作一顿。

乔西宁刚要收回视线，林述却已经抬眼看了过来，两个人的目光在半空中相撞。

林述微挑了一下眉。

乔西宁朝他露出一个尴尬而不失礼貌的微笑。

但林述明显不打算放过她："看什么？"

乔西宁微笑道："因为你好看，所以我才看的，一般人我还不乐意看他呢。"

林述的嘴角勾起一个弧度。

乔西宁总觉得他是在笑自己，没忍住问："你笑什么？"

"乔西宁，"林述答非所问，"这粥是谁熬的？"

乔西宁再怎么准备充足，也难敌她第一次煮粥，控制不好火候和调味。

林述去过她家，也尝过陈妈的手艺。这种混杂的口感，不像是多年做菜的人做出来的食物。

"怎么？是我做得太好吃被你看出来了？"她还是一样吹嘘自己，脸不红心不跳的，"不是陈妈熬的，是我亲自熬的。"

乔西宁觉得林述这会儿应该很感动，毕竟她还没为谁这样过呢。

结果他突然就沉了脸。

他皱着眉，问她："你是不是知道了什么？"

"我能知道些什么？"她面上不动声色，假装不知情地试探，"还是说，你有什么不能让我知道的？"

林述放下碗，居高临下地盯着她。

乔西宁捏紧手指，对上他的眼睛，道："林述，我想着你昨晚没休息好，早上送我回家又绕了一大圈路，才给你熬粥……你别不识好人心，而且还不要给那什么不要什么。"

最后一句她说得有些气短，看着林述那张脸是真的说不出口，但为了让他相信，她只能像以前一样，说出这种话。

"还有，"怕他真的看出了什么，乔西宁又补充，"我只是突发奇想苦练厨艺，想着要是以后给我老公煮粥喝不能太难喝吧？你是我想到的非常适合的试吃人选。"

"乔西宁。"林述眼神很冷。

他不爱听她说那些，哪怕知道她是在开玩笑。

仅仅只是开玩笑，他都受不了。

她总是能轻而易举就激起他所有的黑暗面。

仅仅只是看别人一眼，或者叫别人一句。

乔西宁没注意到林述不正常的情绪，满心只有自己熬的粥。不难喝是不难喝，但太淡了些，没什么胃口。

看见林述将他碗里的粥喝得一干二净，乔西宁满眼震惊："有这么好喝吗？"

他的声音很低："你煮的。"

但乔西宁根本没听到。她低头看着自己碗里的粥，舀了几下发现还是没胃口，叹了一口气："我刚刚应该让陈妈炒点儿菜的，我真的受不了，闻着挺香的，但我感觉熬得和白粥差不多。"

林述放下勺子，站了起来。

乔西宁抬眼："你干吗去？"

"冰箱里有鸡蛋。"

林述虽然很少下厨，但他待在别墅的时候，王洋都会让助理定时过来更新冰箱里的食物，免得哪天他有需要了，手边却没有食材。

乔西宁爱吃鸡蛋，林述想着给她煎两个蛋。

鸡蛋在油锅里冒着泡，一面金灿灿的，乔西宁忍不住凑到他身边去看。油倒得有点儿多，油星四溅。

乔西宁躲避不及，一只手伸出来，及时地罩住她的脸。

短暂的"失明"，反而让嗅觉更加突出。

除了刺鼻的油烟味、熟透的鸡蛋香味，乔西宁还能闻到他身上淡淡的味道。

林述帮她挡住了油锅里溅起的油。

乔西宁拉下林述的手，抓着他的手仔仔细细地看了一遍。果不其然，他的手背靠近手腕的那块，很快就冒起了一个红泡泡，周围的皮肤都跟着泛红。

"你的药箱放在哪里？"乔西宁满脸担心，"这是不是该上药呀？万一留下了疤痕怎么办？"

林述不想她太担心，抽回手说："没事。"

"你怎么活得这么糙？"

乔西宁觉得应该拿个药膏涂抹一下，谁知道林述居然这么随便。

林述不太理解乔西宁此刻的紧张，却又想到她这是在关心自己，面色柔和了下来。

乔西宁跟在他旁边，看着水从他发红的手背流下，忍不住心里的好奇，问他："你刚刚怎么那么及时呀？要是我被油溅到了，你也对我这么糙吗？"

林述沉默。

乔西宁盯着他看，非得要一个答案不可。

要是她也被油溅到了，林述也会随便对待吗？

林述微微偏头，目光落在她的脸上。他的眼神慢慢向下，定格在她的唇上。

他没说话，但答案不言而喻。

乔西宁的脸色顿红，忍不住捶了他一下。

捶了之后她又有些不自在。

这个动作就好像他们还在一起，以前她和林述闹脾气，也会这样捶他。她的力度很轻，停留在他肩膀上的手很方便他把她拉进怀里，低头亲下来。

乔西宁正胡思乱想，就见林述低头又捣鼓煎蛋去了。

两相对比，就显得她放不下。

乔西宁气急："林述。"

像是察觉到了她的气急败坏，林述头都没抬，专心致志地把煎蛋放在圆盘上。

"林述。"乔西宁不甘心，又叫了他一遍。

这回他倒是扭过了头。

乔西宁拉着他手腕，猛地凑近他，像盖章一样，轻轻地触碰了一下他的唇瓣。

和以前一样温热，软软的。

林述微怔。

乔西宁眼底满是得逞的笑意，像只偷腥的猫："叫你不理我。"

"为什么亲我？"

林述的眼睛直勾勾地看着她，脸上没什么多余的表情，语气平淡，只有额角跳动的青筋暴露了他此刻有些难以自控的情绪。

乔西宁问："你生气了？"

林述执着于刚才的问题："为什么突然亲我？"

乔西宁摆出一副无所谓的样子，有几分她第一次见面时亲他的样子："就突然想亲你，哪儿来的那么多为什么，又不是没亲过。"

她气鼓鼓地说："你当初亲我的时候有说为什么吗？"

歪理。

但乔西宁就是理直气壮。她朝林述冷哼了一声，转身想走出厨房。

哪怕她再怎么伪装镇定，脚步还是透露了些许慌乱。

谁让林述不理她。

她被他一刺激，脑子发热就做出了这样的事情。

"乔西宁。"

乔西宁只当没听到，加快脚步。

林述大跨步走过来，抓住她的手腕，一个用力，拉着她转身。

乔西宁垂着眼不敢看他："你干吗？"

林述扣着她手腕的手指慢慢收紧，嗓音有些哑。

"你可以再亲一次。"

因为林述身份的原因，别墅各个角落的窗帘都拉得很紧，不泄露一丝光线。房间内，人工白炽灯明亮柔和，横劈在他的侧脸上，半明半暗。

林述伸手扣着她的手腕，动作幅度过大，导致 T 恤的领口往一旁倾斜，露出他白皙精致的锁骨。

乔西宁的第一反应就是男色诱人。

下一个瞬间，脑袋里低空飘过一排问号。

——你可以再亲一次。

这是什么意思？林述眼里的她，难道这么饥渴？

因为刚刚偷袭亲到林述，她的心情好到不行，这会儿听到他这句话，心情瞬间就变得不妙了。

她往后退了一步，把自己的手腕从他手里解救出来，仰头和他对视："你说清楚了，什么叫可以再亲一次！

"你不要说得我很饥渴一样，我就……就只是……你帮我挡了一下油星子，我安慰你一下而已。"

她摆出一副不在意的姿态，字字句句却跟火炮一样炸向林述："少往自己脸上贴金，我也不是那么想亲你。力气那么大干吗？我的手腕都红了。"

她白皙纤细的手腕上，有一圈红红的指印。

林述看着她的手腕，蹙眉低声问："你生气了？"

乔西宁甩了甩有些僵硬的手臂，又冷哼了一声："你说呢？"

她自然是没有生气的。

谁知道林述像是看不出来一样，目光沉沉地盯着她看，抿紧嘴唇，像在压抑着什么。

乔西宁被他看得有几分不自在，就好像他下一秒就会毫无顾忌地亲上来一样。

她忍不住缩了缩脖子。

看到她的反应，林述的嘴角勾了一下。

乔西宁的心一紧。

林述似笑非笑的表情让她有些羞愤，显得自己在害怕他一样。

她往前走了两步，凑到林述跟前，目光挑衅地说："你看什么看？是不是想亲我了？我和你说，你想得……"

乔西宁的话还没说完，脚步一个趔趄，身体抵上墙壁的那一刻，下巴跟着被人抬起。然后她看着林述低下头，五官在她面前不断放大，唇上传来柔软的触感。

林述碰了一下她的嘴唇，如同她刚刚亲他一样。

却又有些不一样，他像是在试探她的容忍度。

看到乔西宁眨着眼睛看他，他的声音有几分嘶哑："乔西宁，张嘴。"

林述的唇舌滚烫，和他冷淡的外表完全不一样。

他的动作很轻，气势却不减，乔西宁甚至还尝到了粥的味道。

原本没什么味道的粥，像是撒了糖一样，意外的有点儿甜。

林述的眼神发沉，下巴上的手指微微用力，撬开了她的牙关，长驱直入。

他们鼻尖相抵，呼吸交融，空气里都是他的气息。

林述接吻的时候并不会闭着眼睛，眼珠幽暗，眨也不眨地看着她，像是要把她深深地印在脑海里一样。

乔西宁也睁着眼睛，直直地与他对视。

安静的空间里，她清晰地听到唇齿纠缠的声音，以及急促的呼吸声。

是林述的。

林述抬起手，轻轻盖在乔西宁的眼睛上，密不透风地挡住了她的视线。

视野变得一片漆黑，乔西宁开始挣扎起来，抬手要打掉林述的手。

"还生气吗？"林述低声问。

乔西宁刚平复下来的闹腾劲儿，在听到这话后，又有了复起的趋势。

这话说得好像他亲她，就只是为了让她消气似的。

到底是谁占便宜呀？

她梗着脖子说："我还在生气会怎么样？不生气又怎么样？"

她听到林述低声轻笑了一下，是那种发自内心的笑。声音低沉，落进她的耳朵里，让她的心尖忍不住发颤。

乔西宁的睫毛眨动："你笑什么？"

林述回答她上一个问题："继续亲。"

还生气了怎么办？

那就继续亲。

这人被什么东西附身了吗？刚刚不还特别冷淡吗？

她还以为他准备端着到世界末日呢。

原来一个主动的吻就解封了。

乔西宁的心跳快得很，声音也有些哑："那我不生气，你快放开我。"

林述"嗯"了一声，却没放开她："等一会儿。"

乔西宁一愣："怎么了？"

林述抬手，再一次捂住她的眼睛。

在乔西宁看不到的地方，他的眼神渐渐出现了变化。

深沉幽暗的，像黑暗中独自燃烧的一簇火，贪婪而狂热，压抑而克制，忍不住想将她燃烧。

不能看她的眼睛，会忍不住像个变态一样，去亲那双漂亮的眼睛。

她只是看着他，就让他无法抑制地迷恋。

走之前，乔西宁和林述约好，第二天还会过来和他一起吃饭，让他把时间留给她。

不过第二天，林述从黄昏等到夕阳下坠，再等到月上云梢，特地留的门也没被人从外面打开，也没有听到像昨天一样差遣他的声音。

林述站在小窗台上，往前倾着身，两只手肘撑在栏杆上，低头看手机。通知栏干干净净的，没有乔西宁发来的消息，也没有解释。

无边的苍穹下，有稀疏的几点星光。

满室漆黑，只有他的身影被月光笼罩着，孤独又落寞。

他该知道，乔西宁做事向来只有三分钟热度。何况对他，给个甜枣就能让他像条狗一样跟在她身后，根本不需要她花太多的心神。

纠缠着他一整夜的亲吻，像是在嘲笑他的可怜。

手机屏幕在黑暗中突然亮了起来，手机发出振动声响。

林述低头瞥了一眼，不是乔西宁的电话，是她好友乐向晚的。

林述接起电话："喂。"

"林述——"乐向晚语气焦急地问，"西宁在你那里吗？她今天有去找过你吗？"

林述皱眉："什么意思？"

见林述不知情，乐向晚着急地全盘托出："西宁不见了。你看'热搜'吧，我先去常去的地方找一下西宁。"

林述挂断电话，点进微博，一眼就看到挂在最上方的词条——

"安夏 乔西宁"和"乔西宁剽窃"。

林述不知道安夏是谁，也不知道乔西宁怎么会和她扯上关系。他直接点进词条，手指滑动着页面，简单地看了几条微博，就总结出事情的大概。

安夏是演艺圈新晋的"小花旦"，不仅对演戏感兴趣，对珠宝设计也颇有见地。

前两年，她就独立设计了一款戒指，并在一个区间内批量生产，投放大众。

网络上突然有人找出乔西宁前段时间展示的处女作戒指，和安夏之前的设计如出一辙。

其中只有几个细节有所改动。

一个是两年前就公开发售的明星珠宝，一个是前段时间才参展的高级珠宝，就时间线上而言，乔西宁明显处在下风。

更别说事件主人公之一的安夏，在第一时间站出来公开表态。

安夏："每件珠宝都是有自己生命的，也有设计者所想要表达的情感，以后继续努力吧。"

看似避而不谈的话术，却将矛头直接指向乔西宁。

乔西宁一开始也很蒙。

这是她和林述在一起的时候设计的戒指，远远早于两年前，只是一直没有对外公开展示。

而安夏发售戒指的那个时间点，她正好在国外进修，并没有关注国内市场，也根本没听过安夏的名字，又怎么可能知道对方的作品并进行剽窃。

乔西宁坚信自己没看过安夏的作品，也不可能剽窃，直接挂出了当初设计稿存在电脑里的时间。

然而早在她回应之前，舆论排山倒海地朝她裹挟而来——

"现代技术这么发达，设计稿指不定是合成的，毕竟你连剽窃这种事情都做得出，也不差合成证据吧！"

"安夏的团队现在是开始来'碰瓷'珠宝界了？人家都说了是处女作，时间还比你家姐姐早了好几年，真不知道哪儿来的底气说别人抄袭、剽窃。"

林述略过底下那些评论，了解了事情的大概。

当务之急是要找到乔西宁。

这种找不到她的感觉，真的很糟糕。

林述有些怀念当初，可以随时随地知道乔西宁位置的感觉。

可是乔西宁不喜欢，甚至还和他分手。

想到乐向晚说打不通乔西宁的电话，林述想了一下，给乔西宁打了个电话过去。

非常意外的，那边接通了。

"喂。"

那头的声音有些迷迷糊糊的，就这一个字，还打了个嗝。

他依稀能听到大风呼啸而过的声音。

"你在哪里？"

那边怔了一下，听出了林述的声音："是你呀。我今天好烦，我不想去找你了，你自己解决晚饭。"

林述静静地听着，一直等到她说完才问："乔西宁，你人在哪里？"

林述的声音平静，透过电话听上去有些淡漠，好像她做什么都激不起他的情绪，她好不容易压下去的委屈一下子全涌了上来。

"林述，你还有脸找我，呜呜呜……我刚刚看了，就是你那个小助理，现在居然成了小明星，喜欢你就算了，连带着还恨上我了。说什么我剽窃她？！"

乔西宁开始胡言乱语起来："我五年前画的设计初稿，你说我会剽窃她吗？网上的人还说我获奖造假，凭什么？我有钱有颜是我的错吗？

"还有你，都是你的错，呜呜呜，不是你自己喜欢我的吗？我又没逼着你喜欢我，她得不到还怪我，粉丝还说她太出色不是她的错，我太让你喜欢了是我的错吗……"

等她发泄完了，林述才问："你现在在哪里？"

乔西宁安静了两三秒，又不说话了。

好半晌，她才慢吞吞地报了个地址。

滨江和滨江公寓虽然共用一个名字，地方相差却远。

林述也想不到乔西宁能跑到那里去——是当初他背着她走过一段路的地方。

到达地点后，林述坐在驾驶座上，透过风挡玻璃，远远就看到双杠上坐着个人。黑色吊带下细白的肩膀，瘦弱的身材，仿佛下一秒就要被风吹下来。

林述熄了火，下车朝她走过去。

乔西宁坐在双杠上，两条白得发光的小腿在空中乱晃着。她的余光看到不断走近的模糊人影，慢吞吞地抬头，就看到林述朝她走了过来。

身后深沉的暮色和泛着涟漪的江水，一时间成了他的背景板。

乔西宁直勾勾地看着他慢慢地走到自己跟前。

以前她常常需要仰视他，现在她坐在双杠上，换了个角度看他。

林述也在看她，见她只是眼圈微红，稍微放下心来。

"你找我干吗？"乔西宁看到他就想起了安夏，心里来气，用力地踢了踢他："你是来替你那个小助理道歉的吗？"

她从小顺风顺水，到哪里都被人捧着。谁知道出了这样一件事情，还是在她最看重的珠宝设计上，本该如过街老鼠的人站在明面上，带领一群人反过来讨伐她。

不过她只伤心了一下，很快就不在意了——从知道安夏是以前喜欢林述的那个小助理开始后。

她曾经不屑一顾想要逃离的，是安夏永远得不到的，想想就挺爽的。

"不是，我和她没有关系。"林述说，"至于你说的助理，很早以前就不是她了。"

乔西宁满意了。

"林述，"乔西宁双手撑着单杠，倾身凑近他，黑白分明的眼睛眨呀眨，"你是不是还喜欢我？"

从重逢到现在，他们有过不合时宜的亲密接触，却没有过一句简单的喜欢。

可能是此刻旧地重游，也可能是酒意上头，甚至是安夏事件的刺激，乔西宁突然就想到了这个问题。

林述好半晌才开口："你醉了。"

乔西宁翻了个大白眼："你喝醉了我都不会醉。"

林述没再说话。

乔西宁的脚尖晃动，不轻不重地往前踢了两下。林述伸手，五指握住她的脚踝，缓慢地收紧。

林述的手指很凉，触碰的一瞬间，她有种被阴冷的动物缠绕的错觉。她不自觉地瑟缩了一下，想收回自己的腿。

林述没放。

他也并不想做什么，只是握着她的脚踝，防止她再乱动。

乔西宁说："你放开。"

林述没看她："你别动。"

乔西宁甚至都想直接开口冲他喊一句："你到底想干吗？要摸你就摸，别扭扭捏捏的。"

但她看着林述的眼睛，顿时不太敢开口，怕他真的在这里发疯，做出什么无法控制的事情。

两个人维持着这样的姿势，安静地待了一会儿。

"林述。"

林述应了一声："嗯？"

"我想下去了，可是我穿的是裙子，下去会走光的。"

乔西宁也不知道自己刚刚是怎么爬上来的，等她发觉自己居然爬上来时，已经坐在了双杠上。

林述握着她的脚踝，反问："所以呢？"

"你来都来了，顺便抱我下去嘛。"

她话音刚落，也不等林述同意，便张开双臂，直接搂住了他的脖颈，双腿也缠住他。

柔软带香的胳膊直接缠了上来，林述的身体一僵，却下意识地伸手搂住乔西宁的腰，防止她掉下去。

眼见着从双杠上下来了，乔西宁拍了一下林述的肩膀："行了，哥哥，放我下来吧。"

林述像是没听到，身体紧绷，呼吸也很急促。

乔西宁一怔，眼睛很快往下。

林述单手抱着她，伸手扣住她的后脑勺，用力将人压在自己的肩膀上。

"林述！"

哪怕看不到，也不影响乔西宁的判断力。她缠着他的双腿毫不安分，膝盖很轻地敲了两下他的后腰，很张扬地笑道："你不对劲哟。"

她话音刚落，林述像是故意的，把她又放回了双杠上。他用身体堵着她，硬生生逼她在上面坐了一两分钟，手掌还扣着她的腰不放。

之后他才重新把乔西宁安全地放在了地上。

几乎是落地的后一秒，乔西宁快速偏头，目标明确地瞄向他身体的某个地方。

这一两分钟，足够他平息所有该有的和不该有的反应。

果不其然，等她看过去的时候，什么都看不见了。

乔西宁不死心，还想再仔细看看。

林述的太阳穴狠狠一跳："乔西宁。"

乔西宁脆生生地道："叫美女干吗？"

林述靠着双杠，还挺坦荡地反问："你看什么？"

乔西宁歪头看他："明知故问。"

她的眉宇间染上了点儿雀跃，尾音上扬："原来我的魅力这么大，就说个话，你都能……"

乔西宁又想到了刚才她问的问题。

林述没有正面回答，甚至避而不谈，然而他这个反应就已经说明了一切。

他还是喜欢她，喜欢到一句简简单单的"哥哥"，就能轻而易举有反应。

林述抿唇，别过头。

余光看到她一改刚刚低沉消极的样子，眉眼生动，恢复了以往的状态。他的眼神柔和了下来，嘴角不自觉跟着勾起，弧度很淡，但足够让偷看他的乔西宁捕捉到。

"你笑什么？"乔西宁看着他，"你不会在笑我自恋吧？"

"没什么。"林述的声音淡淡的，说话间，将嘴角的弧度收敛起，又恢复以往冷淡的样子。

乔西宁低声嘀咕："死闷骚。"

笑就笑吧，说收就收，跟个机器人一样。

这条江边小路，也是乔西宁和林述之前走过无数次的地方。人烟稀少，大部分时间都很冷清，平时只有饭后散步，才会有中老年人经过。

不过附近倒是有个小型商场，比不上其他大型商场热闹繁华，但设施齐全。

商场正对着门口的地方，有一间堆满娃娃机的小房间，满墙粉红色，极富少女心。

乔西宁以前和林述散步经过的时候，总要拉着他进去逛一逛。

林述抓娃娃的能力，也被她由原本的空手而归，训练到后来的满载而归。

乔西宁坐在副驾驶座上，远远地看着商场外播放着音乐的旋转木马，想到了以前的事情。

她侧过头，故意大声叫他："林述。"

林述开着车，没搭理她。她也不在意，反正她叫他的名字，只是为了表达自己的想法。

"我们等会儿进去逛逛吧。我今天心情不好。"为防止他拒绝，乔西宁忙补充，"因为你，我才会被人骂，还说我剽窃，所以你得补偿我。"

林述没说话，不过身体倒是十分诚实，打着方向盘，把车开往商场的地下停车场。

"不过也不能全怪你，"见目的达成，乔西宁怕他真怪自己，赶紧找补，"那个安夏也很有问题。撞灵感是很正常的事情，而且真要对比时间，也是她不占理，结果她提前打了个时间差，像是心虚先下手为强一样。"

林述找了个位置停好车，掏出自己的黑色口罩和帽子，严严实实地戴上，才跟着脚步欢快的乔西宁走进了商场。

旋转门后就是娃娃机。

两株塑料桃花树点缀着门面，简陋吸睛。粉墙，粉娃娃机，一眼望去全是粉色，让人以为误入了什么粉色世界。

刚好有四五个小孩子围在一台娃娃机前，爪机吊着一只粉色小猪，在慢慢地往上升。

扑通一声，粉色小猪掉了下去。

看来还真不那么好夹。

乔西宁打开手机，扫码换币——

她扫了一百个游戏币出来，随手扔进包里，也没顾得上林述，找了台有自己喜欢的玩偶的娃娃机。

过了一会儿，乔西宁狠狠地捶了一下操作盘。

投了八十多个币，没有一次触碰到了玩偶，屡次擦肩而过。

娃娃机上镶嵌的荧光珠，随着音乐开始五颜六色地轮番亮起来，充满欢笑的儿歌，就好像在嘲笑乔西宁的不自量力。

乔西宁盯着玻璃窗内的娃娃，冷不丁对上林述认真而专注的眼神。

不知道他看了她多久，眼底含着淡淡的、还未来得及完全收回的笑意。

嘲笑！这绝对是嘲笑！

乔西宁恶狠狠地盯着林述，可一对上他微弯的眼睛，心就不由自主扑通扑通跳快。

她突然有些口干舌燥。

她不知道自己的耳根开始泛红，掩耳盗铃般一把攥过林述的胳膊，把他攥到娃娃机前，凶巴巴地说："你看什么看，跟个木头一样站在旁边，都不知道主动点儿帮我夹几个玩偶上来吗？"

林述站在娃娃机前，手指摸上摇杆，试了一下手感。

乔西宁忍不住点评："你这看上去还挺专业的。"

林述的声音里还带着笑："你训练过的，能不专业吗？"

都会开玩笑了？

"既然你都这样说了，待会儿可别空手而归。"

乔西宁从包里摸出两枚游戏币，递给林述。

"喏，我给你两个币，你只有一次机会。待会儿要是没夹上来，你就完了。"

怎么个完法乔西宁自己也不知道。但刚刚被他明晃晃地嘲笑，不这样说，显得自己很没气势。

林述看了她一眼，对准投币口，不紧不慢地把两枚游戏币投了进去，修长而骨节分明的手指摸上了摇杆。

他的手背暴露在灯下，是那种青筋与力量交织的筋骨感。肤色很白，能看到皮下薄薄的青色血管，随便拍张照片，大抵都会成为手控的福音。

灯光是不算太明亮的粉调，暗暗的，柔柔地扫过林述的侧脸。

乔西宁站在他左手边，偷偷看他。

他的口罩没摘下来，口罩下是白得发光的皮肤，几乎看不到什么毛孔。眉眼冷淡又深邃，鼻峰处口罩微隆，侧脸到下颚的线条锋利又精致。

仅仅是一个侧脸，就足够"杀"她了。

"乔西宁。"林述的声音很低，像是隐隐压抑着什么。

乔西宁抬眼，透过玻璃窗，径直对上林述的双眸。

很危险的眼神，几乎把她吓了一跳。

林述盯着她道："你不要看我。"

偷看再次被抓包。乔西宁慢吞吞地吐出一口气，本着不要里子要面子的态度，理直气壮地说："你这句话是什么意思？别说得好像我很想看你一样……"

"会影响我发挥。"

乔西宁的话还没说完，就被他一句话给打断了。

"我看你怎么就影响你发挥了？"乔西宁不理解，缠着林述要和他理论，"那不是你用自己的手夹玩偶，用你的眼睛看，你不要看我不就……"

话说到一半，乔西宁才反应过来。

她说不下去了，连拉着他胳膊的手都在发烫。

乔西宁急忙收回手。

相比她，林述神态自若，专注地等待娃娃机开始。

啊啊啊！！！

——你不要看我，会影响我发挥。

——因为我会光顾着看你。

她要收回自己刚刚说他是木头的话。

呜呜呜，这人根本不是木头，是行走的荷尔蒙。

她心里有头小鹿乱撞，忍不住又偷偷地瞥他微微俯身显露出来的身材。

粉丝疯传一句话：宽肩窄腰大长腿林述。倒三角的身材，又瘦又结实，没有一块多余的肌肉，和脸一样，整个人三百六十度无死角。

她看过来的眼神，灼热无比，林述想忽视都难。

当看到乔西宁有些"饥渴"的眼神，林述的太阳穴跳了跳，险些手一抖，差点儿摁下去。

"乔西宁。"

一听他这种压着嗓子的语调，乔西宁就知道林述生气了。

刚刚还撩她呢，这会儿又生气了。

乔西宁移开自己盯着他的视线，对上他的眼睛，心尖一跳。

"干吗，"她眼神不自觉地乱瞥，"叫我干吗？"

"想要哪个？"他的语气淡淡的，一副胸有成竹的样子。

乔西宁非常诚实地指着玻璃内一只肥嘟嘟的小企鹅，蓝白色的身体，黄色的鼻子，很可爱。

林述"嗯"了一声，全神贯注地准备夹那只小企鹅。

银色的爪机张开了爪子，往下一抓，猛地将小企鹅夹了起来。他一路平稳地往上，往左一动，企鹅便往下掉。

在乔西宁兴奋的眼神中，林述拿出那只小企鹅递给她。

刚刚那几个小孩子看到林述夹到了小企鹅后，齐齐地凑过来，包围他，不经意间，便将乔西宁挤了出去。

小孩子的声音很吵，听来听去，无非也都是那几句——

"夹上来了。"

"哥哥，你好厉害！"

"哥哥，能不能帮我们也夹一个？"

林述没说话，安静又专注，屏蔽外面所有的声音，又夹了一只小流氓兔上来。

等几个小孩子都离开，乔西宁才上前，伸手接过战利品。

看着林述冷淡的神色，乔西宁忍不住又想逗他，拿腔拿调："哥哥，你好厉害哟。"

那声音细细软软的，撩着他的心尖。

林述看着乔西宁，沉声道："乔西宁。"

他的声音低哑，暗含警告。

乔西宁脖子一缩，闭了嘴。

林述可是敢在大庭广众之下，因为不想听她口中的废话，能直接低头亲她的人。

她闹腾是闹腾了点儿，但还是要脸的。

车子一路开到滨江公寓。

"喏，"下车前，乔西宁低头挑挑选选，从自己手中的一堆玩偶里挑出一只最丑的绿青蛙，一把塞给林述，"这个给你，辛苦费。"

她的心情变得不错，也不等林述开口就下了车，抱着怀里的玩偶，一蹦一跳地往楼内走。

林述看着她欢快的背影，又看了一下自己手中的绿青蛙，勾唇低笑了一下。但他很快又想到造成她这天不开心的原因，便拿出手机点开了相册。

他记得当初还在一起的时候，用手机拍了几张她电绘图和草稿的照片。只要将带有拍摄日期的照片发到网上，自然就能证明乔西宁的清白。

林述点开微博，刚要用自己的个人账号帮乔西宁澄清，不经意地抬头，看见眼前的楼栋一片漆黑，并没有亮起来的窗口。

距离乔西宁下车，已经过去差不多十五分钟了。

哪怕他知道乔西宁不可能在高档小区楼道里出事，但难保不会出现什么意外。

林述没办法承受这万分之一的可能，只是一设想，他的心跳就仿佛瞬间骤停，差点儿喘不过气来。

看着两部电梯徐徐上升，林述只能转身走向楼梯间。

乔西宁这晚的确是很开心。

不仅因为林述给她夹了不少玩偶，还因为看到他出现的时候，她猛地想起，自己曾经在戒指内圈上刻下了灵感日期。

珠宝圈抄袭剽窃泛滥成灾，不少设计者都会采取各种方法来确保自己的独创性，也是为了沾染丑闻的时候，能够有一定的证据证明自己的清白。

既然草稿存档时间被网友认为是合成。那么实物戒指的日期，总不该也是近两天雕刻上去的吧？

她本来就有些舍不得把那枚戒指卖给别人，正好，这下子有缘由可以拿回来了。

大不了赔钱嘛。

只不过她的助手给她打了电话，查到了那个背后买家，居然是林述。

那个时候，他们在楼道见了一面，因为林述讨伞的举动，她甚至还怀疑他是不是再也不想理她了。

而她狠下心展售的戒指，兜兜转转到了林述的手里。

乔西宁只觉喉咙发苦。

这天晚上，林述出现在江边，包容她的小脾气，陪着她一起夹娃娃。

黑暗中，陡然传来焦急的脚步声。

乔西宁慌忙抬眼，正撞上林述有些发红的眼睛。

他额间有细密的汗珠，顺着下巴滑落，没入喉结下方。

"林述，"乔西宁蹲在地上，仰头看他，"你一层一层找上来的？"

他刚刚在楼梯口出现的样子，明显是打算看一眼走廊，还要继续往上。

为什么往上？

因为在找她。

林述没说话。他的呼吸急促而粗重，也没顾得上额角的细汗，抬脚走了过来。然后学着她，在她面前慢慢蹲下，嗓音有些哑："怎么蹲地上了？"

乔西宁答非所问："你是不是买了我的戒指？"

她伸出手："你脖子上挂的，可以给我看看吗？"

早在几天前，她就发现林述的脖子上挂着一条银项链。只不过那时候她没在意，现在一想，项链上可能串着她的戒指。

林述将脖子上的东西摘下来，直接套在了乔西宁的脖子上，看着她开口："它一直是你的。"

——我也是，一直是你的。

本该是冰冰凉凉的链条，此刻却是温热的，带着他的体温。

乔西宁抬手，摸着戒指的内圈："这上面有我们恋爱周年的日子，你不知道吧？"

"林述，"乔西宁看着他说，"你真傻。"

林述伸手摸了摸她的脑袋，没说话。

从开始到现在，他对乔西宁一路傻过来，也不差这一会儿。

第二天，乔西宁以工作室的名义上传了戒指的照片，尤其放大内圈的戒指日期，并公开说是和初恋男友的恋爱纪念日。

网友没想到事情还有这样的反转。原以为要么就各种压"热搜"，让事情逐渐淡化；要么就是用撞了"脑电波"等理由解释这出巧合，谁知道乔大小姐还真的就拿出了证据。

各种附带日期的电绘图和初次草稿二次初稿图，直接打了安夏及其粉丝的脸。

初恋在不少人心目中都是非常干净的、值得纪念的存在，何况乔西宁说自己和初恋男友现在还在一起。不少人觉得她不是在说谎，毕竟没有人会拿自己的感情当作噱头来开玩笑。

有人用放大镜对过那天乔西宁珠宝展览的图片，戒指内圈的确刻了一层小字，几个小小的数字，应该就是日期。

"笑死人了，安夏和她的团队做个人吧。"

"安夏估计也没想到自己踢到了一块铁板。以前'碰瓷'，没人乐意搭理她。这下好了，'碰瓷'珠宝界人士，估计是想让时尚圈注意到自己。"

"如意算盘打错了，时尚圈不会欢迎她的，只会因为乔大小姐的原因更把她拒之门外。本来时尚感就不是很好了，还玩这些有的没的。"

"＃安夏今天道歉了吗＃没有。"

"只有我一个人好奇吗？既然乔大小姐的戒指是几年前就定的终稿，安夏是两年前才设计出来的，时间线不知道晚了几年。乔西宁这么着急地上蹿下跳，大胆地提出一个假设，该不会她是剽窃方吧？"

网上吵得沸沸扬扬，倒是此前连续发声的安夏一直装死。

事情过去了就过去了，乔西宁也证明了自己的清白，就没再注意了。

虽然她觉得安夏可能不经意看过自己的初稿才设计出这样的作品，但毕竟没有直接证据。

在安夏粉丝还在和各路看好戏的网友争辩的时候，乔西宁正坐在西餐厅里，和乔川介绍的青年才俊相亲。

"这两天的'热搜'你有看吗？"乔西宁低头抿了一口咖啡，道，"特别是今天的，我已经有男朋友了，我们可能不太合适。"

"乔小姐设计的珠宝我都看了，"程燃像是没听到乔西宁的话，清俊的脸上挂着一抹浅笑，"每一件设计选取组合的元素都挺好的，也能看出设计者想要表达的东西。"

如果是以前，乔西宁还愿和一个陌生人探讨自己的设计，但她总感觉程燃有一种来势汹汹的样子。

乔西宁心里"啧"了声，神情正经："我今天来真的不是和你相亲的，如果你想和我讨论珠宝，那除了今天我随时欢迎。"

程燃脸上的表情没变，只抬了抬下巴，示意她继续。

"我过来就是告诉你，我们两个不合适，希望你能遇到适合的人。"乔西宁说完，拿着自己的包起身就要离开。

"乔小姐，"程燃坐在椅子上，不紧不慢地切着牛排，云淡风轻地说，"乔总让我们认识一下，你这样走了不合适吧？"

乔西宁回头，这会儿也没了客套的笑容："合不合适我爸爸那边我会去说，就不劳烦你操心了。"

早知道这人说不通她还不如直接不来了，简直浪费时间。

乔西宁乘坐电梯上楼的时候，还在想要不要主动找林述。谁知道一出电梯，就看到自家门口站着一团黑影。

听到动静，林述慢慢地抬眼，就看到惊讶的乔西宁。

乔西宁怎么也想不到，会在自己公寓的门口看到林述。

那天晚上过后，她和林述就没再联系过了，没想到他会过来。

乔西宁惊喜地走到他面前，问道："你怎么会过来？找我有什么事？"

林述提醒她："戒指。"

他说得太言简意赅，乔西宁一下没反应过来，疑惑地抬头看他。距离太近，这一抬头，她差点儿直接撞上了林述的下巴。

她发间馥郁的香味扑鼻而来，还有来自她身上的香味。

让他上瘾又迷恋的气味。

林述深吸一口气，目光发沉。

在她撞上来的前一秒，抬手捏住了她的肩膀，将她固定在之前的位置。恰到好处的距离，不远也不近。

这一连串动作下来，乔西宁的脑子也转过来了："林述，那是我的戒指。而且你那天晚上都说了，它一直是我的。"

"虽然是你买走了它，但是！"乔西宁拔高了音量，义正词严，"你自己都送给我了，送给别人的东西是不能拿回去的，不礼貌，你知道吗？！"

走廊里的灯一直亮着，光线将林述的脸部轮廓切割得棱角分明。被灯照亮的那一半，肤色白得不像话，下颌瘦削，隐约能看到他颈侧清晰起伏的脉络。

不过几天没见，怎么感觉他越来越好看了？

林述对乔西宁的表情很熟悉，只要她一个眼神，就能猜到她的想法。

察觉到她又在想什么乱七八糟的，林述的目光冷淡下去，盯着她重复："乔西宁，戒指。"

"小气。"乔西宁没忍住当面吐槽，"哪有你这样小气的，送了东西没几天，就上门让人还你。"

林述扬眉："你很想要那枚戒指？"

"当然，"乔西宁点头，"那本来就是我设计的戒指，而且你都送给我了。"

林述低声说："你想要的话，我之后可以给你。"

乔西宁的眼睛一眯，盯着他质问："为什么要之后？我现在就想要不行吗？"

林述抿唇，又不说话了。

"林述，"乔西宁想到了某种可能，有些气急败坏，"你该不会要拿着我设计的戒指，去向其他女人求婚吧？"

"不是，"林述否认，"过两天，我要进……"

他话说到一半，乔西宁的手机响了起来。

是乔川打来的电话。

知道他要说什么，乔西宁的眉眼耷拉了下来。

她举起手机，朝林述示意一下："你等一下再说，我先和我爸爸打个电话。"

乔西宁没把林述当外人，非常自然地当着他的面接通了电话。

乔西宁："喂。"

"西宁，"乔川的声音传了过来，"晚上和程燃吃饭，感觉怎么样？程燃刚刚给我打电话，说对你很满意。"

乔西宁有些讶异。她没想到自己话都说得那么明显了，程燃居然没当回事。

这什么情况？

"也是，"乔川很骄傲，"我女儿这么优秀，他有什么不满意的。"

乔西宁无语得想翻白眼。

——既然你觉得你女儿这么优秀，怎么还让她去相亲？

那个程燃也是，都和他说了她有男朋友，不死心，还上赶着想要挖墙脚吗？

"虽然爸爸对程燃满意，但主要还是看你的意思。"乔川一顿，继续说，"毕竟是要和你过一辈子的人，爸爸也不需要你牺牲自己来联姻，只要找个看得对眼的、喜欢的人，开开心心过一辈子就行。"

林述站在一旁，将乔西宁的电话听得清清楚楚。

相亲。

他周身的气息瞬间冷了下去。

乔西宁一边听电话，一边发着呆，不时地应上两句。

本想和父亲直接说自己有男朋友了，但是当着林述的面，这句"男朋友"她就是说不出口。

乔西宁听着电话，低垂着头，有些无聊地盯着自己的脚尖。维持一个姿势久了，脖颈还有些酸。

她抬起头，活动了一下脖子，就对上了林述的眼睛。

乔西宁吓一跳。

林述额角的青筋浮起，幽深的眼里此刻布满了红血丝，眼圈也是红的，像是忍着极大的气。

乔西宁叫了一声："你怎……"

"宁宁，怎么了？"

"爸，我没事。"乔西宁反应过来，"我现在这边临时有事，待会儿再和你说。"

她干净利落地挂断电话。

"林述，你……"

乔西宁将手机放进包里，刚要发问，就被人往后一推。

等她回过神，已经被林述压在了墙壁上。

"乔西宁——"林述的手掌握着她的腰，用力地禁锢着，声音很低，"你刚刚去干吗了？"

他自虐一样，明明都从电话里听到了，还非要听她亲口说出来。

林述压着怒意道："说话！"

乔西宁见他情绪很激动的样子，如实开口："相亲。"

林述的表情不再是一如往常的淡漠，而是有种风雨欲来的阴沉。

看他那样子，乔西宁甚至觉得自己可能会死在这里——被林述给掐死的。

可林述只是红着双眼，沉默地盯着她。

过了半晌，他放开了一直禁锢着她腰的手，转身就走。

他怕自己控制不住，会弄伤乔西宁。

明明前一天晚上还倒在他的怀里哭，为什么转天就可以去和别人相亲，甚至毫无顾忌地告诉他？

乔西宁及时拉住了他的手。

林述的身形一动，明显想甩开她。

乔西宁上前两步，抱着他的胳膊不放："你就不问问我相亲的结果吗？"

怕又刺激到林述，她快速说道："我和相亲对象说，我有男朋友了。"

林述的声音很低："是吗？"

"是呀，我就是这样说的。"乔西宁和他抱怨，"谁知道他发什么神经，还和我爸说那种话呢。"

乔西宁摇了摇他的手，说道："所以你别生气了好不好？都到我家门口了，你要不要进去？"

林述转过身来，直勾勾地盯着她。

读懂了他眼神的示意，乔西宁摸了摸鼻尖说："我又不是那个意思。"

她一顿，又故作警惕地说："走廊不安全，不适合说话，指不定记者正躲在哪个角落，正准备偷拍我们呢，所以才问你要不要进去说话。"

林述一怔，没想到她是这样想的。

乔西宁看出什么，嘴角勾起了然的笑："还是你想？"

林述的脸色沉了下来："乔西宁。"

乔西宁道："不禁逗。"

她一只手输入密码解锁，一只手还要拽着林述，防止他直接走了。等门被打开后，她拖着他就要往里走，结果没拖动。

"林述！"乔西宁偏过头看他，"你不进来吗？"

林述淡声道："我没说要进去。"

乔西宁说："你要是不进来，戒指我就不给你了。"

男人依旧直挺挺地站着，不为所动。

乔西宁看着他，眼珠骨碌一转，几步上前，一头扎进他的怀里，树袋熊一样搂住他的腰。

林述的身体僵在原地，浑身紧绷。

乔西宁拱着他的胸膛，在他浑身僵住的情况下，趁其不备将他直接带进了屋内。

乔西宁得意扬扬地说："你说不进来，还不是进来了。"

她微抬下巴，拉出一道精致优美的弧线。

林述的目光下意识地落在了她白皙的脖颈上。

注意到他的视线，乔西宁问："你看什么呢？"

林述收回目光，嗓音平静地说："没什么。"

"哦，"乔西宁转身，走到落地窗边拉上窗帘，没完全拉上，留了条缝隙，"我和你说，我就是去吃了顿饭，我那个相亲对象……"

"乔西宁。"林述出声打断她的话。

乔西宁恍然间明白了，话锋一转："其实我想说的是，我晚上没吃饭。"

林述反手关上门，问道："你想吃什么？"

乔西宁没有让他下厨的意思，拿出手机说："我要点外卖了，你有没有什么想吃的？"

林述抿唇道："没有。"

"哦，那我就随便点了。"

外卖来得很快，几样小菜和一大盒小龙虾，都是乔西宁喜欢的。只是掀开一个小口子，小龙虾香辣的气味便溢满了整间屋子。

乔西宁坐在地毯上，手撑着下巴看他。

林述扬眉，平静地回视。

"你现在可不能说我对你不好了。"乔西宁掀开盖子，将其中一份推到林述面前，"我一半你一半，一起吃。"

红艳艳的、满满当当的小龙虾，被分成了两份。

一边是油亮鲜香的麻辣小龙虾，底下铺了一层红油；一边是干捞出来的，只有红色的虾壳彰显出小龙虾的尊贵身份，特别清淡。

乔西宁饿得不行了，直接戴上手套。没几秒，她就挫败地叫了一声，辣油都溅出来了，小龙虾还是一只完完整整的带壳虾。

幸好她刚才及时躲开了，才没溅在衣服上。

"林述。"乔西宁眨巴着眼睛，期待地看向他，撒娇道，"你帮我剥虾嘛。"

乔西宁十指不沾阳春水，别说是剥虾了，让她洗个菜都弄不好。上次给林述熬的粥，还是等别人把原材料都准备好了，她丢进去煮的。

林述戴好手套，拿起一只虾，动作优雅且快速地把虾肉剥了出来。

很快，乔西宁面前就堆满了林述剥的麻辣小龙虾。

乔西宁吃得津津有味。

她开着电视，目光却始终落在林述的身上。

暖色调的灯光打在他的身上。他低垂着眉眼，浓密的睫毛在下眼睑处打出一小片阴影，就连以往略显冷峻的侧脸都显得柔和了。

乔西宁的目光炙热，被看的人无动于衷，只低着头专注剥虾。

记忆中，他做任何事情，都是一副特别认真的模样。

特别是和她有关的事情。

乔西宁心中难掩酸涩，又有些不满意。

"林述，"她开口问，"小龙虾比我好看吗？"

"不然你怎么看得这么认真？"她故作控诉的语气说，"都不看我。"

林述懒得理她。

剥完最后一只小龙虾后，他摘下手套，抽出一张湿纸巾擦了擦手，语气很淡地说："吃吧。"

乔西宁偏不，非要林述给出个答案来："你说，我和小龙虾谁好看？"

与此同时，林述的手机响了起来。

他看了她一眼，起身，走到落地窗前接电话。

外面的天空颜色厚重，不见星光，像一块黑色的幕布。更远处，高楼大厦鳞次栉比，霓虹光线交织点缀，骤然照亮整个黑夜。

他面前的一小片玻璃像一面清晰的镜子，反射出身后乔西宁的动作。

她从地毯上支起身体，伸手捏起一只清淡的小龙虾，学着他刚刚的样子，小心又笨拙地剥小龙虾。

等把虾肉剥出来后，她直接放到了属于他的空盘里。

几乎是无意识的，林述的嘴角扬了起来。

"阿述，你在听吗？"那头，王洋的声音传来。

"嗯，怎么？"

"前段时间不是接了个本子吗？这两天会进组，你准备一下。"

"行。"

他们又说了些工作上的事才挂断电话。

"林述，"乔西宁看他走了过来，骄傲地伸手一指，"喏，我给你剥的虾，你也吃。"

林述顺着她手指的方向看过去，三四只小龙虾，有的壳都没剥干净，有的被剥得只剩一点点虾肉。

乔西宁还记得他有胃病："你不能多吃的，你只能吃两三只，我剥的刚刚好。"

她说着，拿起其中一只，另一只手撑着桌沿伸向他："你吃呀。"

女孩子的手指白皙纤细，指甲圆润粉红，涂了一层透明的甲油，指尖捏着一团小虾肉——特别小，甚至可以忽略不计的那种。

乔西宁只是随手一拿，没想到会拿到这么小的。

她一怔，和林述商量："我再给你拿一只。"

林述没说话，却已经做出了动作。

他俯身，高大的阴影将娇小的乔西宁罩住。他没给她反应的时间，低头咬住。他温热濡湿的舌尖放慢了节奏，擦过她的指尖，虾肉便被卷了进去。

乔西宁看着自己的指尖，愣愣的。

林述倒像个没事人一样直起身子，眼神径直落在她身上。

空气一下子安静下来。

"那什么，"乔西宁尽量忽视指尖的濡湿感，没话找话，"你经纪人找你什么事？"

她刚刚不小心瞥到了他的手机屏幕，备注是王洋。

林述的声音很淡："工作上的事。"

"哦，"她垂下眼，睫毛乱颤，"你要去拍戏了吗？"

"嗯。"

不知道为什么，手里的小龙虾突然不香了。

林述要去拍戏了，也不知道这一次要去多久。

察觉到她低落的情绪，林述开口转移她的注意力："把戒指给我吧。"

听清他话的那一秒，乔西宁其实很想冲林述吼一句："你没看我心情不好吗？！你就不能安慰安慰我吗？"

但她没有。

乔西宁保持沉默，拿下自己从那天晚上起就一直戴着的戒指项链。

林述伸手接过。

戒指上还残留着她身上的温度，他下意识地握紧，感受她残留的体温。

乔西宁受不了这样的安静，也受不了情绪低迷的自己。

她拿起筷子，恢复到刚刚没心没肺的样子继续吃饭。

"林述，你去拍戏拿着戒指干吗呀？"她看着林述，灵光一现，一脸了然地笑道，"你该不会是见不到我，拿着它睹物思人吧？"

她也算了解林述，送给她的东西，怎么还会再拿回去？这不符合他一贯的作风。

林述的声音很低，显得很克制："嗯。"

乔西宁挑选小龙虾的动作一顿，慢半拍地抬头看他。

她没想到林述会承认，像附和她的玩笑，又像是真情实感的流露。

乔西宁张嘴想说什么，可头脑一片空白，满脑子都是他的那声"嗯"。

拿到戒指，林述便没有继续逗留的打算。他俯身，简单地收拾了一下桌上的包装盒，准备带下去扔了。

乔西宁问："你要走了？"

"嗯。"

乔西宁从地毯上爬起来说："我送你吧，到门口。"

两个人走到门口。

"乔西宁——"林述站在门口，回过头来看着她，"你好看。"

高大的身影在地上投射出一道阴影，一路歪歪斜斜地蜿蜒，尽头是乔西宁的脚边。一如他这个人，总是甘愿在她面前折下一身傲骨，捧着谦卑爱意，完完全全地任她践踏。

乔西宁应了一声："什么？"

他语气庄重地说："无论和谁比，都是你好看。"

——我和小龙虾谁好看？

——你好看。

——无论和谁比，都是你好看。

乔西宁这一觉睡得并不安稳。

像是有一张名为"过去"的 CD，在她耳边慢悠悠地播放，全是林述的声音。

"不要对别人笑。

"不要喜欢别人，喜欢我就好。

"永远不要离开我。

"我只有你一个。"

⋯⋯⋯⋯⋯

梦境光怪陆离，如一幅幅画质精良的光影画，林述的面容和声音飞速地闪过，快得乔西宁根本来不及伸手捕捉。

一阵刺耳的电流音过后，她的视线逐渐变得清晰。身形挺拔的男人站在光影交界处，目光专注柔和，嘴角扬起微微的弧度，显而易见的温柔与妥协，完全一副哄人的姿态。

"你好看。"

乔西宁一下就醒了。

她的心脏剧烈跳动，快得好像下一秒就会跳出胸腔。

一夜过去，她竟然还在想，还在回味。

乔西宁咬唇，有些烦躁地抓着自己的头发。漂亮的卷发被她薅成鸡窝头。

不能就她一个人胡思乱想，改天她一定要撩回来！

没等乔西宁构思好作战计划，放在床边的手机就响了起来。

是个陌生的号码。

乔西宁迟疑几秒，接了起来。

"喂。"

"你好，乔小姐，我是方竟，从顾简那里问到的你的电话。"他顿了顿，才问道，"没打扰到你吧？"

这个名字她有点儿印象，好像是个导演。

乔西宁疑惑道："没有，不过你找我什么事？"

"是这样的，我手头有部电影，涉及珠宝领域，想看看能不能与你合作。"

乔西宁想了一下，才问道："我能看下剧本吗？"

"可以，"对方立马回应道，"看你今天什么时候有时间，我们约个地方见面。我把合同也带上，要是能够合作，就直接把合同给签了。"

"行。"乔西宁和对方约了十点见面。

咖啡馆。

方竟将一沓剧本资料递给乔西宁。

乔西宁翻看了一下，挑眉说道："杀人犯？"

方竟给她讲情节："表面是光鲜亮丽的珠宝设计师，背地里是变态杀手。"

乔西宁来了点儿兴趣，又有些为难。

她需要把自己代入男性珠宝设计师、代入变态杀手的角度，去思考这样一个人，会设计出什么样的珠宝来。

这有点儿挑战性。

她想同意，但是这样一项工作，势必会占用她很多时间。

还需要她去片场近距离感受，那样一个人最内里、最复杂的人性。

林述去拍戏也不知道要去多久，她原本打算在这期间去找他的，免得两个人好不容易修复的关系又疏远了。

看出了乔西宁的为难，方竟道："不方便的话，也没事。"

乔西宁沉思了一会儿，抿唇问："电影什么时候开机？"

"就这两天。"

乔西宁点开手机查林述的消息。

也是这两天。

方竟眼尖，瞥到了乔西宁屏幕上男人的照片，于是笑道："你喜欢林述？"

"嗯？"

方竟指了一下剧本资料，说道："林述主演的电影，有兴趣一起合作吗？"

乔西宁惊呆了。

她诧异地看了方竟一眼，低头翻到资料第一页——《追捕》。

网上传言的，林述最新的电影。

只不过因为保密工作做得好，除了电影的名字，其他信息一概没泄露出来。

她刚刚急着看剧本，居然忽略了最重要的东西。

想到昨天说的"睹物思人"，乔西宁顿时乐不可支，眼角眉梢都藏不住笑意，几乎是迫不及待："合同带来了吗？"

乔西宁迅速和方竟签订了合同。

方竟收好合同，站起来说："今天晚上有个聚餐，乔小姐可以一起过来，提前适应一下剧组的氛围。"

乔西宁要是一般的设计师倒还好，方竟直接就公事公办了。可她是乔家的掌上明珠，又是顾简的朋友，自然会多照顾着点儿。

所以知道她喜欢林述后，也乐得卖她一个面子。

"林述去吗？"乔西宁问。

"不一定。"

不是开机或杀青宴，只是简单的聚聚。

方竟对电影质量吹毛求疵，在其他事情上倒是不拘小节。他和林述合作过几回了，向来随林述的兴趣，从不强求林述出席。

等方竟离开，乔西宁拿起手机给林述发消息："哥哥，你这次演的是变态杀手还是警察呀？"

乔西宁发了个"相视一笑"的表情包。

王洋从门外进来就看到林述坐在沙发上，望着手机出神。

"阿述，怎么了？"

"没事。"

林述摁灭手机，强制性地将自己的目光从"哥哥"两个字上面移开。

那天晚上，在江边的双杠上，乔西宁也这样叫过他。

她每一次这样喊他，都能轻易影响他的情绪。

"晚上剧组聚餐你不去吧？"

"嗯。"

"行，那我打电话说一声。"王洋在等待电话接通的时候说道，"方导对这部电影还挺重视的，特别去刑警队直观体验了一下，还请了珠宝设计师过来专门设计电影里的珠宝。"

林述翻阅的动作一顿，下意识地抬头，把王洋的话和乔西宁联系在了一起。

电话接通了。

"方导，我是王洋。晚上的聚餐，阿述就……"

林述突然出声："我去。"

王洋看着他。

林述重复："晚上的聚餐，我去。"

王洋立刻改了口："方导，晚上的聚餐阿述也会过去。"

挂断电话后，王洋疑惑地看他："你怎么突然改变主意了？你以前不是不喜欢参加这种活动的吗？"

林述合上剧本，"嗯"了一声，也没解释这次到底为什么会突然改变主意。

华灯初上。

江南宴的音乐喷泉流光溢彩，外面一条橙色的灯带拉过，天空都被染成了黄色。

乔西宁以为林述看到她的时候会特别吃惊，结果他只是看了她一眼，又漫不经心地移开了视线。

这种反应让乔西宁特别不满意。

正好他身边有一个空位，她走过去，直接坐到了他身边。她的手肘抵在桌上，手支着下巴偏头看他："好巧哦，在这里遇到你。"

见林述不理她，她更来劲了："其实，我要和你说的不是这句话。"

她好整以暇地看着他，等着他开口问。

但林述只是伸手拿过乔西宁面前的碗筷，用热水烫了一遍后，又摆放回原位。

乔西宁像是被顺毛的猫，一下就被他这个动作安抚到了。

既然他不问，那她就主动开口了。

"我本来还没有那么快答应的，结果知道是你要出演的电影，我立刻就答应了。"乔西宁一顿，又说，"你知道为什么吗？"

她抬起下巴，就差没把"你快问问我"写在脑门儿上了。

不知道是被她的话取悦到，还是这晚林述的心情的确不错。

他异常配合，低声问："什么？"

乔西宁满意了，朝他笑道："你昨晚不是说要睹物思人吗？"

"嗯？"

"但我来了，"她俯身凑到林述的面前说，"你就不用睹物思人了，你看我就好啦。"

——你看我就好了。

从前，林述也对她说过这种话。没想到有一天，会从她口中说出来。

乔西宁穿了条黑色吊带长裙。长长的卷发自然地垂落，挡在胸前，精致锁骨半隐半现，浑身上下的皮肤白得发光。

她五官精致，在妆容的搭配下显得特别立体。脸颊泛粉，不知道是打了腮红，还是给热的。

她凑过来的时候，林述能闻到隐隐的发香，像是花园里开得最娇艳馥郁的一株花朵，等待着他人采摘。

乔西宁那双漂亮的眼睛里，满满当当都是他的身影。

林述清晰地听到，自己此刻剧烈无比的心跳声。

他舔了一下嘴唇，又弯了下嘴角，扯出一抹淡笑。

哪怕只是稍纵即逝，乔西宁也看到了。

林述长得非常好看，不然当初也不会一眼就引起了乔西宁的注意。他不爱笑，但笑起来的时候，全世界都能为他低头。

察觉到自己居然迷失在林述的一个笑中，乔西宁懊恼地咬唇："你笑什么？不许笑了。"

林述答非所问："想吃虾吗？"

"什么？"

乔西宁愣住了，不知道话题怎么就跳得这么快。

"想吃吗？"林述指了一下刚端上来的新鲜海虾，说道，"给你剥。"

有人剥虾，不吃才是傻子。

乔西宁点头："好呀。"

旁边一直有人注意着他们这边的动态，自然将他们之间的举动尽收眼底。

"乔小姐，"有人忍不住上前询问，"你和述哥，你们认识呀？"

乔西宁看了一眼林述，"啊"了一声，刚要回答，就被门外传来的动静打断了。

包间门被人从外面推开，一个人在侍应生的指引下走了进来。

乔西宁抬头看过去，看到来人时，忍不住撇嘴。

她没想到，安夏居然会出现在这里。

安夏进门后，先和临近门边的导演、制片人等打了招呼，而后一眼就看到了林述。

她眼睛一亮，快步走过来和林述打招呼："林述哥，没想到会在这里遇到你。"

她是真的没想到。

毕竟她做过林述的实习助理，知道他一直不喜欢参加这样的活动。

林述抬了抬眼，看人的时候眼神冷淡，没有什么感情。

他只瞟了安夏一眼，算是回应，就又低头剥虾了。

乔西宁笑出了声。

安夏和她说一样的话，却得到了不同的反馈效果。

乔西宁简直太满意了。她凑到林述耳边，小声地说："干得漂亮。"

林述看了她一眼，嗓音低哑："你坐好。"

乔西宁顺着他的目光低头，看到大片白皙的肌肤时，她红了脸，喃喃："变态。"

谁像他一样，还关注着这个。

乔西宁整理了一下裙子，刚要凑上去继续和他说话，察觉到不远处投来一道不善的目光。

乔西宁抬头看了一眼，而对方在看到她时，满脸的怨恨、嫉妒、不甘，以及敌对的冷意。

在给人脸色看这方面，乔西宁从来没输过。

于是，她更加耀武扬威地看了过去，夹起林述剥好放在她盘子里的虾，一点点地吃给安夏看。

安夏看不下去了，随便找了个位子坐下。

酒过三巡，包间里也热闹起来。

"安夏，"乔西宁听到旁边的人和安夏说话，"你上次那件事情解决了没有？到底是你剽窃，还是对方剽窃啊？"

安夏给自己剥了只虾，问道："乔小姐，你说呢？"

那人一声惊呼，惊觉自己问了个蠢问题。

乔西宁倒是无所谓。她的语调没有波动，话却说得直接："你剽窃的呗。"

安夏的脸色一变，道："乔小姐，珠宝设计经常撞元素，你也不是不知道。你从来没有公开发售的设计，就算能证明设计时间比我早，也不能说我是剽窃你的吧？"

乔西宁看了她一眼，散漫又居高临下。

安夏给自己倒了杯酒，说道："乔小姐，我们之间可能有点儿误会，我为我粉丝的行为向你道歉。喝一杯怎么样？那件事情就当是过去了。"

乔西宁直接拒绝："可我不想和你喝。"

"我承认我粉丝有些言论过激了，我道歉，你就当给我一个面子。"安夏开始给乔西宁戴高帽子，"你也不是这么斤斤计较的一个人吧？"

乔西宁咋舌。

这也太会演了吧？明明是她主导的戏，现在居然把过错都推给粉丝了。

要是她不接受道歉，就是斤斤计较了。

乔西宁不在意地笑了："我和你很熟吗？为什么要给你面子？"

导演和制片人在聊如今的电影市场，只有在乔西宁和安夏周围的人，看到了这一出戏——

安夏的楚楚可怜，显得乔西宁咄咄逼人。

安夏将眼神移到一直不出声的林述身上，特别小心翼翼又委屈巴巴地喊了一句："林述哥。"

乔西宁皱眉，眼神更冷了。

林述放下手里的虾，抽了张纸擦了擦手指，然后偏头看向乔西宁："乔西宁。"

"干吗？！"

乔西宁的余光瞥见安夏暗自松了一口气，以为他要替安夏说话，语气不自觉有些冲。

林述伸手拿过她面前的酒杯，放到自己的左手边，她够不着的地方。

他语调里带了点儿无底线的包容。无论乔西宁对或错，他会永远站在她这一边。

"不想喝，那就不用喝。"

林述的话音刚落，周围的人像是被摁下了暂停键，齐刷刷地朝林述和乔西宁所在的方向看了过来。

"剽窃事件"风风火火地闹了几天，很快又有其他重磅新闻出来，不常上网的人自然不知道到底发生了什么事。

不明真相的人看完这一出，算是明白了，剧组里新来的珠宝设计师和小花安夏之间，有些隔阂。

诧异的是，林述居然也参与其中。

说起林述，他的性格是冷淡了点儿，但为人还是很有风度的，礼貌疏离，分寸得宜。这种当面下人面子的事情，好像还是第一次。

安夏的脸色瞬间白了。

她刚才是打着小算盘的，想让林述出面指责乔西宁一通。谁知道他根本就不在意乔西宁这点儿小打小闹，毫不犹豫地选择为对方撑腰。

在场的都是人精，低声交流几句，便知晓了大概。

虽然不知道谁对谁错，但本着剧组要和谐，副导演起身打圆场："这里的虾还挺好吃的，我让人再多上几盘，大家都多吃一点儿，等进了深山老林拍戏，可就没这么好的伙食了。"

旁边立刻有人打趣："利导今天怎么这么大方了？"

"今儿这顿，方导请客。"

尴尬的局面便暂时被揭了过去。

乔西宁懒得再看安夏一眼。她转向林述，身体往他的方向倾了一点儿，伸手想要拿他左手边的酒杯。如丝绸般柔顺的卷发，随着她的动作，轻轻扫过旁边人的手臂。

林述抬手，将她挡了回去。

乔西宁瞪着他："我拿酒杯。"

林述淡声道："不是不想喝？"

乔西宁解释："我是不想和她喝酒，不是不想喝酒。你把我酒杯拿走了，我待会儿喝什么？"

林述伸手拿过乔西宁面前的白瓷碗，盛了一碗番茄牛肉汤放在她面前，说道："喝汤。"

乔西宁盯着他看了一会儿，发现他是来真的，无奈地摊了摊手："行吧。看在刚刚的分儿上，喝汤就喝汤。"

乔西宁这样说，眼珠子却一转，依样画葫芦地给林述盛了一碗扇贝苦瓜汤

"反正你也不能喝酒，就跟我一起喝汤吧。"乔西宁笑眯眯的，"等着被苦死吧。"

林述看着眼前的汤，无声地笑了一下。

乔西宁喝了一口汤，余光看见身边的人没有其他动作，于是偏头催促："你喝呀。"

林述拿起汤匙。

"怎么样？"他刚喝第一口，乔西宁就忍不住问，"是不是很苦？"

"不会。"林述的声音很低，"不苦。"

乔西宁怀疑地盯着他："真的假的？"

林述笑了一下："你喝喝看，就知道我是不是骗你了。"

"我感觉你现在就是在骗我。"她双手环胸，慢吞吞地分析，"这汤估计很苦，你故意说不苦，其实是想骗我喝吧？"

林述只是笑，并不说话。

乔西宁眼睁睁地看着他将一整碗苦瓜汤喝了个精光。

他脸色如常，仿佛那是一碗甜汤，而不是苦瓜汤。

怎么可能呢？江南宴是名流出入的地方，食材都是真材实料，为了保留食物的原汁原味甚至不会多放调味剂。

没道理呀。

乔西宁狐疑地看了林述一眼，然后半信半疑地盛了小半碗。一尝，差点儿没吐出来。

她不顾形象地快速解决了一份松露燕窝奶冻，才算是冲掉了嘴里的苦味。

乔西宁原本精致的五官都皱了起来："好呀，你果然是在骗我！"

林述看着她，眼底有隐约的笑意。

乔西宁从小被娇宠着长大，嗜甜，吃不得一丁点儿苦。

对林述来说，与失去她相比，所有的苦都不算什么了。

饭局结束，乔西宁跟在林述身后进了电梯。

她没开车，打算让林述送她回去。

"林述，"到了停车场，乔西宁又改变主意了，"你真的想这么早回去吗？"

林述看了她一眼。

"就……"乔西宁合上车门，问道，"要不要去走走，消消食？"

时间真的还早。乔西宁不想那么早回去，下意识地想和林述多待一会儿。

见他几不可察地皱眉，乔西宁想到了什么，放弃了："算了，你好像不太方便，走在路上要是被人认出来就麻烦了，回去吧。"

林述问："很想去？"

乔西宁有些烦："你不是不想去吗？那就不去了。"

她自觉地把他刚刚皱眉的动作解读成了不耐烦和不想。

林述沉默了，转身拉开车门。

见他这样，乔西宁咬唇，跺了跺脚。转身刚要走向副驾驶座，他已经从车里退了出来。

他拿出一个黑色的口罩戴上，只露出一双漆黑的眼睛，看向乔西宁，说道："想去就去。"

"啊？"她有些没反应过来。

他转身就走："走吧。"

乔西宁愣了一下，而后快步跟上他的步伐。

只是很不凑巧，他们刚走到转角，就遇到了安夏。

安夏看了一眼乔西宁，又看向林述："林述哥，你们这是要去哪儿？"

乔西宁不耐烦地说："这不关你的事吧？"

安夏咬唇道："林述哥，我没开车，能麻烦你……你和乔小姐送我回家吗？"

"他没时间，"乔西宁微抬下巴，炫耀般地说，"他要和我去约会。"

即使知道乔西宁说的并不是那个意思，林述的呼吸还是一顿。

"约会，你知道什么意思吗？"乔西宁声情并茂地说，"一男一女，两个人，没有第三者。"

"第三者"安夏："……"

受不了乔西宁，安夏扭头去看林述，却见他直直地盯着乔西宁，眼里是宠溺的笑意。

他这晚就没看过她一眼，只看着乔西宁。

林述开口问："还不走？"

"不好意思，人家急着要和我约会。"大概觉得安夏受的刺激还不够，乔西宁又补充，"希望你的人早点儿来接你，免得你一个人孤独。"

乔西宁报复得很过瘾。

林述拍戏的时候，手机一般都会交给经纪人或者助理。安夏当他助理那会儿，好几次偷偷摸摸挂断乔西宁的电话。

这也是她为什么会被林述开除的原因。

新仇旧恨加在一起，乔西宁没忍住一顿输出。

乔西宁走在林述身边，笑了笑，说道："你说她，每次在我面前都讨不着好，还非要往我跟前凑。还没开车，能不能送她回去。就不能叫她经纪人或者助理过来接吗？非要找你，什么理由呀，和你又不是什么特别好的关系。"

乔西宁说着说着觉得无语："就顶多是个前老板和员工的关系，还是个灰溜溜被解雇的员工。"

她絮絮叨叨一路。

刚开始林述还没有什么特别的感受，可听她一路专心地讨伐安夏，他走在她身边，眉头越皱越深。

他很不喜欢，他们相处的时候，她的嘴里一直说着其他不相干的人。

他讨厌别人占据她太多的视线和精力。

"乔西宁，"他拧眉，忍不住开口打断，"要走去哪里？"

被叫的人回过神来："啊……我也不知道，就随便走走。"

月亮隐在云层后，光线微弱。他们能清晰地听到远处的鸣笛声，以及近处树叶被风吹动的声音。

他们沉默着走到了闹市区。

建筑群隐在灯影中，街市如昼，人头攒动。巨大的广告屏幕在地上投射出倒影，和周围的霓虹光线一齐擦过走动的人群。

乔西宁抬头，看了一眼广告屏幕上的林述，又转头看向站在自己旁边用黑色口罩把脸遮得严实的人。

她发现自己偶尔也会有些虚荣——万众瞩目的大明星，一直陪在她的身边。

乔西宁舔舔唇，刚要和林述说话，手机突然振动了一下。

顾简发来消息："你不在公寓？"

"干吗？"

"前两天不是说要一起喝酒和吃小龙虾吗？我人和虾都到你公寓门口了，人呢？"

乔西宁这才记起来，自己几天前确实和顾简说过那样的话。原本还要拉上乐向晚的，但对方出不来。

乔西宁："……"

顾简："啊？"

乔西宁低头看着屏幕皱眉。

她在思考，要用什么样的措辞才能不伤害到顾简那颗脆弱的少男心。

她纤细白皙的手指刚摁上小键盘，突然一只手搭在她的肩膀上，一把将她拉进一个温热坚硬的胸膛。

乔西宁在林述怀里蒙蒙地抬头。

身后，险些撞上她的男人早已走远。

林述放开乔西宁，下颌紧绷："走路不要看手机。"

"哦。"

林述并不觉得乔西宁会听话，却见她乖乖把手机收了起来。

她忘了回复顾简，林述也没提醒她。

他们往前走了几步，乔西宁忍不住解释："我刚刚是在回顾简消息，他带着小龙虾去找我了……"

看着林述冷峻的侧脸，乔西宁的心一紧，小声道："其实你刚刚要是不拉我，我也不会撞到别人的。"

她虽然低头在看手机，但余光一直注意着脚下。

林述戴着口罩，脸朝着前方，乔西宁看不到他的表情。

所以她也不知道他脸上闪过一丝阴郁和几分控制不住的焦躁："当时没想那么多。"

他是真的没想那么多。他怕乔西宁和别人迎面撞上，像撞进他怀里一样，撞进别人的怀里。

他越来越难以忍受，她和别人有肢体接触。

随便什么人，男人或者女人，都不行。

乔西宁低低地"哦"了一声。

她看着自己的脚尖，往前踢了踢，突然觉得有些挫败。

她察觉到，某一瞬间，林述的心情不怎么好，但她又不知道要怎么安慰他。

他的情绪不好，乔西宁生怕他失控，不敢叫他哥哥，也没继续招惹他。

他们沉默了一段路。

途经一家街边便利店的时候，乔西宁停下了脚步。

"林述，我想进去买点儿东西。"她指了下自己右手边的便利店，"你要和我一起进去，还是待在这里？"

林述抬脚往前走："我和你一起进去。"

一进便利超市，乔西宁径直往散装零食区的方向走。她抓了一把巧克力，黑的、白的，牛奶的、松露的……都抓了一点儿。

便利店有三个店员，两个坐在最里面聊天，一个站在收银台。

乔西宁拎着巧克力过来结账的时候，收银员忍不住偷偷打量站在乔西宁身后的林述。

收银员不追星，但偶尔也会刷一些娱乐新闻。宽肩窄腰大长腿的，还有那种冷静自持的气质，不知道为什么，总给她一种熟悉的感觉。

有点儿像大明星……林述！

注意到收银员的视线，乔西宁似笑非笑地看她，问道："怎么了？"

收银员的脸一红，觉得盯着人家的男朋友看有点儿不合适，连忙摇摇头，低头结账。

不凑巧，收银机器反应不太灵敏，迟迟不工作。

"没事，你慢慢来。"乔西宁安慰地说了一句，转身凑向林述："要等一会儿了。"

玻璃门被人从外面推开，几个男生走了进来。像是附近的大学生，手里还抱着篮球，显然是刚运动完。

看到乔西宁的时候，为首的两个男孩子红了脸。

没见过这么漂亮的女孩子。过分明艳的长相，皮肤白里透红，看过来的眼睛又大又明亮，特别吸引人。

没等他们决定到底要不要搭讪，一直待在一旁的林述早已挡在了乔西宁的面前，隔绝了那些人落在乔西宁身上的视线。

啧啧，这占有欲。

收银员一边赞叹，一边拿出手机偷偷拍了张照片。

"林……"乔西宁将他的名字咽下去，有些莫名，"你干吗？"

他抿唇，目光深沉地说："结账。"

"我知道，"乔西宁说，"这不是机器故障吗？你催我，我也没办法。"

收银员急忙说："机器修好了。"

乔西宁扫码付款。

等人一走，她立刻拿出手机，仔细看了一眼自己拍的照片。

照片里，男人戴着黑色的口罩，只露出一双漂亮的眼睛，羽毛般的眼睫低垂，盯着自己面前的女生。

而被他盯着的人，也抬头回视。

非常有爱的情侣对视照。

就是可惜了，以她的角度只能拍到他们的侧脸。而且，她刚刚太紧张了，拍照的时候手抖了，以至于照片有些糊。

她又独自看了一会儿照片，里面两个女生刚好走了出来。

"我刚刚特别想叫你们出来，"知道两个人都是林述的粉丝，她忍不住和她们分享照片，"刚刚来了一个特别像林述的人。"

"这照片有点儿糊，都看不清。"

"不过这轮廓，是有点儿像林述。"

她们讨论了一会儿，有人正好刷到了热门话题"你见到的高颜值情侣"，二话不说就把照片放了上去。

"来，来，来！都让让！低配版林述！就问你们服不服！"

这段话直接引来了一群网友——

"点开之前我还骂骂咧咧，点开之后，好帅，妈妈我又可以了！"

"就这？就这？楼主你不行啊，你应该多拍几张啊！这轮廓都那么帅，真人该帅成什么样了。"

"这轮廓，仔细一看真的和我哥好像。要不是知道他不爱去人多的地方，我几乎都要以为是他了。"

"楼上 +1。"

…………

网上闹得风风火火的时候，林述和乔西宁正走在江边的小路上。

乔西宁打开白色塑料袋，随手掏出巧克力，撕开包装后，踮起脚递到林述的嘴边。

"这个巧克力甜。"

"嗯？"

乔西宁说："吃。"

她的想法很简单。林述刚才心情不好，那就吃点儿甜甜的东西，心情自然就会好了。

林述垂眼，看了一眼递到自己嘴边的巧克力。

见他不动，乔西宁把巧克力又往前送了送，催促道："你吃呀。"

话音刚落，他几乎是下意识地张嘴咬住巧克力。就像是等待指定的机器人，只需主人一声令下，便立刻完成主人的要求。

乔西宁将包装袋揉成一团，扔进垃圾桶。

她又掏出一个，和林述吃的那个一样。她问林述："怎么样，甜吧？"

他用牙齿咬碎巧克力，酒味从中溢了出来，唇齿甜腻。

林述低低地"嗯"了一声。

乔西宁的声音轻快："待会儿这些都给你带回去。"

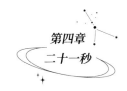

第四章
二十一秒

十点的夜晚，街头依旧热闹。

霓虹灯、车灯，远处若似无的歌声，无不宣告着城市的夜生活刚刚开始。

林述和乔西宁远离热闹的中心，往寂静的地方慢悠悠地走着。

他们恰好经过一个小公园，隐约有音乐声传过来。小门开着，里面设施齐全，还有各种售卖吃喝玩乐小玩意儿的小店。

"林述，"乔西宁扭头看他，兴冲冲地说，"我们进去好不好？我想进去看看。"

她刚才远远地就看到了店门外挂着的史迪仔头套，有点儿想买。

她说了想进去看看，那林述自然是没什么意见的。

一到小店门口，乔西宁就迫不及待地拿过一个史迪仔头套往自己头上戴。

史迪仔的眼睛出现在头顶。两边的耳朵垂下，她一捏气囊，两只耳朵便竖了起来。

乔西宁歪着头看向林述："我可爱吗？"

她一边说着，一边捏着气囊，两只耳朵一直保持着竖起来的状态。

周围的光线是昏黄的，打在乔西宁的身上，像自带打光板，白得发光。大概是走路的原因，她的脸颊微微泛着红，眼睛又大又圆，亮亮的。

见林述不说话，乔西宁重复了一下自己刚刚的举动，问他："你觉得我可爱吗？"

林述的眼睛落在她身上，许久才开口："可爱。"

得到了满意的回答，乔西宁笑得眼睛弯成了小月牙。

"你什么时候这么会说话了？还知道夸我可爱。"她像是有些不好意思了，但还是挺自恋的，"虽然我也知道肯定很可爱。"

"嗯，"林述的声音有些哑，再次肯定她的话，"很可爱。"

乔西宁感觉自己体温在不断地上升，眼睛乱看，不知道该落在哪个地方。

逗他还好，一旦他认真了，乔西宁反倒招架不住了。

她偏过头，想转移视线，倒是瞥见了放在柜台上另一个史迪仔头套。

这东西居然还是成对的。

林述顺着她的目光看过去："怎么了？"

乔西宁忘了刚刚的窘迫，拿起来递向林述："你戴上它。"

林述拧眉："嗯？"

"就我一个人戴这个，感觉怪傻的。你和我一起呗？"

林述没说话。

乔西宁可不管他，兴致很高地说："我给你戴上。"

林述站得笔直，动都不动。

乔西宁虽然身形高挑，但踮脚还是够不着林述的头顶。她抓着他的手臂，不由得有些气急。

"你戴不戴呀？！"乔西宁冲他喊，"你就当陪我一下不行吗？"

女孩子都喜欢这些毛茸茸的东西，但男孩子不喜欢，甚至还会嫌弃。

乔西宁理解林述可能没戴过这玩意儿，但两个人一起戴，就不会那么丢脸了。

林述还是拒绝："你自己戴。"

"可这是情侣款的呢！"乔西宁嘟哝了一句，"就我一个人戴，想拍照都没人和我一起。"

情侣款……

林述一怔，喉结不自觉地滚动了一下。

"你戴不戴？"乔西宁又问，"我真最后问你一遍，你到底要不要戴……"

"戴。"他说。

乔西宁喜上眉梢，把手上的头套递给他，"给你。"

林述没接："你给我戴。"

虽然不知道林述怎么突然改变了主意，但对于这个结果，乔西宁还是很满意的。

"行，"乔西宁点头，笑眯眯地说，"你弯腰，我给你戴。"

林述配合着，微微躬下身。

乔西宁的手指擦过林述的黑发，一把将史迪仔头套戴在他的头上。为了报复刚刚他第一次的拒绝，乔西宁将头套两边的长耳朵交叉打了个结，顶在他的下巴上。

刚弄完，她又觉得不妥。

这样史迪仔的两个耳朵就没法竖起来了，于是她又伸手解开了。

她指尖触碰林述的下巴，缓缓擦过。

林述浑身僵了一秒，看着乔西宁的目光发沉。

乔西宁没注意到他的变化，自顾自走到店门前旁放着的镜子前，摆弄了一下自己的头套，调整好。

"你过来。"

乔西宁把头套调整好，拿出手机，也没转头，透过镜子直接对上林述的眼睛，叫他过来。

"怎么？"

"拍照呀，"乔西宁答得理所应当，"我好不容易才让你戴上呢，当然得拍张照片留念了。"

林述甚少有这样还算可爱的时候。他的眉眼生得冷淡，性格又清冷，加上一直演的都是正剧，少有人能窥见他的另一面。就连乔西宁也是第一次看见，当然要拍照留念了。

"你过来呀。"

见他还不动，乔西宁转身一扯，把人给扯到自己旁边来了。

他拿下口罩，然后微微弯腰，保证能和乔西宁同框。

乔西宁找了一个角度，拍了一张。

"林述！"

乔西宁一看照片，顿时有些不满意了："你看我干吗呀？看镜头。"

刚刚拍的照片上，乔西宁的手机遮住了半张脸，只露出了头上的史迪仔。而旁边的林述微斜着身体，侧着头看乔西宁。

她在拍照，他在看拍照的她，眼神专注得仿佛他的世界只有她。

乔西宁跺跺脚："重来。"

她重新找了个角度。

"你的头靠过来一点点。"

这下乔西宁吸取了教训，没有像刚刚那样，调整了自己的姿势就按了快门，而是特别关注了一下林述。

林述按照她的意思，微偏着头，史迪仔的耳朵正好抵在乔西宁的脑袋上，看上去很亲密。

咔嚓一声，画面定格。

乔西宁这次满意了，没给林述付款的机会，直接去店里结账了。

因为第二天有行程，林述没再陪着乔西宁在外面乱晃，把她送回家了。

"喏，这个给你呀。"乔西宁伸手，把其中一个史迪仔头套塞到林述的怀里。

"明天见了！"她说完，一蹦一跳地走进公寓大楼。

林述站在楼下，看着乔西宁欢快的背影慢慢在楼道口消失。

看得出来，她这晚是真的开心。

林述垂眸，扫了一眼手上的头套，忽然笑了一下，神色无奈又温柔。

一直等到楼上亮起灯，林述才转身离开。

《追捕》的拍摄地点选在隔壁 A 市。

乔西宁看过了剧本，也和方竟沟通过，知道珠宝主要是在影片后半部分出现的。她的工作不着急，在家里又待了两天，然后才收拾东西飞去 A 市。

剧组在统一的酒店开的房间。

也不知道什么原因，乔西宁正好和林述同一层。

因为要去剧组看看，乔西宁穿得也简单，白色短上衣搭配阔腿牛仔裤，看上去还挺青春有活力。

到片场的时候，正在拍林述的戏份。

他穿着便服，在地上一个翻滚，然后快速掏出手枪上膛，对准暗夜里企图逃跑的黑影。他的嘴唇微抿，眉眼沉静冷酷，动作快速而利落，荷尔蒙爆棚。

明明知道他是对着摄影机，但他看过来的时候，乔西宁感觉心脏好像被他抓住了。

直到林述走到她面前，她都还呆愣着，满脑子都在回味刚刚那个场景。

"怎么突然过来了？"他问。

这天没几场要拍的戏了，乔西宁过来的时间有点儿晚了。

依他对乔西宁的了解，以为她会直接待在酒店里。

"正好今天下飞机，酒店离剧组又近，就先过来看一眼嘛。"乔西宁看了他一眼，又说，"我要是不过来，可就错过一场好戏了。"

林述不知道她说的好戏是什么，也没问。

趁林述低头看她，乔西宁踮脚，使劲伸长手摸了一把他的寸头。

她刚刚就发现了，林述把头发剃了。原本整齐干净的黑色短发变成了寸头，硬茬茬的，刺得手心有点儿疼。

"咝——"她叫了一声，"好硬。"

林述的下颌瞬间绷紧。

乔西宁帮林述戴头套那会儿，发现他的头发还挺软的，没想到剪了寸头一样会硬。她也没再纠结他的头发，打量着周围。

也不知道看到了什么，她"啊"了一声。

"怎么上半身赤裸还要出镜啊？"乔西宁一顿，又问，"你该不会也要吧？"

林述回道："我不用。"

乔西宁想了一下，林述确实从来没有拍过赤裸的电影。别说这种上半身了，连个露肩膀的剪影都没有。

旁边的人突然不说话了。

林述偏头看向乔西宁，发现她一直盯着一个方向。他顺着她的目光看去，一眼就看到了不远处裸露着上身的男演员。

这是一场健身打拳的戏，为了体现出变态凶手良好的体魄和体力，同时为凶手的现形和心理侧写做铺垫。

这是整部电影唯一的赤裸镜头，没想到恰好被乔西宁给遇上了。

林述闭上眼睛。

乔西宁看着年轻的男演员，视线从他鼓起的手臂肌肉滑到线条分明的腹肌上，兴致勃勃地点评道："你们剧组的男演员，身材还不错。"

林述的眉目骤然沉了下来，气压也变得有些低。

"乔西宁，"林述面无表情地说，"你还不走？"

乔西宁一脸莫名其妙地问："我走干吗？"

林述语气不善地说："不是说就看一眼？"

乔西宁诧异地盯着林述。

他是真的不懂，还是故意想赶她走。

"不是，我说一眼你还真以为是一眼了。"乔西宁觉得好笑，"好不容易来一趟剧组，那不是得待久一点儿，先感受一下氛围嘛。再说了，我设计的珠宝可不就是变态杀手要设计的珠宝吗？我肯定要近距离多观察观察他呀。"

乔西宁想起刚才一眼扫过的腹肌。

脑海里不期然地浮现林述的八块腹肌，壁垒分明，人鱼线蜿蜒往下，穿衣显瘦，脱衣有肉的。

乔西宁的耳尖发红。

林述注意到了，便问："乔西宁，你想什么呢？"

乔西宁脱口而出："他的腹肌很好看，不过我觉得你的比他的更好看。"

乔西宁还记得几年前的触感。

"而且，我一看就看出来了，"她凑得更近，神神秘秘的，带了点儿莫名的骄傲，"你的肯定比他还硬。"

林述盯着她看了一会儿。

乔西宁被他看得不自在，便问："怎么了？"

林述没说话，反手将她抵在了身后的墙壁上。

他们站的地方和其他人隔了一点儿距离。周围的人各自忙碌，人来人往，没人注意到这里。

乔西宁背靠着墙，抬起头莫名其妙地看着他："林述，你做什么？"

她要推开他，不仅没推动，反而很快就被扣住手，抵在了头顶的墙上。

林述的眼睛深如寒潭，仿佛下一刻就要把她吸进旋涡里。

乔西宁忍不住缩了缩脖子。

林述抬手捏住她的下巴，低头凑近。他们鼻尖相抵，近得乔西宁可以清晰地看到他脸上的汗毛。

"乔西宁，"他压低音量，声音哑到不行，"你再说一句……"

乔西宁的眼睛一眨，没由来地想到了在江南宴的那晚，他也说了一样的话。

然而这天又和那天完全不同。

那天晚上他没说出口的话，这天说出来了。

"我就亲你了。"

乔西宁确实有点儿招架不住这样的林述，直接落荒而逃。

他这副样子，就像摘下了一直以来的冷淡面具，展露出最里层的、从不被外人所知晓的一面。结合林述过去的表现，乔西宁毫不怀疑，只要她敢多说一句话，林述绝对会不管不顾地亲下来。

乔西宁抬手，拍了拍自己的脸，还挺烫的。

她在角落里冷静了一会儿，才重新回到片场。

片场到处都是人，耳边嘈杂声不断。

林述不在刚刚的位置。

乔西宁看了一眼周围，也没看到林述的身影，刚要去找他，安夏就冒了出来。

安夏语气不善地问："乔西宁，你过来干吗？"

乔西宁不太想理她。

安夏微抬着下巴道："你不知道片场不能随便过来的吗？方导对这部片子很重视，宣发都压着不做，也没有对外透露任何关于影片的拍摄信息，力求一切低调。"

"哦。"乔西宁皱眉道，"你想说什么？"

"像你这么高调的人，估计不懂别人的低调吧？"安夏看了她一眼，继续说，"虽然你是过来探班的，但你也别想偷偷拍几张林述的照片传出去，把他当作你炫耀的工具。"

乔西宁一顿无语。

安夏来了片场之后，一直注意着林述，就为了等他下戏后，能够过去和他搭话。谁知道乔西宁会突然冒出来，而且一下子就夺走了林述全部的注意力。

见乔西宁一直没说话，安夏只觉得自己说中了她的心思，更得意了。

她的语气轻飘飘的，像是在施舍："你现在探班完了，没什么事的话就赶紧走吧，别待在这里影响了剧组的拍摄进度。"

乔西宁听到这儿，登时就笑了。

她不知道安夏别的行不行，但脑子可能是真的不太好。

乔西宁翻了个白眼，说："你没毛病吧？"

安夏怔了一下，问道："你骂我？"

乔西宁用一种更高高在上的姿态："也就你这种什么都得不到的，才会需要把剧照当宝。你信不信只要我和林述说，我要拍他的腹肌，他都能直接把衣服掀了，让我光明正大地拍——"

"还有，什么叫没事的话赶紧走？"乔西宁双手环胸，用一种看傻子的眼神看着安夏，"你就不想想，我那天为什么会出现在饭局上？还真以为我是去蹭吃蹭喝的？"

安夏那天去得晚，错过了方竟给大家介绍乔西宁，下意识地以为乔西宁又是动用关系，混进了他们剧组的饭局。

安夏狐疑地看她："那你说你是过来做什么的？"

乔西宁笑了一下，道："我干吗要告诉你？你问我就得说？你觉得我会这么听你的话？就凭你是被林述开除过的助理吗？"

听到乔西宁提起自己最羞耻的事情，安夏气恼道："乔西宁，你……"

她不舒服，乔西宁就舒服了。

乔西宁忍不住又笑了："我说你，不是什么明星设计师吗？你说你都出演了这部电影，方竟怎么没直接找你设计珠宝呀？"

乔西宁直接用安夏刚刚的话去打她的脸："我这个高调的人，出现在这里当然会影响剧组的工作了。"

"毕竟，我的工作可是和电影的拍摄息息相关。"乔西宁一顿，继续说，"作用估计比你的戏份还重呢。"

安夏在电影里饰演一位实习警察，经常跟在林述身边问东问西，充当为观众解惑的角色。

乔西宁之前看过剧本，这角色"人设"不太好，不讨喜还老犯错，让人想要骂她。

还真是，不是蠢人都演不出蠢。

安夏瞪圆了眼睛，张了张嘴，刚要说些什么又忽然一顿。

乔西宁敏感地察觉到了什么："喂，你……"

安夏得意地瞥了她一眼，朝乔西宁身后喊了一声："林述哥。"

听到这个名字，乔西宁刚降温的脸又红了。

安夏把乔西宁的脸红理解成了心虚，得意扬扬地说："刚刚不是还很能说吗？怎么？心虚了？"

乔西宁没理她，回过头。林述就站在她们身后，不知道刚从哪里回来，带着一身湿意。

他额头上还有没来得及擦干的水珠，顺着侧脸的弧度往下滑落，凝聚在下巴上，最后垂直滴落在地。

她仿佛能听到水珠坠落的滴答声，突然觉得有些口渴。

林述走过来。

安夏迫不及待地告状："林述哥，你知道刚刚乔西宁说了什么吗？"

放以前，林述指定不会多搭理安夏，但她提到了乔西宁。

林述问："什么？"

"方导不是不允许做宣传吗？我们在机场的行程都没有被拍到，全程保密。所以我刚刚看到她，好心地提醒她一句在剧组里不要拍照，免得泄露出去。"安夏得意地瞥了乔西宁一眼，继续说，"可你知道她说了什么？！"

看到安夏一副要告状的狗腿样，乔西宁忍不住出声："我说什么了？"

"你刚刚不是说，只要你想拍林述哥的腹肌，他都会直接掀衣服让你拍。"安夏说着，冷笑了一声，"怎么？现在当着林述的面，你也觉得说不出口了？"

"你是不是有病？"乔西宁骂她。

察觉到林述在看自己，乔西宁忍不住别过头。

和安夏说话的时候，她纯粹是为了气安夏，话就脱口而出了。

现在可真尴尬。

乔西宁第一次这么痛恨自己这张嘴。

林述扫了她一眼，淡声道："乔西宁。"

"干吗？"当着安夏的面，乔西宁索性破罐子破摔，"我也不是故意要说那样的话，我就是……"

林述垂着眼看她，问道："什么时候。"

乔西宁一脸茫然："什么'什么时候'？"

林述道："我只有这两天晚上有空。"

"啊？"乔西宁还没反应过来，"我知道你后面都是夜戏，你和我说这个干吗？你想我来看你吗？"

原本站在一旁等着看好戏的安夏，脸色瞬间变得很难看。

林述却根本没顾及安夏的情绪，直接说："你不是想拍腹肌吗？"

林述说完这句话，径直离开了。

乔西宁刚刚情绪一直紧绷着，大脑运转得没有平时快。过了快一分钟，才回味过来他的意思。

林述这是在安夏面前全了她的面子。

乔西宁对着安夏嗤笑了一声，眼见林述都快要走出视线了，才快步追上去。

林述停下脚步等她。

乔西宁站到林述旁边，故作委屈地对他说："林述，我刚刚被安夏欺负了，你以后不要和她讲话了。"

她根本没想掩饰，也不屑在别人背后搞小动作。于是她的声音比平常大了点儿，明显是说给安夏听的。

乔西宁拉了拉他的衣袖："好不好呀？"

林述的喉结上下滚动："嗯。"

乔西宁满意了，将林述往前推："行了，行了，你快走吧。"

目送林述走进人群中，乔西宁便自觉地找了个角落待着，整合自己看到的画面，开始构思设计。

不知过了多久，她脖子都有些酸的时候，听到不远处传来一阵起哄声。

乔西宁看了过去。

应该是林述下戏了，坐在旁边的椅子上，低头看手机消息。

不知道从哪里冒出一个小女孩，四五岁，白嫩嫩的，绑着两个羊角辫，伸手碰上了林述的左脸颊，得逞般地笑。

林述拿开手机，低垂双眸，看着小朋友，侧脸的线条被灯光打得温柔。

乔西宁坐在不远的地方。

那边的声音都传了过来，都在夸林述以后一定是个好父亲。

乔西宁听了，想起了以前一次约会的时候，他们曾经遇到一个和父母走失的小女孩——

"哥哥、哥哥……"密集的人流中，也不知道小女孩怎么一眼就看中了林述，小跑着扑过来抱住他的大腿，然后就开始哭。

"呜呜呜——哥哥……哥哥，找妈妈呜呜呜——"

"小朋友，"乔西宁看了林述一眼，蹲下去问，"你是不是和妈妈走散了呀？"

小女孩特别高冷，没理她，小身板一扭，抱着林述的大腿又开始哭，一个劲地喊找妈妈。

乔西宁："……"

她看着背对她的小身子，抬眼，特别幽怨地看了林述一眼。

林述嘴角微勾，伸手揉了揉乔西宁的脑袋："别生气。"

"哎呀，你干吗？！"乔西宁站起来，趁机打他的手，"刚做的发型都被你弄乱了。"

小女孩的睫毛湿了，鼻子上还挂着两个鼻涕泡，全擦在了林述的裤腿上。

乔西宁看到，幸灾乐祸地说："你的裤腿脏了。"

"没事，"他垂眸扫了一眼，俯身把小女孩抱了起来，还不忘牵起乔西宁的手，"先帮她找妈妈。"

乔西宁有些讶异。

她知道林述是有洁癖的，只对她例外。

而且乔西宁也是相处久了才知道，林述骨子里其实是一个特别冷漠的人。不是他在乎在意的人，就算在他面前发生了什么事，他都不会多看一眼。

但他现在又很温柔地抱起一个和父母走散的小孩子，说要帮她找妈妈。

乔西宁得出结论——林述很喜欢小孩子。

乔西宁和林述一起，陪着那个小女孩在附近等了将近一个小时，才等来了焦急的父母。

为了找孩子，夫妻俩已经晕头转向了，接过孩子后一个劲地道谢。

"没事，"乔西宁看了一眼林述，替他开口，夸了句，"小女孩长得很可爱。"

那时候林述还没大火，走在路上没几个人认识。

那对夫妻看了他们一眼，笑着说："你们长得都这么好看，心地又善良，以后生的小孩子也不会差的。"

乔西宁的脸瞬间就红了。

倒是一直没开口的林述，低低地"嗯"了一声，算是接受了他们的祝福。

等人走后，乔西宁忍不住开口问他："林述，你是不是特别喜欢小孩子呀？"

"怎么说？"

"你看你刚刚对着小孩子，都顾不上洁癖了，还特别好心又耐心地帮人家找妈妈。"

乔西宁调侃他："那对夫妻刚刚是不是还夸你来着，说你以后肯定是个好爸爸。你觉得你会是个好爸爸吗？"

林述抿唇道："不会。"

乔西宁愣了一下，问道："不会什么？"

林述神色平静地说："不会是个好爸爸。"

乔西宁一脸不解："你干吗那样说自己？你怎么就不能是个好爸爸了？"

林述说："因为不会有小孩子。"

乔西宁被他这句直白的话搞蒙了。

她想到了某种可能后，尴尬地咳嗽了一下，红着脸安慰他："你是不是身体不好啊？你放心，我是不会嫌弃你的。"

街市里人头攒动，灯影模糊。在林述的眼里慢慢清晰的，只有乔西宁。

白皙明媚的一张脸，打了薄薄的一层腮红，鼻尖也微微有点儿红，明显是在害羞。

可提起小孩子，她的眼神明亮，充满了憧憬和期待。

林述的心脏狠狠一缩。他摸不清乔西宁是不是真的很想要小孩子，会不会因此想和他分开。

林述仔细盯着她，不愿错过她脸上的每一个表情，缓慢开口："我不会喜欢你生的小孩子。"

乔西宁委屈又气愤地说："林述，你这是什么意……"

林述攥着她的手腕，将人搂进了自己的怀里。

"乔西宁，"他低头，下巴搁在她的头顶上，双臂紧紧地圈着她，声音很低，"我不喜欢有人和我一起分享你，你是我一个人的。"

"可是……"

"没有可是，"他笃定地说，"男孩子还是女孩子，我都不喜欢。"

乔西宁是第一次对他的占有欲有这样直观的认识，连自己的孩子都会被他排斥。

想到过去，又听到别人夸他，乔西宁莫名想笑。

他表露出来对小孩子的温柔，真的太具有迷惑性了。不只是她，一圈人都被骗了。

见林述不知道从哪里拿出一颗糖递给小孩子，那人忍不住问："述哥也很喜欢小孩子吗？"

方竟忍不住用手肘撞了一下林述，调侃道："没见过这么可爱的小姑娘吧？怎么样？以后想不想自己也有一个？"

这话一出，旁边的人都忍不住竖起耳朵，想要听听林述的答案。

林述只是抬手摸了一下小姑娘的脑袋，没说话。

不知想到了什么，他的眼神突然柔和了下来："见过。"

见过比小姑娘更可爱的。

乔西宁抬眼看去，毫无预兆地对上林述的眼睛。

她下意识地一怔。

四目相对，她能清晰看到林述眼底闪过隐约的笑意。

那一瞬间，她仿佛只能听到林述的声音，像一艘起航的帆船，历经人山人海狂风大浪，终于到达她的耳边。

"史迪仔最可爱。"

乔西宁的心脏像是受到重击一般。

林述在外永远冷着一张脸，从未展露过自己真实的情绪。这还是第一次说出感情色彩这么鲜明的话语。

"史迪仔好像是玩偶的名字？"

有人忍不住问："可是，方导刚刚问的不是人吗？"

这个问题，最终也没人在意。

林述的表情淡了下去，在小女孩被父母抱走之后，跟着起身离开了。

乔西宁迟疑了几秒，放下手头的工作，跟了上去。

"林述。"乔西宁叫住他，小跑到他身边，"你刚刚是不是在夸我？"

林述平静地看着她。

乔西宁可不管，背着手，倾身凑到他跟前："你就是在说我吧？夸史迪仔可爱那句。"

他还是不说话。

但乔西宁就是认定，林述说的是她。

林述垂眼看她的时候，眼神柔和下来，从这张淡漠的脸上，让人品味出无限温柔。

"林述，"乔西宁的睫毛颤动，忍不住眼巴巴地看他，"我也想要你的糖果。"

刚刚其他人或许都忙着看林述的那张脸，还有他和小女孩的互动。

只有乔西宁清楚地看到，林述从口袋里掏出的那颗糖。

乔西宁看着他重复："我也想要你的糖。"

"乔西宁。"

乔西宁稍微抬头，冷不防撞进林述幽深的眼中。

她忍不住放缓了呼吸。

林述的眼睛生得很好看，薄薄的双眼皮，眉骨凌厉，看人的时候显得很薄情。

乔西宁能感受到，他不显露于人前的专属于她的温柔。只是被他这样一看，自己的心像是一瞬间被攥住，连呼吸都显得困难。

乔西宁下意识地想要移开眼，随便看点儿什么都好。和林述对视，她有些控制不住自己的心跳。

猝不及防，她的脸被人轻轻转了过来，唇齿间被抵上了一颗糖。

甜味散发，钻入她的鼻腔。

林述垂着眸，声音很低，带着一丝诱哄和蛊惑："你乖，不要看别人。你要什么，我都给你。"

乔西宁的心跳快得不像话，疯狂地撞击着她脆弱的耳膜，满世界只剩下她的心跳声。

视线里，林述仍保持着微微俯身的姿势，修长的手指捏着一颗太妃糖，抵在她的唇齿间。

她的嗓子干哑得可怕，下意识地"啊"了一声，话都来不及说出口，那颗一直抵在唇齿间的糖果，便被人强势而又温柔地抵了进来。

"林述……"

她开口想说些什么，口腔里荡开浓郁的香甜。

身后有人在叫他的名字，脚步渐近。

一步，两步，三步……

林述没回头，只专注地看着乔西宁。

乔西宁受不了这样的寂静，忍不住开口提醒："有人在叫你。"

他"嗯"了一声，问："什么时候回酒店？"

乔西宁看了他好几眼，摸不清他说这话是什么意思。她想了想，试探着开口："我和你一起回去吧？"

林述的眉目一松，低低地"嗯"了一声，然后转身快步离开。

走到无人的角落，林述垂眸，扫了一眼刚刚喂乔西宁吃糖的那根手指。指尖仿佛还残留着温热饱满的触感，有些发麻。

过了两三秒，他终于自我放弃一般低头，如同盖章一般，嘴唇轻轻贴上指尖，嘴角控制不住地勾起了浅浅的弧度。

回到酒店，乔西宁洗完澡后已经接近凌晨一点了。

她头一次没急着睡美容觉，而是翻来覆去，满脑子都在回想林述那句话。

无数次入眠失败后，乔西宁又饿又烦躁，直接从床上坐了起来，挫败地捶了捶身下的床褥。

冷静下来后，她捞过手机，点开林述的头像。

"林述，你睡了吗？！"

"怎么了？"

没想到他居然也还没睡，乔西宁心里一喜，打字的速度都不由得快了些。

"你饿吗？晚上的盒饭不好吃，我都没吃几口，刚刚本来还想在回酒店的路上买点儿东西吃的，结果太晚了……"

她是在问林述饿不饿，但字里行间无一不在透露一个信息——她饿了。

林述删掉刚刚打的"不饿"，回道："嗯。"

"我想吃东西了！我想点外卖！可是我想点的外卖会有气味！我不想睡在一个有气味的房间！！！"

林述的眼皮忽地一跳。

乔西宁直接打了语音电话过来。

"林述。"她叫他的名字。

林述的呼吸一窒，声音沙哑："嗯，我在。"

乔西宁抱怨："我好饿，在床上躺了好久，还是饿得睡不着。"

林述直接问："你想怎么样？"

乔西宁盘腿从床上坐了起来，试探性地开口："你不是也饿了吗？我……我能不能去你的房间呀？"

四周万籁俱寂，天上一弯明月，月光皎洁而清冷。电话那头只能听到电流声，还有她轻缓的呼吸声。

林述的神经一瞬间绷紧。

久久等不到林述回复，乔西宁又说："林述，你不说话我就当你同意了，倒计时三秒。"

"三二一。"快得不到一秒。

乔西宁的声音欢快起来："那我现在马上过去，你记得给我开门呀。"

乔西宁用最快的速度掀被下床，套了条裙子。刚要出门，她又觉得不妥。

她原路返回，从行李箱里拿出一条披肩，披在脑袋上，扒拉着两边，挡在面前。一张脸瞬间被遮得严严实实的，只露出一双灵动漂亮的眼睛，然后鬼鬼祟祟地出了门。

林述给她留了门，开着一条小缝。

乔西宁确定四周没人后，直接走了进去，再轻轻地合上门。

林述站在落地窗前，正和人打电话。听到动静声，他抬眼看了过来。

窗帘没拉紧，外面是皎洁的月光。林述的身子逆着光，像一幅水墨画，沉郁又冷静。

乔西宁看呆了几秒，看到他在打电话后，也没去打扰他，自觉地走到沙发旁坐下。

她等了一会儿，林述还在打电话。

乔西宁受不了了，直接打开手机，风风火火地下单了外卖，有些无聊地翻看着他放在沙发上的剧本。

知道林述在谈事，她控制自己不去听，然而房间就这么大，她还是无意地听到了一些。

对方不知道说了什么，林述浑身的气息都冷了下去。

"我姓林，不姓沈。

"这么多年，我一个人也过来了。"

乔西宁的心突然就被这句话刺了一下。

从认识他到现在，除了王洋，他的确一直是一个人。

即使有经纪人陪着，也仅限于工作。

后来有了她的出现，但好像过得比一个人还差。

"以后别再打电话过来。"

乔西宁发现没再听到林述的声音，怀疑他是不是已经挂断了电话，别扭地转过头。

看见林述单手插兜，另一只手拿着手机，身形顿在那儿，出神地看着外面的景色，不知道在想些什么。

"林述，"乔西宁翻着剧本，似不在意地问，"你刚刚在和谁打电话呀？"

林述转身走过来，语气冷淡："你不认识的。"

乔西宁撇嘴："哦。"

"你刚刚一直在打电话，我就自己点了外卖。"乔西宁安静了一会儿，又说道。

林述不在意地"嗯"了一声。

乔西宁坐在地毯上，支着头看他："我点的是寿司，你吃吗？"

林述想也没想地拒绝："我不吃。"

乔西宁可怜巴巴地看着他说："我点得有点儿多，你真的不吃吗？"

他知道乔西宁这是吃不完，想等着让他解决。

林述的目光落在她身上，平静地改口："吃。"

乔西宁笑了："那待会儿要是不能送上来，你下去拿呀。"

林述无奈道："行。"

可能是点得比较多，商家特地打电话过来，解释送餐时间会晚十几分钟。

乔西宁十分不客气地把林述的房间当作自己的房间，坐在沙发上看起了电视。

林述陪乔西宁等了一会儿，才进了浴室洗澡。

浴室水流声停下的时候，乔西宁打开门，从外卖员手里接过外卖进来。她将东西一一拿出来，在桌上摆放得整整齐齐的，拿出手机拍了几张照片。

听到林述过来的脚步声，乔西宁头也不抬地说："外卖到了，你快点儿过来。"

温热的气息接近。林述俯身，阴影笼罩下来，带着一股沐浴乳的香气，还有隐约的薄荷味。

突然，一滴水珠落在乔西宁的额头上。

乔西宁想让林述注意一下，一抬头，所有的话瞬间止住了。

林述穿着酒店提供的浴袍，带子松松地系着。从她这个角度，能看到一片白皙的肌肤和深深的锁骨。准备擦干头发的毛巾很随意地搭在脖子上，头发上的水珠顺着脸颊滑落。

乔西宁看直了眼。

"林述，"她鬼使神差地问，"你什么时候让我拍你的腹肌呀？"

林述开外卖盒的手一顿，直直地盯着乔西宁："什么？"

乔西宁回视，噘着嘴说："是你自己说的，你说你这两天晚上有空，可以让我拍你的腹肌。"

乔西宁看着他的神色，试探着问："你自己傍晚说的话，该不会现在就忘了吧？"

林述抿唇道："没忘。"

乔西宁面上一喜，又迅速收敛，装腔作势地咳了咳，然后说："我……我突然不想拍你的腹肌了，我能不能摸摸你的腹肌？"

林述没说话。

乔西宁继续打感情牌："这么多年，我都没再摸过。你再让我摸摸嘛，看看是不是还和以前一样。"

林述："……"

乔西宁叫他："林述。"

林述应道："嗯？"

乔西宁说："就摸一下，摸一下嘛。"

林述垂眸，仔仔细细地打量她，低声问："就摸一下？"

"对……对呀。"

乔西宁以为林述这是不信任她，立刻举起手指向他保证："我发誓，就摸一下。"

才怪。

这么好的机会，不多摸几下都对不起她的手指。

林述叹了一口气。

察觉他态度的松动，乔西宁急忙催促："你快儿，摸完、吃完东西，我还要回去睡觉，已经好晚了。"

"那先吃东西。"

"不要，"乔西宁拒绝，"你先让我摸，不然万一待会儿你不认账怎么办？"

林述的手指一动，摸上了浴袍系带。

"等一下。"乔西宁抬手示意他暂停，问了一句，"林述，你里面穿了吗？"

注意到林述的眼神，乔西宁解释道："我是说，你除了浴袍，里面还有没有别的？我可不想看到什么不能看的。"

林述深深地看了她一眼，好像没察觉到乔西宁的窘迫，低头继续刚刚的动作。

乔西宁的眼睛都瞪大了，以为林述要耍流氓，立刻站了起来，伸手要去阻止他。

大概是坐太久了，她突然站起来，两眼一黑。她的双手下意识地往前，想要抓住些什么。

林述拉住了她的手。

"林述。"

"嗯。"

眩晕只是一瞬间，很快就过去了。然而乔西宁不想睁开眼，她觉得就这么闭着眼睛去摸腹肌，应该比睁着眼睛更有感觉，还能避免看到不该看的东西。

乔西宁出声："你人现在站在哪里？"

两个人之前围在桌子前吃寿司。她坐在靠沙发的这头，林述坐在另一头，两个人之间就隔着一张低矮的桌子。

林述的声音很低："你旁边。"

乔西宁全神贯注，所有的注意力都集中在手上。

林述手指很热，没怎么用力地握着她的手腕，引领着她的手往前伸，摸到硬邦紧绷的肌理。

没几秒，林述放开了扣着她的手。

乔西宁的手指动了动，发现林述并没有制止的意思后，乱摸一通。不知道摸到了哪里，她手下的触感从光滑变得凹凸不平。

乔西宁睁开眼。白炽灯下，林述的身体闪着润泽的光，肌肉纹理分明，上面遍布着几条大小不一的伤疤，如同上好的白玉有了碍眼的瑕疵。

"林述，"乔西宁瞪大眼睛，"你身上这些伤疤哪里来的？我记得你以前没有啊。"

林述轻描淡写地答："拍戏。"

"你拍的什么破戏，怎么还能受伤呢？"乔西宁觉得很不对劲，电光石火间想到一种可能，"你不会学别人自残吧？"

林述无奈地说："没有。"

乔西宁指着其中一条伤疤："你之前明明都在休息，那为什么这条是新伤？还说你不是学人家自残！"

林述叹了口气："伤疤没那么快消失。"

乔西宁坚持自己的想法："那上次你咬我，为什么我的就好了？"

林述又说："我没抹去疤的药。"

乔西宁想到他粗糙的生活态度，张了张嘴，问："真的吗？"

"嗯。"

"那你等着，我去拿个东西给你。"

乔西宁没给林述拒绝的机会，拎起披肩，从门口鬼鬼祟祟地跑出去。没一会儿她就回来了，手里还拿着一小支白色的药膏。

"林述，"她献宝一样把药膏举到他面前，"这个给你。"

"什么？"

"我专门找人配的去疤药膏，"乔西宁解释，"我脖子上的伤口就是用了这个好的，给你。"

林述伸手接过来。

乔西宁认真地嘱咐："你以后每天都要用，一天两次，早上晚上各一次。不出一两个月，这些伤疤哪怕不能祛除，也能淡化了。"

见他不说话，乔西宁推了推他："你说话呀。"

林述应道："知道。"

乔西宁瞪他："你别敷衍我。"

"不会，"林述将药膏收了起来，指了一下桌上的寿司，"吃东西吧。"

"不行，"乔西宁不放心，拽着他的浴袍，"你保证。"

"我保证。"

他保证得太干脆了，让乔西宁一愣。半晌，她才回过神来："那你真的要好好涂药哦，两个月后我会检查的，要是你没好好涂药，我就……"

就什么？

乔西宁想了想，发现自己也没什么能够威胁林述的理由。想说就不跟他说话了，却又觉得可能会是她先受不了。

林述故意问道："就什么？"

"没什么，"乔西宁又说，"反正你一定要涂药。"

她神色认真，眼底溢满了对他的关心。

林述没再逗她，点了点头："嗯。"

乔西宁说："我会检查的。"

林述好脾气地应："好。"

乔西宁满意了。

桌上摆满了寿司，乔西宁点得多，胃口却小，吃了两个小卷和海盗船，就已经饱得不想动了。

"嗝——"她坐起来，将桌上的东西全推向林述，"都给你。"

她靠着身后的沙发腿，手往后去拿刚被她丢在沙发上的手机，手机没摸到，倒是摸到了一把伸缩刀。

乔西宁好奇地问："这是剧组的道具吗？平时电视剧里演的那种伸缩刀？"

林述扫了她一眼，迅速地说："别碰危险物品。"

"这有什么，"乔西宁不以为意，"伸缩刀不就跟个玩具似的，插进肚子都不会流血。"

看她一把刀玩得不亦乐乎，林述忍不住厉声道："乔西宁。"

乔西宁把伸缩刀放回了原处。

"林述，"静了没一会儿，乔西宁突然开口，"你能不能喂我吃一个炸虾卷？"

对上他询问的眼神，她举起两只手解释："我刚刚拿了刀，手脏了，懒得去洗了，你喂我吧。"

林述拿起一个炸虾卷，递给她："过来。"

乔西宁倾身凑近，一口咬住，眼睛灵动地转了转，像是在打什么主意。

林述怔住，刚要开口，腹部就被什么东西给抵住了。

他低头去看，腰腹隔着浴袍，抵着一把伸缩刀。拿着刀柄的手白皙纤细又漂亮，指尖圆润泛粉。

得逞后，乔西宁忍不住笑出了声。

乔西宁窝回沙发上，低头一边翻阅林述放在一旁的剧本，一边说："我觉得我以后要是在珠宝行业混不下去了，可以去演变态女杀手。你看看你，一不小心就被我杀了。"

没得到回应，乔西宁忍不住叫他："林述，你说对不对？"

林述嘴唇微动："嗯。"

得到了他的认同，乔西宁更得意了："你刚刚那样真的不行。就你刚刚的反应，早就被杀了，还怎么追凶哦。"

房间里都是她絮絮叨叨的声音。

林述收回放在她身上的视线，低头摩挲了一下自己的手指。

刚刚，她不小心舔到了。

他只是一个愣神的瞬间，那把刀便抵了上来。

林述想，如果杀人犯是她，他不会有反抗。

只会心甘情愿地死在她手上。

仅此而已。

第二天，乔西宁跟着闹钟醒过来。

昨晚睡得迟，为了赶上林述早起的时间，她特地调了闹钟。这会儿到点了，她还困得有些睁不开眼。

她拿过一旁的手机发信息："林述，你现在在干吗呀？"

那头回得也快："吃饭。"

"酒店餐厅？"

"嗯。"

乔西宁揉了揉眼睛，飞快地打字："那你等我一下，我马上下去。"

方竟喝完一杯早茶正要起身离开，就看到林述漫不经心地看着手机，气质一改往常的清冷，多了一丝温和。

看到这一幕，方竟有些震惊，转念一想，又笑着调侃道："和女朋友聊天呢？"

林述放下手机，没承认，却也没否认。

方竟觉得自己猜得八九不离十，也没好奇到要去刨根问底的地步，于是换了个话题："早餐都吃完了，你不走？

林述敛眸，语调轻淡："我再坐会儿。"

"行，那我先过去那边。"

乔西宁慢吞吞的，折腾了十分钟才下楼。

"林述。"她眯着眼睛打招呼。

林述看了她一眼，低声问："困？"

乔西宁点头："困啊。"

她费力地睁开眼睛说："明明我们昨天差不多时间睡的，为什么你看上去一点儿都不困？"

林述答非所问："吃完再上去睡会儿。"

"不睡了，"乔西宁摇头，"你就不问问，我这么早下来找你干吗？"

林述很配合地问："做什么？"

一提起自己要说的话，乔西宁精神了点儿，手肘抵着桌沿，支着下巴看他："你昨天涂药了吗？"

不等林述回答，乔西宁又说："你让我看看，伤疤有没有淡一些。"

"没那么快。"

"哦，"乔西宁摸了摸鼻尖，微顿，"也是。"

乔西宁伸手揉了揉自己的脸，镇定自若，好像她刚才没问这句话。她随手拿起餐盘里的食物，咬了一口。

"咯咯——"乔西宁噎得直拍胸口。

林述递过来一杯早就准备好的酸奶。

她接过来，喝了一口。浓稠的酸奶，带了点儿甜味，是她喜欢的。

乔西宁放下松饼，大概昨天晚上吃的寿司有点儿多，她现在胃里还有些胀胀的。松饼又干，还有油炸的培根，她看着就没胃口。

玉米蟹肉粥被搁置在一旁，林述扫了一眼，淡声道："喝粥。"

乔西宁把粥往前一推："我不喝，腥。"

林述靠着椅背，懒声问："那你想吃什么？"

"我什么都不想吃。"乔西宁说，"你自己吃就行，别管我。"

林述看了她一眼，起身。

乔西宁看着他的背影，有些怀疑自己是不是幻听了。

林述刚才好像说了一句话，但是声音很低、很轻，语速又快，她只听到零星几个字。

就是要继续管她的意思。

乔西宁在座位上坐了一会儿。

林述很快端着棕色的餐盘过来。

等他把餐盘放下，乔西宁连忙问他："林述，你刚刚说了什么话？"

林述随口问："什么？"

乔西宁想了一下："就那句，我不管你管谁。"

林述将蔬菜粥从端盘上拿下来，放在乔西宁的面前："喝粥。"

没否认。

乔西宁嘟哝了一句，倒是乖了起来。

乔西宁一边舀粥，一边问："林述，你怎么还坐在这儿？你今天不用去片场吗？"

他言简意赅地道："等你。"

"哦，"乔西宁喝粥的速度加快，"那我快一些。"

片场距离酒店不远，十分钟左右的路程。

电影里凶手有个杀人前的特殊癖好，每次听过戏曲后，就开始寻找下手目标，并随机从受害人身上取走一个部位。

乔西宁在设计图里融合了戏曲元素，画了几张。拿给方竟看后，他挑了几张满意的、合适的，便拿去抓紧时间赶制了。

只剩下最后一套暗黑系胸针的设计，其他工作差不多都做完了。

乔西宁搬着一把小凳子，坐在那里看片场里大家忙碌的身影。

她觉得新鲜。

原来现场拍摄，到最后呈现在大银幕上，感觉完全不一样。

饰演变态杀手的许江川一下戏，就看到乔西宁坐在小角落，眨着眼睛，嘴里的薯片咬得咔咔响。

"哟，大忙人，"许江川是自来熟的性格，和乔西宁开玩笑，"搁这儿吃薯片呢？"

乔西宁为了更加了解角色的心路历程，和许江川聊了不少，一来二去，倒也还算熟。

乔西宁把手里的薯片递过去："吃吗？黄瓜味的。"

"行呀，"许江川凑到乔西宁的身边，"我要挑片大的。"

突然许江川感到背后一阵凉意，拿薯片的动作僵住，下意识地直起身体，环顾一下四周。

可大家都在忙碌。

只有林述站在他身后，面无表情地和他对视。

"你干吗？"乔西宁被许江川挡着视线，见他一动不动的，忍不住开口说，"你站着是什么意思？薯片还吃不吃？"

许江川回过头，出于男人的直觉摆手拒绝："你自己吃吧，我就不吃了。"

乔西宁"哦"了一声："那我自己吃了。"

许江川随便找了个理由离开。

乔西宁看到林述，一下站起来，凑到他的身边，把薯片一递："吃吗？黄瓜味的。"

一模一样的说辞，好像他和其他人也没有什么不同。

林述低眸，冷淡地扫了乔西宁一眼，抬脚离开，留下乔西宁站在原地一脸蒙。

乔西宁皱了一下眉，刚要追上去逼问，手机就响了起来。

是乐向晚打过来的电话。

乔西宁看了看林述走远的背影，又看了一下手机，迟疑了几秒，最终走了出去。

"喂，向晚。"

乐向晚先是和她闲聊了几句，才提到重点："你现在在剧组吗？"

乐向晚是知道乔西宁接了个剧组的工作，而且还是林述在的剧组。

"啊，对。"乔西宁不明白乐向晚究竟想说什么，"我接到你的电话就出来了，现在在一家咖啡馆里，怎么了？"

乐向晚说："我刚刚回家，你知道我从我爸妈那里听到什么吗？"

一般的小事乐向晚是不会用这样惊奇的语气的，于是乔西宁也来了兴趣："你听到什么了？"

"就是林……"乐向晚话音一顿，换了个说法，"林述，他以前和你说过他家里的事情吗？"

乔西宁更疑惑了："没呀，怎么了？"

乐向晚又说："之前沈家不是说找到人了吗？"

"怎么了吗？这和林述有什么关系？"乔西宁一顿，立马明白了什么，问道，"你的意思该不会是……"

"是呀，"乐向晚肯定了她的想法，"那个人就是林述。"

乔西宁不说话了。

乐向晚感叹道："想想他也蛮惨的，爸爸风流成性，情人一堆。如果不是因为晚年身体机能不行了，估计也不会想到找他。沈家那些人潇洒自如的时候，怎么没想过流落在外，孤苦无依的他呢。"

乔西宁想到了那天晚上在酒店，林述打的那通电话，说的那句话——

"这么多年，我一个人也过来了。"

在她被父母捧在手心的时候，林述孤苦无依地摸索着这个世界，直到遇到了她。

林述学着小心翼翼地喜欢，小心翼翼地温柔，把对这个世间少得可怜的温情也悉数给了她，却被她肆意挥霍、伤害。

那头乐向晚不知道又说了什么话，乔西宁道："向晚，你刚刚说什么呀？我没仔细听。"

"我说，"乐向晚重复，"你现在和林述算怎么回事？你们不是都在一个剧组里吗？复合了吗？"

那次乔西宁说要对林述好。

但乐向晚觉得，他要的不是乔西宁的好，而是乔西宁这个人。

要是不能和乔西宁在一起，林述估计永远不会好。

"还没有，"乔西宁的声音有些低，"顺其自然吧。"

就算她想怎么样，那也要看林述还愿不愿意。

她不懂林述在想什么，明明早上态度还很温和，下午就莫名其妙冷淡了。

外面的天色在不知不觉中暗了下去。

乔西宁挂断电话，又在咖啡馆坐了一会儿。她纠结了一下，是要回片场，还是直接回酒店。

早上睡眠不足的后遗症这会儿突然发作，她的脑袋钝钝地疼。

她抿唇，选择抄小路回酒店。

小路昏暗，只有月光相伴。斜斜的一道身影投照在地上，显得孤零零的。

乔西宁边走边给林述发消息："我刚刚在咖啡馆和向晚打完电话，现在头有些疼，先回酒店啦。明天见了。"

发完消息，乔西宁全身的汗毛都竖起来了。

她只顾着想林述的事情，都没注意到周围的环境，也没注意到身后多了一道脚步声。

乔西宁盯着地上亦步亦趋跟着她的那道影子，努力维持镇定，颤抖着手，拨通了林述的电话。

他永远会在她最需要的时候出现。

林述很快接起电话："乔西宁。"

"喂，林述，"听到他的声音，乔西宁镇定了些，像平常一样说话，"我给你发的消息你收到了没？我的头有些疼，我要回酒店睡觉。"

林述皱眉"嗯"了一声，不太明白她重复说这句话的意思。

直到电话那边乔西宁像是故意提高音量说道："我现在在回酒店的路上了，你来接我吧……"

林述的神色一变。乔西宁清楚他还在片场，不会无缘无故说这样的话。

"乔西宁。"他都顾不上和方竞打招呼，拿着手机快步跑了出去。

"你不要挂断电话，保持通话，我现在马上过来找你。"

乔西宁一直走到有光的地方，紧绷着的神经才下意识地放松下来。

她将手机竖起，打开摄像头，偷偷照身后的人。那人满脸肥肉，看着她的眼神兴奋，双手向下不断动作着，不时地发出粗喘。

她想也没想地点开录像，转身猛地对准身后的人。

"你在干什么？"乔西宁开了闪光灯，瞬间照亮整条小路，"这么兴奋，我让你在网上火一把，要不要……"

"看看你的小小兄……"

乔西宁刚将手机往下移，要录下男人丑陋的模样。下一秒，她的视线被黑暗笼罩，熟悉的薄荷味猛地靠近，安全感瞬间包围了她。

"别看。"

身后的人声音很低，却又莫名透露出一股温柔。

炙热的气息喷洒在她的耳后，她的脖子忍不住一缩，耳朵有点儿痒。

乔西宁的身体僵硬，任由林述将她转过身。然后，就见林述冷着一张脸往自己身后走去。

有重物坠地的声音，伴随着一阵痛苦的号叫，然后挣扎的声音渐渐小下去。

乔西宁终于反应过来，转身看着眼前的一幕，慢慢地瞪大了眼睛。

昏黄的路灯下，林述侧脸冷峻，像是失去理智一样。他浑身紧绷，手上的青筋突起，死死摁住男人不断扭动的身体，一拳又一拳。

"林述。"乔西宁上前一步，担忧地叫了一声他的名字。

可他不管不顾，像是屏蔽了外界所有的声音，必须让身下这个男人付出代价。

"林述，"乔西宁又叫了一声，握住他紧绷的手臂，"你别打了，等会儿把人给打死了，没必要……"

没必要为这样的人犯事。他犯了错，把他交给警察就好了，没必要亲自动手。

可林述的动作没停。

"林述！"

眼见他下手越来越重，乔西宁心里一着急，一把将他抱进怀里，双手紧紧地抱住。

"别打了！"

片场。

"你刚刚怎么回事？衣服都没换就急匆匆冲出去了？"

刚刚拍了一场雨中戏，下戏休息的时候，林述不知道接到了谁的电话，脸色一变，衣服都来不及换，就直接跑出去了。

现在看他回来了，方竟不免开口问了一句。

林述的眼神中还有未散去的狠戾。

方竟看到后一怔："林述，你……"

看到方竟的神色，林述稍微敛眸，又恢复平常冷淡的样子，答非所问："没事。"

方竟心想：自己该不会是看错了吧？林述向来冷淡，怎么会有那样的眼神？

"今天的拍摄差不多就到这里了，你赶紧去换件衣服，回酒店休息吧。"

等林述走远，站在方竟身后看回放的许江川才上前几步，看向乔西宁，问道："你怎么回事？"

乔西宁迷茫地"啊"了一声，还没从刚刚的场景里回神。

刚刚的林述难以自控，极度暴戾，像是丧失了理智一样。如果不是她回过神来及时拉住他……她也说不清，最后到底会发生什么事。

几年前的他不是这样的。

那时候她被人骚扰，林述虽然当场发了脾气，但没失控到这种地步。

见乔西宁似乎在发呆，以为她没听清楚，许江川又重复："你怎么回事？"

乔西宁舔了一下嘴唇，一脸疑惑地看着他。

许江川指了下自己肩膀的位置，说道："你肩膀这里，红了一大片。"

他倒是没想到什么其他不好的事情，而是笑着凑近乔西宁："摔跤了？看着好像还挺严重的，你不上医院去看看？"

乔西宁低头瞥了一眼自己的肩膀。蓝色的袖口，除了有些褶皱，没看到许江川说的血迹。

"在哪里？我怎么没看到？"

许江川上前一步，把乔西宁肩膀斜后方的衣领扯到她眼前："眼睛白长那么大了，这么一大块你都看不到？"

乔西宁顺着许江川的手指低头看去，蓝色的单衣上晕开了一大片血迹，发沉发暗。估计是刚刚她抱住林述，他伸手想要把她拉开的时候蹭上的。

大概是凑得近了，看出了点儿什么，许江川的眉头一皱，说道："这不是你的……"

身后有脚步声响起。

乔西宁抬眼，透过许江川的肩膀对上了林述不带一丝感情的眼神。和下午他看她的那个眼神，有过之而无不及。

四目相对，他又漫不经心地移开。

看着林述，又看着站在自己面前的许江川，乔西宁明白了什么。她猛地往后退一步，衣领顺势从许江川的手里滑出，落回肩膀上。

许江川不满道："你躲什么？我又不是什么妖魔鬼怪……"

眼见林述已经快步离开了片场，背影就要消失在视野里了。乔西宁抱歉地看了许江川一眼："我有事先走了，有什么话明天再说。"

她顾不上身后的许江川，急忙去追林述。

乔西宁跟在他后面，气喘吁吁地走进酒店电梯。她喘着气，开始抱怨："你走那么快干吗？我差点儿就跟不上你了。"

林述没说话。

他刚刚在片场只换了衣服，头发都没擦，太阳穴旁有串水珠，顺着他的脸部线条滑落下去，一路没入衣领深处。

他低垂着头，拨弄着手上的打火机，冷淡而沉默。

"林述，"安静几秒后，乔西宁忍不住开口解释道，"我……我和许江川没什么的，我下午就是问他吃不吃薯片而已，没什么其他的事情。"

解释的话说出口好像也没有那么难。

不知道林述有没有在听，乔西宁快速地表达了一下自己的想法："而且刚刚是因为他看到了我肩膀上的血迹，我看不到，问他在哪儿，他才指给我看的。你不要想太多。"

林述突然直直地朝她看了过来，面无表情，眼神没什么温度。

乔西宁下意识地想往后退。

他突然说："乔西宁，过来。"

乔西宁一愣。

他刚才明明不想搭理她，为什么又会叫她过去？

林述拧眉，低声重复："过来。"

乔西宁走过去，不解地看向他："你叫我过来干吗？我们刚刚不是在说许……"

乔西宁眼睁睁看着林述掀开衣摆，露出精瘦的腰。

"林述，你……你……你干吗！！！"乔西宁的眼神乱飘，不太敢看他，"这是在电梯里，有监控的，你注意一下。"

此刻，他攥着那一截衣摆，揉成一团，贴上她肩膀上被血迹浸染的那处，轻轻地摩挲擦拭。

灯光下，他垂着眼，睫毛在眼下形成一片扇形阴影，神情认真而专注。

"脏。"林述的声音很轻，在寂静的电梯里却显得特别明显。

除了被他碰到染上了血迹的那一块，就是刚刚……许江川扯着她衣服的那一片。

所以，林述是在说她的衣服脏？

还是在说她被许江川碰了那一下脏了？

林述擦拭的动作一顿："很脏。"

乔西宁垂眼，撇撇嘴："我看你的衣服最脏了。"

林述看都没看一眼，继续手上的动作："没事。"

叮——

电梯到达楼层。

林述将衣摆放下，也没看乔西宁一眼，直接走了出去。

乔西宁迟疑了几秒，看了一眼周围，见没人，快步跟着他，将他推进了房间。

林述没管她，把房卡插进卡槽，等灯亮了，他快步走到小沙发上，俯身捞起桌上放着的一个白色药瓶，倒出几粒药片。他没喝水，直接把药吞了下去。

"林述，"乔西宁跟着走近，看到他的动作，担心地问，"你的身体不舒服吗？"

他顿了一下才说："没有。"

乔西宁疑惑： "那你为什么吃药？是药三分毒，没生病你吃什么药？"

周围猛地安静下来。

林述的眉眼阴郁，看着情绪有些低沉。

乔西宁像是突然意识到了什么，语气严肃地又问了一遍："没生病，你为什么吃药呀？"

林述看了乔西宁一眼，将药瓶放回原地。

乔西宁上前一步，想去拿他的药瓶。

林述拦住了她，漫不经心道："只是控制情绪的药。"

"什么时候开始的？"乔西宁追问，"是上次在江南宴？还是更早？"

那个药瓶的容量挺大，可刚刚药片碰撞药瓶的声音十分低沉，显然存量不多了。

"江南宴。"

他不想伤害她，但只要一遇上她的事情，他就容易控制不住自己，做出与思想相悖的行为。所以那天咬伤她后，林述私下去找了个心理医生，专门配了药来控制自己过激的情绪。

"怕我吗？"

就在乔西宁迟疑着该对林述说什么话好的时候，忽然听到他这样问。

刚刚在小巷，他那个样子，他都有些厌恶自己。

可他的执念深入骨髓，根深蒂固，只能勉强用药物来维持表面的自己。

乔西宁摇头，没有丝毫迟疑地说："不怕。"

她只是有些难过。

"林述，"乔西宁上前一步，仰头看他，用商量的语气说，"你以后……能不能尽量少吃这些药呀？"

是药三分毒。

他在进门的第一时间选择用药，不知道是怕失控伤了她，还是其他什么原因。

林述不应该是这样的。

上次咬伤她的脖颈，其实也不是很严重。

"其实今晚你也是可以控制好情绪的，只是因为你觉得我遇到了危险，所以才会失控。那真的不是你的错。"乔西宁轻声说，"你不会伤害我的不是吗？林述。"

"不是。"林述否认。他定定地看着乔西宁，说道，"我控制不住。"

她愿意和他在一起还好。

不愿的话，林述也不知道自己会做出什么事来。

对她，林述从来都控制不住。

翌日清早。

乔西宁睁开眼，发了一会儿呆后坐起来，点开林述的头像给他发消息。

"林述，昨天晚上休息得好吗？你现在在哪里？酒店餐厅还是片场？"

她等了两秒，没等来像之前一样的秒回。

乔西宁看了一眼时间，八点多。

不应该呀。林述这个时间点一般已经醒了，不是在酒店餐厅用餐，就是在片场看剧本。况且现在也不是拍摄的时间。

可能他只是暂时没看到。

乔西宁躺回床上，边等林述回消息，边无聊地点开微博，想要看看这两天有没有新鲜事发生，结果刷到了一张"帅裂苍穹"的高清大图。

图片的背景是一片漆黑的岩石，顶上有微弱的光。水珠凝聚，要坠不坠地凝结在岩石边上。林述背光站立，身形挺拔。半明半暗间，他清俊的脸上，是疯狂又阴暗的表情。

乔西宁对这一幕印象很深，是《荒岛行动》的剧照。

当初在影院观看《荒岛行动》的时候，她还发消息说他变态来着。

图片底下的评论就已经好几百条了。

乔西宁看完评论，弯唇笑了一下，切到小号，忍不住跟着凑热闹："林述昨天为我打架了。"

小号是她当初追星用的，和林述分手后，就没再用过了。不过在当时，她混到了小主持的位置，有不少人认识她。

她随手一刷新，原博底下的评论一增再增。

乔西宁原本也只是凑个热闹，这个号的权重近几年降低了不少，评论又多，估计没几个人会注意到她这一条。

谁知她刚要退出微博，重新找林述聊天，消息提示的红点数字却在不断地增加，还是以每分钟五六条的速度。

乔西宁蒙了。

她的手指一顿，点开了评论。

"姐妹，你这梦比楼上那位还不现实。"

"哈哈哈，同一个世界同一个梦想。"

"除了在电影里面见他情绪饱满，其余时候哥哥都是'一二三，木头人'，冷淡没情绪的。"

乔西宁："……"

在认识林述之前，乔西宁也是这样觉得的。

他性情冷淡，打架这种代表暴力的词汇和他实在不搭。

可是林述屡屡为她破例。

乔西宁退出微博，重新点开和林述的对话框。

十几分钟过去了，他居然还没回她！

放在其他人身上，乔西宁或许觉得正常。但放在林述身上，真的不正常。

乔西宁刚要继续发消息轰炸林述，手机就响了起来。

方竟打来的电话。

"你现在还在酒店吗？"方竟直接开门见山地问，"有时间吗？"

"在酒店，有时间，"乔西宁一一回答，"怎么了？"

方竟说："我找了个人把药送过去，你能不能下来拿一下，然后给林述送去？"

乔西宁心一揪："送什么药？他怎么了？"

"感冒发烧的药，"方竟简单地说，"昨天拍了一场雨中戏，林述下戏的时候接了个电话就直接出去了，也没及时处理。加上连拍了几个大夜戏，他休息不到位，病倒了。"

乔西宁一怔。前一天晚上林述出现在她面前的时候，浑身湿漉漉的，额头上都是水。

她去拉他手臂的那一下，也摸到一手的水。

那时候她根本没注意，只以为是林述一路跑过来流的汗。她当时心里又酸涩又感动。

谁知道……

"乔西宁——"方竟叫她，"你在听吗？"

"在。"乔西宁回过神来，"我马上下去拿药。"

乔西宁挂断电话，简单洗漱，急忙下楼。

等人的间隙，乔西宁又和酒店前台协调了一会儿，拿到了林述房间的房卡。她不敢耽搁，快速地上楼，顺便回复方竟。

"我刚刚从前台那里拿到房卡了，现在在房间外面。放心吧，我会让他好好休息的。"

乔西宁用房卡刷门，将方竟买来的烧水壶放在一旁，快步往里走，试探性地叫他的名字："林述？"

林述掀开灰色的空调被，下床，双臂往上一拉，脱下身上湿透的 T 恤。

早上起来的时候，他只觉天旋地转，额头滚烫，呼吸都是灼热的。

他原本没想管，想着忍忍也就过去了。只是他早上和方竟说要晚点去片场时，被方竟听出声音不对劲，强制他待在酒店休息。

原本睡了一觉出了不少汗，再冲个热水澡，估计也就差不多了。谁知道进浴室前会听到乔西宁的声音。

"林述？"伴随着渐近的脚步声，她的声音逐渐清晰，"林述，我进来了？"

林述半转身，对上乔西宁看过来的目光。

待看清林述的模样，乔西宁一顿。

大概是生病的缘故，林述的脸色有些苍白，略显病态。眼珠乌黑，一眨不眨地盯着她。

乔西宁的视线不自觉地往下。

林述刚脱下身上汗湿的衣服，此刻完全裸露着上半身。

他的肌肉紧实，腰部劲瘦，胸膛上有几道伤疤，颜色淡化了些，不仅不影响美感，反而平添了一丝欲色。

林述："……"

"林述，你不是生病了吗？"乔西宁欣赏了几秒，回过神来，"快把衣服穿上，免得待会儿更严重了。"

林述看她一眼，将拿在手里的脏衣服随手扔进脏衣篓，解释道："出汗了。"

他的声音很轻，因为感冒带着鼻音，显得声音很有磁性。

"哦……"乔西宁被他的肉体一刺激，大脑还有些没运转过来，"那你现在要干吗？"

林述脸上没有什么表情："洗澡。"

他的视线一转，看到她手里拎着的东西："你手里拿的什么？"

"方导让人送过来的药，我给你拿上来了，"乔西宁说，"还有烧水壶。你看你是要先去洗澡，再吃药休息，还是要吃了药再去洗澡？"

她"啊"了一声，有了主意："你先去洗澡吧，正好我可以去给你烧开水，一出来就能吃药了。"

"不用，"林述走过来，阴影笼罩着乔西宁。他伸出手，"给我吧。"

林述不常生病，从小被逼着养成的习惯，难受的时候，忍忍也就过去了。

可这是乔西宁拿过来的药。

"你要干吗？"乔西宁十分警惕，跟护小鸡崽似的死死护住手里的药，"你是不是打算像昨天晚上一样，直接把药吞下去？"

林述抿唇没说话，手依旧伸着，掌心摊开，纹理明显。

乔西宁恨铁不成钢地说道："你也不怕噎到了。还有你知道不知道，生病了就要多喝热水。"

乔西宁索性直接安排道："你现在赶紧进去洗澡，我马上去烧开水。"

见林述站着不动，乔西宁咬牙，直接上手了。

她的掌心贴上他硬邦邦的胸膛，发烧的缘故，温度有些高。

林述定定地站在原地，任由乔西宁推他。他微微俯身，一只手搂住她的腰固定住她，另一只手要去拿她藏在身后的药。

"林述！"

乔西宁仰头，额头不经意间狠狠地撞上了林述的下巴。

他闷哼一声，手却没放开，还维持着搂着乔西宁的姿势。

"没事吧？"乔西宁担忧地问。

林述低声道："没事。"

怕再撞到林述，乔西宁连忙从他怀里退出来，抬眼瞪他："你现在马上去洗澡，出来吃药喝些热水，然后上床休息。"

林述垂眸。

四目相对，小姑娘的眼底像是燃着一簇火，腮帮子微鼓，脸上满是担忧，还有明显的控诉。

林述知道，但凡换成了别人，乔西宁不仅不会搭理，估计还会附赠一个白眼。他心安理得地享受她的关心，也觉得这个样子的她很可爱。

林述没忍住，抬手戳了戳乔西宁气鼓鼓的脸颊。

乔西宁眼睛都瞪圆了："林述，你干什么戳我的脸？"

林述突然笑了："没什么。"

莫名其妙地戳她的脸，还说没什么？

"我先去洗澡。"

乔西宁大手一挥："去吧，去吧。"

"对了，"抢在林述进浴室之前，乔西宁又问，"你吃早餐了吗？"

她意料之中地得到了他否定的答案。

乔西宁快被他搞得没脾气了，直接朝他翻了个大白眼。

她走到他跟前，碎碎念地数落。

"你也太不重视自己了吧？

"你不是还有胃病吗？还敢不吃饭就吃药？"

…………

林述抬手摸了摸乔西宁的眼角，在那一块娇嫩的地方微微摩挲，动作很温柔。

乔西宁疑惑地眨了眨眼睛。

她早上一醒就过来给林述送药，也没化妆，可睫毛细密又卷翘。随着她眨眼的动作，睫毛轻轻扫过林述的指尖。

林述摩挲了一下手指，说道："不要翻白眼。"

"那还不是因为你……"乔西宁下意识地想反驳，又泄了气，"算了，不和你说了，你赶紧进去洗澡吧，免得待会儿又着凉了。"

像是不想再看到林述那张脸，乔西宁直接将人推进浴室，猛地关上了门。

隔着一道门，林述还能清晰地听到门外的动静。

乔西宁在和别人打电话，谈论的是和他有关的事情："送一份蔬菜粥上来吧？等会儿，生病的人是不是喝白粥比较好呀？那就……"

林述听着，没忍住又笑了一下。

他关于生病的所有不好的回忆，在这一刻，悉数被她的话语所驱散。

酒店的服务态度还不错，赶在林述出来之前，把早餐送了上来。

乔西宁盯着林述喝完粥，等了一会儿让他吞下药片，又泡了杯感冒灵，才松了一口气。

"行了，行了，"林述的脸色虽然恢复了不少，但乔西宁依旧有些不放心，"你现在赶紧去睡一觉。"

"没事，"林述说，"已经好多了。"

刚刚睡了一觉，又冲了个热水澡，加上感冒药的药效挺好的，林述觉得脑子已经没那么晕了。

这会儿他只想陪着乔西宁待在客厅里。

"真的吗？"乔西宁不信，"我记得刚刚那药袋里面还有支温度计，我拿过来你量量体温，看看是不是真的退烧了。"

她刚准备转身，手腕就被人从后面扣住。林述的手干燥而滚烫，她能感受到他掌心的纹路。

林述躬身抱住她，将脸埋进她的脖颈，跟宠物撒娇似的，低头蹭了又蹭。

乔西宁看呆了，心里却真的信了他说没事的话。

林述的力气好大，紧紧地桎梏着她。

生病的人哪有这样的力气？

"林述？"乔西宁试探着开口。

"不用拿温度计，"他说，"抱一下就好了。"

一病一方，乔西宁是他药到病除的那一方良药。

乔西宁其实特别想看看，林述说这句话时是什么表情。

她还是第一次见他这样撒娇呢。

可她整个人被他抱在怀里，下巴被迫搁在他的肩上，什么都看不到。只能感受到他硬硬的头发，还有灼热的气息。

说好只抱一下，这一下是不是有些久了？

乔西宁的手机突然响了起来。

"林述。"

见他不动，仿佛没听到，乔西宁出声提醒："我的手机响了。"

响了两遍，也不知道是谁有什么事。

林述的眼底划过一丝阴郁，但还是松手放开乔西宁。

乔西宁走到沙发旁，看了一下来电显示，是乐向晚打来的电话。

"向晚，怎么了？"

林述松开微微皱起的眉。

"西宁，你给剧组画的设计稿没给其他人看过吧？"不等乔西宁开口，乐向晚又问，"我记得你和那个安夏在同一个剧组？这次这件事情，会不会也是她？"

乔西宁一头雾水："你说什么？我怎么一句都听不懂？"

大概是乔西宁语气里的迷茫太明显了，林述抬眼看了过来，扬了扬眉，无声地询问。

乔西宁摇头，表示自己也不知道。

乐向晚诧异道："你不是最喜欢网上冲浪的吗？这次和你自己有关的事情，你居然不知道？"

乔西宁茫然道："我真不知道呀。"

乐向晚深吸一口气，然后说："今天凌晨，你的设计稿泄露出去了，不知道是不是你给电影画的那些设计稿。今天早上，安夏的粉丝就在各个营销号底下评论，说前几天安夏刚在照片墙上发了一模一样的设计稿。"

乔西宁无语了："她有病吧？"

第一次的时候，乔西宁完全当她是个跳梁小丑看，结果她这次又来。

真以为自己治不了她？

电话一挂断，乔西宁才发现自己的手机消息多得几乎快要炸了，都是认识的朋友发来的消息。

乔西宁点开乐向晚发来的链接。

有博主发了对比照，还有一些似是而非的话，说她可能剽窃了安夏这样具有引导性的话。

"这件事情上一次不是已经不了了之了吗？这次又来？"

"之前还可以用'脑电波'解释，这次算什么？时间上，明晃晃是安夏先创作的！"

"身正不怕影子斜，乔西宁要是剽窃直接一把就能炸了话题，还让你们在这里讨论她剽窃？"

"乔西宁就是这一行的，你安夏莫名其妙设计珠宝干什么？好玩？给你一个明星珠宝设计师称号，你还真以为自己过家家的东西就是珠宝啦？"

乔西宁也是在上次之后，养成了一个习惯。在完成最后一笔的时候，会在右下角随手写下时间。

照片上乔西宁写的时间比安夏发布在社交平台上的，整整晚了将近七个小时。

这个时间差，直接"坐实"了乔西宁剽窃的事实。

乔西宁看了一下安夏发布的时间，顿时觉得非常有印象。

这好像是她让林述不要再和安夏说话的那天。

谁知道这样都能被安夏钻了时间的空子。

乔西宁真不知道该说什么了。

"乔西宁。"林述突然出声。

乔西宁抬眼："怎么了？"

两个人站得近，刚才乐向晚在电话里说的话，林述估计也听到了。他盯着她看，似乎是想从她脸上看出什么。

"上次是我没想到会发生这种事情，才会情绪失控。这次可不会。"

林述道："安夏在那天晚上回剧组偷拍了你的设计稿。"

"你怎么知道？"乔西宁的关注点立刻偏了，"林述，你怎么这么关注她？！"

"我让人私底下盯着她。"

乔西宁立刻追问："你为什么要私底下盯着她？"

林述抿唇。

乔西宁非常固执地继续盯着他，问："为什么要私底下盯着她？"

林述沉默了一会儿，才轻声说："怕她会伤害你。"

林述知道，安夏和他是一样的人。

是的。

从一开始，林述根本就不想让乔西宁知道，自己是一个多么冷漠自私的人。

比如，在公园椅子上将乔西宁抱在腿上接吻的时候，他明明恨不得将人揉进骨血里，隔绝外面一切的声音，却还是在听到微弱的呼救声后，起身前去查看。

没人知道他起身的一刹那，脸上的表情有多么阴郁和不耐烦。

林述甚至还在想，如果这个世界上只有他和乔西宁该有多好。

没有人影响他们，也不会再有人吸引乔西宁的注意。

她那双眼睛，从此只能看得到他。

那晚只是随手搭救的安夏，没想到她会惦记这么久。

"哦……"乔西宁一顿，问道，"你怎么就觉得她会伤害我呢？"

林述没回答这个问题。

乔西宁也只是随口一问，并不执着："那你的人都拍到了什么？"

林述走进房间拿了手机，将手机递给乔西宁："在相册，你看看哪些有用。"

乔西宁接过，问道："不是只有她偷拍我设计稿的照片吗？还有其他东西？"

林述"嗯"了一声，继续说："顺便调查了一下其他的事情。"

林述垂下眼帘，忽然不敢直视乔西宁的眼睛。

乔西宁即使再生气，也不会截断一个人所有的后路，不然她完全有能力让安夏没有第二次造谣的机会。

可他不一样。

他不关心旁人的死活，只关心乔西宁。

乔西宁只顾着摆弄他的手机，没在意他说的话。看她这样，他偷偷松了口气。

"林述，"乔西宁的手指点着手机也没抬头，"你手机密码多少？怎么不是你的生日？"

密码是四位数。

刚刚她随随便便试了几个，林述的生日，她的生日，还有一些杂七杂八的日子，密码都是错误。

林述的声音很淡："0126。"

乔西宁纳闷："这什么日子呀？"

一片死寂。

乔西宁抬头。林述的表情平淡，眼睛如深潭，平静地注视着她。

乔西宁终于反应过来，这好像是他们当初在一起的日子。

"那个……"乔西宁突然觉得尴尬，甚至想要落荒而逃，"我进去洗把脸，你要是无聊的话，拿我的手机去玩，密码是我的生日。"

乔西宁关上卫生间的门，僵硬着的双肩才慢慢地放松下来。

等这件事情处理完，再出去解释吧。

她不是故意忘了这个日子的，只是没想到分手这么久了，林述还在用这个密码。

她连安夏的照片都不想管了，扒着门，偷偷听门外的动静。

结果她什么动静都没听到。

乔西宁放弃了，她将手机放在一旁，打开水龙头，打算洗把脸冷静冷静，顺便组织一下语言，看要怎么和林述解释。

只不过水龙头扭得太过，水势过猛，把手机都给打湿了。

乔西宁轻呼一声，急忙抽出几张纸，仔仔细细地擦拭手机。怕没擦干净，她又动手将黑色的手机壳卸了下来。

一张红色的卡片飘了出来，乔西宁手疾眼快地一把捞住。

乔西宁将卡片翻过来，一眼就认出了自己的字迹——

乔西宁永远永远，最最最喜欢林述！

2016 年 11 月 27 日

她一怔，这是林述生日那天，她被他哄着写下的话。

那天，她拎着蛋糕回去。

"林述，"她将蛋糕递给他，让他拿出来，"这是我做的，你一定要吃完呀。"

其实蛋糕是现成的，只不过最后的奶油是她点缀的。

"这是什么？"

卡片随着蛋糕掉了出来，林述俯身捡起来。

"卡片呀，"乔西宁看着电视，随口答道，"就是生日贺卡嘛，我在上面写了生日快乐，不过没什么用，还不如我亲口和你说呢，你把它丢了吧。"

林述没丢，将卡片放在乔西宁的面前，问道："今天我生日？"

"你问我？"乔西宁被这句话逗笑了，"今天不是你生日，难道是我生日吗？"

"是我生日，"他笑着应，"那宝贝再多写一句话？"

"不要，"乔西宁拒绝，"我想吃蛋糕了。"

林述扣着她的双肩，俯身亲了上来，呼吸相融。

林述咬着她的唇，声音沙哑地问："写不写？"

乔西宁怀疑她要是拒绝，林述估计连蛋糕都不吃了。

"你好烦！"她嘟囔了一声，声音含混不清，"写什么呀？"

"都可以，"他微顿，又补充，"要写你喜欢我的话。"

乔西宁白了他一眼，吐槽道："你要求好多。"

说是这样说，她还是接过笔，在上面写下了一句话。

乔西宁从没想过，林述会从贺卡上裁剪下来这段话，并放在手机壳内，随身携带。

而现在，她看到的小卡片上，多了一句她从没见过的话——

林述只喜欢乔西宁，直至世界末日。

乔西宁盯着那一行字，眼睛涩涩的，有些难受。

生日贺卡是蛋糕店赠的。她写了"生日快乐"，字迹龙飞凤舞的，又随便涂鸦，几乎填满了整张贺卡。

而后面增加的那一行字，对林述说的那一句喜欢，更是占据了仅剩的空间。

字迹潦草，可以看出她当时写得很随意。

而林述的字，一直是笔触流畅，遒劲有力，也是乔西宁认识的男生中为数不多字写得好看的。

可在卡片上，林述的字特别的小，挤在她那句话的下面，一竖一捺都只能勉强看到一半，在边缘处截停。

乔西宁都能够想象，林述是怎么样伏在桌案，握着笔，小心翼翼，一笔一画地写上那样一句话。

她突然就觉得心酸。她吸了吸鼻子，将卡片整齐叠在手机后，一起放进手机壳里，恢复原状。

门外突然传来开关门的声音。

乔西宁打开门，探出一颗脑袋，往外看："林述？"

没有人应。

乔西宁走出去，又叫："林述？"

依旧没人回应。

茶桌上，只静静地躺着一部粉红色的手机。

她刚想和他开诚布公地说一些话，谁知道他居然直接离开了。

乔西宁先下去还了房卡，然后带着林述的手机回了房间。

她猜他可能去了剧组，不过她依旧有些不放心，拨通了方竟的电话。

"方导，我是乔西宁。"她说，"我有件事想问你。"

"什么事？"方竟一顿，想到什么似的，又问，"对了，林述好些了吗？"

林述这是没去剧组？

乔西宁还是不死心地问："林述没过去剧组吗？"

"没来……"方竟刚想问什么，抬眼就看到从外面走过来的人，忙说道，"来了，他现在过来了。"

乔西宁松了一口气。

她也说不清自己是什么心理，在他始终记得并妥善保存着过去的记忆，而她在不经意地遗忘，尴尬又愧疚，最终混合成对他的担心。

方竟是拍电影的，对情绪感知尤其明显。

一次看不出林述和乔西宁之间微妙的关系，但两次三次的，多少看出了些什么。

方竟听乔西宁担忧的语气，又看了一眼走到跟前来的人，直接说："林述在我旁边，我把手机给他。"

林述平静地看了一眼通话中的手机。

"啊？"乔西宁连忙拒绝，"不，不用……"

可那头，林述平缓的声音传了过来："乔西宁？"

她含糊地应了声。

空气一下子寂静下来，能听到对方规律而缓慢的呼吸声。

"林述，"乔西宁先开口，"你不是还在生病吗？还没好呢，怎么就跑出去了？"

他的声音平静："好多了。"

"那你……"乔西宁想说的话到嘴边转了个弯，"你的手机还在我这儿呢，你忘记拿走了。"

他沉默了几秒，说："放在你那里。"

手机本来就是联络乔西宁的工具，没有其他作用。

乔西宁道："我今天……就不过去剧组了，你晚上回来记得找我拿。"

"嗯。"

不知道为什么，乔西宁紧张得手心都冒了冷汗。她抓着手机，气息有些不稳："那我挂电话了？"

那边又应了一声。

通话时长在一分一秒地增加，可谁都没有主动挂断电话。

"林述，"乔西宁的嗓子干哑，和他确定，"我这次真的挂断电话了。"

那头只有轻轻的两个字："你挂。"

乔西宁问："那我挂了？"

林述沉默地等待通话结束。

通话结束后，他将手机递给方竟。

方竟看着他说："我之前就觉得你们有点儿什么，你那天一直聊天的人就是她吧？"

刚刚通话的时候，林述的语气虽然依旧没什么情绪，眉眼却是温柔的，甚至还多了几分少见的耐心。

合作了两三次，他什么时候见过林述这副样子。

这两个人的关系明显不一般。

林述只轻轻勾了一下嘴角。

方竟觉得自己猜得八九不离十了，笑道："把人请来剧组，倒是请对了。"

林述轻轻"嗯"了一声。

至少，让他多了和她相处的时间。

乔西宁在床上坐了一会儿，收拾好波动的情绪，将林述的事情暂时放一放，重新处理起安夏的事情。

她只是一会儿没看手机，网上的风向又变了。

"清纯'小花旦'？周林都能当她爸了吧？！"

"乔西宁主攻珠宝设计，还得过奖的，会剽窃一个外行人设计的珠宝？"

…………

乔西宁点开大图。

安夏坐在一个男人的腿上，和对方互相喂食。

甜蜜是甜蜜。但如果对方不是个四五十岁、有妻有子的男人，就更甜蜜了。

林述手机里也有不少关于安夏的丑闻。

乔西宁没打算发这些，只想证明自己的清白，谁知道安夏自己被原配请的私家侦探给拍到了。

乔西宁没再迟疑，将手里自证清白的照片发了出去。

"安夏剽窃"这个话题迅速上了"热搜"。

"厉害了，安夏可真是个'宝藏女孩'。"

"乔大小姐实惨，被连薅两次羊毛。"

"烦请安夏退圈！"

…………

乔西宁没再多看，退出了微博。

把眼下最重要的事情解决后，她突然就觉得有些无聊了。放在以前，她估计会找林述聊天，或者去片场找他说说话。

乔西宁向后倒，躺在床上，轻轻地叹了一口气。

她想到了和林述的关系。之前想着顺其自然，可她到这天才发现，顺其自然的每一分每一秒，都是在浪费林述的时间。

乔西宁有些不齿这样的自己，却又不知道该怎么解决。

她想得入了神，又或者是早上休息不到位，闭上眼睛，不知不觉睡了过去。

再次醒来，是被一串电话铃声吵醒的。

乔西宁嘟哝一声，翻身拿过手机，接通。

"你干吗？"看清是顾简的电话，乔西宁的语气很随便，闭着眼冲他吼，"我还在睡觉呢，扰人清梦。"

"这都几点了你还在睡觉？！"顾简简直不敢相信，"你别跟我说，你从昨晚一觉睡到了傍晚六点。"

"啊。"听到时间，乔西宁直接蒙了，"居然六点了吗？"

难怪她在睡梦中都觉得肚子饿了。

乔西宁抬手揉了揉太阳穴，语气还有些困倦："你突然打电话给我干吗？"

她和乐向晚，还有顾简，三个人算是一起长大的，熟得不能再熟了。一般有什么事情都是直接微信联系的，除非有什么大事情，才会打电话。

顾简道："我说你都跟着林述去Ａ市那么久了，什么时候回来？"

"不知道，"乔西宁觉得好笑，"电影还没拍完，你当我想回就回呀？"

"你就是去设计珠宝的，又不是要你去拍电影，珠宝设计完了还不能走吗？"

"你怎么回事？"乔西宁察觉出他话里有话，神色瞬间认真，"你这么催着我回去是什么意思？"

"就……"顾简有些不好意思提，扭扭捏捏好一会儿，才说，"这不是要结婚了，让你回来当伴娘嘛。"

乔西宁直接震惊了："你要结婚了？"

她不过才来Ａ市十几天左右，就发生了这么大的事情。

顾简在和她开玩笑吧？

"不是，"乔西宁纳闷了，"你女朋友都没找着就结婚，你该不会和人乱来了吧？"

"是呀，"顾简还挺坦诚的，"这不是要负责任吗？"

"你还算是个人，还知道要负责任，"乔西宁脸不红心不跳地教育他，"那我也就不多说你什么了。"

"得了吧，"顾简毫不客气地嗤笑一声，"林述的事情你都没扯明白呢，你还好意思说我。"

乔西宁理直气壮道："我怎么不好意思了？"

"我好歹知道负责呢，你呢？"顾简说，"酒吧那次，我看林述对你还挺念念不忘的，还站出来说是他追的你。结果你……"

"我怎么了？"

顾简笑了一声："人家要去拍戏了，你大老远追过去，到现在什么也不是。"

乔西宁被他一刺激，脱口而出："放心，你结婚那天我一定带林述过去。"

"这可是你说的。"顾简应她，"我等着，你别到时候没能把人带来。"

这还真像她会做出来的事情。

顾简催她："下个星期我要结婚，你看你什么时候回来？"

乔西宁调侃他："你急着嫁人呀？"

"可不是。"

"那我看一下这两天的机票。"

"行。"

"对了——"乔西宁好奇，"你和我说说，你和人家是怎么好上的？"

乔西宁正好现在有两部手机，索性直接拿起林述的手机，边听顾简讲话，边点开软件查机票。

乔西宁说："我提前回去，就后天吧。"

顾简应道："好。"

电话刚挂断，顾简又发来消息："小乔，你几点的飞机，我和我老婆去接你。"

乔西宁："我去看一下机票。"

乔西宁刚刚也没去注意确切的时间，好像是上午十点，还是十一点。

她点进去看了一下飞机订单，是上午十一点的飞机。

乔西宁截图转发给顾简，无聊地往下翻了翻，没想到订单数量还挺多的。

不过想想也是，林述这工作性质，就注定了要满世界来回跑。

乔西宁忍不住皱了皱眉。

但工作行程一般都是助理安排的，林述的私人手机上怎么会有这么多机票？

乔西宁认真地看着过往的行程订单上，然后瞪大了双眼。

2017 年 12 月 24 日：江城——F 城。

2017 年 12 月 25 日：F 城——江城。

2018 年 1 月 19 日：江城——F 城。

2018 年 1 月 20 日：F 城——江城。

2018 年 2 月 27 日：江城——L 城。

2018 年 2 月 28 日：L 城——江城。

2018 年 3 月 21 日：江城——F 城。

2018 年 3 月 22 日：F 城——江城。

乔西宁的手忍不住颤抖起来，继续往下翻。

他落地的，全是她曾经待过或者到过的城市。

往返不超过一天时间，说明他根本没停顿休息，跨越十四个小时的飞机航线到一个陌生的城市，只是为了远远地看她一眼，而她对此一无所知。

乔西宁清晰地感受到，在这一刻，自己的心脏，再一次被林述的行为击中了。

乔西宁也说不上来自己现在的感受，明明之前最不能接受的就是他无论何时何地，都想知道自己动向的控制欲。

可现在看着那一张张往返不过一天的飞机票，她的心底再无过往的排斥与厌烦，只剩下酸涩和心疼。

暮色低垂，房间里一片漆黑，乔西宁没开灯，盘腿坐在床上，一条一条地细看历史订单。

从他们分手之后，最开始的一个月三次，到中间一个月两次，再到后来一个月一次。

两个月份之间，间隔的时间也在一次次地拉长。

直至她回国，这场跨越了十四个小时的单人航程才得以终止。

乔西宁的心里空落落的，突然很想和林述说说话。

只是林述的手机还在她手里。

乔西宁点开拨号，打给方竟。

"喂，什么事？"方竟一边看回放，一边吃饭，声音有些模糊。

"你好，我是乔西宁。"乔西宁犹豫了一下，问，"林述他……在你旁边吗？"

"我看看，"方竟回头扫了一眼乌压压的片场，然后说，"林述不在，刚刚出去了。"

乔西宁："那我等会儿去片场找他吧。"

乔西宁的设计工作其实完成得差不多了，最重要的凶器尖钻胸针也设计出来了，没有什么必要再待在剧组里。

她现在还留在这儿，完全是因为林述。

方竟刚挂断，林述就走了进来。

"奇了，"方竟开口，"你刚刚要是早进来两秒，估计就能接到乔西宁的电话。"

林述看了过来，问得言简意赅："什么事？"

经过这么长时间的相处，方竟早摸清了他说话的规律。他大概是问乔西宁打电话过来说了些什么事。

没想到自己一个导演，还成了小情侣之间的传声筒。

方竟叹了口气，说道："她待会儿要过来。"

林述冷淡地点了一下头，回头忙自己的事情，只是偶尔出神，猜测乔西宁要找自己说什么事。

乔西宁换好衣服，出门之前，特地又绕回去照了照镜子。镜子里的人，眉间有几分困倦，唇色苍白，显得有些病恹恹的。

她想了想，拿过化妆包，走进卫生间，打算先化个妆再去见林述。

乔西宁化妆的速度很快，从补水到定妆，中间不到十分钟。外面也不知道发生了什么事，特别嘈杂。

她待在里间的卫生间里，甚至隐隐约约听到一点儿声音。

"九楼确定有人吗？"

"有，有，有，九楼有人！这段时间来了个剧组，包下来九层和十层……有个女孩子长得特别漂亮，她今天好像没出去，还在房间。"

"队长，火已经开始往隔壁蔓延了……"

乔西宁捂住鼻子，忍不住咳了起来。她伸手握住卫生间门把手，拉开门，看到空气中弥漫着浓烟，从门缝里钻了进来。

乔西宁快步走到房门后，还没碰上门把手就被周围的温度热到，还能闻到烧焦的气味。周围温度很高，她像是被搁在油锅上煎烤，额头上冒出了细密的汗。

乔西宁忍不住骂了句脏话。

她长这么大，第一次遇到火灾，还偏偏发生在这天。

片场。

林述莫名有些心神不宁。他抬手捏了捏眉骨，只当自己是病没好利索的缘故。

方竟放下饭盒，看了一眼时间，问道："乔西宁还没过来？"

林述点了点头。

"不应该呀，"方竟说，"酒店到片场不远吧？走路走得快的话，差不多五分钟就够了，怎么可能这么久还没过来。"

林述倒是习惯了。

乔西宁有拖延症，做事情拖拖拉拉的。电话里说着要出门，半个小时以上梳妆打扮，就不可能会出门。

导演助理是影视学院毕业的，一个二十岁出头的大学生，跑剧组攒经验。他平时挺稳重的，这会儿冒冒失失地跑进来，喘着粗气说："方导，酒店刚刚打电话过来了，说我们居住的那层楼发生了火灾。"

方竟猛地从椅子上站了起来，问道："剧组今天有谁没来吗？"

助理摇头："安夏没来，还有……"

"乔西宁。"旁边一道声音，早他一步说了出来。

"对，"助理诧异林述一个演员，居然会知道剧组设计师的情况，火灾情况紧急也没来得及细细琢磨，"乔小姐今天一整天都没有来过片场，不知道是不是还在酒店……"

助理话都没说完，林述像一阵风一样冲了出去。

担心、慌乱、害怕……

林述已经许久不曾体会过这样的情绪了。当下不过短短几秒的时间，他将个中滋味尝了个遍。

他手上的青筋暴起，手指无法自控地颤抖。

小巷只一盏路灯，昏暗的灯光仅照亮那一小块地方，四周一片漆黑，但远处有微弱的光亮。

只要走过漆黑冗长的小巷，注定会迎来光明。

可林述不知道，经历过这段灰暗时光后，他的乔西宁是否还好好的。

可能迎接他的，不是光明，而是更深的黑暗。

以往短短的距离，在这一刻犹如跨越不过的沟壑。

"林述！"

正前方有个人影踉踉跄跄地跑近。

一步，两步，三步……距离在逐渐拉近。

林述见到了一个他从没见过的乔西宁——头发乱糟糟的，妆容花了，边跑边叫，像个小疯子。

就在他要上前的时候，乔西宁已经快步跑了过来，毫无预兆地撞进他怀里。

突如其来的冲击力使林述往后踉跄两步，才稳住身体。但他及时搂住乔西宁的腰，防止她掉下去。

乔西宁胡乱抹了一把眼泪，花了的妆和灰尘糊在脸上，显得更脏了，像只小花猫："呜呜呜，林述，我差点儿以为要见不到你了。"

她的双手紧紧箍住林述的脖颈，眼泪打湿了她的睫毛，她白皙的手背上布满了灰。

乔西宁索性低头，在他的衣领间一顿乱蹭，脸上的灰也悉数蹭到他的衣服上。

林述伸手，轻轻拍了拍她的背，哄小孩子一样："没事了，别怕。"

林述一路提心吊胆地奔来，到此刻，才稍微有所平复。

他微微偏过头，嘴唇轻轻碰了一下乔西宁凌乱的头发，双手不自觉地将她紧紧搂在怀里。

乔西宁刚被救出来就急忙跑过来找林述，还没从刚刚的处境中回过神来。

她抱着林述，还在疲惫地大喘气："我本来……本来化个妆就要来找你的，谁知道发生了火灾……"

林述静静地听她说。

"林述，我有话想和你说。"

"嗯。"

乔西宁不想和他多讲火灾的事情，太浪费时间。她缓了缓，等自己急促的呼吸稍微平缓了些，才说："我刚刚用你的手机订飞机票，结果看到你以前那些订单了。"

她的下巴搁在他的肩上。

随着她的话音落下，她清晰地感受到林述的身体瞬间僵硬了。

他一直知道，乔西宁不喜欢他的掌控。

如今被她知晓，分手后的这些年，他依旧形如变态，躲在暗中窥视她的一举一动。哪怕只是远远地看一下，她也会感到厌恶和恐惧。

乔西宁急忙解释："我不是故意要看的，而且你……"她顿了一下，才说，"你不要多想，我没有你以为的那样讨厌你。"

林述知道，对他的审判时刻到了，来自乔西宁的审判。

她就像个挥刀的猎人，裁决他的生死。

"乔西宁，"林述哑着声音问，"你想和我说什么？"

乔西宁埋头，蹭了蹭他的脖颈。他脖颈的脉络起伏，触感光滑温热，让她有种说不出的安心。

"我之前其实一直想要和你顺其自然地在一起。"乔西宁慢慢地说，"人有时候真的很奇怪，越想完成一件事情的时候，结果越事与愿违。"

就好像在国外的这几年，她告诉自己，是自己提的分手，那就要忘掉林述。

但她依旧没能忘得掉。

"可是在看到那些飞机票的时候，我突然不想顺其自然了，我想拔苗助长。"

林述抱着她的手在收紧。

乔西宁从他怀里直起身子，捧着他的脸，和他对视："林述，你听说过一句话吗？"

他扬眉，声音平静："什么？"

乔西宁盯着林述的眼睛，轻声说："只要对视二十一秒，就会喜欢上对方。"

她最喜欢林述的眼睛，平直细密的睫毛，眼神深邃，像落了星光。看她的时候，是独有的温柔。

"我现在给你选择的机会。"乔西宁说，"和我对视二十一秒，忘掉过去，我们重新开始；或者……"

她艰涩地说了后半句："推开我。"

她缓缓低头，两人的鼻尖相触。

"一、二、三——"

"三"还没完全出口，乔西宁的眼睛便被林述轻轻遮住了。

乔西宁的心，在这一刻像是落入悬崖。

"乔西宁。"

林述的声音低哑，看出了她面上的失落，轻轻地叹了一口气。

"不用对视了。"他说，"这辈子除了你，也不会有别人。"

第五章
我很想你

小巷深处的路灯老旧，灯泡上爬满了蛛网，忽明忽暗。

林述刚刚去附近买了瓶卸妆水，不知道从哪里拿来两条毛巾，都是热的。

乔西宁坐在林述的腿上，两条腿自然地岔开，有一下没一下地晃着腿。

她的下巴被人捏起，赫然对上林述的眼睛。

乔西宁的呼吸一滞。

林述拿着热毛巾，轻轻擦拭眼前一张糊满灰的脸。她的脸太脏了，白色的毛巾没几下就被染黑了。

乔西宁出门前化了特别精致的全妆，此刻看着黑了一大半的毛巾，她才反应过来，自己这一路走来，精致的妆容恐怕直接成了自然"烟熏妆"。

"林述。"乔西宁攥住林述的手腕，语气认真，"我刚刚的脸是不是很难看，都不能看了？"

她一向臭美，何况在自己喜欢的人面前。结果她变丑了不说，就在刚刚，她居然还要求林述和这样的她对视二十一秒！

乔西宁想要回到过去，杀死那个愚蠢的自己。

林述仍保持着擦拭的动作，闻言看了乔西宁一眼，嘴唇刚动，就被她捂住了。

"你别说了，我不想听。"乔西宁盯着他的眼睛，表情严肃，"等你擦干净我的脸，一定要多看几眼，然后忘记我刚刚的样子，那不是我！！！"

她对自己的素颜还是很有信心的，反正再怎么差，都不会比一脸灰和一个花了的妆来得难看。

林述轻声说："不会。"

他的声音低沉，温热的双唇翕动，和炙热的吐息一起擦过乔西宁的手心。

"啊？"乔西宁没听清，"什么？"

林述已经亲了下去。

他的嘴唇辗转在她的脸颊还没擦干净的地方，但他毫不嫌弃。

察觉到湿热的濡湿感，乔西宁绷直了脚尖，攥紧了林述的手腕，头皮发麻："你不嫌脏呀？"

　　耳边是他的低笑："哪里脏了？"

　　"就……"他这副毫不嫌弃的样子，反倒让乔西宁怀疑自己，"脸上都是黑灰，估计还有火烧的烟熏味，你也下得去嘴。"

　　"不脏。"

　　林述的嘴唇离开乔西宁的脸颊，直直地和她对视，目光炙热，语气认真："你现在这样也很漂亮。"

　　林述对美丑其实没有什么概念。

　　没进演艺圈之前，很多女生都说过喜欢他。那时候，他从旁人那里听得最多的一句话，就是"你真的暴殄天物，那么漂亮的妹子都喜欢你，你还不赶紧上"。

　　进演艺圈之后，漂亮的女明星更是多如牛毛。

　　可林述没有任何感觉。

　　只有乔西宁，见到她的第一眼，林述就觉得她很好看，和其他人都不一样的好看。好看到有时候，他甚至会觉得乔西宁不是真实存在的，或许只是他心里衍生出来的幻象，所以才会带着对他与生俱来的诱惑力。

　　某些时候只需要乔西宁看他一眼，都够他极乐至死。

　　可乔西宁自己似乎并不知道，因而常常纠结于他喜不喜欢她这样毫无意义的问题。

　　"林述，"乔西宁被这句话哄得眉开眼笑，伸手就去挠他的下巴，"你最近这几年是不是去上了什么情话培训班？变得这么会说话了。"

　　她白皙温热的指尖，不经意地刮过他突起的喉结，他的呼吸骤然急促。

　　他的眼底有光在聚拢，煽风点火的人却不自知。

　　林述不自觉地抿唇。

　　乔西宁还在身上闹他，他不动声色，擦拭她脸的动作却瞬间加快。

　　当最后一块污渍被抹掉，林述扔掉手里的毛巾，几乎没给她反应的时间，抬起她的下巴，直接咬住她的唇，温柔又缱绻。

　　乔西宁瞪圆了眼睛，却忍不住为他意乱情迷。

　　也不知道过去了多久，乔西宁感觉氧气在一点点消失，就快要喘不过气来。

　　"林……林述……"

　　等她被放开，她浑身一软，瘫倒在林述的肩上。

　　"你干吗？"她的气息十分不稳，"没和我说一声你就亲上来了。"

　　"对不起。"林述坦荡地笑了一下，说道，"一下没忍住。"

乔西宁的脸有些红，埋进他的胸膛轻轻地蹭了蹭。她的鼻腔满满的都是他身上的气味，清冽的薄荷味，很好闻。

乔西宁怀疑自己上辈子是不是一只猫，而林述就是她的猫薄荷。

好喜欢他身上的气味。

乔西宁是个不喜欢安静的人。她喜欢人多热闹，就连公寓都要选在最繁华的地方。过往的车流喇叭和霓虹的灯光丝毫不会影响到她，反而让她享受这样的居住环境。

可是现在她发现，她也很享受当下的氛围。

只要是在林述的身边，静静的也很好。

"对了。"

静坐了几分钟，乔西宁的脑袋清醒了些，记起自己一直想问的事情："你那些飞机票是怎么回事呀？"

"什么？"林述摸不清乔西宁具体想问的是什么事。

乔西宁咬唇道："就是那些飞机票呀，好多，我都找到规律了。"

林述又笑了："那你还挺厉害，都能找到规律了。"

"你别逗我。"乔西宁拍了他一下，说，"就我们分手后那段时间，你是一个月去三次，后来变成一个月两次，最后是一个月一次。"

次数的骤减其实并不代表什么，但乔西宁就是忍不住多想。

林述是不是在日复一日中，逐渐对她失望了？

不然频率怎么一直在变少。

"林述，"她还是没忍住问出口，"你后来是不是对我失望了？"

林述没说话。

乔西宁轻轻地哼了一声："你老实说，我不生气的。"

林述有些无奈："没有。"

乔西宁不信："那是怎么回事？"

他的下巴轻轻搁在她的头上，声音很淡："分手后有一段时间，我其实一直处于失眠状态。最开始的时候，只想去看你一眼。"

乔西宁的睡相不好，总是睡着睡着就翻到了床边，总是需要林述将她捞回来。

林述睡觉的时候，总是不自觉地将床边的乔西宁搂进怀里。可分手之后，他触摸到的不再是温热的躯体，而是一团冰冷的空气。

他扑了个空，额间冒出细密的冷汗，瞬间惊醒。

他也终于反应过来，乔西宁已经和他分手了。

林述坐在床边，低着头，绝望快要将他湮没在这无边的黑暗里。

他一次次在梦中惊醒，一次次怅然若失……他越发难以入眠，神经渐渐衰弱。

他暗中关注她的社交网络，知道她的具体位置后，告诉自己，只是远远地看她一眼，回来后就好好接受心理治疗。

"可能是因为坐了十四个小时的飞机，"明明是在说自己的事情，他的声音却特别平静，"回来之后情况好了很多，也能够正常休息了。"

乔西宁心酸又好奇："那后来呢？后来变成一个月一次，你……"

她一顿，突然就问不出口那一句"你怎么样"。

林述倒是不在意，接过话："后来在外拍戏的时候，王洋发现了我失眠的情况，给我找了个心理医生，专门配了药。"

可即使这样，林述还是忍不住飞去国外，远远地看乔西宁一眼。

但他知道自己不能这样，所以他极力克制着，将每个月见她的次数，由三次缩减到一次，想让自己适应见不到她的情况。

"林述。"乔西宁声音轻轻的，有些哽咽，"如果……如果我没回国，我是不是，就会把你弄丢了？"

他一直轻描淡写地说着这些事情，但乔西宁知道，情况不像他说的那样简单。白天工作，晚上失眠，这样的精神压迫与焦躁，足以毁灭一个人。

何况他宁愿远远地看她，也不敢走到她面前。

如果她没回国，如果不是酒吧那次的交集……她和林述会渐行渐远吧。

"不会。"林述否认，嘴唇轻轻覆盖上乔西宁的头发，眼里充满执拗，"我会走回你身边。"

如果乔西宁没回，哪怕她厌恶，他也会去找她的，只不过会比当下耗时而已。

乔西宁轻轻松了一口气，为她回国的决定，还有林述的执着。

"走吧，"听他说完这些话，乔西宁有些不想待在这里了。她轻轻蹭了蹭他的肩颈，说道，"我们回酒店吧。"

林述应了一声："好。"

他抱着乔西宁站了起来，刚想将人放下去，就听她开口，放软了声音撒娇："你背我回去好不好？我刚刚跑了一路，好累。"

林述自然是不会拒绝的。

小巷深幽，光线昏暗，好像回到了那天晚上，在江边，林述背着乔西宁，一步一步走回家。

"林述，"乔西宁用手环住他的脖颈，贴着他的耳朵说话，"我晚上可不可以和你睡？"

她房间被火灾波及，她跑得急，没留在现场，也不清楚房间损毁得严不严重。

她不想住在一个有气味的房间里。

乔西宁觉得自己这个提议很好，林述应该会同意的。

可他没说话。

乔西宁催促："你说话呀，可不可以？"

林述抓着她双腿的手不自觉地用力，语气十分平静，话语却异常直白："你明天还想下床吗？"

乔西宁的房间就在意外失火的附近，虽然不是重灾区，却也受到了影响。

酒店服务周到，二话不说就调换了房间。只是乔西宁的大小姐毛病犯了，不愿意去新的房间，和林述商量后，把他赶了过去。

乔西宁关上门，猛地扑到床上，在上面翻滚。

在床上滚了一会儿，她一个鲤鱼打挺坐起来，点进小号，发微博。

"啊啊啊……林述怎么可以说那样的话！"

——你明天还想下床吗？

天哪！好羞耻！

乔西宁胡乱发泄了一通，感觉自己体内的燥热下降不少，便放下手机，拿着换洗的衣物进了浴室。

过去快一个小时，她才拖拖拉拉地出来。

床褥经过这些天，染上了林述身上的薄荷香味，清冽冷淡。

乔西宁忍不住拉高被单，蒙住脑袋，把自己裹成蝉蛹。

不知道是缺氧还是怎么的，她的心跳得非常快。

她狠狠地吸了一口气，平复自己过快的心跳，慢慢闭上眼。

不期然的，她又在梦里和林述相遇了。

天边刚泛起鱼肚白，乔西宁就睁开了眼睛。

一整晚的梦境光怪陆离，全是之前和林述相处的场景。

她在床上躺了一会儿，数着时间，琢磨着林述应该醒了，就开始骚扰他："林述！你醒了吗？看到我的消息记得回我一声！"

林述瞬间回了消息："醒了，怎么了？"

"你待会儿要下来房间吗？"

酒店给乔西宁换的是十三层的房间。

如果不是乔西宁前一天经历了火灾，又情绪波动过大，林述怕是会直接答应和她一起睡。但为了让她早些休息，林述前一天晚上匆匆拿了一套睡衣，带着洗漱用品就上楼去了。

林述早上要出门去片场，总不可能直接穿着睡衣去，肯定是要来换衣服的。

果不其然。

"嗯。"

"那你什么时候下来？我给你开门。"

"现在。"

乔西宁看着屏幕上两个字，心跳快了一拍："好，那我现在给你开门。"

消息刚发送出去，敲门声就响了起来。

乔西宁低头，诧异地看了一眼屏幕上的时间。

来得这么快？

乔西宁没办法，只能快速地洗了把脸，又擦干脸上的水珠，才走了过去。

她打开门："你怎么这么快？消息才发过去你就下来了？你该不会是一直待在外……"

门外，许江川还保持着敲门的姿势。

他看了一眼门牌号，又看了一眼乔西宁："导演搞错房间号了吗？把你和林述的房间号弄混了？"

"没错。"乔西宁的眼睛眨也不眨地说，"这就是林述的房间。"

许江川讶异地挑眉："那你们这是……"

这天有场戏编剧临时改动了一下，许江川上楼拿东西时，正好在电梯里碰上了方竟，对方让他顺便把新的剧本拿给林述。

在片场的时候，许江川就觉得林述和乔西宁之间的氛围怪怪的。只是他怎么也没想到，他们居然是这样的关系。

叮的一声。

电梯门打开，有脚步声逐渐靠近。

乔西宁和许江川齐齐看过去，林述一身简单的黑衣黑裤，下颌弧度精致瘦削，连接着脖颈的线条利落，喉结突出，默不作声地看着他们。

乔西宁的眼皮一跳，下意识地喊了一声："林述。"

"嗯。"林述应声，不动声色地挡在乔西宁面前，看向许江川，紧抿嘴唇："找我什么事？"

"哦，是这样的，"许江川从尴尬中回过神来，把手上拿着的剧本递给林述，"最新剧本，方导让我拿给你的。"

林述道了声谢，伸手接过。

许江川摆手："没事，正好顺便。"

"那行，"他控制不住地扫了乔西宁一眼，好奇之魂熊熊燃烧，偏偏又要使劲克制自己。他说，"那没什么事我就先下楼去了。"

林述微抬眼，等人走远了，砰的一声关上门。

"林述……"

乔西宁正想说些什么，回头就见林述拧眉盯着自己："你这样看着我干吗？"

林述的声音发哑："怎么穿成这样？"

乔西宁低头看了看自己，不太懂林述拧眉的点："我穿这样不好看吗？"

房间内开了空调，温度刚好。

她穿了件雾霾蓝的丝绸及膝吊带睡裙，布料柔软贴身，完美衬出她的身体曲线。一双长腿又细又白，像美人鱼，摇曳生姿。

他不动声色地盯着："好看。"

"既然好看，"乔西宁不解地问，"你刚刚干吗还问我怎么穿成这样？"

林述诚实地说："不想别人看到。"

林述承认自己自私，不想别人看到乔西宁的任何一面，特别是许江川。

看着许江川和她玩闹聊天，林述清晰地感知到自己的嫉妒。

他不想她看别人，也不想别人看她。

最好乔西宁的每一面都只有他能看到，像精美的翡翠玉石，只供他一个人细细雕琢鉴赏。

乔西宁："……"

她怎么也没想到会是这个原因。

"我以为是你在敲门，没有多想就去开门了。"乔西宁哭笑不得，"再说了，我们刚说了一句话你就过来了，他也没多看我。"

林述沉默地反思。他刚刚应该更快下楼的，那么，许江川就不会看见这样的乔西宁了。

见他抿唇不说话，乔西宁突然大声喊了一句："林述！"

林述回神："嗯？"

乔西宁特别自然地跳进了林述的怀里，搂着他的窄腰，低头埋在他肩上，蹭了蹭："我也只给你看的。"

如同那天晚上他对她说的那句——只有你能看我。

乔西宁想告诉林述，她也是这样的，所以不要多想，不要担心。

林述的嘴角勾起，搂着乔西宁的腰，嗓音无奈又沙哑："走光了。"

裙子的长度其实恰到好处，但就是这么一蹦一搂，丝绸睡裙在大腿根处压出柔软的褶皱，裸露在外的皮肤白得反光。

"走光就走光了，"乔西宁有些不在乎地说，"反正就我们两个。"

一句话让林述的阴郁一扫而空。

乔西宁将他归纳为自己人，与其他人是不同的。

林述问："下楼吃饭？"

乔西宁这才想起自己还没刷牙，把下巴窝在他肩上，叹了口气："我还没刷牙呢。"

她伸手，拍了拍林述的背，说道："你把我放下来吧，我进去刷个牙，你正好换个衣服，我们再下楼吃饭。"

林述禁锢着她的腰，扣得很紧："抱你去刷牙？"

他没给乔西宁回答的机会，抱着人转身，轻车熟路地往卫生间的方向走。

乔西宁也不想拒绝。她就是一个能坐着绝不站着，能躺着绝不坐着的人。现在林述说要抱她去刷牙，她正好可以少走几步路。

林述抱着她进了卫生间，将她放在洗漱台上，双腿卡在她的腿间，又帮她将牙膏挤在牙刷上。

乔西宁觉得他太贴心了，要不是她还没刷牙，都想先亲他一口了。

"乔西宁，"林述将牙膏放回原地，一只手搂着她的腰，垂眸看她，"张嘴。"

乔西宁扫了一眼被他拿在手里的粉色牙刷，轻声问："你要给我刷牙吗？"

林述和她对视，答非所问："不喜欢？"

虽然他很想什么事情都替她做，但如果她不喜欢，他自然是尊重她的意愿的。

"没有呀，没有不喜欢。"

乔西宁张嘴，牙刷的软毛轻轻地扫过她的齿间。

林述抬手，一只手捏住她的下巴，另一只手拿着牙刷，眉目沉静，神情认真专注。

自始至终，他的眼里看到的只有她一人。

乔西宁眨了眨眼睛，含混不清地夸他："林述，你真好。"

林述抬眼："嗯？"

"就是……"乔西宁扭扭捏捏，双手扯了扯林述的衣角，"你要是天天都给我刷牙，我指不定哪天就会四肢退化了。"

四肢退化。林述的动作一顿，乌黑的眼底有光一闪而过。

如果乔西宁四肢退化了，只能从内到外地依赖他。

一直没听到他的声音，牙刷也没再动作，乔西宁拿脚后跟轻轻地踢了踢他："林述，你想什么呢？"

林述拿着漱口杯接了水，递到乔西宁嘴边，敛眸道："没什么。"

乔西宁就着他的手漱口，轻轻哼了一声："你刚才绝对又在想什么了。"

她侧身，抬手捞过挂在一旁的白色毛巾，擦了擦嘴唇上的水渍，郑重其事地宣布：“反正随便你怎么想，我那天说的话都是真的。”

顺其自然的意思是，还想要好好磨合他的脾性。毕竟乔西宁也不清楚，自己会不会再次因为受不了他某种举动想要离开他。

但是拔苗助长，就是做好了一切准备，承担所有的后果。

反正好像她也不会喜欢别人了。所以无论怎样，无论发生什么，就算林述是魔鬼，她也会陪他一起下地狱。

何况他不是魔鬼，只是她的林述。

乔西宁和林述到达酒店餐厅的时候，方竟和许江川正好也在。

酒店附近有处深山景点，酒店里居住的多是过来探险的背包客，早出晚归。一般早上这个时间点，只有剧组的人还待在餐厅里。

只不过大家时间不同，有早有晚，平时没遇上几次，这下倒是遇上了两个。

“怎么样？”方竟看向乔西宁，“昨天什么情况？还好吧？”

前一天林述和乔西宁都没带手机，方竟也是后来回了酒店，才了解到剧组无人员受伤的消息，只是不清楚具体的情况。

现在碰上了，他照例要问问。

“没事，”乔西宁咬了一口牛角包，说道，“我反应快，先跑了出来。”

酒店的牛角包做得有些干，乔西宁不是很喜欢，咬了一口就放下了。

林述看过来：“怎么了？”

乔西宁噘嘴：“这个牛角包不好吃。”

林述将玉米瘦肉粥推到乔西宁面前，说道：“吃这个。”然后自然而然地拿起她咬了一口的牛角包，三两下解决。

方竟和许江川的视线齐齐落在了对面两个人的身上。

乔西宁也是一怔。

剧组鱼龙混杂，乔西宁没想和林述太光明正大。指不定被哪个有心人拍到，自己和他的所有事情都会曝光在镁光灯下。

这是乔西宁第一次不那么想高调。

谁知道他完全不避讳，当着方竟和许江川的面做出这样的举动。

对上对面人调侃的目光，乔西宁的脸颊忍不住泛红。

明明她也不是容易害羞的人，可一遇上林述，总会忍不住害羞。

因为乔西宁不喜欢这天的早餐，林述带人去了别的地方。

等人走后，许江川还有些反应不过来：“刚刚那是什么情况？”

方竟言简意赅道："小年轻谈恋爱。"

"我说呢，"许江川懂了，"我前天在片场吃个薯片，林述怎么一直盯着我，原来是这么回事。"

"知道就好，"方竟给他指了条明路，"以后离人家远点儿。"

他刚刚可没错过许江川看向乔西宁的时候，林述那骤然拧起的眉和极力克制的不悦的眼神。

从酒店餐厅出来后，乔西宁拉着林述的手，偏头看他，小声问："林述，你是不是很不待见许江川？"

早上在房间的时候，她就有这种感觉了。

林述也不掩饰："少和他说话。"

乔西想起那天在片场，自己问许江川吃不吃薯片时，林述那个冷淡的眼神，还有在电梯里，他擦拭她的肩膀的举动。

她之前一直以为林述是真的觉得她的肩膀脏了，现在看来，是因为许江川碰了她一下。

"林述，"乔西宁眯眼道，"你刚刚吃牛角包的举动，不会是故意的吧？"

林述这天特别坦诚："嗯。"

乔西宁跟发现新大陆似的："所以，你是一直在吃许江川的醋吗？"

林述不是高调的人，也不是谈恋爱就要闹到全世界都知道的性格，没道理当着方竟和许江川的面那样做。他只能是故意的。

林述抬手揉了一把乔西宁的头发："嗯。"

乔西宁也顾不上去拍他的手，将掌心覆盖上他的手背："我又不喜欢他，你吃什么醋呀。"

她歪头，蹭了一下他的手心，又说："不许吃醋了，最喜欢你了。"

他的世界瞬间有光笼罩下来，云开雾散。

林述轻声开口："好。"

等林述下戏，乔西宁趁没人注意，立刻跟了上去。

她走在他旁边，道："今天这么早就好了？"

林述戴上口罩，看向乔西宁："嗯，晚上想做什么？我陪你。"

前几天他拍了几场夜戏，剩下的戏轻松许多。

方竟是个吹毛求疵的人，力求状态完美，因而一直严格控制每天拍摄的戏份，就怕累到他，呈现的状态不好。

"看电影？"

夕阳下坠，在地平线上拉出一条灯带，天空是大片蜜橘色。

片场不远就有家小商场，四楼正好是电影院。

乔西宁本来打算和林述一起重温一遍他演的电影，但是《荒岛行动》早就下架了。最近又是电影淡季，没什么卖座的电影。她没什么特别想看的，就随便选了部文艺片。

这部电影上座率不高，乔西宁又选在后排的情侣座位，没几个人能看得到他们。

乔西宁凑近他，小声说："这片头，一看就不好看。"

冷色调的文艺范，从来不如快节奏的单刀直入来得吸引人。

影片的音乐突然变大声，林述错过了乔西宁的话，倾身靠近她，低头问："什么？"

乔西宁偏头，大屏幕的白光照在林述的脸上，他的睫毛很长，眉目俊挺，嘴唇微抿，双眸冷淡却又温和。

乔西宁的心一紧，抬手虚搂住林述的脖颈，"吧唧"一口亲在他脸上，留下一个大口红印。

来自她身上的气息萦绕，林述的下颌绷紧，不自觉地屏住了呼吸。他垂眸毫不掩饰地看着她。

黑暗中，他们四目相对。

大屏幕上，男女主角坐在电影院里，两颗脑袋慢慢凑近。

"这不是文艺片吗？"乔西宁看着座位前几颗交叠的脑袋，撇撇嘴，"有那么刺激吗？"

"乔西宁。"

旁边突然一团阴影笼罩，乔西宁偏头。林述已经倾身，低头靠近她，宽阔的背影挡住了所有的光。

他的目光牢牢锁定她，声音平静，却又好像带上了点儿奇异的蛊惑感："你想试试吗？"

乔西宁吃东西的动作一顿，饱满香甜的爆米花含在嘴里，后脑勺抵着椅背，偏头看向林述，眼底浮现些许的迷茫。

林述他……刚刚说什么来着？

林述明显不想给乔西宁思考和回答的时间，从座位上倾身靠近，轻松反扣住乔西宁的手，压在棕红的椅背上。

"林述，你……"

骤然压下来的亲吻堵住了她所有的声音。他们的鼻尖相触，呼吸交缠。

林述没了上次那样的温柔耐心，反扣住她纤细的手腕，不轻不重地揉捏着，舌尖顶开她的牙关。

乔西宁忍不住往外翻了两下手腕，想挣开。却被他察觉到她逃离的趋势，强势压住她，让她再也动弹不得。

冷淡清冽的薄荷味，夹杂淡淡的烟草味，混合出属于他的气味。

那颗含在她齿间来不及下咽的爆米花，随着外力，掉入了旋涡中，被不断地搅拌，没有了糖衣，不知道最后落入了谁的喉咙。

乔西宁睁着眼睛，睫毛乱颤，扫过林述的下眼睑。

他眉眼低垂，眼里蒙上一片浅翳，眼角微红，目光很深，浮现出淡淡的情欲。

意乱情迷间，乔西宁不自觉地抬起被放开的手，攀住了林述的衣领，仰着脖子回应他，并分出一些余光去看别人。

前面几排如胶似漆的情侣似乎早已分开，又重新看起了电影。

只有他们还在纠缠不休。

"乔西宁，"林述察觉到她的分神，低声说，"专心点儿。"

在电影散场前五分钟，乔西宁闹着林述非要提早出来。

卫生间里。

"林述，"乔西宁一边补口红，一边哼哼唧唧，"因为你，我就只记得电影片名，剧情都不知道。"

"不知道吗？"他轻声笑。

卫生间的光线充足，扫过林述那一双眼睛。乔西宁透过干净的玻璃，看见他眼底的笑意。

品味出了他的意思，乔西宁不由得脸热。

她还知道男女主角在电影里接吻的情节，要不是他控制不住，她是能好好看完一场电影的。

乔西宁瞪着他，视线往下，看到他右脸颊上明晃晃的唇印。

乔西宁打湿了手上的纸巾，走到他面前："林述。"

林述垂眸："嗯？"

乔西宁说："你低头。"

林述顺从地俯身。

乔西宁的指尖捏着柔软的纸巾，轻轻擦过林述的侧脸。

"怎么了？"

"擦唇印，"乔西宁刻意掩饰自己的不自在，"就刚刚我亲你的时候留下的。"

林述没说什么，任由她来回擦拭干净，确保看不出唇彩的痕迹。

乔西宁发现林述的皮肤比她的还要好，看得她又想亲他了，想在上面留下点儿痕迹。

这种随时随地都想和他纠缠在一起的感觉，并不让人讨厌。

林述握住她的手腕，保持着她捧他脸的动作，问："想什么？"

"我又想亲你了，"乔西宁盯着他，"但我刚补了口红。"

亲上去的话，口红会花，林述的脸上也会重新落下厚重的唇印。

乔西宁看着林述的眼睛，有些后悔。

早知道就不涂了，还能偷偷亲他。

林述低低地笑了一声。乔西宁甚至能感受到他胸腔若有似无的轻微震动。

他俯身凑得更近。

乔西宁刚要推开他，脸颊突然就被含住，不轻不重地吮吸了一下。

"你吸了满嘴的粉。"乔西宁笑他。

林述伸手，温热的指尖捏住了她泛红的耳垂。

乔西宁伸手去打他："别捏我的耳垂。"

他又笑了："耳垂红了。"

乔西宁脸不红心不跳地辩解："卫生间没有空调，我那是热的。"

林述没有拆穿她。他就站在她身后，看着她从包里掏出粉饼，往脸上拍了拍。

"香的。"林述突然说。

"什么？"乔西宁反应过来他说的是那一嘴粉，刚恢复白皙的脸又有点儿红了，瞪了他一眼，"你知道就好，为什么还要说出来？"

林述靠着墙笑。

等到电影新场次的观众都进场了，乔西宁才拉着林述从卫生间出来。

她这天出门没打腮红，刚被林述亲过的脸颊红了一块，远远看上去像特意打在那儿的腮红。

他们一起走进电梯里。

林述牵着乔西宁的手，不轻不重地揉捏了两下，问道："想吃什么？"

在片场，乔西宁兴冲冲地拍板决定先看电影。一个多小时的电影，结束的时候刚好过饭点。

说起这个，乔西宁来了兴趣，人都跟着兴奋了起来："我下午特地查了附近有什么好吃的，有家私厨餐厅好像很好吃的样子，来这里拍戏的人都会去。"

一来是好吃，二来是安全。

小资情调的明星私厨，保护措施到位，不会被围观偷拍。乔西宁觉得这个地方很适合。她甚少来这座城市，平日里极懒的性子，却想和林述一起逛逛这里，留下些回忆。

"我们走过去吧，"乔西宁说，"离这里不远，走过三四条街就到了。"

乔西宁的手被林述牵着，与她十指紧扣。她伸出另一只手，挽住他的手臂，整个人都贴紧他。

乔西宁穿了条贴身长裙，很衬她的肤色，极好地勾勒出她的身材曲线。她的长卷发披散着，走动间，不时扫过林述的手臂。

"乔西宁。"林述停下脚步，声音沙哑。

"怎么……"乔西宁刚想问他怎么了，往前走了一步，忍不住"咝"了一声。

林述语气有些焦急地问："怎么了？"

"脚有点儿疼。"

前方正好有座凉亭。

林述弯腰，一把抱起乔西宁就往凉亭走。

那里灯光昏暗，没有其他人。里面也没有座位，林述只能将乔西宁放在台阶上，单膝跪地，握住她的脚踝，轻手轻脚地脱下鞋，把她的脚放在自己的膝盖上。

乔西宁不自在地想动。

林述低头查看："别动。"

她白皙莹润的脚后跟上，伤口明显。林述轻轻触碰了一下伤口周围。

他出声："破皮了。"

乔西宁说道："新鞋子好像都会这样吧。"

乔西宁做好了和林述约会的打算。

下午趁林述拍戏，她偷偷溜出去买了一双新鞋子，是简单款的运动鞋，特别方便走路。但新鞋有磨合期，她又没注意，脚后跟破皮了。

"很疼吗？"他又问。

乔西宁太了解林述了。

她毫不怀疑，自己只要开口说疼，林述绝对绝对会直接抱她回酒店。

"不疼。"她摇头，怕林述不信，又补充，"就是走路有点儿疼。"

林述看着她，问道："回去？"

"不要，"乔西宁坚决拒绝，"我说了我想吃那家私厨。"

"可以回……"

"不可以，"乔西宁马上说，"要堂食才新鲜。"

他沉默了一会儿，伸手打开乔西宁身上背着的包，拿出一张纸巾，轻轻地覆盖在她的脚后跟上，又为她套上鞋。

"喵——"不知从哪里跑来一只橘色小猫，躲在林述身后，咬他的衣角。

乔西宁的眼睛一亮，一把将猫抱了起来。

林述连忙制止："脏。"

"哪里脏了？"乔西宁手指着猫，"一看你就没养过猫，脖子上挂着铃铛，是家养猫，很干净。"

林述没说话，垂眼给她系鞋带。

林述知道乔西宁鞋带也要系得好看，系好又松开，才终于系出一个满意的鞋带。

但乔西宁满心都被橘色小猫吸引了。

林述的睫毛乌黑细密，在眼睑落下一片阴影。

他出声："不要抱太久。"

"林述，"乔西宁低头，要和猫咪贴贴，"回去我们也养一只猫咪呗，好可爱的。"

林述伸手，及时挡住了乔西宁的动作，她的脸直接碰上了他的手背。

"哎呀，"乔西宁拍开他的手，"我就碰一下而已。"

碍于林述，乔西宁也只和猫咪碰了一下鼻头："喵喵——"

橘色小猫附和她："喵喵——"

林述将乔西宁的脚放在平地上，抬眼看她。他的视线落在被她抱着的小猫上，原本柔和的目光突然冷冽了几分。

"林述，"没等到他的回答，乔西宁不死心，又问，"怎么样？我们也养一只。"

"我有洁癖。"他说。

"我看你不是洁癖，你是'龟毛'。"乔西宁不服气地说，"就不知道哄哄我，说好。"

林述想了想，改口："等回去再说。"

这一刻，林述再一次体会到了自己对乔西宁强烈的占有欲。

——我无法忍受一只野猫都能夺走她的视线。她不会知道，当她的视线从我身上移走的那一刻，我有多么焦躁。如果可以，我是真的很想，让她的世界只有我一个人。

猫主人过来后，特地向乔西宁道谢。

她是附近勤工俭学的大学生，家里没人，又放心不下猫，只好把猫带出来一起工作，谁知道差点儿走丢了。

乔西宁蹲下身，一只手扒拉着橘色小猫的爪爪，和它握手。她语调很温柔："述述，有缘再见。"

听到这个名字，林述直接将乔西宁从地上提起来。

"你干吗？"乔西宁自知理亏，说话也不像平时那样理直气壮。

女孩子看了戴着口罩的林述一眼，又看了乔西宁一眼，急忙抱着猫咪跑了，不然总觉得下一秒就会看到不该看的。

"你叫它什么？"林述问。

"述述，"乔西宁笑眯眯的，"那猫可喜欢你了，刚刚一直咬你的衣角，被我抱着的时候也一直在看你。它喜欢你，肯定也很喜欢你的名字，所以我决定回去以后就养一只述述。"

林述："……"

乔西宁看他一眼："你要是觉得不公平，你也可以养一只宁宁的。"

"乔西宁。"

"嗯？"

乔西宁的睫毛轻颤，脸上染上一抹红晕，不懂林述怎么突然又亲了上来。

还是在大街上！他真的一点儿都不克制！

"不养猫。"林述捧着乔西宁的脸颊，鼻尖相抵，声音很低，"我只养你。"

气氛安静，林述的低音显得特别诱人，令乔西宁的心湖荡漾，如同蜻蜓点水一样短暂停留，却搅皱了湖面。

过了一会儿，她哼了一声："我有钱，不用你养我，但是……"

林述垂眸，目不转睛地注视着乔西宁，等着她接下来的话。

忽地，他的小拇指被人轻轻钩住。

"但是！"她拔高了音量，笑容很甜，声音也很甜，"如果你想，我也乐意让你养的。"

林述的眼神暗了下去，又浮现一些乔西宁看不懂的东西。

"我知道你现在肯定很感动，我愿意让你养我。"乔西宁的眼睛发亮，歪头看他，"所以你有什么想说的？"

林述拉下口罩，捧着乔西宁的脑袋，微微靠近。

他不想说话，只想吻她。

他温热的舌尖，轻轻舔了一下的唇瓣，口感像散发糖蜜的果冻，柔软多汁。

她没等来一番表白，反而等来了亲吻。

乔西宁炸毛了："林述，你别吃我的口红！"

路边又没有镜子，让她待会儿怎么补妆？

"你……"

趁她张嘴的瞬间，他的舌尖探了进去，堵住她所有的话语。

深田屋。

进去前，林述拉住了乔西宁的手腕。

"怎么了？"乔西宁回头问。

林述抿唇，从口袋里拿出新的口罩，给乔西宁戴上。然后又把自己脸上的口罩摘下来，折叠成四方形的，放进口袋里。

乔西宁巴掌大的脸，口罩一戴将整张脸遮了一大半，只露出一双明亮乌黑的眼睛。

她一脸疑惑："为什么我要戴口罩，你不戴？"

新闻媒体也不乏追逐探讨富二代私生活的，乔西宁不在乎。

但在和林述谈恋爱这件事情上，她不太想过度曝光，在镁光灯下被指指点点。

林述理了理她口罩上的褶皱，拉高至乔西宁的鼻梁骨，又往下拉包住她尖尖的下巴，摸了一下她的脑袋，说道："不想你被人看到。"

乔西宁的声音从口罩里传来，瓮声瓮气的："可你比我更引人注意呀。"

一般人才不会关注到她，但林述作为明星，走在路上很容易就会被认出来。

"走在路上戴口罩是怕引起注意，"林述微微俯身，自下而上地对上乔西宁的双眼，"但和你约会，不需要戴。"

他虽然不是广而告之自己感情生活的性格，却也不会过度遮掩。

和他的乔西宁约会，又不是偷情。

乔西宁心一软，朝林述伸出手："给你牵。"

林述拉住乔西宁的手，将人牵了进去。

深田屋的老板是一对导演夫妻，对外只招待名流，安保措施十分到位。

等点完单，乔西宁用手撑着下巴看他："刚刚肯定被人看到了。"

林述牵着她进来的时候，和几个聚餐结束的明星擦身而过。其中一个和他合作过，还和他打了招呼。

乔西宁站在一旁等待，敏感地察觉到两个女明星在看她。她也不在意，直直地看过去，倒把那两个人看得有些尴尬。

林述正在回王洋的消息，闻言看了她一眼，低声问："怕人看？"

"不是，"乔西宁随手插了颗小番茄，"人家可能回去就和姐妹讨论你。"

"什么？"林述配合地问，拿过乔西宁手里的银签，插着小番茄喂她。

"哎呀，那个林述，外面说他不近女色，这么多年没有女朋友，结果人家私底下谈了个漂亮的女朋友。你们都不知道，没想到呀，看着最正经的演员居然也有'人设'……"

乔西宁跟说相声一样，眉飞色舞，双手挥动，演绎得活灵活现。

他低声笑了一下："漂亮的女朋友？"

"干吗？！"乔西宁本来态度还很随意，听他取笑她自夸，登时不乐意了，"你现在是对我有什么不满吗？还是说你觉得你女朋友不够漂亮？配不上你？"

乔西宁对自己这张脸是十分满意的，也是大家公认的漂亮。

林述有什么不满意的？！

"你完了，林述，我和你说，"乔西宁一本正经，"你要不好好回答，说出一个让我满意的答案，你就要失去你漂亮的女朋友一分钟了。"

林述笑了。

乔西宁微抬下巴："她决定一分钟不和你说话了。"

林述放下手机，刚要夸乔西宁漂亮，却见原本说好一分钟不搭理他的人朝他伸出手："你的手机给我一下。"

虽然不知道乔西宁要他的手机干吗，但他还是把手机递了过去。

乔西宁接过手机，低着头，一脸严肃地刷着。

"怎么了？"他问。

"你刚刚放下手机的时候，我看到屏保了！"乔西宁看了他一眼，"居然还是女明星的照片，所以我要设置一下你的屏保。"

林述的手机虽然设置了密码，屏保却是随机的。

乔西宁一眼就看到了屏保上穿着红色衣裙的女明星。

长得又没她好看，怎么可以出现在她男朋友的手机里！

乔西宁弄好后，将手机还给林述："好了，现在这个，你肯定会喜欢的。"

是他们那天在公园里散步的合照，两个人都戴着史迪仔头套的那张。也是乔西宁拍照，林述微偏头看她的那张。

"喜欢吗？"林述的表情看不出情绪，乔西宁心里没底，"你不喜欢也得说……"

"喜欢。"林述没有犹豫。

乔西宁得意地说："我就知道你喜欢。每天醒来一打开手机就能看到我，不错吧？"

林述承认得很干脆："嗯。"

乔西宁强调："而且还是漂亮的我。"

林述配合道："你最漂亮。"

"你自己吃呀，"乔西宁连忙端起自己的碗，"别老是给我夹，我又不是没手，自己不会夹。再说了，我这都已经吃不完了。"

这顿饭基本上就是她多看一眼的东西，林述就会把东西夹进她碗里，碗里堆成了一座小山。

好说歹说，林述才没再时刻惦记着照顾乔西宁，但他的余光还是一直关注着她。

乔西宁放下筷子，刚想盛碗汤，林述就把盛好的汤推了过来。

乔西宁："……"

礼尚往来，她也给他堆了一座"小山"，并威胁他一定要解决掉。

他们从深田屋出来的时候，已经快晚上九点了。

A市是著名的不夜城，街头小巷一片灯红酒绿。鼓噪的音乐，来往的人潮，说不出的热闹。

"回酒店？"林述牵着她的手，俯身凑近问。

"不要，"乔西宁看了一眼时间说，"这个时间还早呢，回酒店做什么？"

林述牵着她手的力气不自觉地加重了些。

乔西宁没注意，兴高采烈地刷着附近的美食推荐，头也不抬地说："来这里十多天了，一直待在剧组，无聊得要死，好不容易你也有时间，我们当然要多逛逛了。"

乔西宁突然想起一直忘记告诉林述的事情："对了，我看到你那些飞机票那天，是因为顾简给我打了电话。"

林述的眼神瞬间晦暗，紧抿着唇。

"你别多想，"乔西宁回握住他的手，叹了口气，"他是因为要结婚了，你别乱吃没必要的醋。"

林述只是听到乔西宁提起顾简，眉头依旧不自觉地拧紧。

"你别皱眉呀。"

乔西宁抽不出被林述牵着的手，只能用拿着手机的手，小心避开他的脸，抚上他的眉毛，强制性抚平他的眉头。

乔西宁饭后没再补口红，这会儿唇色是自然的红，带了点儿湿润的柔软，随着她的动作在他眼前慢慢闪过。

注意到林述的目光，乔西宁快速捂着自己的唇，轻声批评道："你注意着点儿，周围都是人。"

林述神色有些不耐烦。

"刚刚拉下口罩没被人认出来是因为光线暗，现在可是在大马路上，信不信你的口罩一拉下来，旁边几个小年轻立刻就围上来了。"

林述一米八几的个头本就引人注意，加上他的气质在人群中又格外突出，鹤立鸡群，擦肩而过的路人都忍不住多看几眼。

"对了，"见林述的目光还黏在自己的唇上，乔西宁急着转移他的注意力，"下个星期一你有空吗？会杀青吗？"

林述想了一下，说道："不一定。"

这个不取决于林述，主要看方竟和众主演的配合。

见乔西宁嘟着嘴不说话，林述扣着她的后脑勺，轻轻地揉了两下，问道："怎么了？"

"就是顾简结婚呀，"乔西宁叹气，"我说了要带你去的。"

因为不知道林述到时候有没有空，乔西宁有些丧气："我还想把你介绍给我所有的朋友认识呢。"

当初那场恋爱，其实她谈得很不认真。

她身边的人，只有乐向晚和顾简知道。明明林述才是备受关注的人，她甚至还反过来要求他，不要让别人知道他们的恋爱关系。

说到底还是她没想要和林述走到最后，所以才没把他介绍给自己的朋友认识。

这次顾简的婚礼肯定会来很多人，她就是要让所有人知道，林述是她乔西宁的男朋友！

林述见不得乔西宁失望，低声开口："应该会有时间。"

可以集中拍摄他的戏份，把时间腾出来。

乔西宁勾唇，和林述确认："你说的。"

"嗯，我说的，"林述捏了捏她的手，"开心了？"

"你要是给我买一个冰激凌，我会更开心。"

十月初秋，A市的气候说不上冷，偶尔几天夜晚仍旧闷热。因为这天气温还算高，林述才放任乔西宁单穿了一条裙子。

现在她还闹着要吃冰激凌……

看出了林述不同意，乔西宁挠了一下他的手心，放软声音撒娇："我就想吃冰激凌，你给我买一个嘛。"

乔西宁提出的任何要求，林述向来无法拒绝，这会儿倒真狠得下心。

"不行，吃了你会不舒服。"

乔西宁经期容易手脚冰凉。林述和她在一起的那几年，对她的饮食也向来注意。以至于在林述的眼皮子底下，乔西宁甚少碰冰凉的食物。

乔西宁抬手环住他的脖颈，整个人都贴上去，说道："我就咬个两三口嘛，不然就一口。"

林述的目光一深，伸手想把人拉开。

乔西宁不让，使劲贴着他撒娇。

见林述松动了些，乔西宁再三保证："三口，三口，真的三口。"

五分钟后，冰激凌店铺外面排起了长龙。

"排队给女朋友买冰激凌，我觉得我可以拍下来投稿给恋爱博主了。"

"背影有点儿像林述，就是这个寸头不太像。"

乔西宁站在林述旁边，听身后几个高中生模样的女生小声讨论林述，眨了眨眼睛。

方竟一直压着电影的宣发，除了电影取景的地点，其他一概保密。粉丝都不知道，林述为电影剪了寸头。

乔西宁捏了一下林述的手指。

林述垂眸问道："怎么了？"

乔西宁故意叫他："哥哥。"

林述的喉结滚动。

周围都是人，乔西宁根本不怕他突然亲下来，使劲撩拨他。

"哥哥，"她又脆生生地叫了一句，"你好帅呀。"

事实证明，作死都是要还的。

林述牵着乔西宁的手，走到了光线较暗的树影下。

乔西宁完全没意识到，舔了一下冰激凌，也没看到林述紧绷的侧脸，朝他举起冰激凌，说："冰激凌还挺好吃的，你要不要尝一口？"

等远离了人群，林述一把握住乔西宁的手腕，抬高了冰激凌。而后他捏住她的下巴，俯身低头，含住她的双唇。

他轻而易举品尝到冰激凌的奶香和甜味。

这两样都不是他喜欢的，但此刻他觉得异常香甜。

乔西宁想推开他，林述却摩挲了下她的下巴："你乖一点儿，别动。"

她微微喘着气："你是……你是亲吻狂魔吗？"

林述没说话，嘴上的动作不停，细细地含住她，连说话的机会都不给她了。

到最后，乔西宁是被林述背回去的。

正走在路上，不知哪里突然传来一道骂声，差点儿没把乔西宁给吓一跳。

"林述和林琪约会恋情曝光！天哪！就合作过出道的第一部电影，互关都没有，还不是哥哥会喜欢的类型。"

…………

乔西宁掏出手机，点开"热搜"。

"热搜"第一："林述 林琪。"

最先发布这条消息的微博号，底下评论早就炸开了锅。

"笑死！！！同一家餐厅吃饭碰上了就是谈恋爱，那我打卡林述过去的地方，我是不是也和他谈恋爱了？"

"对不起，真的太配了！"

…………

相比于粉丝的评论，底下渐渐冒出了不一样的声音。

"据小道消息，林述在和某名媛千金谈恋爱，不日就会公开了。"

接下来几千条评论，有表示不相信的，还有追着求详细爆料女方情况的。

乔西宁收起手机，没再看下去。

"不要脸。" 乔西宁窝在林述的肩膀上，愤愤地骂了一句。

那个林琪，就是在餐厅里一直盯着她看的其中一个女明星。

林述颠了一下，防止她掉下去，偏头问她："怎么了？"

"刚刚我们吃饭遇到的一个女明星，"乔西宁吐槽，"居然买了通稿说你们谈恋爱，说她今天穿黑裙子你穿黑 T 恤，所以你们两个是穿的情侣装。"

月光浅淡，周围有几颗星星闪烁。

"林述，"乔西宁看着那几颗星星，突然开口，"你知不知道，每个人在宇宙里都有一颗对应的星星在闪烁？"

不等林述回答，乔西宁就从他的背上爬起来，手掌撑着他的肩膀，伸手指向其中最亮的一颗星。

"那颗最亮的是你。"乔西宁一顿，又慢慢开口，"是属于我的。"

是她的星星，是照耀她的。

"是我的。"乔西宁捶了一下林述的肩膀，问他，"你自己说是不是？"

他的嗓音很低，裹着风声擦过她的耳尖："我是你的。"

他一直都是乔西宁的林述。

乔西宁一觉睡到大中午。

和林述在一起的这几天过得很快，总是一眨眼，一早一晚就过去了。

林述从片场回来，一推开门，就看到乔西宁侧坐在床边的地毯上。双腿并拢，半直起身，一件一件地往行李箱里塞衣服。

乔西宁听到声音，动作一顿，抬头看了过去。

"嗯？"看到是林述，乔西宁还有些诧异，"你怎么回来了？"

早上出门的时候，林述拿走了她的房卡。她不打算出门，也就随他拿走了。

没有想到林述会在中午回来。

"吃饭了吗？"林述问。

"没有，我刚起来，在收拾行李呢，几点了？"

林述看了她一眼，答非所问："想吃什么？"

"你要叫酒店送餐吗？"

林述反问："你想吃什么？"

得到这个回答，乔西宁下单后才问林述："你还没说呢，回来干吗？"

她之前待在片场就发现了，除了晚上回酒店休息，林述其他时间一般都待在片场。他没有午休的习惯，偶尔小憩几分钟。她不凑上去和他说话，他就一个人待着，也不玩手机，只低头翻看剧本。

乔西宁没搞懂，那剧本到底是有多好看，才能让林述一看再看。

林述走过来，俯身直接将乔西宁从地上抱了起来。腾空而起的失重感让乔西宁快速抬起手，搂住林述的脖颈。

林述抱着她，把人放在床上。

乔西宁看着他："你……"

大中午的，这样真的好吗？

林述的膝盖抵着床褥，从口袋里拿出创可贴，握住乔西宁受伤的那只脚踝。

乔西宁看出了他的意思："我昨天回来都涂药了，不用贴创可贴。"

他头也没抬，虎口紧紧地卡住乔西宁的脚踝不让她动，将创可贴轻轻贴了上去。

乔西宁叹了口气，觉得自己找了个"爹系男友"，什么都想管，什么都要管。

不过这种当废物的感觉还挺好。

林述贴完创可贴后，从床上下来，走到乔西宁刚才打包的行李箱，蹲下来替她收拾行李。

眼看着林述整理好半边的行李箱，将散乱的衣裙都收拾好，就要拿起她放在床上的一条裙子。

乔西宁急忙出声："等等，林述，你别拿这条裙子……"

可林述已经拿了起来。

铺散开的黑色长裙下，是各式各样的贴身衣物。可以想象，穿在乔西宁身上，又会是什么样的风景。

乔西宁看了林述一眼，耳朵悄悄红了。

上次就被他看到了，这次又……

乔西宁慌乱了一秒，很快镇定下来，伸脚尖戳了戳林述的腰，轻声问："林述，你喜欢什么样的？"

林述握住了乔西宁的脚踝，把它从自己的腰间拿开，只不过拿开的动作在半空中停顿了几秒，然后自然而然地搁在自己的大腿上。

他的食指并拢，不轻不重地揉捏了一下。

房门被人敲响了，酒店送餐的恰好到了。

"我刚才还想着……"乔西宁停顿一下，笑道，"可惜来人了。"

听到她的话，林述的喉咙一紧。

房门被人持续敲响，林述起身，扣住乔西宁的后脑勺，轻咬了一下她的嘴角，这才认命地转身去开门。

乔西宁看着酒店员工把东西摆放好，等人离开后，才问："林述，你吃饭了吗？"

林述淡声道："怎么了？"

乔西宁将一副刀叉摆在他面前，说道："你和我一起吃吧。"

林述没动。

乔西宁说："点了这么多，反正我一个人也吃不完。而且你知道的，我不喜欢一个人吃饭。"

她抓着他的手撒娇："你就陪我吃一点儿嘛。"

林述待在房间里，陪她又吃了些，到点就打算回片场。

临走前，乔西宁叫住林述："你晚上就不要来酒店接我了，我自己过去，省得你两头跑。"

这天剧组还有其他几个演员一起杀青，方竟打算办个小型杀青宴，地点选在片场附近的一家私人菜馆里。

林述明显不同意，低声问："几点过去？"

"不知道，"乔西宁也说不清楚自己磨蹭的速度，"我化个妆什么的，估计会踩点到。"

"我来接你。"

乔西宁"哎呀"一声，说："你担心什么呀？总不会再遇上像上次那样的变态了。"

那次是她倒霉，抄近道走了幽暗的小巷，才会遇上那种事。

林述重复："我来接你。"

见说也没有用，乔西宁索性随他去。

"那你准备过来的时候和我说一声，"乔西宁说，"我就争取动作快一点儿。"

林述揉了一下她的头发，"嗯"了一声。

晚上的杀青宴，乔西宁果然是踩点到的。

还拉上林述一起。

安夏丑闻缠身，方竟为了不影响电影的风评，原本打算一刀切，不过为了电影的完整性，特地请了别人过来救场补录镜头。

乔西宁虽然和大部分人都不太熟，但没有讨厌的人在场，心情十分美妙。在饭局上，酒都不由得多喝了两口。

"乔西宁。"

林述一直关注着她，看她喝酒不克制，顺手就截下了她拿在手上的酒杯。

"怎么了？"乔西宁看他，有些迷茫，"我们刚刚路上不是说好的吗，你拿我酒杯干吗？"

"两杯了。"林述盛了碗汤放在乔西宁面前，"喝汤。"

乔西宁撇撇嘴，却也不再多说什么。

酒过三巡，杀青宴接近尾声。林述找了个理由，把乔西宁带走了。

等人一走，余下其他人面面相觑。

他们不是没看到那些捕风捉影的新闻，可再多的文字，都比不上直观的近距离接触。

在片场的时间，他们从没见过林述这个样子。整场饭局，眼睛就差直接黏在对方身上了，管这管那的，哪还有往常高冷疏离的模样。

大家虽然好奇，可桌上觥筹交错，推杯换盏，大家很快便压下自己好奇的心思，专心吃喝。

电梯里。

乔西宁往林述怀里钻，踮起脚朝他吹了口气，问道："有酒味吗？"

林述揽住她，垂眸，低声问："问这个做什么？"

"想和你接吻，"她的眼睛湿漉漉地看着他，说话不自觉地有些委屈，"但我刚刚喝了酒，有味道。"

乔西宁的脸颊红扑扑的，睫毛卷翘，在眼睑处平铺成小扇子，红唇微嘟，芬芳醉人的香气扑面而来，如盛放的蓓蕾，不自觉地引诱他。

被她这样贴着、看着，林述的呼吸重了些，抬手遮住她的眼睛。

他的声音低哑且温柔："别这样看我。"

乔西宁抱怨，抬手扯下他的手："你又遮住我的眼睛。"

林述的眼神一暗，俯身和乔西宁对视。他的手掌仍保持着挡住她双唇的动作，如同挡住自己欲望的开关。

他盯着她的眼睛，轻轻叹了口气："会出事。"

乔西宁疑惑不解："还在电梯里呢，能出什么事？"立马不以为意地说，"再说了，出事了不还有我陪着你嘛。"

——我陪着你嘛。

欲望的源泉在不知死活地喃喃，束缚他的绳索被打开了。

他再也忍不住，低头，重重地咬上乔西宁的唇。

乔西宁也不知道事情怎么就变成了现在这样。她只想和林述接个吻而已。

出电梯的时候，她是直接被林述抱出来的。

他刷卡，开门，关门，动作一气呵成。

"林述。"乔西宁微微喘气，有些明白过来那句出事的意思了，"你也太……"

"嗯？"话音刚落，她身侧的绑带被轻轻解开。她顿时感觉头皮发麻，对上林述含笑的眼睛。

虽然她平时总爱说一些话撩他，但到了关键时刻，心里还是有些没底。

乔西宁的身体一抖，忍不住想往后缩。可腰肢被人搂住，一把捞进了怀里。

这条裙子的绑带设计原本是为了美观，此刻却方便了林述的动作。他的指尖滚烫，顺着她的侧腰往上，不断地点着火。

手下的触感滑腻，林述的喉结滚动，莫名觉得有些渴。

他含着她的唇，边亲边问："我怎么？"

他的声音低沉沙哑，带着明显的笑意。

乔西宁的眼睛湿漉漉、雾蒙蒙的，呜咽两声，说不出话。

他柔软湿润的唇轻轻贴上了她的眼皮，她闭上了眼睛，感受到湿热的气息缓缓往下，落在了唇上，只剩下温柔的啃咬。

厚重的男性气息将她团团包围。

乔西宁被亲得迷迷糊糊，下意识地伸手，两条纤细白皙的胳膊搂着林述的脖颈，掌心贴在林述的脊背上，像收束的藤蔓，不自觉地双手双脚都紧缠绕住他。

男人的衣摆在摩擦间起了褶皱，精瘦的身材隐隐约约露出来，腹肌分明。

林述的呼吸很重，唇舌都烫人。

乔西宁下意识地扬起脖子，拉出一道精致的线条，白皙纤细的脖颈仿佛一折就断。

身上的亲吻还在继续。林述的头发生硬，摸着有轻微的刺痛感。

乔西宁猛地回过神来。

她用了些力气，一把拍在他的肩上："我明天……要坐飞机……"

真要继续下去，乔西宁觉得自己第二天的飞机肯定是赶不上了，可能还要连续两三天都待在酒店里。

林述"嗯"了一声，说："我知道。"

"那你现在怎么……"乔西宁看着他，说道，"怎么还不放手？"

林述拿下乔西宁挂在自己脖颈上的手，扣住她的手腕，带着她往下。

乔西宁的脸颊红得滴血，呆呆地和林述对视。

林述直直地盯着她，毫不掩饰眼神里的情欲，意思很明显。

乔西宁简直欲哭无泪。但自己撩的火，只能自己灭。

"林述，"乔西宁往后一倒，靠在墙上，声音虚弱又小声，"我晚上要和你睡。"

乔西宁觉得自己的气势不太足，又拔高了音量，瞪他："你不许拒绝。"

不能就自己受苦，她也得让林述受些折磨。

洗完澡后，乔西宁一把掀开被子，缩进林述怀里，嘻嘻笑着去亲他、闹他。

她笃定了他不会碰她。

林述一只手搂住乔西宁的腰，将人紧紧抱进怀里。

乔西宁顺从他，自觉地贴得更紧了。

林述微微低头，在她头发上轻轻地吻了一下："睡觉。"

乔西宁"哦"了一声，放在床边的手机这时振动了两下。

乔西宁推了林述一下："我的手机振动了。"

林述手长腿长的，抬手一捞就把手机拿了过来。

乔西宁点开。

顾简领证后就把新娘子拉进了他们的小群组，这会儿消息发过来，全是各种颜色的伴娘服。

顾简："你看看喜欢哪个。"

伴娘照理来说是由新娘那边的亲朋好友担任的，只不过中间出了点儿差错，顾简和新娘子商量了一下，这才找上了乔西宁。

方新雨："西宁，要是你都不喜欢的话，可以回来再看看。"

乐向晚："西宁，选紫色那条，好看。"

乔西宁想选的也是那件，听乐向晚这么一说，便打字："就紫色那条。"

解决了一件事，乔西宁把手机放在一旁，扒拉着林述的衣服，往他怀里缩。

"选婚纱？"一直没开口的人突然问。

他刚刚其实只是扫了一眼，看得并不清楚。

"不是，"乔西宁睁开眼看他，说道，"伴娘礼服，一眼看上去是和婚纱很像，不过没那么蓬松，也没有头纱，就是简单的小礼服。"

林述闭了一下眼，抿着嘴唇。

"你干吗？"乔西宁敏感地察觉到林述情绪的变化，抓着他问，"你不想我

161

穿吗？"

林述把下巴抵在乔西宁的脑袋上，轻轻地"嗯"了一声。

他不是不想她穿，是不想她为了别人穿，穿给别人看。

"要是你不想的话，"乔西宁说，"那我就去和顾简说要他去找别人。"

乔西宁在心里对顾简说了声抱歉。

好朋友和男朋友哪个重要？那当然是男朋友开心最重要咯。

是的，她就是这么的见色忘友。

林述的呼吸沉沉，没说话。

"林述，"乔西宁抬头，在他的下巴上亲了一下，在心里组织了一下想说的话，最后只有简单的一句，"我只想为你穿一次漂亮的婚纱。"

林述骤然睁开眼。

乔西宁说完有些害羞，但林述一直不说话，她又有些着急，碰了碰他："你说话呀。"

乔西宁被娇宠着长大，要什么有什么，什么东西都来得轻而易举。

但林述不是。他这辈子生来什么都没有。

而乔西宁，曾经是他努力争取也争取不到的。

他不甘、脆弱、妒忌、狂暴，如困兽，把自己牢牢禁锢束缚。

但在这天，这一切全部淡化了。他再一次拥抱了自己的全世界。

半晌，林述起身，手肘撑着柔软的床褥，低头轻轻吻了一下乔西宁的嘴角。

他郑重地开口："好。"

乔西宁的嘴唇动了两下，刚要挽回自己的面子，就听到林述的回应。

他的嗓音低沉沙哑，在寂静的环境下显得很温柔。

乔西宁的眼眶发热，最后半是娇羞半是懊恼地缩进林述怀里，使劲蹭了蹭，想挖个沙坑把自己往里埋。

林述的怀抱就是她的沙坑。

林述没取笑她，低着头，把下巴抵在她的脑袋上。

他伸手捞过一旁的被子盖在乔西宁的身上，偏头在她脸上落下轻轻一个吻，声音很低："睡觉了。"

乔西宁乖乖闭上眼，又突然睁开。

"林述，"乔西宁窝在林述怀里，瓮声瓮气的，"你抱我。"

"什么？"

林述的左手刚好环过乔西宁的后背搭在她的腰上，是抱着她的姿势。

听到她的话，林述的食指在她腰上轻轻点了一下，没听懂她口中的"抱她"

是什么意思。

乔西宁抬手，直接扣住林述垂在身侧的另一只手，放在自己的腰上。这样一来，林述的两只手都紧紧地抱着她，没有一丝余缝。

明明之前乔西宁最讨厌的就是林述在睡梦中都要紧紧抱着她的束缚感。

每次只要她醒来发出动静，林述就会跟着醒来。他就像一台不需要休息的机器，时时刻刻都在注意她的举动。

现在她却开始追求这样的感觉。

"好了，"乔西宁动了动，在他怀里找了个舒服的姿势，闭眼，"可以睡觉了。"

大概是睡过去前，还在想着自己说过的话，乔西宁做了个梦，梦见自己穿着婚纱嫁给了林述。

梦境很真实。婚礼现场，宾客盈门，接吻，交换戒指，丢捧花。以及夜晚的新婚之夜，延续了他们这晚没有做完的事情。

炙热的吻从她的下巴往下流连，颈侧有种湿热的吮吸感，灼热的鼻息喷洒，痒痒的。

乔西宁还未完全清醒，只微微抬了一下眼皮，便又下意识地撂下。她往林述怀里缩了缩，树袋熊一样紧紧抱住他，嘟哝："好亮呀。"

酒店的窗帘没拉紧，风吹过，天光大亮，阳光透过窗帘间隙钻了进来。

林述早就醒了，一直盯着乔西宁的睡颜。

闻言，他搁在她腰肢上的手掌抬起，放在她眼睛上，为她遮住了透亮的光线。

阳光爬上了他的手背。他微微低头凑近，嘴唇碰了一下她白皙的额角，嗓音很低："睡吧。"

她听到他的话，整个人都埋进他的怀里，嘴角微勾，眉目放松，舒舒服服地睡了一觉。

不知道过了多久，乔西宁感觉眼角被人蹭了一下，有些痒。

她"嗯"了一声，忍不住想往后缩，却又意识到了什么，闭眼迷糊地问："几点了？"

"七点了。"

林述坐在床边，俯身摸了一下她披散的头发，忍不住又低头亲了亲她。

清冽又灼热的气息扑面而来。乔西宁下意识地仰头，追着他身上好闻的气味，嘴唇在他脸上一顿乱蹭。

林述额角的青筋跳动，克制着把人拉开。

"再睡一会儿。"他说。

乔西宁转了个身，平躺在床上，手背贴着眼皮道："不要，我马上就起来了。"

这辈子，她真的很少有这么早起床的时候。

可是她想让林述送她去机场，又不想耽误他的工作，只能折中往早了改签机票。

"林述，"乔西宁从被子里探出手，做出抱抱的姿势，软声撒娇，"你抱我去刷牙。"

林述掀开被子，将乔西宁抱进了卫生间，膝盖挤进她的腿间，防止她一不小心掉下来。

他拿过一旁摆放整齐的牙膏牙刷，挤好，给她清醒的时间。

不到二十分钟，乔西宁就收拾好了自己。

"走吧，"她朝林述伸手，"你牵我。"

林述一只手拎着乔西宁白色的行李箱，另一只手牵着她，十指相扣。

机场。

"你送我到这里就好了，我自己进去。"眼见林述解开安全带就要下车，乔西宁急忙阻止。

A市的机场时常有明星出没，每天都有各路粉丝蹲点，练就了火眼金睛。

"我走了。"乔西宁说着，低头解安全带。想了想，凑过去，亲了一下林述的嘴角，"分别吻。"

她有些惆怅："到你过来参加婚礼那天，我们会有好几天见不到面了。"

从酒吧重逢到现在，乔西宁其实没和林述分隔过太长的时间。就连他进组拍戏，她也是歪打正着地跟着他进了组。

可现在，他们刚复合了一段时间，居然就要分隔两地了。

她内心失落又难过。

林述没说话，而是托住乔西宁的脸，用鼻尖蹭了一下，低头亲下来。

乔西宁的呼吸渐渐急促，发丝扫过林述的眼睑，带来一阵微痒。

林述的心尖仿佛被挠了一下。

乔西宁分出心神，垂眸看了一眼时间，微喘着气和林述说话："我真得走了。"

林述从乔西宁的唇上撤开："到了和我说一声。"

乔西宁点头："我知道的。"

她打开车门下车，拖着行李箱，朝林述挥了挥手，转身走进机场。

A市在江城隔壁，两座城市距离不远，仅一个多小时的航程。

乔西宁落地的时候，刚好是正午。

她拿出手机给林述发消息："我到了。刚下飞机，现在要出去了。"

林述大抵是在忙，没有像之前那样秒回。

乔西宁正打算再多说些什么的时候，前方响起了喇叭声。

她抬头看了过去，顾简正从驾驶座上探出头。

乔西宁走过去，朝他翻了个白眼："我现在要是有台车，你信不信我能摁喇叭摁到你失聪？"

顾简吊儿郎当地说："这不是欢迎你回归家乡的怀抱嘛！"

"我回国那次也没见你这么欢迎我。"

坐在副驾驶座上的女人看过来，朝乔西宁友好地笑了笑："方新雨。"

乔西宁点头："乔西宁。"

两个人只在微信上的群组里聊过，还有些不熟，第一次见面，也只能干巴巴地自我介绍。

顾简嗤笑："前天批斗我不聊得挺起劲的吗？怎么？网友'见光死'呀？"

"闭嘴。"

"闭嘴吧。"

两个人异口同声。

顾简哀怨地看了方新雨一眼，真的闭嘴了。不然按照他往常的作风，能和乔西宁吵个没完没了。

不过因为顾简插科打诨，气氛倒是没那么尴尬了。

乔西宁坐在车后座，和方新雨还有顾简有一搭没一搭地聊着，心里面还惦记着发给林述的消息。

手机突然一振。

乔西宁低头，忍不住勾了勾唇，是林述发来的消息："上车了吗？"

林述知道顾简会过来接乔西宁。

"嗯，上车了。"怕林述又多想，她补充了一句，"还有方新雨，就是顾简的老婆也来了。"

乔西宁有很多话想说："她人还挺好的，我还挺喜欢她的……"

"嗯。累吗？"

林述一直不关心和理睬旁人的事情。

但乔西宁想说，他便由着她说上两三句，再不动声色地打断。

"还好，我刚刚在飞机上睡了一觉。"

"等会儿做什么？"

"打算先吃个饭，然后一起去试礼服。"

见乔西宁一直捧着手机打字，还傻笑，顾简忍不住开口损她："我说，你抱着个手机笑得跟个傻大姐一样，不知道的还以为你在和男朋友聊天呢。"

顾简还不知道乔西宁和林述已经复合了。

"你才傻大姐。"乔西宁反唇相讥，忍不住满脸得意地向顾简炫耀，"我可不就是和男朋友聊天。"

顾简瞪大眼睛："奇了，你居然也有男朋友了。"

和林述分手后的那几年，乔西宁的追求者众多，都快排遍整个江城了，可愣是没一个让她满意的。

"我怎么就不会有男朋友了？"

乔西宁拿过身后靠着的抱枕想丢向顾简，又碍着方新雨，才没动作。

方新雨有些抱歉地看了乔西宁一眼，抬手拧了顾简的耳朵。

顾简夸张地狂叫。

乔西宁在后边笑趴，乐得看顾简受挫，还不忘放狠话："我等会儿下车就打电话告诉我男朋友，说你欺负我。"

说是这样说，可等乔西宁一听到林述的声音，登时就把告状这件事情抛到了脑后。她整颗心都在林述身上，哪里还有空说别人。

林述那边的环境很安静，显得他的声音又低又温柔："怎么了？"

乔西宁的鼻子有些发酸，才分开不到半天，她就开始想他了。

乔西宁吸了吸鼻子，轻声说："我想你了。"

那头静静的，没声音。

乔西宁疑惑道："林述？"

"嗯？"他笑了一下，"怎么了？"

乔西宁瞬间有些生气。林述怎么不在状态，不会没听到她的话吧？

她吸了一口气，重复道："我说我想你了。"

"嗯。"

乔西宁忍不住了。

"我说我想你了，"她提高音量重复，又问他，"你怎么没有一点儿反应？"

这种情况，他不应该也说一句想她吗？

"快点儿！"乔西宁边失落，边忍不住催促，"你也说一句有点儿想我。"

等待的时间长得如同跨越了一整个世纪，平缓的呼吸声后，是林述微沉的声音。

"乔西宁，"他说，"我很想你。"

此时正是午后，江南宴楼层氛围寂静，楼下音乐喷泉安静矗立，阳光洒落在水面，微风吹拂着水面，荡起金光。

乔西宁一颗心跟着泛起涟漪，轻轻地颤动，一抹红晕悄悄爬上了她的耳朵。

"什么嘛。"

乔西宁和他闹，可嘴角早就不自觉地往上翘："我是让你说有点儿想我，你怎么就说那样的话。"

他说很想。

她心里原本整齐摆放的一罐蜜，登时就被打翻了，溢出甜滋滋的味道。

"你现在在片场吗？"乔西宁问。

林述那边没有一点儿动静声，连方竟的高声喇叭都没有，安静得不像是乔西宁熟悉的片场环境。

林述"嗯"了一声，道："找了个地方和你说话。"

接到乔西宁电话的时候，他下意识地找了个安静的地方，保证能清晰完整地听到她的声音。

"在做什么？"林述问。

"刚到江南宴，准备吃饭了。"

乔西宁抬眼，看着面前的墙体。她突然反应过来，这好像是林述把她抵在墙上，咬伤了她脖颈的那面墙。也是他们接吻的那面墙。

乔西宁讪讪地收回手，抬手摸了一下滚烫薄软的耳垂，轻声道："他们都在包间等我，我特地出来和你打电话的。"

在林述面前，乔西宁的嘴巴向来没个把门的，想到什么说什么，"最喜欢你了""想你了"这样的话随口就说，毫不顾忌。但当着朋友的面对林述这样说话，怎么想都有些羞耻。

乔西宁怕自己和林述打电话会不自觉地撒娇，才特地跑出来打的这个电话。

"饿了吗？"他问。

乔西宁一怔。她说这句话，是奔着让林述感动去的。

——为了和你说话，我有多么见色忘友！你和他们任何一个人都不一样。

谁知道林述不走寻常路。

乔西宁的反应慢了半拍，诚实地开口："有一点儿。"

头等舱的飞机餐卖相还行，但都不是乔西宁喜欢的。加上顾简发消息过来，让她留着肚子吃大餐，她在飞机上也就没吃午餐。

现在听林述这样一问，她才觉得自己是有些饿了。

林述言简意赅："进去吃饭。"

乔西宁难以置信："你认真的？"

她想和林述多说会儿话，结果他……居然这么不解风情，把她赶回包间！

他的语气淡淡的："不是饿了？"

是林述惯有的冷淡，但乔西宁还是从这句话里品出了些许温柔。

"你是不是，"她慢吞吞地，带上了点儿猜出他心思的自得，嘴角上扬道，"怕我饿着了？"

林述也不遮掩，毫不犹豫地"嗯"了一声。

"西宁。"乐向晚在包间里一直没见到乔西宁，就出来找人，"你站在这里干吗呢，不进来？"

乔西宁扭头，抬手指了指自己的手机，小声说："打电话。"

乐向晚问："和林述？"

乔西宁诧异地盯着她。

进包间前，乐向晚忍不住笑她："西宁，你的嘴角都快咧到耳边了。"

乔西宁一怔，抬手摸了摸嘴角，还真是不自觉地上扬着。

"你太夸张了。"乔西宁忍不住反驳，看人进去了，又背过身继续和林述讲电话："林述，你刚刚没听到吧？"

乔西宁绝不承认自己和林述讲电话笑得跟个二百五似的。

他轻轻地"嗯"了一声，也没明说，到底是听到了，还是没听到。

乔西宁没在这个问题上多问，只说："那我进去吃饭了。"话音一落，她又补充，"你也赶紧去吃饭。"

乔西宁一进包间，立刻遭到了"三司会审"。

乐向晚说："我那天给你打电话，你不是说还没考虑好吗？现在是什么情况？重新在一起了？"

顾简道："我说你哪儿来的男朋友呢？当初不是说不后悔分手吗？看不出来呀，大小姐居然也会吃回头草？"

方新雨一脸状况外："你们在说什么？西宁的男朋友怎么了吗？"

乔西宁看了他们一眼，笑眯眯地宣布："对的，我和林述重新在一起了。"

一阵沉默后，方新雨先打破了寂静，小心翼翼地问："西宁，你说的林述，是双木林，陈述的述，演艺圈的那个林述吗？"

乔西宁看了过去："对，怎么了吗？"

"啊啊啊……"对顾简强横对外腼腆的方新雨突然爆发一阵短促的尖叫，而后追着乔西宁问，"你真的和林述在一起了？"

乔西宁有些蒙："对呀，怎么……"

接下来五分钟，乔西宁听方新雨全方位讲述她作为电影粉丝对林述的喜欢。

"啊啊啊，他演《危险关系》的时候我就好喜欢他。天哪，你说说，怎么会有这样的人，喜欢的人失手杀了人，不仅帮她全方面清扫作案痕迹还顶替入狱，甚至帮她把未来的后路都铺好了。最后居然只能在监狱里祝对方新婚快乐？！

"那个女主不就是小时候给了他一杯水吗？除了这个也没为他做过什么。凭什么'她光是存在，就是他的救赎？'还为了这个该死的救赎共同犯罪，奉献了自己大好的人生？

"这样的人，他应该有个好结局的！我真的心疼死了，那部电影，我每看一次都哭得稀里哗啦的……林述演得太好了……"

乔西宁边听边忍不住想她说的话。

方新雨说的那部电影乔西宁没有看过，但从偶尔刷到的新闻消息里知道了电影的看点，就是林述饰演男主角作为顶替犯和警察之间的一系列斗智行为。

而女孩子总是会先深挖故事背后的情感，再自我代入。

林述的长相其实完全可以接一些偶像剧和爱情电影。只要站在那里，就能迷倒不少人。用网上的话来说——林述的颜值就能让人掏钱买张电影票。

但他偏不，接的全是犯罪题材和现实题材的电影。

偶尔几部幼年经历特别凄惨的，和小演员之间的对换衔接也特别到位，情绪渲染极强。在电影上映期间，经常哭倒一片网友和粉丝。

顾简的语气很差："喂。"

这声音将乔西宁从思绪里拉了出来，抬眼，就见顾简摆出一张臭脸看着方新雨："你老公还没死呢。"

见自己老公吃醋了，方新雨连忙过去哄人。

乐向晚走过来问乔西宁："你确定了？"

"当然，"乔西宁下巴微抬，"我可是要和他结婚的。"

乐向晚有一瞬间的惊讶，转瞬即逝。

对于乔西宁和林述的复合，她并没有觉得特别意外。但结婚，真是大大出乎她的意料。

乐向晚斟酌了一下语气说："那你爸爸那边……"

"没事，"乔西宁完全不在意，"我找了男朋友，我爸估计在心里偷乐了。"

她可没忘回国后回家的那次询问，还有她父亲准备的相亲，目的不就是要帮她找个男朋友。

知道她交了男朋友，他应该开心才对。

乐向晚点头，顿了一下又说："就我上次和你说过的沈家，他们好像一直在找林述，商量着让他回去。"

乔西宁皱眉，想起林述在酒店说的那句"这么多年，我一个人也过来了"，心就像被扎了一样。

乔西宁自然懂乐向晚的意思。

只要林述答应回沈家，那么所有的问题就都不是问题。

"我喜欢他，才不管他是谁。"乔西宁以手托腮，"别说他是个明星，就算是个普通人，只要我想嫁，我就有办法嫁给他。"

用餐结束后，乔西宁便由乐向晚载着去婚纱店。

方新雨的新娘服和乔西宁那套礼服摆在了一起。而顾简那天发来的照片，都是套在模特身上的，和乔西宁穿上身后还是有些差别的。

比如她选的这件紫色的露肩礼服，模特道具穿着还不明显，她穿在身上，天鹅颈修长白皙，直角肩，胸线精致，细腰明显，曲线若隐若现。

乔西宁不太满意，把裙子往上提了提。手刚松开，身上的裙子自动地往下掉，正好抵在凹凸有致的地方。

"没办法。"乐向晚在旁边笑，"身材太好了。"

乔西宁抚额："换一套。"

最后她选定了一套紫色 V 领礼服。

差不多一样的效果，但至少不会那么勾人。

"这条裙子，"乔西宁朝候在一旁的设计师说道，"在 V 领那里做一个淡紫色的内衬。"

一旁的设计师记录下乔西宁提的要求。

乔西宁给林述发了张照片过去，是她刚刚拍的，穿着 V 领礼服的样子。

"我没穿那条露肩的，换了条 V 领的。怎么样？好看吗？"

乔西宁将裙子递给服务人员，边出去和其他人汇合，边等待林述的消息。

结果他打电话过来了。

"喂，"乔西宁立刻接起来，"你怎么突然打电话过来了？"

林述低声道："正好休息。"

乔西宁笑了："你一休息就给我打电话呀。"

林述也笑着说："试好了？"

乔西宁应了声，问他："你还没回复我发给你的消息呢，我穿起来好不好看？"

林述答："好看。"

乔西宁弯了弯唇，说："你就知道说我好看。"

乔西宁的脚步顿在原地，靠着身后的墙。穿堂风吹过，带上了凉意，她整个人却是暖洋洋的——因为他的一句话。

"对了，方新雨是你的粉丝，可喜欢你了。"怕林述忘了，她又补充，"就是顾简的老婆，说从你那部《危险关系》就开始喜欢你了。"

林述应了声，态度有些漫不经心。

"你就没有……"乔西宁慢吞吞地道，"什么想说的话吗？"

外面阳光正好，从落地玻璃窗洒落在地。

他们能清晰地听到彼此的呼吸声。

不知道过去多久，她听到他平静低沉的嗓音响起："我只喜欢你。"

乔西宁的心跳顿时慢了半拍，登时就想到了她在他手机里发现的那张卡片的后半部分：林述只喜欢乔西宁。从2016年11月27日开始，直至世界末日。

乔西宁抿着唇，克制着不笑："你也不害臊。"

电话那头的声音突然变嘈杂，有人在叫林述。

乔西宁先说："你去忙吧，我正好去找他们。"

林述和那边的人说了一声，才道："到家了和我说一声。"

"好。"

婚礼前一天，乔西宁从珠宝店出来，打算开车回自己的小公寓。

十四号是每个月既定的情人节，街上有不少来来往往亲密无间的情侣。在这样的场合下，乔西宁顿时更想林述了。

反正回去也是一个人。

她收起手上的钥匙，放进包里，转身离开了停车场。公寓距商场不远，她打算走回去，正好消磨时间。

她刚走到商场门口，就忍不住给林述打了电话。

他应该是在休息，很快就接通了电话。

"林述，"乔西宁问他，"明天就是婚礼了，你打算什么时候回来呀？"

林述还没说话，乔西宁又急不可待地说："你要坐明早的班机过来吗？参加完婚礼还有晚宴，会不会很累？"

他那边的喧闹声明显，还有燃放烟花的声音，还挺热闹的。

再想到自己这边冷冷清清，乔西宁不由得吸了吸鼻子："你怎么不是今晚回来呢？"

"怎么了？"他低声问。

"我好像……"乔西宁一顿，才说，"又有点儿想你了。"

风声呼啸而过，夹杂着隐隐约约的谈话声。

"今天有部新上的电影，我们去看吧。"

"好，都听你的。"

身后情侣的交谈声，与林述电话里的声音，同步传入她的耳里。

乔西宁往前的脚步猛地一顿。

林述的声音清清楚楚地从她身后传来："回头。"

乔西宁的声音紧绷："什么？"

她刚刚就只是想想而已，没想到林述真的就出现在她身边了。

他无奈又温柔地重复："你回头。"

乔西宁僵硬地转过身，保持着打电话的姿势。身后不过五步远的距离，林述把手机举在耳边，静静地和她对视。

光和影极速掠过，逐渐模糊，满世界只剩下林述看着她时眼底浅淡的笑意。

他们的手机仍是举着的，她听到手机里传来他清晰无比的声音，像是对现在的她说，又像是跨越时光，对几年前的她说："你回头，我一直在你身后看着你。"

第六章
他的过去

烟火砰砰往上，到达最高点后倏然炸开。五彩斑斓的线条自然地下坠，微弱的光线在林述的脸上一闪而过，映着他漆黑的瞳孔。

乔西宁猛地回过神来，顾不上挂断电话，也顾不上踩了双几厘米的高跟鞋，小跑过去。在要靠近他的时候，她猛地从地上一跃，直接跳进了林述的怀里。

乔西宁双手自然而然地搂住林述的脖颈，语气兴奋极了："你怎么突然回来了？"

时不时有情侣从他们身边走过，看到他们时脸上带笑，投来调侃的目光。异地恋的恋人分别久了，总是情不自禁，会做出一些亲密的举动

林述伸手托住乔西宁，防止她从自己身上掉下去，声音平缓低沉："不是希望我今晚回来？"

"当然希望了。"打电话的时候才说过，乔西宁坦然地承认，"可是……"

林述勾唇问道："可是什么？"

"可是我们刚刚打电话，到现在还不到五分钟呀。"

乔西宁和他对视："A市回江城的飞机，航程要一个多小时呢，你肯定是早早就坐飞机过来了，你还不告诉我？！"

她的双眸乌黑明亮，眼里的喜悦与惊喜一览无余，都快要感染林述了。

他不自在地垂下眼，不敢与她对视。

林述提醒自己，这是在街上，不能做出格的举动。

"林述！你怎么可以这样！"乔西宁没注意到他的举动，轻声控诉他，"回来了不告诉我，还突然出现在我面前。"

害她刚刚那么想他。

林述抿唇问道："不喜欢？"

其实他本来是真的打算第二天乘早班飞机回来的。只是这天早上在片场，不经意地听到剧组工作人员的对话——

"今天是橙色情人节，看电影的节日。"

"情人节不是早过去了吗？"

"每个月都有情人节呀，"女生的声音一顿，"我现在在想，要不要去找我男朋友，突然出现在他面前，给他一个惊喜。"

"去呀，"对方怂恿道，"情人节嘛，顾名思义，不就是用来约会和培养感情的。"

没等到乔西宁的回答，林述又问："不喜欢？"

乔西宁支起身体，亲了一下他的脸颊，语气欢快肯定："我超喜欢的。"

林述开口："等会儿做什么？"

乔西宁脑海里闪现许许多多的念头，最后老实回答："我准备回公寓，你和我一起回去。"

林述放下人。

双脚一落地，乔西宁下意识地握住林述的手："我把车停在地下停车场了，我们过去……"

乔西宁的话还没说完，就被一道稚嫩的童音给打断了："哥哥，给漂亮姐姐买一朵花吧。"

两个人顺着声音低头。

乔西宁的脚边站了个小女孩，穿着红色的毛衣，绑两个羊角辫，手里捧着同色的玫瑰花，娇艳欲滴。小脸白白嫩嫩的，眼睛亮亮的，仰着头看着她和林述。

第一次遇到这么小的小女孩。乔西宁心里一动，正要开口买下所有的玫瑰花，就听到小女孩对林述说道："哥哥、哥哥，我妈妈说玫瑰要送给心爱的人，你要不要买一朵玫瑰花，送给你旁边的漂亮姐姐？"

印象里这是小女孩第二次喊她漂亮姐姐。

乔西宁被喊得心花怒放，也没在意小女孩前面说的话，俯身摸了摸她的头，说："嘴巴怎么这么甜呀？你这儿有多少朵玫瑰花？我都……"

林述已经伸手接过小女孩手中捧得有些吃力的玫瑰花。

乔西宁看了过去："林述，你……"

林述看了她一眼，说："我买给你。"

小女孩高兴地欢呼一声，人小鬼大地对乔西宁说："漂亮姐姐，你一定是哥哥特别心爱的人。"

玫瑰要送给心爱的人。

"这里有六十九朵玫瑰花，"她的双手在半空中画了一个大大的圈，"有这么多这么多的喜欢。"

被小孩子调侃了，乔西宁罕见地有几分不好意思。

"林述，"等小女孩蹦蹦跳跳跑走后，乔西宁问他，"你是不是因为她那句话，才买的这些玫瑰花？"

甚至还急着抢在她前面。

他坦然地笑道："是。"

乔西宁偏过头，望向别处，嘴角不自觉地轻轻勾起一抹笑。

林述看着她发红的耳尖，喉结微动。

她接过林述递来的玫瑰，又牵起他的手："走，我们回家。"

林述这次只回来一天，也没准备换洗的衣物。

乔西宁先和他去了他的别墅，拿了些生活用品才回到公寓。到家的时候，已经快十点了。

乔西宁洗完澡出来，就看到林述坐在沙发上，正在和别人打电话。

她听了两句，是和王洋在聊工作上的事。

林述抬手示意她过去。

乔西宁走过去："怎么了？"

王洋听到了声音，停顿了一下才说："阿述，你注意些，盯着你的人不少。"

林述的语气毫不在意："没事。"

王洋叹了口气。

林述不喜欢和别人扯上关系，但如果那个人换成乔西宁，一切就都不一样了。

林述挂断电话后，手落在她的腰上，一个用力，把人抱起来放在腿上坐着。

他抬手捏了捏乔西宁的脖颈，低声问她："想公开吗？"

乔西宁毫不犹豫地说："不要。"

林述的脸色没变，继续问："不想吗？"

"我们现在这样就挺好的！你和我逛街都没人注意到。"乔西宁说，"要是你公开了，我们肯定不能这样了。"

乔西宁从小就生活在镁光灯下，倒也不在意镜头的窥探。可她和林述约会，也是真的不想被人打扰。

"过一段时间再说吧。"

乔西宁知道，自己肯定不能和林述一直这样下去，但就目前来讲，她还不想和林述太快公开。

"如果你想公开，"乔西宁慢吞吞地说，"就让大家知道你谈恋爱了……"

林述点了点下巴，示意她说下去。

乔西宁说："就是知道你恋爱了，但不知道恋爱对象是谁。"

他沉默半晌。

乔西宁看着他，试探性地问："你没生气吧？"

林述答："没有。"

他也不想让乔西宁过多地曝光在别人的目光下，不想太多人干扰到她的生活。

林述问她："待会儿想做什么？"

乔西宁不由得有些脸热。

大晚上的，孤男寡女，还能做什么？

就是时机又不太对。

第二天是婚礼，要从早到晚，而且她穿的又是 V 领的。

"唉。"乔西宁皱眉，忍不住叹气。

"怎么了？"

看到她唉声叹气的样子，林述觉得有几分好笑，甚少见她这副模样。

"没事，"自己想的事，自然是不可能和林述说的。她连忙转移话题，"我们要不要在家也找部电影看看？"

乔西宁一顿，继续说道："体会一下电影氛围什么的？"

"想看什么？"

"不知道，我先随便看看有什么好看的。"乔西宁说着，推了推流连在她颈侧的林述，"你快去洗澡。"

林述明显不想："还早。"

乔西宁有些嫌弃地说："我都洗好澡了，你别给我弄脏了。"

人还坐在他腿上，却已经开始嫌弃他了。

"快去！"乔西宁从他腿上下来，见他一动不动，手脚并用地推他，"你不要耽误时间！看完电影我还要睡美容觉呢！！！"

见林述拿着睡衣走进了浴室，乔西宁收回视线，有一搭没一搭地选电影。

爱情片？

乔西宁摇摇头，她觉得自己和林述就挺甜的，不用再靠爱情片汲取糖分了。

恐怖片？

大晚上的，她怕自己闹得林述不得安宁。

电光石火之间，乔西宁突然想起方新雨说的话："我从《危险关系》我就好喜欢他……"

她还没看过《危险关系》。

林述不像乔西宁在浴室拖拖拉拉的一小时，只用了几分钟就出来了。他是寸头，头发都还没长出来，用毛巾轻轻一擦，头发便干了大半。

乔西宁闻到了空气中和自己身上一样的香味。

"你用了我的沐浴露？"乔西宁问，"你刚刚是不是故意的？故意没带沐浴露过来？"

林述看了她一眼，没说话。

乔西宁穿着吊带睡裙，肌肤莹白如玉，伸着两条细白的胳膊要来抱他。林述走过去，在沙发上坐下后，又把乔西宁抱过来坐着。

"香的。"乔西宁伸手扒拉着他的衣领，嗅来嗅去。

"乔西宁。"林述的脸有些沉，压着她翻卷的裙摆，把人抱在沙发上，"坐好。"

家里开了暖气，暖烘烘的。

也不知道是她心大，还是笃定了他不会做些什么，穿着吊带睡裙在他跟前晃来晃去，现在还在他身上煽风点火。

"我不。"

乔西宁瞪他一眼，长腿一跨，反向坐在他腿上，往后一靠，后脑勺抵着他的肩骨，肌肤贴着肌肤。

"你抱着我。"乔西宁往后伸手，一把扯过林述的手臂，搭在自己的小腹上，满足地开口，"就这样看电影。"

林述额角的青筋骤跳。

偏偏撩拨的人完全没这个意识，低头玩着他的手指，说道："方新雨说她是从《危险关系》才开始喜欢你的，我没看过这部电影，我们今天就看这个。"

她的语气幽幽的："听说你在电影里还为别的女人坐牢了？"

林述挑眉道："你吃醋了？"

"对呀，"乔西宁点头，毫不掩饰地说，"我就是吃醋了。"

林述有些无奈："你也说了是电影。"

"我知道，"乔西宁特别理直气壮，"但我心里就是不舒服。"

得亏林述演的都是些犯罪和现实向电影，要都是爱情片的话，乔西宁估计自己得在醋缸里遨游了。

"那是假的。"林述握住乔西宁玩他手指的手，声音低沉而认真，"但我和你是真的。"

乔西宁："啊！"

林述盯着暴露在自己眼皮底下的，那一块雪白泛粉的后颈，没忍住，低头轻啄了两下。

"林述你干吗？"乔西宁缩了缩脖颈，到处躲避，"很痒你知不知道？"

"什么？"他装模作样地问着，又亲了两下。

这个人明显是故意的。

乔西宁坐在他的腿上，左扭右扭地躲着他。她躲也躲不了多远，轻而易举地又被人亲了两下。

闹了一通，乔西宁浑身都没了力气，只能瘫在林述的腿上，任由他动作。

林述扣着她的腰，头完全低了下去，气息密密麻麻地覆盖住她。

"都怪你，"乔西宁捂着自己的脖子，"不仅害我美容觉时间推迟了，明天还得多浪费我的粉底液。"

林述从善如流地说："嗯，我的错。"

两个人在沙发上又闹了一会儿，才开始看电影。

等到电影渐入佳境，乔西宁都快忘了自己身后还有个大活人。

画面里，男人穿着蓝色监狱服，戴着手铐脚镣，温和地看着一窗之隔的女人。

女人拿起电话，寒暄过后慢吞吞地说："我……我要结婚了。"

二人沉默片刻。

男人面色惨然，冷寂的目光落在女人的身上，陡然变得温和，话语真挚："祝你……新婚快乐。"

长镜头一晃而过，是白墙上斑驳的阳光，和渐行渐远的、锁链拖过地板摩擦发出的声音。

画面一转，依旧是监狱。

"值得吗？"上了年纪的狱警问。

他在问犯人，为了女人赔上了自己，真的值得吗？

年轻的男人只盯着一旁的墙壁，那里是整个监狱窗口唯一有阳光照射到的地方。而此刻，阳光慢慢退出去，这也暗示着未来，他终其一生都将与黑暗为伴。

"我觉得值得，它便值得。"

当法院判决书配合着键盘打字声在荧幕上一一显现，乔西宁看着那一行小字，肩膀突然轻微抽搐着，侧过头，红着眼睛盯着林述。

林述的眉心一跳："怎么了？"

他伸手，摸到了乔西宁脸上滚烫的泪水。

"呜呜呜……"乔西宁一个劲地哭，泪水都蹭到了林述的衣服上，"你这演的什么呀？也太傻、太惨了。"

给人分担了罪责，最后什么好处都没捞着。

林述蹙眉，不太理解乔西宁怎么看得这么真情实感。

那是他，可又不全是他。

"哥哥。"乔西宁直起身体，泪眼蒙眬地叫他，"你不要喜欢她，你喜欢我，我会对你很好的。"

她每说一句话，就亲他一下。

她的泪水流进了他的唇缝，有些涩。林述张嘴，牙齿轻咬了一下她饱满的唇。

乔西宁"唑"了一声，微微皱眉，双手却虚虚地搂着他的脖颈，乖乖承受。

林述扬眉，突然觉得，乔西宁真情实感些好像也没有什么不好。

不过……

林述扣住乔西宁的双肩，将她从自己身上拉开了些，沉着声音问："你做什么？"

"我亲你呀。"她眼圈红红地瞪他，"干吗，你还不给亲了？"

她在他喉结上留下不少痕迹。不知道她是不是故意的，牙齿轻咬起皮肉，啜了几下，印出一个个草莓印。

林述的气息有些重，一把抱起乔西宁，搁在旁边的沙发上。

"你去哪儿？"乔西宁迅速反应过来，一把拉住他的手。

"洗澡。"

洗澡？不是洗过了吗？

浴室的门被带上了，门板震动。里面很快传来水流声，还有一阵轻微的喘息声。

乔西宁很快反应过来，脸猛地一红。

她咬了一下嘴唇，趿着拖鞋往浴室走。她越靠近，越能听到里面的声音。水流声，低喘声，还有一点儿说话的声音。

说话？

里面又没人，他和谁说话呢？

乔西宁一顿，偷偷摸摸地凑近磨砂玻璃，企图听清楚里面的声音。

"刚刚车里太黑了，我都没看清楚你喷的是什么，还挺管用的，手不那么疼了。你在干吗呀，怎么都没回我消息？

"林述？

"林述，你在家吗？"

…………

乔西宁整张脸跟煮熟的虾子似的，瞬间爆红。

这不都是她之前和林述发语音说的话吗？

林述还懂得播放语音，看上去还挺熟练的。

乔西宁轻轻揖住自己的眼睛，又伸手扇了扇脸上的热度，羞赧又失落。

她真人就站在这里，林述宁愿听语音？

乔西宁抬脚，用脚尖踢了踢磨砂玻璃门，玻璃门纹丝不动。

好家伙！居然还锁上了！

乔西宁垂眸，咳了几声清嗓子，用指尖捏住喉咙，嗓音放得娇娇的："哥哥。"

没有动静。

水流声骤停。

嗯？就停了？

吧嗒一声，门被人从里面打开了。

冷气往外涌动，乔西宁立刻感受到一阵凉意，浑身一缩。

乔西宁清清楚楚地看到林述此刻的模样——发间的水流顺着他脸颊两侧流下，在下巴处汇聚。八块腹肌壁垒分明，身上只套了一条裤子。

他伸手，用手背随意地擦下巴上的水珠。

林述对外一直特别冷淡，对乔西宁倒是温柔，但甚少有侵略性这么强的时候。

"林述，"乔西宁慢吞吞的，"我……我突然想起那什么，玫瑰花还没放进花瓶里呢，我先去放一下。"

她转身就逃，手腕却被人从后面扣住了。

乔西宁被身后的一股力一扯，整个人往后趔趄了一下，撞入熟悉的怀抱。

"你跑什么？"

林述的手臂伸直，手掌抵在门上，将乔西宁堵在门板和自己的胸膛之间。他微微低头，炙热的气息逼近，乔西宁下意识地偏头，他滚烫潮湿的唇顺势贴上了她薄软的耳垂。

乔西宁伸手抵住他的胸膛，结果摸到一手冷水，还有肌肉的触感，没忍住叫出声："啊！"

腰间的手掌宽厚炙热，热度透过单薄的吊带裙一寸寸传了过来。乔西宁下意识地扭了一下身体，想要摆脱这样的束缚。

又冷又热，她有些不舒服。

"林述！"

双脚悬空的失重感让乔西宁猛地惊呼出声，手掌下意识地搭在他的肩上。她整个人被他直接抱了起来。

"你……"

乔西宁低头，炙热的吻早她一步落了下来。

林述一改最开始的温柔，咬住她的唇，长驱直入。

她的吊带裙不知不觉卷上了腰际，露出的肌肤莹润白皙。冷空气入侵毛孔，乔西宁感觉冷，身体下意识地直往林述怀里缩。

"林述，我冷。"她的声音有些颤抖，又有些委屈。

乔西宁微微俯身，整个人埋在林述的肩上，搭在他后脖颈的手指不自觉地蜷起。

第二天，乔西宁是被食物的香气勾醒的。

她身旁的被褥平平整整，没有一丝褶皱，身上盖了两床被子，重重地压着她，差点儿喘不过气。

乔西宁揉了一下惺忪的双眼，边叫着林述的名字，边往外走。

林述背对着她站在餐桌旁，阳光透过落地窗从高处洒了下来，笼罩着他，他像是真的在发光一样。

乔西宁走过去，从后面抱住他，树袋熊似的，牢牢挂在他身后。

林述抓住她的手，低声问："怎么了？"

"林述，"乔西宁蹭了蹭他，问，"我昨天没抢你被子吧？"

以前就经常有这样的事情。乔西宁被热醒，醒来就发现林述的被子被她紧紧地抱在怀里。

林述大概也想到了以前，笑道："我早上盖在你身上的。"

乔西宁"哦"了一声，看了一眼桌上摆着的早点，跟他撒娇："你喂我。"

林述在椅子上坐下，低头看着乔西宁："哪个？"

乔西宁随手指了一下。

"我待会儿要过去方新雨家，你要跟我过去还是直接去教堂？"话刚问出口，乔西宁立刻否决，"你去教堂吧，在那里等我过去。"

方新雨家里都是伴娘，看到林述，指不定又会变成什么样。

乔西宁咬住了林述递来的食物，开口说道："那我就先走了。"

她去衣帽间整理好带回来的礼服，和林述告别之后，便提着礼服出门了。

迎亲一般都在新娘家。

方家是这两年新起的新秀富豪，方宅坐落在近郊。从公寓过去，大概十几分钟的车程。

方新雨原本正在上妆，一看到乔西宁，立刻转过头来和她打招呼。看到只有她一个人时，有些失望地问："林述没来呀？"

明明那天说好的，要带林述一起来参加她的婚礼。

一旁的化妆师抬眼看了过来。

"不是吧？"乔西宁觉得好笑，"你穿这么漂亮，不让顾简第一个看到吗？"

方新雨争辩："偶像来参加自己的婚礼，这种幸福谁体验谁知道！"

乔西宁无语："你这话还是别让顾简听到了。"

方新雨嘟着嘴。

乔西宁帮她整理了一下婚纱，说道："放心吧，林述会来参加你的婚礼的，晚上婚宴就介绍你们认识。"

"那我还要他的签名。"方新雨讨价还价。

乔西宁耸肩："他好像从不给人签名。"

"你说，他肯定就听。"

那天在包间里，方新雨前前后后听了很多，差不多也了解了一些乔西宁和林述的事情。

乔西宁笑了一下："那你可真看得起我。"

方新雨小声哼哼："那不是林述喜欢你吗？"

乔西宁的长相和性格让她很快就能和人打成一片。不到半个小时，她就和方新雨的伴娘团混熟了，在迎亲的时候，还教唆伴娘团一起狠狠刁难了顾简一把。

"姑奶奶、姑奶奶……"

顾简求爷爷告奶奶地哄着，心里后悔怎么会请她当伴娘给自己找事，连忙多塞了几个红包给她，低声说："拿去给你家林述买糖吃，你就行行好放我吧。"

乔西宁不屑地嗤笑："你以为林述是小孩子，和你一样爱吃糖呀？"

顾简求饶："那你自己拿去买糖吃。"

"行吧，"乔西宁收下了，"看你今天大喜的日子，我就不多刁难你了。"

顾简心想：你已经刁难了好吗？！

乔西宁跟着婚车去了教堂。

亲属坐在最前面，往后是过来参观婚礼的朋友。

乔西宁手里拿着给方新雨的捧花，从外面进来时，一眼就看到坐在椅子上的林述。他坐在最角落，又一直低头看着手机，倒也没被旁边几个围在一起说话的年轻人认出来。

乔西宁走过去问："你看什么呢？"

在她印象里，林述是不太依赖手机的，也没见过他看得这么认真的样子。

看到他给自己发了好几条消息，乔西宁愣了一下，怕他多想，忙和他解释："我的手机放在休息室里了，没带在身上。"

林述收起手机，扫了乔西宁一眼。

她这会儿只穿了一件薄薄的淡紫色礼服，手臂的肌肤都露在外面。

林述皱眉问道："冷吗？"

乔西宁摇头："我们基本都在室内活动，不冷的。"

林述抿了一下嘴唇，伸手就要脱下自己的外套。

"你别，"乔西宁拦住他，"大家都这样穿，你让我穿个外套像什么样呀？"

有个进门的伴娘朝这边看了一眼，喊道："西宁。"

乔西宁应了声："来了。"

林述听她的没脱外套，只是问了句："朋友？"

乔西宁点了下头，顺便将身上携带的红包递给林述："顾简给我的红包，给你。"

林述没接。

"你接着呀，"乔西宁往前伸了伸手，催他，"拿去给我买糖吃。"

自己买糖算什么，要吃就吃男朋友买的糖。

"不用顾简的钱，"林述说，"我可以给你买。"

乔西宁笑眯眯的："我知道呀。"

"但他给的，不拿白不拿。"乔西宁神色自然，毫不含蓄，"你就当他先给的份子钱，正好让你买糖给我吃，之后我让他再交份子钱。"

这份子钱说的是什么，不言而喻。

见林述愣着没动，乔西宁将厚厚的红包塞到他怀里："你好好在这里待着，我先去和他们汇合了，等结束了我再过来找你。"

林述侧身，盯着乔西宁走远的背影，又看了一眼自己手上的红包，想到她刚刚说的份子钱，嘴角微微勾起。

原本看上去碍眼的红包也不是那么碍眼了。

宣誓、交换戒指的仪式一眨眼就过去了，很快就到了扔捧花的环节，一群人跟着新娘往教堂外走。

"林述。"

旁边有几个人已经认出了他，小声交头接耳。乔西宁急忙走过去，把人拉到一旁。

乔西宁和他商量："等会儿要扔捧花了，你说我要不要抢捧花呀？"

林述不懂："为什么要抢？"

"就是，"乔西宁估计林述也不太理解女孩子的仪式感，就和他解释，"有这样一种说法，在婚礼上抢到捧花的人，下一个结婚的就会是她。"

林述看着她，眼神复杂。

她第一次说这些话的时候，他其实没太当真。就好像前几年，乔西宁说着最喜欢他，也能够毫不犹豫地转身离开。

可她现在一而再再而三地提起，表情和语气都很认真。

林述清晰地察觉到，自己的心跳剧烈。

"我帮你抢。"他沉默了几秒，说道。

"你抢什么抢？"乔西宁觉得好笑，"只有女孩子能抢。"

她的余光瞥见外面一群人都已经准备好了，方新雨左看右看，似乎是在找她。之前在休息室的时候，方新雨就让她找个好一点儿的位置，再把手捧花扔给她。

"要开始了，"乔西宁对林述说，"我先过去啦。"

旁边围了一圈凑热闹的，但乔西宁想林述应该不会凑这种热闹，便转身朝外面走。

一看到乔西宁，方新雨连忙拉住她："你刚才去哪儿了？都找不到你。"

"和某人说了一下话。"

方新雨拉长尾音，笑得很暧昧："哦——某人。"

乔西宁："……"

"你快点儿去找个位置吧，我要开始丢捧花了。"

前面有利的位置差不多被占了个七七八八，乔西宁只能尽量往前靠。

方新雨转身看了一眼，问道："都准备好了吗？我扔了啊！"

话音刚落，厄瓜多尔玫瑰在半空中划出一个流畅的弧度。

乔西宁眼睁睁看着手捧花从自己头顶飞过，速度快得她都来不及踮脚伸手去拿。

一群人跟着手捧花的弧度转身。

最后面的角落站着个人，那人手一伸，轻易便将捧花捞进了怀里。

乔西宁震惊在原地。

她怎么也没想到捧花居然落在了林述的手里！

旁边有人发出小小的惊呼。

林述拿着手捧花，抬脚走了过来。

他当着顾简和乐向晚的面，当着方新雨的面，当着在场所有人的面，走到了乔西宁面前。

"林述，"乔西宁抬眼看着他，"你怎么站在那里，而且还接到了捧花？"

林述直接将捧花递到了乔西宁面前："给你。"

周围又爆发出一阵尖叫声。

有几个人甚至还拿出手机准备拍摄。

"别拍，别拍，"方新雨连忙制止，"别拍摄。"

林述和乔西宁自己都还没公开呢，曝光到网上算怎么回事？

参加婚礼的都是亲朋好友，倒也给方新雨面子。手机是收起来了，心里却止不住尖叫。

乔西宁感觉脸发热。

她刚才都说了没有男性接手捧花的，没想到林述会为了她去接这个手捧花。还第一时间就把花递给了她。

他想要表达的意思不言而喻。

她看着林述的眼睛，笑着接过了玫瑰花。

晚上还有婚宴。

有些宾客是特地赶过来的，顾简便包下了旁边的一家酒店，让宾客暂作休息。

林述和乔西宁下楼的时候，婚宴还没开席，两个人找了个角落坐下。大荧幕随机播放着顾简和方新雨的婚纱照，乔西宁看得津津有味。

"拍得还挺好的。"乔西宁点评道，"顾简这家伙，平时总不做些正经事，认真起来倒还挺不错的。"

林述偏头看她。

乔西宁手托腮，看着大荧幕上一帧帧播放的照片，眼睛发亮，看得专注又认真。他不知道她只是在观看，还是在观看中产生羡慕的情绪。

察觉到林述落在自己脸上的视线，乔西宁偏头问："你看我干吗？"

"羡慕？"林述问。

乔西宁一怔，不太理解林述怎么会突然问这个问题。没等她回答，林述已经伸手，握住了她放在桌上的手。

他的嗓音很低，语气是说不出的认真，像是在做出承诺："不用羡慕，我会给你更好的。"

婚宴厅四面都有大荧幕，全方位音响音乐环绕，一下一下撞击着大家的耳膜。

乔西宁却清清楚楚地听到了林述的话。

他说："不要羡慕，我会给你更好的。"

乔西宁眨了眨眼睛，反握住林述的手，道："我信你。"

林述从来都不是话很多的人，"只做不说"这个词可以非常贴切地形容他。

从他嘴里说出来的，那必定是会做到的。

周围的空位上渐渐坐满了人。

年长的都坐到了前面，这个角落坐的都是一些年轻人。他们知道林述，也听过乔西宁的名号，目光总是会有意无意地落在两人身上，虽然好奇，却也没有人敢上前搭话。

会场内的灯光"啪"地暗了下来，追光灯打到了会场入口处。方新雨穿着婚纱，挽着顾简的胳膊，在欢快的音乐声里走进了会场。

周边不少人拿出手机，录制视频和拍照。

乔西宁拿出手机，跟着拍了几张照片，传到了群组后，又到大号上传了九宫格照片。

乔西宁："参加某人的婚礼。"

底下迅速冒出评论——

"是顾简的婚礼吧？！"

"听说林述也在现场，宁宝，真的假的？你看到真人了吗？是不是真人比较帅？"

"我姐妹前几年在剧组打杂的时候，近距离看过林述一次，说是帅到昏厥。"

乔西宁看了一下评论。

大概有人提到在顾简的婚礼上看到了林述，倒没提起她。

乔西宁莫名地放心了些。

"西宁，你看什么呢？"方新雨的声音突然冒了出来。

乔西宁抬头，才发现顾简和方新雨手里拿着酒杯，不知什么时候站在了他们这桌旁边。

到了敬酒环节，乔西宁抱歉地看了他们一眼，说："林述不能喝酒。"

方新雨暧昧地看她。

顾简哼哼："知道，让他以茶代酒。"

考虑到有些人不喝酒，每张桌上特地摆了茶壶和配套的茶杯。酒杯碰上茶杯，发出清脆的声响。

方新雨兴奋到不行，一会儿瞅林述，一会儿瞅乔西宁。当她的视线落在乔西宁脖子上的时候，瞳孔突然放大，而后凑近看了个仔细。

"你干吗呢？"看到方新雨对自己使眼色，乔西宁大惊失色，"你的眼睛抽了？"

"什么呀。"方新雨翻了个白眼，凑到乔西宁耳边，轻声开口，"你脖子上好多痕迹。"

乔西宁飞快地捂住自己的脖子："不是，你怎么看到的？"

方新雨揶揄："很明显呀。"

昨天林述一直流连在她的脖颈上，留下了好几道印记，都很深。她早上出门前，特地打了好几层粉。

估计是忙碌一整天，加上下午和林述搂搂抱抱又蹭到了，痕迹就露出来了。

也不知道被多少人看到了。

"西宁，"方新雨怜爱地看她，"辛苦你了，当了我一天的伴娘。"

"你想什么呢！"

方新雨根本没听，满眼憧憬和兴奋："这是什么神仙爱情，我命令你们马上去结婚！"

乔西宁："……"

"我是草莓印，我证明你们是真的！"

顾简站在一旁，一言难尽："你是草莓印，我成什么了？"

乔西宁没忍住，"扑哧"一声笑了出来。

方新雨还想再说："我……"

"行了，你别说了。"乔西宁连忙制止方新雨继续发表言论，拉过林述的手，为她介绍，"这是林述。"

"这是方新雨，"乔西宁对林述说，"我和你说过的。"

林述轻轻点了点头。

方新雨一脸严肃地看向顾简："顾简。"

顾简没好气地说："干吗？草莓印还能说话？"

方新雨一噎，大发善心不和他计较："请你允许我暂时'出轨'五分钟。"

乔西宁再一次震惊了。

出轨还能当人面的？还出轨五分钟？

方新雨也不等顾简说话，两眼放光，盯着林述，开始了自己作为粉丝对偶像的表白。

"林述，我真的太喜欢你了，呜呜呜！"方新雨眼巴巴瞅着林述，"我待会儿能和你合个影吗？"

早上婚礼过后是有来宾合照的，不过都是大合照。方新雨不满足，好不容易见到林述一次，不来张私人合照怎么行呢？

林述看向乔西宁。

乔西宁一顿，对方新雨说道："那待会儿我也一起吧？"

方新雨是聪明人，一眼就看出来了乔西宁在帮忙，连忙点头："行呀，行呀，一起拍照。"

顾简在旁边跟个工具人似的站着，这会儿不耐烦地开口："好了没有？方新雨，去别桌了。"

"凶什么凶？！"

方新雨骂他一句，拿着酒杯跟他往别的地方走，还不忘依依不舍地回头看了林述和乔西宁几眼。

婚宴无非就是吃吃喝喝，时间很快过去。

方新雨特意找了一处地方，准备和林述合照。

拍了两张后，方新雨偷偷摸摸地戳了一下乔西宁的腰。

"怎么了？"乔西宁问。

方新雨凑过来，小声说："拍了两三张照片，林述每一张都在看你。"

乔西宁早就知道他这副样子，倒也不诧异："你要我去和他说一声吗？让他不要看我去看镜头？"

"不要，"方新雨连忙摆手，笑得很灿烂，"这些可都是糖呀。"

乔西宁："……"

是她忘了，方新雨的"脑回路"与常人不同。

"好了吧？"看方新雨检查照片，乔西宁拍了拍她的肩膀，"林述待会儿还要回剧组，我们就先走了。"

方新雨摆手："行，你们赶紧走吧。"

坐在车上的时候，乔西宁满脸困倦，打了个哈欠。

昨天闹得晚，这天又没好好休息。

林述扣住她的手，低声询问："困了？"

乔西宁点头。

"回去休息？"

"不要，"乔西宁摇头，"说好要送你去机场的。"

乔西宁一个侧身，整个人窝进林述怀里，脑袋刚好靠在他的肩膀上："去机场要十几分钟，我靠在你的肩膀上睡一会儿就好了。"

林述"嗯"了一声。

乔西宁不放心地嘱咐："到了的话记得叫醒我。"

她就是怕林述看她睡得太香，不忍心叫醒她。

林述没回答。

乔西宁固执地攥住他的衣服，要他给一个确定的回答："你说话呀。"

但估计是太困了，她的下巴靠上林述的肩膀就睡了过去。睡过去的前一秒，她也没等来林述的回答。

乔西宁在睡梦中感觉到一阵颠簸，幽幽地睁开眼，手上抱着的不是林述的胳膊，而是一个蓝色抱枕。

叮咚——

她的手机传来一条新消息。

"我上飞机了。"

乔西宁恨恨地捶了一下车座。就这十几分的时间，这么短短的一段路，她怎么就睡着了呢？都没能亲自送林述上飞机。

"小姐，"家里的司机问她，"回老宅还是回公寓？"

"回公寓。"

休息了十几分钟，乔西宁的精力恢复了些。

她刚点开手机，消息便疯狂地跳了进来。

方新雨发了一张图过来："哇，我吐了，一句脏话送给她。"

乔西宁一脸蒙："啥？"

方新雨又甩来几张截图。

实时"热搜"上，全是和林述有关的新闻。

乔西宁用五六分钟理清楚了，上次炒作的林琪，这次又和林述扯上了。两个人被拍到同一班机，头等舱邻座……

网友在图片下方留言——

"点击动图收获爱情。"

"林述和林琪'锁'了。"

"我的男朋友可以是假的，但我粉的情侣一定是真的！！！"

粉丝也是迅速闻风而来。

"也不红，就爱蹭？"

"嘻，不蹭没有'热搜'上。"

乔西宁回到公寓，边回复方新雨，边刷消息。

一个小时后。

林述待在"热搜"第一的"沸"，直接变成了"爆"，搜索量是其他"热搜"的好几十倍。

乔西宁的眼皮突然一跳，点了进去。

林述工作室："老板娘是圈外人，谢谢。//@林乔szd：林述什么时候和琪琪结婚呀？"

一条微博，瞬间引爆网络。

乔西宁点开评论。

底下一开始全是乐呵呵地嘲笑林琪——

"笑死了！惨遭工作室打脸！！！"

紧接着，评论画风一转——

"老板娘是圈外人？什么意思？啊啊啊，我不相信！！！"

"我的天，我心脏不好。"

方新雨又狂发几条消息过来。

"这是公开了吧？

"是林述的意思吧？！工作室发的那些话。"

乔西宁的心止不住地狂跳。

这个时间点，林述应该才下飞机。但没有林述的示意，工作室又怎么可能会发那样的话。她想也没想，就拨通了林述的电话。

铃声响了大约两三秒，林述那边嘈杂的背景音就传了过来。

"林述。"乔西宁往后仰躺在柔软的被褥上，叫了一声他的名字。

林述应该是刚下飞机，呼啸而过的风声清晰，涌动的车流声模糊。纷乱下，他的声音也显得十分清晰："怎么了？"

乔西宁想了想，还是先提别的事情："我刚刚在车上不是和你说了吗？到了机场叫醒我，你怎么就自己走了？"

她还牢牢记得，他当初说自己是一个人的那句话，还想着以后无论怎么样都不想让他一个人了。

他去外地拍戏，她就送他离开，在这里等着他回来。等他回来后，她每时每刻都要和他待在一起，反正怎么样都不分开。

林述轻笑了一下："看你睡得很香，没舍得叫你。"

这部电影投注了方竟不少心血，场景追求极致美，逻辑完善，务求每一分都演出人物本身的灵魂和血性，后期也会往取景点到处跑。

如果乔西宁不过来，估计没什么见面的机会。可看到她眼睑处的乌黑，他下意识就不想叫醒她。

乔西宁一顿，又问："'热搜'上的事你知道吗？"

林述的语气平静："我刚下飞机。"

林述本就不是时时刻刻拿着手机的人，何况是在飞机上。如果不是乔西宁恰好打了电话过来，估计回酒店了他都不会把手机拿出来。

"你在飞机上，是不是和林琪坐邻座了？"估摸着林述把人忘记得差不多了，乔西宁又补充，"就上次我们去吃饭，想和你炒作的那个。"

林述没有丝毫犹豫地说："没有印象。"

乔西宁一噎，然后问："你上飞机前，都没注意旁边坐了谁吗？"

林述沉默了。

这就是没有的意思了。

乔西宁忍不住笑出声："你对她是没印象，人家可是专门抓着你炒绯闻。"

提到这个，她才想起自己打这通电话的目的。

"林述，你工作室说的那番话……"

她停顿的时间太长，林述皱了一下眉，问："什么话？"

"就是'老板娘是圈外人'那种话，是你让他们说的吗？"

听到这儿，林述向旁边的工作人员借来了手机，粗略地浏览了一下。

"林述？"乔西宁问他，"你在听吗？还是你在忙？那我等会儿再打给你？"

"不是。"

乔西宁怔了一下，反应过来林述是在回答她刚刚的问题。

——是你让他们说的吗？

——不是。

乔西宁突然想起前几年交往的时候，林述要公开，她非要藏着掖着，谈恋爱都像是在偷情。

而现在……两个人的立场就此调换了。

林述连承认恋爱都不想了。

明明前不久他还问过她想不想公开。

"但是是我的意思。"

林述不咸不淡的声音，将乔西宁的一颗心轻轻地提了起来。

"什么意思？"她的喉咙干涩起来。

"上飞机前和他们说了澄清，"林述低笑了一下，"只是没想到他们会那样说。"

林述对镜头天生敏感，候机的时候就发现了不对劲。演艺圈里炒作是常有的事，林述往常都不会太在意。这种事情往往说不清，越想解释清楚，越容易引人遐想。

可他说了自己是她一个人的，便不想让她再有一丁点儿误会。

乔西宁的语气很严肃："可是林述。"

"什么？"

"不是说电影期间不能'宣发'吗？你这样子，方竟那边不好交代吧？"

林述又笑了一下："宣发不是你理解的那个意思。"

"林述，"乔西宁的耳朵有些红红的，"我发现你最近爱笑了。"

他笑起来的声音很好听，低低哑哑的，听着酥麻了她半边耳朵。

乔西宁下意识地伸手捂住自己的耳朵。

林述没说话。

乔西宁再一次听到那头传来的笑声，知道他最近确实心情很好。

"我问你，"乔西宁想转移自己的注意力，也的确好奇，"不然你说的'宣发'是什么意思？"

"是和电影有关的。"

是不对外透露任何与电影内容有关的消息，包括剧照、剧本情节等。不是乔西宁理解的，对明星本人也有要求。

乔西宁忍不住在心里把安夏骂了一通，都怪她的错误引导，害她真以为在拍摄期间，演员不能传出任何新闻消息。

手机突然传来电量告急的声音，乔西宁不耐烦地"啧"了一声。

林述捕捉到了她的情绪，问道："怎么了？"

"我的手机快没电了。"

林述沉默了一下，说道："你挂电话。"

乔西宁哼了一声："就知道你要这样说，本来还想和你多说会儿话的。"

林述在某些方面真的特别有"爹系男友"的潜质。比如一直对乔西宁强调，充电不能玩手机。

"那我挂电话了。"

"嗯。"

他等了两三秒，也没有传来挂断电话的声音。

"哎，你真的是，"她吐槽，"连让我等你挂一次电话的机会都不给。"

那头没有声音，只有轻轻的呼吸声。知道林述是要等自己挂断电话，乔西宁也没扭捏，挂了电话。

她将手机放在床头充电，拿起换洗的衣物进了浴室。

她再出来的时候，已经是一个小时后了。

她刚贴了片面膜，出来就看到手机在持续振动。

全是方新雨发来的消息。

"点击视频收获你的绝美爱情。

"除了窒息我没有什么好表演的了，除了羡慕我也没什么好说的了。"

乔西宁发了一串问号过去。

"哎呀，你快看视频。"

乔西宁点开。

三分钟左右的视频，镜头一直在晃动，很不稳。一会儿是青苔小路，一会儿是宽厚的后背，周围是嘈杂的人群。

乔西宁觉得有些熟悉，没几秒她就认出那是林述。

旁边有人追着问。

"哥哥，工作室发的微博内容你知道吗？"

"圈外人是真的吗？还是只是为林琪挡枪的？"

林述的脚步微顿，看了一眼镜头，冷淡地说："不认识。"

这个不认识说的是谁，不言而喻。

"林述。"嘈杂的人群中，也不知道是谁隔空高喊了句，"工作室说的是真的吗？你真的谈恋爱了吗？"

没得到林述本人的回应，有些粉丝还是不相信的。

林述往外走，听到这话，再一次看向镜头，说："是真的。"

"你喜欢她吗？"

听到这个问题后，好几个人一同喊："你很喜欢她吗？！"

"喜欢。"

林述看向镜头，像是透过镜头，直直对上了乔西宁的眼睛。

听到他像风一样温柔的声音，仿佛他就站在她的面前，认真而又笃定。

"想和她结婚的那种喜欢。"

视频在一遍遍地自动循环，乔西宁久久没有回过神。

林述认真且温柔的眉眼在眼前逐渐清晰。

世界好像变成了黑白的，只有他的那张脸落实到每一处细节，慢慢有了颜色。

"恭喜你，成了九千万人都嫉妒的女人！！！"

乔西宁如同被摁下了反应的开关，回过神来，点开微博。

"热搜"页面迟迟刷不出来。她等了五六分钟，页面才恢复了正常。

"热搜"第一：林述女朋友。

名叫"林述女朋友"的网友："现在心情有点儿复杂……有想过这一天，但没想到会来得这么快。我完全没见过他这么温柔的样子，这是真的有人了。"

这个视频被大量转载，底下的评论全是粉丝的羡慕。

乔西宁退出微博，点开和林述的对话框，突然很想和他说说话。她刚敲下三个字，冷不丁就看到了时间。

将近午夜，太晚了。何况他来回奔波，正是需要休息的时候，估计这会儿才刚到酒店，都没有看手机的时间。

乔西宁放下手机，洗掉脸上的面膜精华，掀开被子睡觉。

大概是她心里记挂着事，隔天七点多就醒了。

乔西宁的生活一直很悠闲。回国后创立自己的珠宝品牌，待在家里画画图纸，巡视自己的珠宝店，或者受邀参加一些时尚活动。没什么行程的时候，她就待在家里"长蘑菇"。

她边护肤，边和林述打电话。

"林述，你现在醒了吗？"

听到他开关门的动静，乔西宁改口："你要下楼去吃饭了？"

林述"嗯"了一声，问她："怎么这么早起？"

"没睡好，"乔西宁说，"等和你打完电话，我要是困的话，就再去眯一会儿。"

"在做什么？"

乔西宁拍了拍自己的脸，促进补水："护肤。"

放在化妆桌上的手机弹出新闻弹窗，恰好是林述恋情公开的消息。标题夸张，甚至把他未公开露面的女友传闻说成了已经私下领证。

乔西宁："……"

"林述，"乔西宁叫了一声他的名字，"昨天方新雨把你的视频发给我了，你说的那些话……"

林述静静地听她说。

乔西宁说："昨天你下飞机，被粉丝围堵时说的那些话，就是那句话。"

林述接话："想和你结婚的那种喜欢？"

乔西宁没想到林述自然而然地说了出来，心跳都漏了半拍。

她顿了两三秒，"嗯"了一声，问他："你怎么就说出那种话了？"

林述其实是一个含蓄内敛的人，可就是因为清楚他是一个什么样的人，一些不可能从他嘴巴里说出来的话，说出来才觉得杀伤力巨大。

"林述，"见他没说话，乔西宁又问，"你在听吗？"

林述的想法很简单："有人问，我就说了。"

乔西宁忍不住笑了："你怎么这么诚实？你不知道哄哄我，说那是你的心里话吗？"

"乔西宁。"林述安静了一下，突然叫她的名字。

乔西宁拍脸的动作一顿："啊？"

他的语气变得正经又认真，感觉他接下来要说出很重要的话，于是她也跟着认真起来。

"那的确是我的心里话。"

乔西宁眨了眨眼睛。她抬眼，对上镜子里自己那一双笑眼，语气都变得欢快起来："我知道呀，我刚刚逗你玩的。"

不是林述的心里话，他就更不可能那样说了。

乔西宁看了一眼时间，又问："你现在是不是要去片场了？"

"嗯。"

"那我不打扰你了，挂电话啦。"

"好。"

乔西宁挂断电话，洗了手后，又给林述发了条消息。

"你下戏了告诉我一声，我们再打电话，或者你直接打给我。"

没办法，异地恋除了视频和打电话，也没有什么其他纾解思念的方法了。

林述没回她。

乔西宁百无聊赖地刷着微信。这才发现昨晚快一点的时候，方新雨又给她发了两条消息。

"你现在要不上个大号丢张你们的合照，认领女朋友的称号？"

"天哪！只是想想我就激动得不行了！！我宣布，我是你们的头号'情侣粉'。"

乔西宁在键盘上一阵敲。

"不了，和他不想那么高调。而且我虽然算个公众人物，但是对演艺圈来说，的确是个圈外人，圈外人不是得都得好好保护隐私吗？"

换作以前，乔西宁虚荣心一发作，的确很有可能做出这样的事情，但现在的她不会。即使中间和林述分开了几年，她觉得自己多少懂一些他的心理了。

一旦曝光，势必会有很多人盯着她。粉丝也好，媒体也罢，林述的女朋友这个名头和名门千金相比，受关注的程度自然不相同。

这和林述的想法相悖。

林述最讨厌的就是她盯着别人看，或者别人盯着她看。

爱情大概都是一样的，想做一些合乎对方心意的事情。

她等了一会儿没等到方新雨的消息，猜测对方还在休息。

于是她也放下手机，回床上躺了一会儿。

她再次有意识，是被疯狂振动的手机给晃醒的。嗡嗡的，像有十万火急的事情。

乔西宁抓过手机看了一眼，是方新雨打过来的电话。

"喂。"乔西宁眯着眼，声音有气无力。

"你看微博了没？那个真的是林述的爸爸吗？怎么会说那样的话？！"

提到林述，乔西宁骤然睁开眼，盘腿坐了起来："我没看，怎么了？"

"你现在快去看，热度直接赶超恋情公开了。"

挂断电话前，方新雨又重复了一遍："那个真的是林述的爸爸吗？他说那种话，不是在害他吗？有哪个爸爸会做这样的事情呀？"

即使还没看到新闻，乔西宁的脸色也已经沉重起来。

听方新雨的语气，肯定不是什么好事。

林述连上了两个热门头条——"新娱乐对话林述父亲"和"林述女朋友"。

有一段将近五分钟的音频。

"林先生，你好。据了解，你是主动联系我们报刊的。你自称是林述的父亲，那请问你有什么证据证明自己的身份？"

"当老子的要证明是儿子的老子，还有这种道理？"男人的声音粗犷，显得很不善。

主持人明显也是一噎，然后说道："你之前打电话说的要揭开林述的真面目，指的是什么事？据我们大家所知，他在圈内的风评一向很好，合作过的前辈、后辈提起他都是称赞连连的……"

男人打断："那是你们都被他骗了。他十三岁就带着家里的钱跑了，现在在演艺圈混出头了，轻轻松松赚了那么多钱，却不赡养自己的老父亲，你说有没有这样的道理？这么一个不孝的人，你们还留他在演艺圈干吗？"

乔西宁有些听不下去了，摁了暂停。

底下的评论也是一个样——

"滚，我比你说的话更早认识林述。"

"这谁呀？林述拍第一部电影的时候，导演特地让所有演员家人来观影，他家里没来人，说了没父亲，母亲早逝，你算个什么东西？"

"不能证明你搁这儿说什么呢？视频我也不打算看了，林述做公益都是有目共睹的，不可能不赡养亲人，别到时候偷鸡不成蚀把米。"

乔西宁一个个点了赞。

一刷新页面，登时跳出一条新微博附带了一张照片。

微博内容："从新娱乐采访合照里翻出来的照片，应该就是穿套头衫的那个。说实话，无意冒犯哥哥的父母，但如果这位是真的，我很难想象出他能生出哥哥这种神仙儿子，哥哥小时候在家过的得是什么日子啊？"

乔西宁放大照片。

穿灰色套头衫的男人，看上去四五十岁的样子，五官很粗糙，面相看着很凶恶，不是乔西宁知道的沈家那位。

她是从王洋那里知道的，林述的母亲后来带着他嫁了人。

所以，这应该是他的继父。

乔西宁用小号加了林述的粉丝群，正打算继续听音频，粉丝群跳了一条消息出来："那个谁现在联合新娱乐在直播，是专门来毁林述的吧？"

粉丝现在都不确定他是不是真的和林述有关系，也不敢骂得太凶，统一以"那个人"来称呼。

有人直接发了直播地址。

乔西宁点了进去。

"鉴于部分网友表示不相信林先生的言论，出于林先生的自我请求，新娱乐特地开了这场直播。网友们有什么想问的问题，可以通过屏幕下方的评论区和我们互动。"

直播间人数直逼千万，花花绿绿的弹幕刷得很快。

"就这长相？你说你是林述的爸爸，我还说我是林述老婆呢。滚。"

"不是，说了这么多，也证明不了自己和林述的关系。说是父亲，总该不会连儿子一张童年照片都没有吧？！"

"照片证明？"男人拔高音量说，"我怎么没照片证明，我当然有照片证明了。"

男人拿出手机，一阵翻找后，将手机屏幕摆放在镜头前。

是一张合照。

玉兰树下，穿着旗袍的年轻女人，怀里抱着九岁左右的小男孩。照片有些掉色了，但依稀可以看出女人的风姿绰约，辨认出林述青涩稚嫩的五官。

"为什么我和他长得不像？

"林述虽然不是我亲生的，但我待他跟亲生的差不多。小时候他妈妈上班没空，都是我接送他上下学的……"

男人的嘴唇开开合合，犹如恶魔张开了獠牙，露出猩红的内颚。

"我和他妈妈是相亲认识的，人看着文静漂亮，又是大学生，一来二去就准备结婚了。结果新婚那晚，她拿着检验单告诉我她怀孕了。我那时候喜欢她嘛，想着以后再生一个也就算了……"

"死无对证，呵呵，你说什么都是对的。"

"消费逝世的人？举报了。"

"有些人的嘴别那么毒。"

"既然你口中的自己是个好父亲，那么一个好父亲就不可能会做出今天这样的事。"

"我看你不是这么甘愿忍耐的人，是林述妈妈给了你什么好处了吧？嘻嘻。"

经纪人王洋终于上线，发了一条微博内容。

"刚联系剧组人员，今天剧组进入深山老林拍戏信号不稳定，晚点儿才能联系上人。作为林述多年的经纪人，多少也是知道一些事情的，请林清先生即刻停止对林述的造谣，否则将依法追究您的法律责任。"

乔西宁莫名地松了一口气。

难怪他没回自己的消息，也没打电话过来。信号不好……应该就看不到网上的内容了。

网上闹得风风火火，不少路人对此保持观望心理。

直到将近下午一点的时候，突然一条微博直击林清。

"整理图书馆发现了一张旧报纸，把我给整笑了。因为家暴而进过派出所的林先生，早在十一年前就和林述断绝继父子关系的林先生，是怎么有脸站出来倒泼林述脏水的？"

报纸是当地的报纸，看着有些年头了，边角发黄。上面一大片文字，附带了一张照片。

满地都是酒瓶玻璃，混着血水。少年靠墙坐在地上，身体一动不动，眉眼低垂，眼神空洞。

他头上都是血，顺着额头、眉眼流下，清俊的五官被血色遮盖得模糊。

媒体配合少年受伤的照片，用大量的文字篇幅，批判着林清家暴的行为。

紧接着网络上又发布了一段采访视频。

背景是在老城区，楼栋破旧。房屋外墙上随处可见爬山虎。

"阿姨，请问你对之前住在三楼的林清一家还有印象吗？"

媒体把林清近期在网络上的直播截了几个片段播放。

视频里，头发花白的奶奶啐了一口："他怎么有脸说这样的话。整天不是抽烟喝酒就是打牌，全靠林瑜那个傻姑娘养着他……"

记者又问："他们一家的家庭关系怎么样？"

老奶奶摇了摇头："每天晚上几乎都能听到他家传来的动静。孩子七八岁大的时候，小孩子嘛，被打了还会哭，后来整个人都慢慢沉默了，看人的眼神都阴沉沉的。"

"林家小孩那个乖呀，学习成绩都是年级第一，回来还会抢着做家务。后来他妈妈死了，他好像也离家出走了，这么些年没见回来过，也不知道过得好不好。"

饶是乔西宁也忍不住低声骂了句脏话，心脏像是被木塞塞住了，难受得喘不过气。

她突然想起林述笑起来时，如同星河一样的眉眼。

那样好的一个人，他的童年不应该是这样的。

"林述有一种贵公子的气质，这事我真的没想到。"

"难怪哥哥一直对私生活三缄其口，微博也没怎么发过。"

"之前都在猜测是不是小时候遇到什么不好的事情，才能把那些特别悲惨的角色给演活了，原来是这样。"

"我哥小时候就是这样被你虐待过来的？"

视频投放的电视上，男人还在说，但终于暴露出自己最真实的目的。

"林述怎么样都要把这些年的赡养费给清了。"男人含糊地说，"我再考虑要不要就这样算了。"

乔西宁再也忍不住，直接动手转了新娱乐的微博。

"麻烦帮忙告知这位林先生，律师函不日送达。"

林述这件事情正好发生在周末，加上他一向备受关注，实时在线搜索的人非常多。

乔西宁的大号也是有很多粉丝的，这刚发布不久，一群粉丝立刻闻风而动，迅速赶来声援。

"你居然也是林述的粉丝！"

"乔大小姐喜欢林述，我也喜欢他，四舍五入我也是大小姐了，哈哈哈。"

"我记得乔氏的律师团队国内一流的吧！"

"啊啊啊，明媚大小姐和高冷演员，有没有人'产粮'？啊啊啊！！！"

"啊，这……哥哥已经有女朋友了，不太好吧……"

…………

乔西宁没再多看，随手打了个电话。

乔川很快接通："喂，西宁，怎么突然给我打电话了？"

乔西宁心里记挂着林述，直接开门见山："爸爸，我想和你借几个人。"

"就知道你有事，平时也不见你给爸爸打电话，"乔川说了她一句，问道，"什么人？"

"就几个律师。"

"借律师做什么？你碰上事了？哪个混账敢欺负我的宝贝女儿？"

"不是我被欺负，"乔西宁眨了一下眼睛，特别理直气壮，"有个人欺负我男朋友，我要告他。"

"男朋友？那下回你把程燃带回家吃个饭……"

"谁说是程燃了？"乔西宁说，"我男朋友长得比他帅多了，比他年少有为多了……"

乔川追问："做什么工作的？"

乔西宁也不知道父亲同不同意她和林述，便含糊带过："你之前见过他的。"

乔川偏要打破砂锅问到底："叫什么？我看看还有没有印象。"

乔西宁和乔川"叭叭"了几分钟，把林述夸得天上有地上无的，最后"哎呀"了一声，说："爸，你能不能别问那么多了？等我把他带回家你就知道了。我现在真的是十万火急的事情，你快点儿把我的电话给他们，让他们联系我。"

赶在乔西宁挂断电话前，乔川开了口："这个周末记得回家吃饭。"

"我再看看，"乔西宁迟疑了一下，才说，"可能我要过去找他。"

乔川："……"

他在心里默默给素未谋面的女婿记上了一笔。

乔西宁和几个律师沟通后，将事情委托给他们，又开始专心地盯着网上。

自从那张旧报纸被挖出来后，一切事情都得到了反转。

特别在最后，林清的狐朋狗友提起了林清多年来蹲局子的经历，和诋毁林述的动机——"他前些天在赌牌的时候看到了电视上的广告，当时我记得他还说了一句，长得和他儿子挺像的。"

"什么好爸爸？他儿子离家出走的时候，他找都没去找一下。十三岁的年纪，也不怕在外面饿死了或者是被人卖了。"

"一起打牌的时候听他说过，林瑜和他结婚之前，把这些年的存款都给他了，就为了结婚能给孩子上户口。"

"我听说他好像是欠了高利贷吧……"

联想到男人直播时说的最后一句话，一切都有了解释。

家暴本来就是所有人不齿的，更别说被家暴的还是小时候的林述。

这一切直接点燃了网友的怒火。

林清在同一天遭受到了成倍的反噬。

看到这个结果，乔西宁微微松了口气。

她的手机突然响了起来，是林述打来的电话。

乔西宁接起来："喂。"

山里的信号是真的不好，间隔了五六秒她才听到林述的声音："我刚看到你的消息。"

乔西宁的心一紧。

她不敢问，他声音里的疲惫是因为拍戏的疲倦，还是因为网上的事情。她发现自己这个时候突然有些词穷，说不出什么安慰林述的话。

一直是林述在迁就她，在哄她。

在乔西宁异常的沉默中，林述似察觉出了什么。

他的语气平淡："乔西宁。"

乔西宁条件反射地"啊"了一声。

"你知道了。"他的语气笃定。

乔西宁的眼皮猛地一跳，欲盖弥彰："知道什么了？你说什么，我刚刚睡醒，今天都还没上网——"

说完乔西宁恨不得扇自己一巴掌。

乔西宁放缓了声音，小心问："林述，你还好吗？"

以前在一起的时候，她不关心，林述也不会主动提起自己的家庭情况和过去。可在这天，他的过去，被林清以这样的方式曝光了。

林述靠着身后的树干，树皮纹理清晰。

他的手指摸到口袋里的打火机，摩挲了两下，语气里情绪不高："挺好的。"

不在意，自然也不会有其他的情绪。

乔西宁有些烦这样的感觉，只能隔着电话听林述的声音，不能伸手抱抱他。

"林述，"乔西宁咬了一下嘴唇，"你们晚上会回酒店吗？"

一阵电流声后，断断续续传来他的声音："估计会很晚。"

乔西宁有些失落地说："哦。"

"怎么了？"

"没有，我就问问。"

乔西宁开了外放，在手机上面一阵捣鼓。

没有听到她的声音，林述以为她在担心他的事情，道："别担心，事情已经处理好了。"

乔西宁沉默两秒，想到了那张扭转局势的旧报纸，慢慢地说："那张旧报纸……"

"王洋找人放上去的。"

乔西宁想到了采访："包括那个采访也是？"

听林述承认后，乔西宁没觉得好受，反而更心酸了。

林清这一出，为的就是在大众面前逼迫林述妥协，以达成自己的目的。毕竟公众人物，没人愿意被人过分探究自己的私事，还是那样不堪的过去。

可林述索性揭开自己的陈年旧伤，将过去自我舔舐的伤口暴露在大众面前。

没有经历过的事情，再怎么设身处地，也没办法做到完全的感同身受。

看着那些视频和文字，她就已经难受得喘不过气来了。她完全没办法想象，林述是怎么熬过来的。

"林述。"

"嗯？"

"你现在是休息时间吗？"

"怎么了？"

"你……可不可以……"乔西宁吞吞吐吐，鼓起勇气继续说，"我想知道你以前的事情，你可不可以告诉我？"

之前乔西宁对恋爱的态度很随性，只享受当下的快乐，从不会主动过问他的过去。可是现在，在了解了冰山一角后，乔西宁发现自己想要更了解林述。

他的童年，他的生活，他的过去……他所有的所有。

她全部想知道。

浅金色的光线跟着枝叶纹路晃动，从树叶的缝隙洒下来。林述垂下眼眸，细而密的睫毛在眼睑处扫出扇形的阴影。

"因为我发现，"乔西宁说，"我好像太不了解你了。"

她生活富足，父母恩爱。哪怕高中时母亲因为车祸离世，她也依旧是父亲捧在手心里的公主。

相比之下，林述的过去实在太苦了。

但他们之间，林述一直是被依赖、被倾诉的那一个。

可乔西宁也想成为被林述倾诉和依赖的对象，好的坏的他都愿意分享的那个人。

"我想要了解你多一点儿。"她说道。

万籁俱寂，世界像是被摁下了暂停键。

没听到他的声音，乔西宁罕见地心慌。

"如果……如果你不愿意说，"乔西宁急忙忙说，"那就先别说了。"

乔西宁心里暗暗懊恼自己不该在这个时候问。

这不是揭林述的伤疤吗？

"不是，"林述否认，语气平淡，"我在想，要怎么和你说。"

八岁以前，林述的生活和同龄人并没有什么不同。

不算亲近却也处处周到的父亲，温柔持家的母亲，以及活泼好动的儿子，构成了当下社会常见的三口之家。

或许在不久的将来，会发展成四口。

母亲的肚皮已经开始变得圆滚滚。听说，再过两三个月，他就能当上哥哥了。

可在他七岁这一年，他永远记得那一天。

11 月 26 日。

在他生日的前一天，在他兴冲冲地从学校赶回家的那一天。

他推开门，以往干净整洁的家里像是被歹徒入侵一般，洗劫一空，只剩满地狼藉。浴室里满地的水，蜿蜒流到了客厅。

空气里弥漫着浓浓的血腥味。

母亲意外流产，在医院躺了近一个礼拜。满怀希望迎接新生命的家庭，从此乌云笼罩。

林清回来得越来越晚，身上带着浓重的酒味，和陌生女人甜腻的香水味。

林述某天起夜，路过父母的房间，听到细小的交谈声。

"阿瑜，你手头还有多少？"

"还剩一点儿，怎么了？"

"坤子准备下海经商，我打算辞了这份工作，和他一起干。"

"为什么呢？"母亲的声音温柔，"现在的工作不是好好的吗？"

一阵沉默后，男人的声音又响起。

"你知道，星渡毕竟不是我的亲儿子，我一直期待能有个自己的孩子。"

小城人来人往，消息一传十，十传百。林清娶了个未婚先孕的女大学生，怀孕的媳妇意外流产，那些事在公司尽人皆知。

——星渡毕竟不是我的亲儿子。

很奇怪，听到这句话，林述没有任何震惊和难过。

好像本该就这样。

林清对待他的不亲近，林清摸他脑袋时的僵硬，对未出世的小宝宝却非同一般的期待……一切看似怪异的地方，都得到了解释。

窗外浓雾遮云，一点点吞噬月光。

林述静静地站在房间外，任由阴影笼罩，似一座雕像，和黑暗融为一体。

长大不需要任何预兆，只是一夜之间的事情。

林述渐渐变得沉稳冷静，也渐渐沉默。

大概是愧疚，林瑜将所有的存款都交给了林清，以支持他在事业上的运作。事业的成功，让林清很快走出丧子的痛苦，开始意气风发。

林瑜愁苦的面容上，也渐渐有了笑容。

可幸福从来不曾眷顾过她。

林清信任的兄弟卷走了所有的钱财跑路，步入正轨的生活如空中楼阁，一碰即碎。一朝体会过人上人的滋味，没人甘愿回到过去。林清失业又失意，开始花天酒地，烟酒不离手，身上永远带着劣质的香水味。

一切仿佛重演，又回到了林瑜流产的那个时候。

不，是比那个时候更严重的状态。

时间被拉了快进条，欢声笑语逐渐虚无，只剩下落在浑身各处的尖锐的鞋尖。

那是林述八岁到十二岁的全部记忆。

皮鞋的力道不轻不重，衣架抽人的疼痛像藤条打在身上，受力面积小，红痕遍布，轻轻碰一下都疼。

彼时林述的身体还没发育完全，力气太小了，林清打他就像是碾死一只蚂蚁一样简单。

林清的双眼猩红，神色癫狂，手里举着绿色透明的酒瓶，踢皮球一样踢着瘫倒在墙角的小少年。

身后，林瑜的嘴角满是瘀青。

"为你妈出头？"林清一下比一下用力，"也不看看自己几斤几两，就敢上来。

难怪你爸不要你们母子俩，原来是一早就知道你们贱。我以后就先打你，再打你妈。"

皮鞋撞击皮肉，没有一点儿声响。

"瞪我，还敢瞪我？"

林瑜突然尖叫一声，扑了上来。林述被她抱在怀里，他乌黑的眼睛紧紧盯着林清。

终于，林清踢够了，也踢累了，拿着酒瓶骂骂咧咧地转身离开。

世界安静了。

在学校，林述依旧是相貌好、学习好、人缘好的"三好少年"，世界澄澈干净。

回家后，单方面的殴打从未停止，压抑的气氛密不透风。

那段时间，林述听得最多的，就是林瑜讲述关于她的过去。

"我那时候多光荣，全县几年来唯一一个考上清大的大学生，去学校报到那天，整条街上都是欢送我的人。"

几年的婚姻生活磨灭了女人的聪慧与斗志。曾经扬名小城，被各大高校争相抢夺的女生，如今遇上家暴，连报警都不敢。

"你爸当初说过要娶我的，可他骗我……如果不是遇上你爸，如果不是为了生下你，我怎么会变成现在这样？

"要不是有你，林清也不会是现在这样。明明最开始，只有他愿意接纳我。

"你是他心里的一根刺呀。"

…………

林述成了所有过错的承担者。

林瑜的精神恍惚，说起过去，憎恶抱怨的眼神如影随形，会将自己的不甘与痛苦转嫁到林述身上。

他一动不动，任由可怜的母亲发泄。

可即使是这样，林述也从未想过，林瑜有一天会死，死在自己的面前。

林述十二岁的某天，着凉发了高烧，烧得迷迷糊糊的，整张脸又红又烫。林瑜趁林清酒醉的时候，拿了钱，带着林述去了医院。

她中途回来拿洗漱用品，被林清逮着了，疯了一样往死里踢她。

"那是我喝酒的钱，你就这么拿去给他看病了？"

林瑜做防护状，挡住脑袋和他争辩："那是我的钱。"

"还敢顶嘴？"

隔天林述从医院回来，看到的就是母亲虚弱地躺在床上，浑身上下一片青紫，没一块好肉。

林述双眼通红。

他刚要起身，林瑜拉住了他的手腕："别去，你打不过他的。"

林述沉默了。没人知道，他满心都是压不住的戾气，只想动手杀了林清。

"阿渡，对不起。"林瑜眼角的泪水滑进了乱糟糟的额发。

——对不起。把你带到这个糟糕的环境里，让你遭受不应该受到的伤害。

真的，对不起。

她声音很低也很轻，林述没听清："什么？"

"没什么，"林瑜摇头，"妈妈想吃街口转角的糖人，你去买一串给妈妈好不好？"

林述抿唇。

那是他自生活发生巨变后，看到过的母亲最温柔的眼神。

"我在你枕头里藏了点儿钱，林清把他的钱藏在了衣柜最里面的西装内袋中，你拿着这些钱，去……"

林瑜没有说下去，只是看着林述。

那时的他，并不懂母亲未说完的话，只轻轻地抽回手，转身下了楼。

那天糖人店的生意格外好，排了很多人。

林述的心跳得飞快，像是即将发生什么不好的事情。

"砰"的一声，重物坠地。

"有人摔下来了！"

前方突然传来一声刺破天际的尖叫。

林述想起母亲温柔的眼神，让师傅写了林瑜的名字，举着两串糖人就往家里走。老旧的楼栋聚满了人，每个人脸上神色各异，有可怜、有惋叹，也有恐惧。

"摔下来的是三层的那个女人。"

"阿瑜这姑娘可怜呀。"

四周叽叽喳喳的。

糖人落地，很快被人踩碎，发出嘎吱的声响。

有一段时间，林述的视野里全是红色。

林清回来后，骂骂咧咧："要摔也不摔远点儿，还能捞些钱回来。"

林述一直沉默。

警察后来做了调查，完整地重现林瑜当日的活动。

她上了天台，在上面站了差不多十分钟，干了什么已无从得知。而后她原路返回，一边下楼，一边低头给林述发消息——

"阿渡，别买了，你快点儿回来，妈妈带你……"

楼梯这边早有人做了简单的清洗，湿漉漉的。林瑜脚底打滑，失足踩空楼梯。

"阿渡，别买了，你快点儿回来，妈妈带你……离开。"

短信永远停留在此，还未发出去。

等处理好林瑜的后事，林述找到她说的地方，又根据平时观察林清的举动，找出了家里所有的藏钱地点和房契，带走了林清赖以生存的所有。

某天林清在喝醉酒回家的路上，被几个人蒙住脑袋一顿乱揍。

老城区的路没有监控，林清即使赖定是林述，也没有证据。

林述没有亲自动手，为自己，也为林瑜的那番话——拿着钱，一个人好好地过。

谁知道消失多年的人，在这天会突然出现。

电话那头，乔西宁吸了吸鼻子。

"这什么人呀？"乔西宁伸手擦了擦脸上的泪痕，骂道，"自己没用，只会往别人身上发泄怒火。"

"你别哭。"林述皱眉道。

那些往事都没有乔西宁的哭声来得让他心烦意乱。

在林述云淡风轻的诉说中，乔西宁突然福至心灵地明白，在谈恋爱的那个时候，他为什么随时随地都想知道她的去向。

因为他母亲的失约。

他买来了两串糖人，等来的却是母亲逐渐冰凉的身体。

乔西宁红着眼，抽抽噎噎的："林述，你现在真的不难过吗？"

"你别哭。"他叹了一口气，声音低沉温柔，"我现在抱不到你，别哭。"

听到他这样说，乔西宁的眼泪反而流得更凶了。

他总是这样，情绪从不外漏，独自咽下所有的苦涩与痛苦。

"早知道是这样，我就……"

"什么？"

"我就雇人去揍他一顿了，"乔西宁愤愤不平，恨不得自己亲自上场，"伤口不落在自己身上，他都不知道疼。"

林述轻笑了一下，说道："我打过他了。"

单方面的殴打停止在他十二岁那年。

林述在学校开始有意识地锻炼自己的身体。每天清晨六点从家里出发，绕着小城的外围负重跑圈，雷打不动。几个月下来，他的身体拔高，开始能够正面反抗和压制醉醺醺的林清。

如果不是那次气温骤降，他夜跑着凉导致生病住院，没有待在母亲身边，林清也不会肆无忌惮地家暴母亲，最终导致母亲去世。

最开始那几年，林述一直将母亲的死归咎在自己身上，从不肯放过自己。

可如今再提起这些事情的时候，他已然平静。

时间永远是治愈一切的良药。

"那怎么能一样！"乔西宁拍了一下桌子，站起来绕着房间走动，"你自己和我为你是不一样的！你知不知道？"

室内开了暖气，温度适宜。乔西宁脱了一件薄外套还觉得不够，甚至想去洗把冷水脸冷静一下。她心里像是有一团火，熊熊燃烧着。

"嗯。"林述顺从地应道，"不一样。"

他的声音低沉又温柔，带着不动声色的轻哄。

乔西宁突然感觉眼睛有些酸涩，是有多习以为常，如今提起才会这样平淡，这样不在意。

"反正，"乔西宁咬唇，瞪大眼睛说，"谁也别想再欺负你。"

她一顿，认真又嚣张地说道："以后谁再敢欺负我男朋友，说我男朋友一句坏话，我就打他。"

那头传来林述低低的笑声，像羽毛挠过耳尖，泛起细密的痒意。

"我认真的。"乔西宁的脸颊发红，跺着脚跟他重复，"你别笑，我认真的。"

"好，"他还是笑，却低声保证，"我也不会让人欺负你。"

乔西宁哼了一声，得意扬扬地说："才没人敢欺负我呢。"

乔川是个极其护短的人，一碰上乔西宁的事情，就会是霸道不讲理的性格——"我女儿说是什么，那就是什么。"

乔西宁又恰好继承了他的性格，也是"我不舒服你也别想舒服"的性子。

高调的行事风格，加上身世，历来都是她欺负别人，还真没别人敢欺负她。

"谁要是敢把我怎么着，我爸、我哥都不会放过他的。"乔西宁一顿，罕见地害羞，"你也不会的。"

没听到林述的回答，乔西宁抓了抓自己的头发，红着脸嘟哝："林述，你说对不对？"

他的声音沙哑："嗯。"

过往的伤害落在自己的身上，林述没有任何感觉。他像个天生的怪物，把苦难和伤害悉数咽下，没有痛感，也不曾有过喜怒哀乐。

可只是一想到承受那一切的人换成了乔西宁，他就狂躁得恨不得杀人。

乔西宁喊："林述？"

林述应她："你说。"

有道声音突然从电话里传来："述哥，导演有事找你。"

乔西宁抿了抿唇，在心里惊呼了一声好险。

刚刚她差点儿就告诉他，她打算过去找他。

幸好，幸好。

林述和那边说了句什么，才问她："你刚刚想说什么？"

"没什么，"乔西宁说，"既然方竟找你了，你就赶紧去吧，我挂了。"

"好。"

怕他猜到什么，乔西宁忙不迭又补充："等你晚上下戏了我们再打电话！"

乔西宁挂断电话，将手机扔在桌上，随手从衣柜里拿了几件衣服，塞进行李箱。初冬的衣服较厚，一两件毛衣和裙子就把空间占据了，拎起来还有点儿重。

她素来娇生惯养，一点儿事都嫌累得慌。

要不干脆过去那边再买？

她迟疑间，手机响了起来。

乔西宁没看来电显示，把手机抵在肩窝："喂。"

"下午一起出来逛逛？"是方新雨的声音。

乔西宁拒绝："你找顾简或者向晚吧，我就不去了。"

"不对，"方新雨纳闷，"我特地问过顾简和向晚，都说你最近有空呀。再说了，林述不是在外地拍戏吗？你怎么连逛街的时间都没有？"

乔西宁笑了一下，道："因为我要过去找他。"

"不是吧？"方新雨叹了一声，"你们才分开不到一天吧？"

乔西宁怔了一下："是吗？我以为过去十几天了。"

方新雨一噎，想到了什么，于是轻声问："因为那件事情？"

提到林清造谣的事，方新雨的愤怒也随之而来。

方新雨愤愤道："我也是第一次看到这种人，你说都做了那些事情了，还有脸出来说什么揭开林述的正面目，真是不要脸！

"林述说到底还是有些不方便的，你那律师函真的太绝了！气场一米八！我单方面承认你是最配得上林述的女人了！！！"

乔西宁笑道："那我谢谢你呀。"

方新雨也笑了："不客气！"

午后的阳光暖融融的，还亮得刺眼。

乔西宁轻眯着眼，回答她之前的问题："也不全是因为那件事。"

方新雨好奇："那是什么？"

"主要是我想他了。"

208

方新雨："……"

是她忘了，人家还是分隔两地的热恋中的情侣。

"你这次过去，是和林述住一间房吧？"

乔西宁没多想，随口道："不知道，到时候看情况。"

方新雨暧昧地笑了一下，说道："住一间房多好，酒店还有贴心的服务呢。"

不用问，乔西宁也知道她指的是什么。

"懒得和你说了。"乔西宁将放好的毛衣拿了两件出来，说，"收拾衣服呢，挂了。"

"哎——"方新雨看着挂断的电话一阵懊恼。

她还没说争取一晚抱俩呢！！！

乔西宁在微信上问了一下许江川，又结合林述说的话，改签了一个比较合适的时间。

她到酒店时刚好晚上九点半，剧组的人还没回来。乔西宁也不急着开房间，拎着自己的行李箱去了楼道。

等到手机电量告急，外面开始有嘈杂的脚步声，她才探出头。看到许江川拉住林述，似乎是和他说了句什么话。

许江川有意看了过来。

乔西宁朝他挥了挥手，示意他赶紧离开。

许江川做了个嘴形："过河拆桥。"

乔西宁用了自己百分之三的电量回他："会努力给你介绍小姐姐的。"

"行，我没什么问题了，"许江川对林述说，"那我就先回去了。"

林述等他离开，才从口袋里拿出房卡，放在感应锁上。他的手指修长有力，骨节分明，在灯下白得发光。

乔西宁看着他手背上起伏的青筋，不自觉地咽了咽口水，想到了方新雨的话。

"滴"的一声，门开了。

乔西宁抓住机会从楼道口冲出来，一路小跑着靠近他："猜猜我是……"

本该被她捂住眼睛的人，却突然转过身来。

乔西宁来不及刹车，一下子撞进了林述坚硬的胸膛。

乔西宁捂住自己的脑门，"哟"了一声："我还想给你个惊喜呢，你怎么突然转过身来了？"

林述抬手揉了揉她的脑门："听出你的脚步声了。"

哪怕身后的人再怎么轻手轻脚，林述还是第一时间就分辨出乔西宁的脚步声。

于是他迫不及待地转身，只是没想到乔西宁会突然撞上来。

林述揉头的动作放轻："撞疼了？"

乔西宁偷偷抬眼，看了看他发沉的脸色，小声说："其实……也不是很疼。"

只是女孩子嘛，在男朋友面前，一分的疼痛也会硬生生说成十分，就等着对方来哄自己呢。

林述扫了她的脚边一眼，低声问："行李呢？"

乔西宁乖乖回答："我放在楼梯间了。"

林述往楼梯间走："等很久了？"

"没有，"乔西宁跟在他身后摇头，"也没多久。"

林述一只手提着行李箱，另一只手牵着乔西宁进门。

《追捕》是动作片电影，林述基本不用替身，所以酒店房间里堆了不少治跌打损伤的药。

"不用那个，"乔西宁坐在沙发上，看林述手里拿出的小药剂，摆摆手，"真的不疼的，过一晚就好了。"

林述没理她。

他挤了一点儿在指尖，俯身，在她发红的脑门上轻轻摩挲，问道："怎么突然过来了？"

乔西宁仰头，视线所及之处，是他线条优越的下巴和微抿着的嘴唇。

她的目光直白："我想你了！"

林述收回手，药膏被他无情地丢在了桌角。

乔西宁抬着头，睫毛无意识地颤动。

林述俯身，双手压制住乔西宁的两只手腕，不轻不重地揉捏着。他撬开她的唇缝，狠狠地擦过挺立的唇珠，留下娇艳明媚的红。

乔西宁觉得自己这会儿像条哈气的哈巴狗。

舌头都伸了出来，喘不过气。

"林述。"

林述抬手，指腹擦过她的嘴角，声音低哑："什么？"

"你的梦想是什么？"

乔西宁的头发有些乱，薄外套在进门后就脱掉了，内里的单衣皱巴巴的。她的脸颊缀着红晕，眼睛亮亮的，看着林述说："我要帮你实现你的梦想。"

刚刚待在楼道里，乔西宁也不是真的在玩手机。

她搜索了一个问题：怎么治愈一个人受过的伤害？

答案五花八门。有的说无条件对一个人好，有的说帮忙实现梦想……

乔西宁左看右看，觉得适合一个一个来。本来她还想秘密运作的，结果亲吻后大脑缺氧，下意识就问了出来。

　　林述深深地看着乔西宁。

　　乔西宁被他看得有些心慌："你别这样看我，你说话呀。"

　　她重复地问："你的梦想是什么？"

　　林述握住她的手，和她十指紧扣。

　　四目相对，他嘴唇微动，眼睛也在告诉她答案。

　　"你。"

　　——你的梦想是什么？

　　——你。

　　——是你，从来都只是你。

　　乔西宁完全没想到会是这个答案。

　　千万个答案中，她没有想到，他只是单纯想要一个她。

　　半晌后，乔西宁反握住林述的手，轻轻笑了一下，说："林述，以后一定会有很多人羡慕你的。"

　　林述看着两人交握的手，声音沙哑地问："什么？"

　　"因为你将……"乔西宁回视他，缓慢地说，"一直拥有梦想。"

　　林述明白了她的意思，低低地笑了一声："好。"

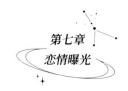

第七章
恋情曝光

酒店房间只开了一盏壁灯，昏黄又朦胧。

乔西宁保持着仰头的姿势，目光略过他线条流畅的下巴，柔软厚薄适中的唇，还有低垂注视着她的眼睛。

她的肚子突然"咕"地响了一声。

林述的手指摸上她的肚子："饿了？"

"可不是嘛，"乔西宁点头，"我中午只吃了个蛋糕，然后就上飞机了。"

林述知道的，乔西宁不吃飞机餐。

"来之前怎么不吃饭？"

"怎么吃得……"乔西宁猛地一顿，神色不自然，有些悻悻的，"没胃口嘛。"

她一整天都在担心林述，知道他的过去后，心疼，气都气饱了。她满脑子都想让林清付出代价，怎么可能还有精力关注自己的肚子。

乔西宁偷偷抬头，看到他发沉的脸色，紧张起来。

她知道自己一整天不吃饭是不对的，又怕林述生闷气，便轻轻拉住他的手指，说："我们待会儿去外面吃好不好？我饿了，你陪我出去嘛。"

说完她还觉得不够，又晃了晃他的手臂。

林述揽着她的肩膀，看了一眼外面的天色："外面有点儿冷，穿件外套再出门？"

这是同意她的提议了。

乔西宁看着他："我想穿你的。"

林述点头："那你自己挑一件。"

林述特别没有归属感。哪怕在酒店住了快一个月，洗后干净的衣服还是会收进行李箱，而不是选择挂进衣柜。

乔西宁坐在沙发上，远远地看林述从整理得十分整齐的行李箱里拿出几件外套。

"哎——"她叫住林述，"就那件黑色外套吧。"

林述合上行李箱，走过来，在她面前站定："伸手。"

乔西宁张开手，安静地任由他为自己穿上外套。

林述微微俯身，侧脸近在咫尺，半明半暗间，他冷硬的线条稍显温和。乔西宁没忍住，飞快地在他脸上亲了一下。

他脸上的温度有些冰凉，一如他这个人。

林述手上的动作没停，看着她："偷亲我？"

"这怎么是偷亲呢？"乔西宁说，"这是光明正大地亲，毕竟我太喜欢你了，偶尔克制不住自己。"

林述一顿，然后自然地帮她拉上拉链，直接拉到头。

乔西宁："……"

这是要勒死她吗？

"我喘不过气啦，"乔西宁咳了两声，"拉得太上了，不舒服。"

林述这才反应过来，将拉链往下拉了一点儿。

他的衣服有些大，衣摆遮住臀部，像偷穿大人衣服的小孩子。

"我酷吗？"乔西宁抬起手肘，摆了个展示肌肉的姿势，细胳膊细腿的，没有半点儿分量。

林述没理她。

他不知道又从哪里拿出一条黑色围巾，团成一个圈，就要往她头上罩。

"你干吗？！"乔西宁伸手攥住围巾，摸在手上都觉得热，"你是不是想热死我？"

围巾摸着很舒服，但是这种天气，还不到戴围巾的时候，也不知道他是怎么想的。

林述还拿着围巾不放："晚上温度有些低，你会冷。"

乔西宁："……"

有种冷，叫你男朋友觉得你冷。

"有那么冷吗？我都穿光腿神器了，还穿着你的外套，不可能还冷的。"她一顿，又说道，"再说了，只是吃顿饭就回来了。"

林述也不坚持，只把围巾拿在手上："走吧。"

乔西宁知道拗不过林述，也任由他拿着。反正她是不可能戴的。

下了楼，乔西宁的懒劲儿又上来了。

林述牵着她拐过一条街，附近只有几家火锅店和一家手工面店还在营业。对面的商业街倒是十分热闹，霓虹闪烁，人来人往的。

乔西宁喜欢热闹。

林述没多想，牵着她要过马路。

"不去那里。"乔西宁拖住他，下巴微抬，朝他们左手边的方向努了努，是一家面店。

店里没什么人，乔西宁挑了个角落，抽了纸巾擦了擦桌子。

面上得很快，清清淡淡的，飘着几根葱花和蔬菜，闻着还挺香。

她这会儿才真的觉得饿了。

乔西宁一只手握住筷子，另一只手捏住汤勺，等面凉一些了，再小口小口地进食。

坐在对面的林述倒是一动不动，眼睛直直地盯着她。

"干吗？"乔西宁吃着面，含混不清地说，"你看我干吗？吃呀。"

"我不饿。"林述将面推了过来，"给你。"

乔西宁刚刚一进门，风风火火就点了两碗面。林述以为她饿得胃口变大了，谁知道一端上来，一碗就摆在了他面前。

只是她的视线时不时地瞟向他面前这碗，偷偷观察着他。

不知道是希望他吃，还是希望他不吃。

想到了什么，乔西宁的脸有些红："你怎么知道你到了晚上不会饿？"

林述动了一下嘴唇，似乎是想说些什么。

"哎呀，"乔西宁打断他，"我不喜欢一个人吃东西，你就吃几口，当陪我一起了。"

见他还不动，乔西宁卷了口面，又盛了点儿汤，递到林述嘴边："吃。"

林述张嘴。

乔西宁收回汤匙，盯着他面上的几片牛肉："你也喂我吃一口。"

一碗牛肉面、一碗番茄面，很快就被乔西宁和林述以互相喂食的方法给消灭了。

他们出来的时候，对面的商业街更热闹了。

见乔西宁一直往那边看，林述问："想过去？"

乔西宁摇了摇头："不要，不要，没什么好看的，我们回酒店吧。"

她晚上是有作战计划的，要是过去了，指不定又要疯玩到大半夜。

他们一路牵着手，慢吞吞地走回酒店。

"我先去洗澡了！"

刚下去一趟，乔西宁出了点儿汗，浑身黏腻，有些难受。

"饭后不要马上洗澡。"林述拦住她。

"刚刚走回酒店那一路散步了呀，"乔西宁说，"而且我还要卸妆呢，等我真正洗澡都过去好久了！"

她翻开行李箱时，迟疑了一下。

注意到她盯着行李箱时沉重的脸色，林述看了过来。

"没什么事，"乔西宁一如平常地说，"我在想，我今天要穿什么睡衣。"

她小幅度地偏了一下脑袋，偷看林述的动静。见他没有看向自己所在的方向，便一把抓起盛放内裤的盒子，冲进浴室。

浴室里，水汽氤氲。乔西宁打着泡泡，目光在盒子上来回挑选。

白色蕾丝的？

不行，不行，太纯洁了，万一林述觉得太犯罪了怎么办？

橡粉色系带的？

不行，不行，太浪了。

万一……万一林述控制不住自己怎么办？

那就正常款的？

林述觉得丑怎么办？会不会突然没了兴致？

吧嗒——

四周猛地被黑暗笼罩，伸手不见五指。

乔西宁小声惊呼了一下，缓过神来，伸向浴巾的手不小心碰倒了摆放整齐的瓶瓶罐罐，顿时在瓷砖地板上奏出音律不齐的交响乐。

砰——

门被人焦急地从外面推开。

"没事吧……"林述握着门把手的手指发紧，愣怔地看着乔西宁。

他的神经跳动，理智岌岌可危。

浴室里，乔西宁的长发卷成一个丸子头，手指紧紧攥着长方形的浴巾，要遮不遮地挡在身前。

"林述，"乔西宁没意识到他紧绷的状态，轻声问，"怎么回事？是酒店停电了吗？"

"嗯，"他的声音沙哑，"这一片区域线路故障。"

酒店一般都有自行发电装备。只是这停电很突然，还没来得及发电。林述听到浴室里乔西宁的动静，想也没想就推门进来。

房间里只有他们两个人，乔西宁也不会想到要锁门。

乔西宁庆幸："幸好我早一秒冲掉了泡沫。"

林述遵从自己内心的想法，关上门。

轻轻的关门声，仿佛也落在乔西宁的心上。

高大的男人已经走到她跟前，带着强烈的压迫感，冷冽的气息无孔不入地往她身上来。乔西宁听到自己和林述不断加重的呼吸声，二者的呼吸缠绕在一起。

浴巾不知不觉从她手中脱落……

林述捏着乔西宁的下巴，温热湿润的唇在她的脸上轻蹭。他拨开黏在她脸上的湿发，卷走她脸上不自觉流下的眼泪。

理智崩塌，欲望在满足地轻叹。

热水不知何时变成了冷水，乔西宁整个人却热得不像话。

温热的吻轻轻落下，烙下淡红色的吻痕，能听到他模糊又沙哑的声音。

乔西宁喊了一声，右手往空中虚虚一抓，抓了个空。

下一秒，她睁开了眼睛。

窗帘被人拉开了一条缝，阳光趁机钻了进来，一地暖色。

梦里还残留着肌肤相贴的温度，温热的胸膛，跳动的心脏，濡湿的指尖，席卷全身的湿热呼吸。

"林述？"

乔西宁抬手拍拍脑门，让自己不再多想。她一开口，才发现嗓子哑得不行。

比起嗓子哑了这件事，更让她诧异的是，外面居然没有回应。

"林述，你在外面吗？"

难道是去剧组了？

乔西宁很快否定了这个答案。这不符合林述的做事风格，就算只是早晨出门去片场，他也会发一条消息告诉她，做个简单的报备。

他给的安全感，从来没缺失过。

手机就放在床头，乔西宁轻松拿过，给他发了条询问的消息。她环顾了一下床边，没看到自己的衣服，便倾身捞过他的外套，穿着走进洗漱间。

湿漉漉的浴室，经过一晚的挥发早已变干，所有的痕迹都跟着水分消失。

门外传来轻轻的关门声。

乔西宁朝外面扬声喊："林述？"

"是我。"

乔西宁问："你刚刚去哪儿了？你看到我发给你的消息没？"

"下楼拿了点儿食物，"他的语气里充满关心，"你起来会饿。"

乔西宁"哦"了一声，说："那你把东西先拿出来吧，我先洗脸刷牙。"

"牙刷和毛巾都放在淋浴间里了。"

"好。"

"对了，"乔西宁又问，"你早上不用去片场吗？"

林述把食物摆放好，低声回："下午去。"

乔西宁对林述的好声好气，终止在她看到镜子里的自己以后。

虽然她多多少少感觉到了林述的失控，但怎么也没想到他会失控成这样！她的嘴唇被咬破了，清晰可见的红肿，白皙的脖子上有着深浅不一的红印。往下，吻痕、咬痕，青青紫紫一大片。

一直没听到浴室里的动静声，林述走过来问："怎么了？没找到牙刷？"

"你别和我说话！"乔西宁冲他喊了一句，气鼓鼓地说，"我现在想起昨晚我就来气。"

乔西宁刷完牙，气冲冲地拉开门，打算和林述翻旧账。一抬眼，正对上他的眼睛。

"你站在这里干吗？"乔西宁双手抱胸，没好气地说。

"喝水。"林述递来一杯水，轻笑了一下，"声音都哑了，不疼吗？"

乔西宁喝了几口水，红着脸瞪了他一眼："你还有脸说？！还不是都怪你！"

林述接过水杯，虚心地认错："嗯，我的错。"

他这副样子，让她什么脾气都没了。

"你昨天，"乔西宁轻声控诉，"真的好凶。"

林述问道："还痛吗？"

乔西宁听到他这句话，有些迷茫："你说什么？哪里痛了？"

话一出口，她恨不得咬掉自己的舌头。

这……还能是哪里？她什么时候这么白痴了？

"早上给你上了药，"林述低声问，"还痛吗？"

乔西宁跟被踩了尾巴的动物似的，恨不得跳起来堵住林述的嘴。偏偏又要按捺住自己的不自在："没什么，我不痛了。"

林述扫了一眼她的一双细腿，皱眉低声问："裙子呢？"

乔西宁的双腿笔直白皙，此刻密密麻麻全是痕迹。

林述的喉结不自觉地滚动。

乔西宁白了他一眼："你还有脸问。"

"嗯？"他的嗓音更哑了。

"不是在脏衣篓里，就是在垃圾桶里了。"

林述的眼神暗了下去。

乔西宁不想再说这件事情，生怕又触碰到林述紧绷的神经。她隔着外套摸了摸肚子，故作委屈地说："我肚子饿了。"

"先把衣服穿好。"他压低声音说。

不然他也无法保证自己会做出什么事。

对于乔西宁，他总是没办法自控。

"你好麻烦，"乔西宁说，"是我冷又不是你冷。"

林述拿的全是乔西宁喜欢的食物，附带一盒外送的燕窝。

乔西宁："……"

至于吗？！

乔西宁嘴巴里含着东西，声音模糊："你下午什么时候出门？"

"一点多。"

"现在几点了？"她一醒来也没看手机，但总觉得挺晚了。

林述看了一眼手机，答："十二点。"

乔西宁看着他："那你晚上还有戏吗？"

林述想了一下，说："没有。"

乔西宁不在，林述自然是会待在片场的，看看其他人的拍摄打发时间也好。但有她在，他自然是要回来陪她的。

乔西宁明显也想到这方面，嘴角上扬："那你晚上不就有时间陪我啦？"

她撕开牛角包，咬了一口后，将剩下的递到林述的嘴边喂他。

林述咬住，回答她："嗯。"

乔西宁的手指不经意地擦过林述的下巴。

"林述，"她凑上前观察，"你的胡子是不是长出来了？"

林述的太阳穴猛地一跳。

他抓住她到处使坏的手："怎么了？"

乔西宁想也没想地说："你昨晚都扎疼我了。"

林述倏然抬眼，握着她手指的力道不自觉地加重。

"干吗？"注意到他的眼神，乔西宁的身体下意识地往后缩，"你得注意一下，克制你自……啊……"

他的手臂向前，拉着她直接跌进了怀里。

他一言不发，修长的手指扣着她的后脑勺，直接低头亲了下去。

乔西宁在心里叹了口气。

这以后的日子，估计是不会好过了。

林述刮了胡子，又陪乔西宁在酒店待了一会儿，才出发去片场。

乔西宁一个人待在酒店，躺在床上玩手机，刚点开微信，就看到了几百条消息。

大部分都是方新雨发的——

"西宁，这两条项链你觉得哪条好看？配这套裙子的。

"一个小时过去了……你没这么早睡吧？我觉得我发现了什么！

"两个小时过去了……

"三个小时过去了。

"林述不愧是我的男神，啊啊啊，好厉害。"

乔西宁在屏幕上噼里啪啦地打字："你太夸张了。"

方新雨估计是住在手机里了，回得非常快。

"你没有否认！看来昨晚真的度过了激情的一夜！！！"

乔西宁："……"

"对了，对了，你还没和我说到底哪个配饰好呢。"

乔西宁和方新雨聊了一会儿天，又找乐向晚说了一会儿话，刷了一会儿视频，时间很快就过去了。

冬季的原因，外面的天色早早地暗了下来。林述推门进来，脱下身上的外套，问道："饿了吗？"

乔西宁还坐在床上，闻言抬头看了他一眼，答："还好吧。"

早上林述下楼拿的食物的确多，两个人他拿了三个人的量。后来他知道乔西宁不准备出门，怕她待在房间会饿，出门前还特地去小超市给她买了一堆零食，乐得她一直调侃他。

"林述，你怎么这样？"乔西宁笑他，"居然还搞特殊。"

他不解地问："什么？"

"以前我待在酒店的时候也不见你给我买零食。现在你就给我买了，"她顿了顿，接着批评他，"你也太区别对待了吧？"

林述失笑道："不都是你吗？"

乔西宁拍了他手臂一下："我吃自己的醋不行吗？"

林述将衣服放在沙发上，走了过来，在床边坐下："待会儿想在酒店吃，还是出去吃？"

"在酒店吧，"提起这话，乔西宁的脸又有些发烫，"我走不了路！"

林述看了她一眼，手探进被窝里。

"林述！"乔西宁叫了一声，要去抓他的手。

林述问得直接："很疼？"

乔西宁在被窝里伸脚踹他的手："我就是不想走路。"

林述的动作一顿，握住了她细白的脚踝，一路往上。

乔西宁浑身紧绷着。

"你……能不能……"她说。

他俯身凑近，听她说话："什么？"

乔西宁换了种说法："你知道你现在，浑身上下都写满了什么字吗？"

"嗯？"

"禽兽。"

禽兽闻言，动作没有停顿。

乔西宁卷着被子，快速地往旁边一翻，在林述再一次凑过来前，对他眨了眨眼睛，快速说："我饿了。"

林述坐在床边垂眸看她。

听她说饿了，他倒是停了下来。

"想吃什么？"他问。

"把你的手机给我。"

乔西宁点开外卖，一口气点了许多，连饭后甜点都有。知道他的银行卡密码，她还顺手付了款。

手机突然轻轻振动。

"手机响了。"

是一个陌生的号码，没有备注。

林述倒是习以为常，面上没有什么表情，只是接过手机，走到落地窗边接电话。

乔西宁以为是工作上的事，也没太上心，又低头刷起了萌宠的视频。

乔西宁"云吸猫"，不时地笑几声。

渐渐地，她才反应过来不对劲。

那个号码她有印象，好像是沈家人的。

"不用，"林述的声音又轻又淡，"我已经澄清了。"

"我对沈家没什么兴趣。我是我，你们是你们。"

乔西宁玩手机的手指微顿，然后退出了视频页面。

在他挂断电话后，乔西宁穿着他宽大的外套，趿着拖鞋走了过去。

"林述，"她窝进他怀里，眼睛亮亮的，说，"给你看个好东西。"

林述身上散发出的冷意，在碰上她后，就消失不见了。他垂眸看她，问道："什么？"

乔西宁举起手机，高高地摆在他面前："喏。"

屏幕上是一张合照，又不完全是合照。

作为当事人，他能清楚地看出差别。

照片是人工合成的。

少年靠墙坐在地上，眉目不再是耷拉着的，而是神采飞扬。他头上的血迹也被处理得干净，黑色短发显得很精神。

他的眉眼仍是清俊的，气质却变了一大截，带着少年人与生俱来的张扬。

旁边有个和他坐在一起的小女孩儿，穿着红色的公主裙，眉宇有些高傲，漂亮又精致。她支着身子盯着他看。

"怎么样？"乔西宁眉眼得意，"我修图的技术不错吧？"

林述人没动，也没说话，只是盯着手机屏幕上的照片。

乔西宁没再问，用力踮起脚，亲了一下他的嘴唇，认真地说："以前我陪着你，以后我也陪着你。"

林述搭在她腰侧的手指骤然收紧，力道不自觉地加重。

乔西宁感受到了，也大概猜出了林述此刻的情绪，忍着没出声。

"乔西宁。"

"嗯？"

乔西宁低头，忙着处理照片上的小瑕疵，头也没抬。

"怎么了？"没听到他的声音，她问道，"你想说什么呀？"

抢在林述开口前，乔西宁又说："你可不要太感动了，我这是口头说说，你要看我以后能不能一直陪着你。"

哪怕她极力撇清，语气还是有些不自在。

这是她的真心话，却又怕他太感动。

林述低头，亲了一下她的头发，道："没什么。"

乔西宁没有什么特别大的反应，从他怀里退出来，站在落地窗前，然后调出修图工具，涂涂抹抹的。

"你饿吗？"这下换成乔西宁问林述。

林述低声说："还好。"

"我的口袋里有糖果，"乔西宁说，"你要不要吃呀？"

林述买了很多东西，乔西宁又懒得来回走动，索性抓了一把丢在口袋里。

她将装着糖果的口袋往林述的方向拉了拉："就这个，你自己拿。"

"我不饿。"

"可我想吃，"乔西宁理直气壮，"我忙着修图呢，你给我拿。"

其实拿一颗糖果也浪费不了她多长时间，但她就是想让林述做些事情，和她说说话，忘记那些不愉快，不要再去想曾经发生的事情。

林述伸手，臂弯环过乔西宁的腰。

意识到不对，乔西宁抬头看他："糖果都在这一边呀，你怎么这样拿？"

林述的黑色外套有两个口袋，放糖果的那一边口袋刚好靠近他的右手边。他完全可以直接伸手从口袋里掏出糖果。

可他偏偏要环住她的腰，绕了一大圈去拿她口袋里的糖果。

"我想这样拿。"他的声音很低，没改变自己动作的方向，表情也是平静的，目光牢牢地锁定住她。

他的手臂一个用力，乔西宁便撞进了薄荷味的怀抱。她嗔道："你干吗？"

林述低着头，下巴轻轻搁在乔西宁的脑袋上，说道："想抱你了。"

窗户半开着，阵阵凉风灌了进来，吹鼓了林述单薄的衬衫，也吹散了乔西宁整齐披散的卷发，但谁都顾不上这股陡然造作的风。

烫染丝毫没有损伤乔西宁的发质，发丝顺滑，在半空中吹开一个弧度，像新生的禾苗，柔软地擦过林述的侧脸和脖颈。

林述俯身，属于男性的气息笼罩着她，耳边仿佛还能听到他那一句"想抱你了。"

乔西宁只是一怔，便很快说："那你抱吧。"

她一动不动地站着，任由林述将她两条手臂紧紧地束缚在怀里。

过了一会儿，乔西宁动了动手臂，道："林述，你把我的手放出来。"

她的双臂自然地垂落，手背贴着他的衣服。

乔西宁手里还拿着自己的手机，屏幕上，照片还没修完。

林述抱紧她的力道一松。

乔西宁的双手挣脱，身体还被他抱在怀里，动弹不得。她也不在意，只低头处理合照。

"林述，"乔西宁饶有兴味地放大他的脸，毫不吝啬地夸奖，"你小时候长得也好好看，还真和粉丝说的一样，从小帅到大的。"

照片上的他褪去了八岁的奶气、柔软，身材颀长，开始初具少年人冷硬的轮廓。加上他生人勿近的气质，在同龄人中显得特别不一样，不自觉地吸引人靠近。

林述垂眸瞥了照片一眼，视线在照片中乔西宁的脸上停留许久，好几秒才说："你也好看。"

"那还用你说，"乔西宁美滋滋的，尾巴都要翘到天上去了，"我也是从小美到大的，好多人追……"

乔西宁猛地住嘴了。

她知道，林述听不得这些话。

"什么？"林述压低嗓音问。

"没什么，"乔西宁不知道他听没听见，理直气壮地说，"我嘴快不行吗？"

"乔西宁。"

"嗯？"

林述握住她的手，扣得紧紧的："你是我的。"

很久之前，乔西宁最讨厌林述说这样的话。她觉得自己就是自己，不是他的，所以他别老是想在她身上贴标签。两个人话不投机半句多，最后草草分手收场。

可是感情这回事，谁都说不清，也并不是她想怎么样就怎么样的。

作为提出分手的那一方，她一边克制着自己不出现在林述的面前，一边挫败又清晰地认识到，这个世界上，再没有比他对她更好、更喜欢她的人了。

所以在酒吧重逢之后，她会克制不住地去靠近他。

注意到乔西宁的失神，林述低声问："想什么？"

"没有，"乔西宁摇头，定定地看着他，认真道，"那你也是我的。"

林述没有丝毫犹豫地说："我是你的。"

虽然他早就说过这样的话——林述是乔西宁的林述，但每听一次，乔西宁的心跳依然忍不住加快。

她勾了勾唇，笑眯眯地说："我今天看了你小时候的照片，我就在想，我们要是早点儿认识，说不定我小时候就喜欢你了。"乔西宁继续夸他，"毕竟你长得这么好看，是吧？"

小孩子最喜欢好看的事物了，容易下意识地产生亲近感，更别说林述对她那么好。要是从小就认识，青梅竹马的话，没准两个人早就已经结婚了。

林述很直接地打破她的幻想："不会。"

乔西宁一噎，然后问："你怎么知道不会了？"

而且还这么直接，这么肯定。

林述不说话，只是低头咬住乔西宁嘟起的唇，与她耳鬓厮磨。

过了一会儿……

"林述，你想干吗？"乔西宁拦住他的手，高声控诉，"我还没吃饭呢。"

林述的手机及时地响了起来。

"您好，您的外卖到了，我在……"

乔西宁笑得跟只狐狸似的催促林述："你快下去拿，我要饿死了。"

林述抬起乔西宁的下巴，在她唇上落下一个轻轻的吻，才穿上外套出门。

用完饭后。

乔西宁皱眉："我肚子有点儿疼。"

林述敛了敛神，问："吃太饱了？"

"不是，"乔西宁摇头，"就是难受。"

话音刚落，她的下腹一股热流涌出。

乔西宁明白过来，告知林述一个事实："我好像……来'大姨妈'了。"

林述皱眉道："提前了？"

"你去给我买卫生巾！"乔西宁推他，脸有些烫，"我这回过来什么都没带，你去给我买。"

见林述不动，乔西宁再一次催促："快去！"

酒店不远处就有商店。

促销员看到戴着口罩、快步走来的男人，立刻迎了上去："您好，请问有什么能帮到您的？"

林述扫了一眼货架上整齐摆放着的卫生巾，多种多样的包装和品牌，看得人眼睛都要花了。

注意到他的视线，促销员急忙说："是帮女朋友买的吗？我手上拿的这款产品最近在做活动，买四赠……"

林述直接打断她的话："要最好的。"

促销员听到他的话，喜上心头地拿出好几款没做活动的，又开始推销："现在女孩子都开始用……"

林述皱了一下眉。

出门的时候，乔西宁也没告诉他要买哪种，只让他随便拿。

促销员将东西递到林述身前，示意他看："你看，这个是比较舒服的……"

林述没多看，随手拿了几盒就要去结账。

其间他还接了乔西宁打过来的一个电话。

与此同时，某个网上论坛——

主题："我们剧组的大明星和他的女朋友也太甜了吧。"

1L："前排。"

2L："剧组？我蹲！"

3L："瓜子、板凳、爆米花准备好了！"

4L："我蹲。不过说一句，现在那些都是'小鲜肉'罢了，真正有实力的明星可能也就林述了，楼主说的不会是他吧？"

楼主："每天在剧组偷偷'吃糖'，'吃'到快得糖尿病了，冒着被发现的风险，让大家和我一起快乐地'吃'糖。

"下面，听我说。

"当初知道是大明星接拍这部电影的时候，我整个人都要疯了！你们懂吧？广为流传的一句话——真人特别不上镜。我真的难以想象，这真人得帅成什么样子。

"终于，机会来了！开机当天，我见到了大明星本人！真人有多帅我就不详细说了，见过的人都懂。

"因为工作的原因，剧组来了个特别漂亮的大美女。据我所知，还是家世非常非常好的那种，'白富美'中的'白富美'！我平常没工作的时候，有事没事就爱看他们，结果一下子就让我发现了点儿不一样的。

"大明星本人是出了名的高冷，出道很久了，合作的大美女也很多，整个人就老僧入定一样，丝毫不为美色所动。

"注意了，注意了！重点来了！剧本有个半裸的镜头，不是大明星，是男二号。拍摄的时候，大明星和'白富美'当时是站在一起的。

"'白富美'看了一眼，夸了一句'身材不错呀'，大明星当时脸直接就黑了。

"吃醋了！！！啊啊啊，他吃醋了！！！

"我怀疑他们之前私底下已经有一腿了。因为大明星在'白富美'说了那句话之后，直接把'白富美'抵在墙上了，附在她耳边咬耳朵。他们估计以为旁边没人，也可能是太投入了，结果我当时就站在旁边，听得特别清楚。

"大明星开口说：你再说一句（我觉得应该是"你再夸男二号一句"的意思），我亲你了。

"我！亲！你！了！啊啊啊，当时我的少女心简直在乱炸。然后，差不多同一天，剧组来了个小女孩儿。群演嘛，大家都争着夸她可爱，导演就喊大明星，说他没见过这么可爱的小女孩吧，问他以后想不想自己生一个。大明星静了一会儿，开口说：见过，史迪仔最可爱！

"他说那句话的时候，是看着'白富美'的。所以！那句话他是对着'白富美'说的，是在夸'白富美'！'白富美'是他见过的最可爱的小女孩！

88L："我在一个帖子里谈上恋爱了。"

100L："楼主，我的心脏要跟着你停了。"

120L："剧组？那就是还在拍摄的。'白富美'和大明星，不会说是林述和他的女朋友吧？！"

130L："楼上的，我也怀疑是林述和他的女朋友。"

135L："啊啊啊，甜死我了，甜死我了。这什么'顶流'，啊啊啊，怎么这么会？是撩人'顶流'吗？！"

140L："啊啊啊！正好我的情侣不发糖，就当粉个情侣了。"

150L："啊啊啊，'顶流'真的好会！一人求楼主赶紧打字！！！"

190L："同求！"

200L："啊啊啊，求楼主更新。"

········

楼主："是呀，是呀，大家就当听个故事。大明星和'白富美'的'糖'太多了，我慢慢说。就先说一个最近的。

"晚上九点多的时候，我下楼去酒店附近的超市买零食，就看到大明星一个人往女性用品区那边走。你们懂的吧？他过来给'白富美'买卫生巾的。

"结账的时候，我正好排在他后面。他在打电话，应该是和'白富美'。我听到他笑了。我真的震惊了，他私底下很少笑的，不过这应该是他们相处的常态了，他笑得特别帅、特别自然。就是那种声音，比电台里的声音还要磁性。

"好了，回归正题。'白富美'应该是要他顺便买什么东西。他说：不行，薄荷糖是凉的，你吃了会疼。

"'白富美'在那边撒娇。两个人就僵持住了。'白富美'应该是生气了，声音都传了出来：你是不是不喜欢我了？让你给我买个糖你都不给我买！晚上不许你抱我睡觉了！

"我的天，我当时就震惊了！大家懂我震惊的点吧？

"然后……大明星妥协了，特别诚实地拿了一盒薄荷糖，和'白富美'谈条件：这几天不能吃，知道吗？

"我当时脑子就死机了。怎么会有这种男人，这么帅！这么撩！又温柔又宠溺！对了，然后刚刚说的史迪仔。真的是在说'白富美'！我刚刚看到他的屏保了，是他和'白富美'的合照，两个人头上套着史迪仔头套，笑得很开心。"

420L："啊啊啊，好甜！"

460L："圈重点！晚上抱着睡！！！"

480L："抱在一起睡了，这就是成年人的恋爱吗？呜呜。"

酒店房间。

乔西宁躺在床上，往林述身边挪了挪："你看什么呢？还不睡呀？"

林述看了她一眼，问："影响到你了？"

乔西宁摇头："那倒没有，就是想和你一起睡嘛。"

林述摸了一下乔西宁的脑袋，说："你先睡。"

"哦，"看出他有事要处理，乔西宁没再坚持，躺了回去，"那你也早点儿睡。"

林述平时不依赖网络，也不常玩微博。但时不时会大概看一下，确保自己不会和外面断层太久。

那天关于他自己的新闻，他都还没看上一眼，只通过电话和王洋商量好了处理的方法。

林述搜了一下自己的名字，突然就看到关联的词条是"林述乔西宁"。

他点进去，一眼就看到了乔西宁转发新娱乐的那条微博。

乔西宁："麻烦帮忙告知这位林先生，律师函不日送达。"

这条微博直接明晃晃地提到了新娱乐。

林述愣了一下。

他好几秒才回神，侧过头看着已经熟睡的乔西宁。

身边的人都说乔西宁不好，只有林述知道，她其实很好。

乔西宁一直以为医学院那次，是他们的初次见面。但对林述来说，在更早之前他们就见过了。

林述怎么也不会忘记那一天。

离家出走后，他辗转去了一家福利院。林瑜忌日那天，他买了一束花，打算去祭拜她。

那天乌云笼罩，雾蒙蒙的，下着小雨，能见度很低。后方疾驰而来的小车，呈 S 形曲线地行驶在路上。醉驾的司机根本没发现前方模糊的身影。

三米，两米，一米……

砰，黄色的菊花在高空扬起弧度，花瓣散落在地上，被轮胎重重地碾过。雨势骤然变大，哗然有声。酒醉的司机突然醒了酒，开着车飞速地逃离了现场。

林述躺在地上，任由雨水打在他的身上。

他的视线渐渐模糊起来。

是要死了吗？他想。

"爸爸，"他听到脆生生的小女孩的声音，"那里怎么躺着个人呀，流了好多血。"

"情况有点儿麻烦。"

"爸爸，你快打 120，我看他还在呼吸，好像还有救。"

"宝贝，我们是来这儿旅游的，还要去听音乐会。电话一打，我们就要留下来做笔录，赶不上你想听的音乐会开场了。"

"音乐会有什么重要的……"

随着林述的昏迷，后面的话语也渐渐淡去了。

救护车缓缓而来。

林述被抬上担架时，费力地睁开眼睛看清眼前的人。十二岁的小女孩，长得很漂亮，穿着一条红色公主裙，浑身上下透着娇养出来的精致。发现他睁开了眼睛，她娇嫩的手掌搭上他的手背。

"喂，我是你救命恩人，"她似乎是不习惯说好话，所以说好话也是扭扭捏捏的，"我说你会好起来的，你就一定要好起来呀！"

身旁的男人一把拉过小女孩的手，掏出手帕仔细擦拭："别乱摸，手都脏了。"

林述垂下眼睛，抿着唇。

干净的靴子，洁白的花边袜，耀眼的红色公主裙。唯一格格不入的是她手上沾染的污渍，也被雪白的手帕一一擦去。

林述察觉到她看过来的视线，对上她明亮干净的双眸。他下意识地闭上眼，自卑感涌上心头。

旁人的嬉笑辱骂，林清的拳打脚踢，林瑜的意外身亡……全被他屏蔽在他的世界之外，掀不起一丝涟漪。

可这一刻，林述感到深深的自卑。

她和他不是一个世界的人，以后本不会再遇到。

可林述没想到还能再次遇见她——乔西宁。

重逢后的每个夜晚，她都会出现在他梦里。他想着她的样子，念着她的名字，释放出最肮脏的自己。

乔西宁出现在他最阴暗的时候，成为那束照亮他的光，像是一场绮丽的梦境，深深地束缚住他。

林述以为她是他的救赎，不承想，她是更深的深渊。

分手后的日子，他日复一日痛苦地活着，比被家暴的那三年还要痛苦地活着。

可人只要有机会，就会再一次沦陷。

他就这样一往无前地，再次栽进了名为乔西宁的深渊里。

乔西宁睡得迷迷糊糊："林述……"

林述低头，在乔西宁额头上落下一个轻轻的吻："我在。"

林述知道，这一次等待他的，是深渊尽头夹缝中的光，将会在他的世界炙热地燃烧，永远地拥抱他。

乔西宁睁开眼睛，视野里，林述半俯身手肘侧撑在床褥上，挡住了身后暖黄色的光线。灯光柔和地打在他的侧脸上。

他清俊冷淡的五官线条被虚化，在安静的环境中，显得无比温柔。

乔西宁眨了眨眼睛，额头上仿佛还残留着柔软的触感。

"林述，"她从被子里伸出手，虚虚地搂住他的脖颈，打了个哈欠，嗓音还有些困倦，"这都几点了，你还不睡？"

乔西宁记得自己一沾上枕头就睡了过去。

乔西宁睡前看了一眼时间，感觉自己睡了挺久的，现在应该挺晚了。

林述把她的手放回去，掖好被子，又俯身亲了一下她的嘴角。

他的嗓音有些低沉："你先睡。"

"不要，"乔西宁立刻拒绝，"你好不容易晚上没戏拍，明天还要早起，不要熬夜了，快睡觉。"

之前乔西宁还在剧组跟组的时候，林述虽然有几次晚上和她相处的时间，但大部分时间都待在片场里。

她因为要睡美容觉，甚少熬夜。

她怕林述熬夜太多，身体机能下降。平时他要工作她不好说什么，但现在是休息时间。

乔西宁觉得说这些还不够，又往林述身边挪了挪，质问他："你知道我来月经有手脚冰凉的毛病的，你还不抱着我睡，给我取暖？！"

一扯到和她有关的事情，林述总是无法拒绝。

他一怔，低声道："好。"

他将手机放在一旁，掀开被子躺下，两只手自然地把乔西宁捞进怀里，紧紧地抱住她。

乔西宁跟只鹌鹑一样缩在他温热的怀里。林述湿热的呼吸喷洒在她的脖颈间，有些痒。

林述的手掌慢慢覆上乔西宁的肚子，轻轻地揉了两下，压低声音在她耳边说话："肚子还疼吗？"

乔西宁摇了摇头，轻声说："不疼了。"

担心林述多想和自责，乔西宁抬手，拍了拍他的手背："快睡觉吧，我好困了。"

林述的下巴枕在她柔顺的头发上，慢慢闭上眼。

她的呼吸逐渐平缓。

月光柔和地洒进窗台，林述抱着乔西宁进入梦乡，画面宁静又温柔。

翌日清晨。

林述刚翻身，乔西宁的双手立刻有意识地从身后贴了上来。

"你要去片场了？"乔西宁的脸颊贴上他宽厚温热的后背，轻轻蹭了两下。

林述握住她缠在腰上的手，"嗯"了一声，说道："你先睡，待会儿给你叫早餐。"

他知道乔西宁这几天会特别懒，恨不得直接长在床上，做什么都提不起劲。

乔西宁应了一声，又躺了回去。

临近出门，林述摸了一下乔西宁的头发，又俯身在她额头上亲了一下，嘱咐她："待会儿记得起来吃早餐。"

乔西宁拉高被子，蒙住了脑袋，声音闷闷的："再说，再说。"

林述将被子拉下来一些，贴上她正要说话的唇，又亲了一两分钟，才不紧不慢出了门。

中午的时候，林述临时收到方竟的通知，剧本更改了，新加了一场戏。

趁着午间休息的时候，林述给乔西宁打了个电话。

乔西宁拿起手机，迷迷糊糊地接通："喂。"

听到她的语气，林述笑了一声，问："还在睡，没吃饭？"

他到了片场后，掐着时间给她点了早饭。只是听这声音，上午应该都是在床上度过的。

乔西宁"嗯"了一声。

"怎么没先吃饭再睡？"他问。

"不想吃，"乔西宁嘟囔，"都中午了，你怎么还没回来？"

"我下午不回去了。"没听到乔西宁的回复，林述皱眉道，"你生气了？"

"我生什么气？"

又聊了一会儿，乔西宁先挂断电话。

林述晚上十点多才回到酒店。这还是提前的时间，平常有时会更晚。

他一进门，就看到床上隆起一块，和他早上出门时的样子无异。他轻手轻脚地走过去，在床边坐下。

"你回来啦？"乔西宁察觉到动静，转过身睁开眼看向林述。

林述的心跳有一瞬间骤停。

——你回来啦。

语气多么像一个妻子对自己晚归的丈夫说的话。

乔西宁想着回去也没什么事，还会因为太想念林述而两边来回跑，当即决定，继续陪着林述在酒店住。

她的生理期惯常是七天，结束的那天，刚好是《追捕》杀青日。她连着几天都窝在酒店里，吃吃睡睡，偶尔有几次又醒得比林述还早。

阳光透过窗帘缝隙偷溜进来。

乔西宁睁开眼，盯着洁白的天花板，意识渐渐回笼。她刚要继续睡时，赫然想起自己前一天打算下去走走。

"去哪儿？"乔西宁刚翻个身，就被林述一把捞进怀里。

"肚子饿了，"乔西宁说，"我不睡了，想下去吃点儿东西。"

"走吧。"林述毫不犹豫地开口。

"你继续睡吧，"乔西宁拒绝，"我正好想下去走走。"

乔西宁从床上起来，洗漱完后，换上裙子又披了件林述的外套就下楼了。应该是起得太早了，酒店餐厅里人不是很多。

"乔西宁？"拿餐点的时候，乔西宁听到身后有人在叫她。

乔西宁回头，看到方竟站在不远处，手里端着餐盘，看着她。

发现真的是乔西宁后，方竟愣了一下。

乔西宁在剧组的工作完成也有一段时间了，应该早就离开了才对，如今还能在这里遇见她，方竟立刻就猜到了她出现在这里的原因。

方竟问："你来找林述的？"

难怪林述在剧组的时候，拍戏之余总是盯着手机看，嘴角还时不时地扬起，下戏后也是急匆匆地往酒店赶。

原来是乔西宁来了。

见乔西宁点头，方竟又说："那正好，明天有杀青宴，你要不要一起？"

乔西宁虽然只在剧组里待了半个月，但好歹也是剧组的工作人员之一。这次是全剧组杀青，多数人都会到场，恰好乔西宁也在，方竟想着人多热闹一下也挺好。

乔西宁含糊道："我再看看，如果去，我就和林述一起。"

方竟点头："好，那我就先走了。"

乔西宁站在原地，又挑了几样林述常吃的早点，这才上了楼。

她开门时，林述正打算穿衣服，听到动静看了过来。他手里拿着衣服，还没来得及穿上。裸露在外的身体肌理线条流畅，腰腹紧实。

乔西宁来不及多看两眼，林述已经快速地穿好衣服，又在外面套了件外套。

乔西宁把东西放下，随口问道："林述，你们拍的这部电影要杀青了？"

林述扫了她一眼："嗯，怎么了？"

"没有，"乔西宁一顿，继续说，"我刚刚在楼下遇到了方竟，他和我说你们的电影要杀青了，问我去不去明天的杀青宴。"

过了两秒。

"林述，"没等到林述回应，乔西宁忍不住问道，"你明天去吗？"

林述言简意赅道："去。"

他是主演，肯定是要出席杀青宴的。

"那我也去。"乔西宁说着，又笑眯眯地补充，"本来还不太想出门的，但你去的话，我就跟着你去。"

林述的心跳像是漏了一拍，轻笑道："好。"

举办杀青宴的酒店还是上次那一家。

乔西宁这次倒是没再踩点出席，和林述提前牵着手到场。

某论坛的帖子又被人悄悄顶上来。

主题："我们剧组的大明星和他的女朋友也太甜了吧。"

1006L："楼主呢？楼主人呢？啊啊啊，我想提刀追杀楼主了！"

2006L："催更，催更！楼主再不更新的话，就罚你在梦里和天蓬元帅亲吻十分钟！"

3010L："亲吻十分钟还不能逼出楼主吗？那亲吻半个小时！"

··············

楼主："来了，来了。看在我来了的分上，就不要让我和天蓬亲吻了。

"说一个最新的'糖'。今天剧组杀青，大明星的女朋友也来了。

"牵着手进来的。（其实大家私底下都在猜测了，因为大明星表现得太明显了，但没想到今晚会这么直接。）

"整个包间直接就炸了，眼睛一直往他们身上瞟，却也不太敢看得太明显。

"呜呜呜，'白富美'吃的虾，都是他亲手给剥的。（也不知道那个虾，吃起来是不是更香了。）

"吃饭的时候，我偷偷蹲下去看了下。手都是牵！在！一！起！的！

"但是因为他比较高冷嘛，大家也只敢窃窃私语，白富美又和他坐在一起，也就没人敢问出个准话来。

"'白富美'好像是品酒的一把好手，剧组里的男二号就请她喝酒，说帮了'白富美'一个什么忙，要她一起喝酒。

"结果！大明星直接拦了下来！

"旁边有人待不住了，趁着酒醉，就问他和'白富美'什么关系，还管人喝不喝酒。

"全包间的人都在跟着起哄。（当然了，我叫得最大声，嘿嘿。）

"他还是冷冷的一张脸，眼底染上了笑，说家属。

"旁边的'白富美'就问：你不是男朋友吗？怎么还变成家属了？

"他就看着她，很认真地说：只要你想。

"楼主当时就直接尖叫了。这算是当众求婚了吧？求婚了吧？求婚了吧？！"

··············

6060L："这是打算直接公开了吧？！要是今晚公开，微博会不会'瘫痪'？"

6500L："如果是林述，应该是会瘫痪的。"

7500L："啊啊啊，不会公开结婚生子一条龙吧？"

8080L："其实……谁和谁谈恋爱，大家都是默认已知的，不会多嘴去爆料。'白富美'是有名的小公主，不会有人那么傻，去得罪她。而且大明星……看他往常的做法,除了他,还真没人能爆他的料,否则料都是比媒体给得还多还直接……而且据楼主的观察,大明星和'白富美'之间,好像是'白富美'比较不想公开。"

10010L:"这个,料给得比媒体还多还直接这句话……呃,我想到了林述。无论是谈恋爱,还是林清那件事,他都是自爆的。"

12000L:"不瞒大家说,我也想到了林述。"

13000L:"'白富美'家里有钱,又是剧组的工作人员,不会真的是《追捕》吧?!但是好像没听说《追捕》请了什么工作人员来……不对,剧组除了主演,全程几乎都对外保密了。"

包间里。

乔西宁的手肘撑在桌上,支着下巴偏头看林述:"林述,你怎么这样?"

林述笑了:"我怎么样?"

"你刚刚说的那句话呀,"乔西宁换了种说法,"你就这么……嗯,就这么想当我的家属?"

林述说:"想。"

乔西宁愣了一下,怔怔地看着他认真的眉眼。

过了两秒,她突然笑了起来,眼睛亮亮的:"你想得美。"

比起以前那个听到她的拒绝、看到她抵触的动作就压抑不住情绪的自己,现在的林述已经好多了,面色依旧平静,只是一动不动地盯着她。

他知道,她还有后话。

"林述,你说你,凭这一句话就想成为我家属,你多大的脸?!"说着,乔西宁还觉得不够,直接上手,胡乱地揉了一把林述的脸。

他的皮肤光滑,胡须剃得干干净净的,半点儿不刺人。

这句话里的暗示意味已经足够明显了。

凭一句话是成不了她的家属的,没有求婚、没有戒指,就别想娶她。

林述握住她的手腕,倾身,低头,柔软的唇覆盖上去。温热的呼吸从纤细白皙的腕骨一路蔓延,流连在她修长的无名指上——戒指佩戴的地方。

林述的动作没有停顿。

十指连心,乔西宁觉得自己的心脏都跟着颤抖起来。

他低着头,细密的睫毛扫下一片阴影,声音有些哑,含着笑说:"都给你买。"

戒指,婚纱……要什么,都给你买。

"述哥,你们在这儿干吗呢?"剧组里有人喊了一句。

杀青这天,刚好也是剧组一位主演的生日。

林述和乔西宁聊天的时候，寿星正在许愿。林述笑起来的时候，寿星许愿结束，包间的灯重新亮了起来。大家都围在寿星和蛋糕周围，只有林述和乔西宁还坐在原位，凑得极近，说着悄悄话。

一下子就吸引了所有人的注意。

"没什么。"乔西宁说了一句，又小声和林述交流："你刚刚笑什么呢？"

她收回目光，下意识地接上自己刚刚的话："林述，你——"

灯光照亮了林述的瞳孔，眼底有明显的笑意。

乔西宁的心跳不自觉地加快。

"你干吗看着我笑？"她摸了自己的脸，有些疑惑，"难道我的脸上也有奶油？"

乔西宁没参与其他人的蛋糕混战，但刚刚有人躲避蛋糕的时候碰到了她，脸上或许真沾到了奶油。

林述握住她试图擦脸的手，"嗯"了一声。

灯光下，乔西宁的脸白净又精致，哪有奶油的痕迹。

可乔西宁深信不疑。

"我脸上真的有奶油？"乔西宁紧张地问，"在哪里？"

话音刚落，清凉的薄荷味夹杂着烟草的气味朝她逼近。她的左脸颊感觉一阵温热，耳边传来他低沉的声音，语气里明显带着笑意。

"现在没了。"

话落的瞬间，林述微凉的手指摸上了她的侧脸，轻轻地往外捏了一下。

乔西宁配合他的动作，小幅度地歪头，对上他的眼睛。

四目相对。林述的睫毛卷翘，眼底的笑意浅淡，深情且温柔地盯着她。

一秒，两秒，三秒……

乔西宁的目光不自在地从林述脸上移开。虽然每天对着这张脸，可想要与他对视超过三秒钟，还是有些难度。

"躲什么？"

乔西宁撇开的脸被人捏住，强势地转了回去，重新对上林述漆黑幽深的眼睛。

乔西宁舔了一下嘴唇，嗓子发哑："你……"

"那边，在那边角落里，他们脸上干干净净的！"

"又躲着说悄悄话呢！欺负'单身狗'！"

"搞他们！！！"

刚刚还光鲜亮丽的众人，此刻每张脸上都沾有奶油，一群人齐刷刷地看向林述和乔西宁的方向。

"林述，"乔西宁及时反应过来，连忙说道，"你得保护我，我才不要被人弄得满脸是奶油！"

林述早就站起来挡在了她面前。即便这样，乔西宁还是觉得不安全，掀开他身上的外套，整个头拱了进去。

久久没听到其他人的脚步声。乔西宁的声音闷闷的，从林述身后传出："林述，人都走了吗？"

林述伸手，握住她的手腕："走了。"

乔西宁动了动，尝试着从林述的外套后面钻出去。只是她的双手被林述扣在腰前，外套的衣摆死死地搭在她的头上，限制了她的行动。

"林述，"乔西宁叫他的名字，想把自己的手从他手里抽出来，"你先放开我的手，我出不来了。"

"什么？"

"手，"她的嗓音有些委屈，"你的衣服太重了，顶着我的脑袋，呼吸不过来了。"

林述松了手。

"呼……"乔西宁伸手，举高衣摆，慢慢地把自己的脑袋挪了出来，"闷死我了。"

精心打理过的卷发此刻乱糟糟的，像个小疯子。

"我的头发肯定都乱了！"乔西宁说，"气死了，我出门弄了好久的。"

乔西宁掏出镜子，左看右看，慢条斯理地整理着头发，一个眼神都没分给林述。

光线突然被遮挡，乔西宁站在一片阴影中。

乔西宁头都没抬，就听到了林述的声音："乔西宁。"

乔西宁道："嗯？怎么了？"

话音刚落，她的脸颊感受到一股凉意。

林述收回手，指尖还生留着奶油。他的手指抵在嘴唇间，眼神暧昧地看着乔西宁的眼睛，缓缓地舔了一下指尖。

"林述！"乔西宁看清他的动作后，瞪大了双眼，脸颊发烫，又热又气，"你干吗？！"

她抬起手作势就想去打他。

乔西宁好不容易借着林述躲过了其他人的攻击，却没防到林述的温柔一击！

或许就是她躲在他外套里的时候，林述从别人手里弄了奶油，拿来欺负她。

乔西宁的拳头还没碰到林述，手腕便被人扣住，被反手抵在身后的椅背上。

林述背对着身后混乱的包间，挡住了所有意图窥视的目光。他抬手捏住乔西宁的下巴，俯身亲了下来。

杀青宴结束时，已经是夜里十二点了。

林述牵着乔西宁的手走出聚会的酒店。

她发现林述走的不是回酒店的路，看向他问道："我们不回酒店吗？"

林述言简意赅："先去给你买衣服。"

乔西宁身上穿的还是林述的外套。只是进包间前她脱了下来，挂在了林述手上，才没被人注意到。

"买什么买，"乔西宁拒绝，"我们明天就回去了。"

她之前是打算过来再买衣服的，但没想到她一连几天都待在酒店里。

林述捏了捏她的手："那你明天穿什么？"

乔西宁的下巴微抬："我就穿你的外套。"她拖着林述往回走，"走吧，明天还要赶飞机呢，赶紧回酒店睡觉。"

方新雨盼星星盼月亮，终于把乔西宁盼了回来，第一时间就打来了电话。

"怎么样？"方新雨好奇极了，"你这段时间是不是一直和林述住在同一间房，生活过得怎么样？滋润吗？"

乔西宁边收拾东西边说："辛苦你了，度蜜月还不忘惦记着我。"

"那是，我还给你们都带了礼物。"方新雨又绕回话题，"你还没说呢，你们过得怎么样？"

"一直相安无事，谢谢。"

"牛！"方新雨对林述更崇拜了。

乔西宁："……"

"你昨天刚回来，我没打电话找你，是特意让你休息。"方新雨一顿，说出了目的，"下午要不要出来？"

乔西宁盖上行李箱，喘了口气："我忙着搬家呢，改天吧。"

方新雨蒙了："你在滨江公寓不是没住几个月吗？怎么又要搬家了？"

乔西宁也没隐瞒，直接道："我要搬去和林述一起住。"

方新雨失声尖叫："你们这是要同居了？！"

在酒店相处的这几天，已经算是同居了，回来后正式同居就是自然而然的事情。

乔西宁一脸黑线："你这么激动干吗？"

"我可是你们的头号'情侣粉'！时刻关注着你们的所有动向和进展。"方新雨猛地一拍大腿，"你们都发展到同居阶段了，我当然激动啊！"

她顿了一下，又催促道："你赶紧的，赶紧收拾，争取早点儿搬过去，还能吃个浪漫的晚餐。我就不打扰你了，挂了！"

原本打电话过来，总是要缠着她说两三个小时的人，现在居然果断地挂断电话。

乔西宁："……"

"情侣粉"可真是个神奇的存在。

方新雨的电话刚挂断，林述的电话就打了进来。乔西宁靠着床，不紧不慢地接通。

乔西宁道："喂，怎么了？"

林述问："收拾好了吗？"

"差不多了。"

她没收拾太多东西，只带上了当季的衣服和一些必需品。反正公寓离林述家也不太远，有需要的，再回来拿就行了。

林述低声问："我去接你？"

"不用，说了不用你来接了，你还问！"乔西宁拒绝，"我有事要出去一趟，你就待在家里接收我的行李就行了！"

"去哪儿？"

知道林述在关心什么，乔西宁没觉得烦，只是笑了一下："你给我半小时，我马上就过去，到时候你就知道了！"

乔西宁裹着一件毛茸茸的外套从车上下来，远远地就看到林述站在别墅小花园里等她。

她快步走了过去："林述，你怎么站在外面？"

"等你。"

乔西宁看了一眼他身上单薄的灰色毛衣，追问道："你等很久了吗？也不知道多穿一点儿？就穿一件毛衣，你不冷吗？"

"不冷。"

"那你快给我抱抱，"乔西宁冷得直跺脚，"我冷死了。"

不等林述反应，乔西宁直接扑进他怀里，脑袋一顿乱蹭："你怎么哪里都暖烘烘的？"

林述伸手，揽住她的肩膀，把她抱进怀里，问道："怎么不多穿一些？"

乔西宁扬声反驳："我穿了呀，你没看我还穿着厚外套，谁知道这鬼天气这么冷！"

林述原本想给乔西宁暖手，结果没摸到她的手。

乔西宁的衣服里，似乎有什么东西在动。林述低头，对上一双蓝色的猫瞳。

"喵——"

布偶猫冲他叫了一声，露出小小的牙齿。它重新缩回乔西宁的衣服里，还用猫头在衣服里蹭了蹭。

林述的太阳穴狠狠一跳，伸手摁住猫咪命运的后脖颈。

"林述，"乔西宁一把打掉林述的手，批评道，"你注意点儿，这可是你儿子！"

小猫咪丝毫不怕生，一进门就跳上沙发，找了个角落窝着。像是察觉到林述的不喜，小猫咪朝他龇着牙，随后低着脑袋舔了舔自己的爪子，又在沙发上踩了踩。

这一系列的动作，简直是在林述的神经上反复跳跃。

林述皱着眉头，还没说话，就被身后的乔西宁一把拉过。

"你不要对你儿子皱着一张脸，"乔西宁赶他出去，"你快出去看一下，猫爬架、猫抓板，还有一些猫咪玩具，应该都送过来了。"

林述站着没动。

"你快点儿，"乔西宁催促，和他闹脾气，"你不动是什么意思？你要让我一个人搬吗？"

林述看着猫咪的眼神不善："它要待多久？"

"那还用问吗？"乔西宁走过去，把猫咪抱在怀里撸了撸，像是没看到林述的脸色，自顾自地说，"噜噜是你儿子，那肯定是要在你身边待一辈子呀。"

"你好，请问有人在吗？"外面传来一道声音。

"是噜噜的玩具，"乔西宁说，"你快去签收一下。"

等大箱子搬进来后，林述站在旁边，看着乔西宁从箱子里拿出各式各样的猫咪玩具——狗尾巴草逗猫棒、自动红外线玩具……

林述不经意地扫过逗猫棒时，冷淡的眼神微微一凝。

他俯下身，靠近乔西宁，从她身边拿起逗猫棒。

"林述，"乔西宁正专心整理猫玩具，被吓了一跳，"你走路怎么没声音的？吓死我了。"

林述垂眸，盯着手里的逗猫棒。逗猫棒上镶嵌了几颗碎钻，有几道明显的刮痕，看得出来有些年头了。

"乔西宁。"

"嗯？"

"这猫——"林述说，"真是我儿子？"

这下轮到乔西宁诧异了。

她蹲在地上，顾不上和噜噜玩，仰头盯着林述。

灯光下，林述清俊的脸模糊不清。半明半暗间，乔西宁捕捉到他微微上扬的嘴角。

怎么和她想的不一样？

林述居然承认这是他儿子了？！

见她盯着自己发呆，林述将手里的逗猫棒往前一伸，递到她面前。

乔西宁接过："怎么了吗？"

林述很笃定："这是使用过的。"

大意了。

"所以，"林述将乔西宁圈进怀里，"它真的是你养的？"

乔西宁没想到林述居然这么快就看出来了。

几分钟前她边逗猫，边偷看林述的脸色，还沾沾自喜呢。她原本还打算等最后一天再告诉林述的，这段时间就能好好"折磨"他了。

"好吧，"乔西宁叹了口气，"我骗你的。"

"噜噜是向晚养的，不过最近他们一家人要出远门，噜噜没人照看，就放我这里养一段时间。"乔西宁顿了一下，继续道，"半个干儿子，也是你儿子。"

乔西宁靠着他的胸膛，仰头和他对视，轻声说："就你那天晚上那个样子，我养猫还能不和你商量吗？"

真儿子林述都不一定待见，更别说猫儿子了。

"所以，"乔西宁说，"它只在我们家小住几天，你就不要和一只猫吃醋了？！"

林述看了她一会儿，低头亲下来："张嘴。"

明明是大冬天，乔西宁身上的温度正一点点升高。倒在羊毛地毯上的前一刻，她下意识地挣扎，用尽力气揪住林述的衣领。

"我不要在这里。"

林述的声音含混不清："为什么？"

乔西宁被亲得晕乎乎的，有气无力地推了他一把："你说呢？！"

旁边的小沙发上，噜噜紧紧地盯着这边的动静，站起身一跃，从沙发上跳了下来。

在它走着猫步过来前，林述抢先把乔西宁抱了起来。

差点儿忘了这里还有只猫。

林述再次觉得，真的不能养猫。

乔西宁醒来的时候，天已经黑得彻底。

她掀开被子，身上被人换上了干净的睡衣，虽然还有些酸痛，但身体清清爽爽的。

林述应该帮她洗过澡了。

乔西宁手扶着楼梯，慢吞吞地下楼。

室内灯光明亮。林述坐在沙发上，噜噜在他脚边跑来跑去，时不时地扯着他的裤脚，企图引起他注意，连放在一旁的猫粮都不吃了。

简直不能忍，连动物都喜欢他。

听到动静，林述抬头。他放下手中厚厚一沓资料，走到乔西宁面前，问："怎么下来了？"

乔西宁撇撇嘴："我饿了。"

她来的时候刚好是饭点，谁知刚一来就被林述缠着了，她是被饿醒的。

她没让林述做饭，点了外卖。

外卖到得很快，林述三两下解决后，又坐回沙发上，重新拿起他饭前在看的资料。

"林述，"乔西宁边喝汤边刷着微博，问他，"你看什么呀？"

"剧本。"

乔西宁惊呆了："你这不是刚回来吗，不会又要进组吧？"

"没有，"林述说，"会休息一段时间。"

只是送到他手里的剧本很多，王洋已经打回了一部分，剩下的让他挑。

乔西宁"哦"了一声，继续低头吃饭，突然刷到一个视频："#给对象一个意外拥抱#啊啊啊，这也太甜了吧。"

说是意外拥抱，更像是挑战。就是在对方忙着做一件事情的时候，钻进他怀里，看他是选择继续做自己的事情，还是抱你、吻你、按倒你。

乔西宁咬着勺子，觉得有点儿意思。

她抬眼，看向林述的方向。

林述坐在沙发上，剧本摆在桌上。他低头翻阅着，看上去是很认真地在忙。

她也想挑战一下，看看林述会怎么做。

乔西宁放下勺子，跑上楼，又很快跑下来，手里还拿着个白色的自拍杆。她站在距离林述不远的地方，把手机固定在自拍杆上，调试了一下拍摄的角度。

林述正好看到，问："做什么？"

"你别问，待会儿你就知道了，"乔西宁调整着自拍杆的高度，道，"你专心看你的剧本去，别看我。"

林述收回视线，仍时不时地看一眼乔西宁，发现她还是站在那里折腾自拍杆和手机，就不再管她了。

乔西宁很快找到了一个适合拍摄的角度。

她轻轻走过去，从林述的臂弯下钻入，直接跨坐在他的腿上。

"嗯？"

林述自然地抬臂，待乔西宁钻进怀里后，搂住她的腰，问道："怎么了？"

乔西宁没说话，将头埋在林述的颈窝里，使劲蹭了蹭，不让他继续看剧本。

林述将剧本放在桌上，低头问："想要了？"

乔西宁："……"

"懒得和你说话。"乔西宁吐槽了一句，侧着身，就想要从他腿上下来。

可林述没放开她。他将手放在她的后腰，把她推向自己。

他凑了过去，与她缠绵在一起。

乔西宁的睫毛微颤，撞进他含笑的眼底。

乔西宁的脸瞬间红了，毫不客气地咬了他一口。从他腿上下来，拿着手机上楼。

她在房间剪了个视频，是她录制的拥抱挑战视频，切了他说话的部分，顺便把他的脸遮住了。

乔西宁切换小号，发布了视频。

"＃给对象一个意外拥抱＃ 想打他。"

她发在微博小号上，又设置了仅粉丝可见.

评论陆陆续续有一两百条。

"好甜！"

"我酸了，我酸了，我酸了。"

"坐在腿上，然后呢？我是缺这点儿流量的人吗？！"

"手好好看！爱了，爱了！！！"

"小乔！你居然找了男朋友！我还以为你要死磕林述呢？不过你男朋友的声音和他的好像，哈哈哈？！"

"我也觉得！不只是声音，手也很像！"

"小乔的男朋友肯定是个大帅哥！！"

突然一条评论冒了出来："我那天和林述同班机，他用的手机壳和倒扣在桌上的手机一模一样！"

过了一会儿，该网友又评论道："不过他打电话的时候，我刚好站在后面，就看到了他通话后的手机屏幕！是一张一男一女戴着史迪仔帽子的照片！女生长得蛮漂亮的，就是有些眼熟，好像在哪里看到过。"

上一条评论还没引起网友的注意，毕竟有同款手机壳挺正常的。但这条评论一出来，纷纷追问林述的女朋友到底有多漂亮，又是哪里眼熟。

该网友立刻又出来统一回复了一下。

"说不出来，就是有点儿眼熟。要么是看过和她有关的新闻，要么就是在网上看过她的照片。但我就是想不起来。"

第二天一早，乔西宁直接去了自己的珠宝店。

除了开业当天，乔西宁亲自到场剪彩，其他工作都交给了员工负责，无聊时就去店里看一眼。

橱窗两旁陈列着名贵的珠宝，在灯下发着光。

乔西宁径直走进去。进门的小沙发上坐了两三个人，他们看到乔西宁，明显一愣。

乔西宁穿着白色长款卫衣、浅蓝色牛仔阔腿裤，放在普通人身上，都是很随意很普通的穿搭。

舒服归舒服，并不亮眼。但这样简单的打扮，搭配上她的气质，有几分T台走秀的感觉，让人不自觉多看两眼。

乔西宁对着几位客人微微点了一下头，便往里间走。

"老板，见你一面不容易呀。"

"今天怎么过来了？"

"老板，欢迎您大驾光临！！！"

剪彩的第一天，员工就看出乔西宁性格不错，为人亲和，见她来了，和她开着玩笑寒暄几句。

"我前段时间接了个活，在剧组里给电影设计珠宝，所以才没过来。"乔西宁一顿，又问，"生意怎么样？"

"挺好的……"经理简单地说了一下珠宝店的情况，又说道，"外面那几位看'星空系列'有一会儿了，等会儿应该会带走几样。"

闻言，乔西宁点头："那挺好。"

经理一噎，还以为乔西宁会亲自出去介绍。

毕竟外面的人的确是看了有一会儿了，谁知道换来的是一句轻飘飘的"那挺好"。

这是完全不操心业绩了。

桌上放着纸笔，乔西宁拿起笔在纸上涂涂画画，接着又拿出手机给林述发消息。

前一晚睡前听到他这天一早有工作，乔西宁原本想开口问他要去哪儿，因为实在困得不行，直接睡了过去。早上起来时，人就已经出门工作去了。

乔西宁随手涂画，仅仅几分钟，白纸上就呈现出一只熊猫的画像。

乔西宁默默地想，以后可以再出一个"动物系列"珠宝。

过了一会儿，外面突然躁动起来。

一位员工走了进来，一改之前出去招待客户前春风得意的模样。

"怎么了？"经理问。

"那几位客人本来都要定下'星空系列'的月亮和星星的，但今天隔壁有明星出席活动，就好奇地跟着去看了。"

乔西宁听了，倒是来了兴趣："谁呀？音乐震得我头晕。"

"林述呀，要不是他都有女朋友了，我也想去看一眼，真的有网上说的那么帅吗？"这位员工突然想到什么，又问，"老板，你们是不是能经常见到明星呀？那林述呢？你见过他吗？长得帅不帅？"

没听到声音，员工一抬头，才发现刚刚还坐在面前的老板不见了。

"老板人呢？"

经理回道："跑出去了。刚一听到林述的名字，就跑出去了。"

乔西宁跑到活动现场的时候，活动已经结束了，林述被里三层外三层地包围着，寸步难行。

耳边不时传来大分贝的尖叫声。

林述像是察觉到了什么，脚步一顿，朝着乔西宁的方向看了过去。他的嘴唇微抿着，侧脸冷峻，以往冷淡的眼底有着明晃晃的笑意，不知道在笑什么。

这一笑，又引来粉丝一阵尖叫。

等林述被保镖引导着离开后，一些粉丝还留在原地，舍不得离开。

乔西宁的手机收到一条短信，点开一看。

林述发了个位置。

乔西宁立刻回道："我过去找你。"

当初店铺选址的时候，乔西宁特意做了考察，对这里的环境十分熟悉，不一会儿就找到了林述的位置。

只是那里不止他一个人，还有另外一个男人。

男人身材高大，穿着一件黑色大衣，"霸道总裁"似的穿着打扮。

"你真的不打算回来？"

林述的语气冷淡："不了。"

"爷爷他还是希望你能回家，二叔他也……"

看到林述盯着他身后，男人回头就看到了乔西宁："等你什么时候想谈了，我们再说吧。"

"不用谈了，"林述的声音里含着一丝笑意，"我自己有家。"

乔西宁愣了一下。

林述说的那句话，显然是在说她和他的家。

等人走后，乔西宁走上前，拉过林述的手，握得紧紧的。想到自己听到的话，她问："沈明柏找你干吗？又是来充当说客的？"

林述还没说话，乔西宁又说道："他们沈家想找个人还不容易吗，之前不找你，现在才来找你，想干什么呀？你别理他们。"

乔西宁和沈明柏打过几次交道，算是认识，加上对方又是乐清于的未婚夫，她对他倒是没什么坏印象。只是对方这次目的过于明显，又是过来劝说林述回沈家的，乔西宁登时就好感全无。

之前不找，有个儿子流落在外当不知道，放任林述不管。现在要绝后了，才想起还有个儿子？

她的林述，轮得着被他们挑挑拣拣？

而且现在找回去，能抹去他和他母亲受到的伤害吗？

"嗯。"林述的声音低低的，也不知道是在回答她哪个问题。

"反正，"乔西宁咬了一下嘴唇，说，"不管他们怎么说，你都不要回去。"

乔西宁说出来后，觉得自己这个要求有些无理取闹。

毕竟那是林述的亲人。他想回就回，不想回就不回，没必要听她的。

但她就是不想他回去。

林述没乔西宁想的那么多，点了一下头："我听你的。"

乔西宁的心跳瞬间加快了。

林述伸出手，捏了捏她的脸颊，问道："刚刚怎么去现场了？"

"早上起来见你不在，我就去了一趟店里。"她说完，又笑嘻嘻地凑近他，"正好在想你，就过来找你了。"

可能是早上没见到的原因，分开不过两三个小时，她就想他了。

林述的目光沉沉的，捏住乔西宁的下巴，俯身亲了下来。

"等会儿，"乔西宁抬手抵住他胸膛，"你也不怕被人看到。"

被拍到待在一起是一回事，被拍到接吻又是另一回事了。

"我想亲你。"他说。

"回去再亲嘛……"乔西宁小声说了句。

"等不了。"林述似乎是想扣住乔西宁的另一只手，一顿，"手里拿着什么？"

"嗯？"乔西宁低头，发现自己手里还提着个小蛋糕。

早上过来在路上买的。她从珠宝店里跑出来，也不忘带着小蛋糕。

"蛋糕呀。"乔西宁笑了一下，"幸好把它带出来了。"

"怎么？"

乔西宁抬手，把小蛋糕举在脸侧，掩耳盗铃般仰头："你亲吧。"

回应她的，是逐渐加深、加重的热吻。

迷蒙间，乔西宁将林述推开了些，问他："晚上要去听演唱会，那我们等会儿还回别墅吗？"

"找个地方吃饭。"

前一天晚上，乔西宁躺在床上刷微博，刷到了小天王方醒演唱会的"热搜"。这场演唱会是全国巡演，从几个月前就开始预热了，江城刚好是第一站。

乔西宁原本是没什么兴趣的。

但她记得，她当初找的"情侣必做的一百件事"里面就有提到一起去看演唱会。

"林述，"她看到演唱会的消息后，立刻问旁边的人，"明天有演唱会，你想不想去看？"

林述重点直接歪了："谁的？"

乔西宁翻了个白眼："你别管谁的，也别管男的女的，我就想和你一起去看个演唱会而已！"

林述抱着她说："你想去我们就去。"

乔西宁打了个电话，就拿到了两张演唱会的门票。

乔西宁的嘴角被人轻咬一口，回过神来。

"我们不回去吗？"她问，"那噜噜怎么办？"

她早上出门的时候，好像忘了给噜噜倒猫粮。

林述搂住乔西宁的腰，把人抵在墙上，嗓音沙哑："不管它。"

谁都没有他怀里的这个人重要。

两个人在外面吃了顿饭。

林述原本是想不回去的，但还是被乔西宁强行拉着回了趟别墅。

"演唱会七点半才开始呢，我们难道要在外面待一个下午吗？"乔西宁说，"而且，我早上出门就只化了个淡妆。"

林述低眸，仔细地打量她："不用化也好看。"

"你夸我也没用，我已经免疫了。"乔西宁笑了，心里却还是美滋滋的，"演唱会人那么多，我要回去化个妆，特别好看的那种。"

由于人多，避免引起骚动，林述肯定是要戴着口罩的，就她一个人露脸，作为两个人的颜值代表，那铁定要打扮得漂漂亮亮的。

体育馆与别墅区只隔了几条街，不远也不近。遵循至少提前半个小时入场的原则，乔西宁一路磨蹭，到了将近六点半才下楼。

林述站在沙发旁，乔西宁走过去，挽住他的手臂，说道："我好了，我们走吧。"

她也没换衣服，只是妆容发生了很大的改变。早上是稍显柔和的淡妆，而此刻，眼线拉长，眼影是明显的亮色，艳丽精致的五官更加立体，极具攻击性。

林述把人拉到跟前。

"你要干吗？"乔西宁问。

"不冷？"他低声问。

沙发上放着一条黑色的流苏围巾。林述拿过围巾，双手往前一伸，将乔西宁圈进怀里，绕过她的后脖颈就要给她戴围巾。

"你怎么老爱给我戴围巾？"

乔西宁一把扯掉围巾，随手扔在沙发上："我里面还穿了一件贴身的毛衣，不冷的。而且演唱会人那么多，热都热死了。"

体育馆外的小广场上挤满了人。

方醒是歌坛小天王，又是当红歌手，门票几秒就售罄了。尽管如此，还是有很多人蹲守在体育馆外，不死心地等着别人卖票。

乔西宁拉着林述去了一旁的官方周边售卖处。那里海报、手幅、应援灯……应有尽有。

乔西宁的手还没碰到海报上的男人，就被人握住了。他修长的手指，紧握住她白皙的手背。

林述忍不住说："别买。"

乔西宁偏头，还没说话，另一只手也被人握进手心："手怎么这么凉？"

乔西宁的衣服没有口袋，一路走过来，两只手一直搁在外边吹冷风。

"那你给我暖暖呀。"乔西宁极其自然地反扣住林述的手，迅速塞进他的口袋里。

林述的口袋有他的体温，暖烘烘的。

"不买了，"乔西宁盯着林述的眼睛，忽地笑了一下，"我们进去吧。"

乔西宁记得，刚交往那会儿，她和林述也准备去看一场演唱会的。

最终他们两个人因为明星的海报吵了起来。准确说来，是乔西宁单方面和林述争吵。

"林述，"那个时候的乔西宁向来是有什么说什么，根本不懂得照顾他的心情，"你刚刚发什么神经？我就只是买张海报纪念一下而已。平时这也不行，那也不行，现在我买张海报你都要管了？"

死一般的寂静。

乔西宁脱口而出："你是不是想分手？"

林述猛地抬头，上前几步，伸手就要抱她，声音沙哑："我们不会分手的。"

乔西宁原本说完也有些后悔，一听他这笃定的语气，又开始心烦。她一把推开他的手，很不耐烦地说："你别抱我。"

十二月末的天，小雪花飘下来。不多时，雪停了，又下起了雨。

乔西宁站在屋檐下，看着风雪兜头仍然固执地站在外面盯着她的人，心脏紧了一下。

她咬了一下嘴唇，有些不自然地说："林述，你站在外面干吗？还不进来？"

下小雨的时候，行人都急着避雨。他倒好，淋着雨，站在外面一动不动地盯着她看。

林述摘下口罩，低声问："气消了？"

乔西宁问："我要是还生气，你是不是打算继续站在外面淋雨？"

林述没说话。

"林述！"乔西宁看了眼乌云压境的天际，有些急了，音量拔高说，"你还不进来？"

站在外面的人依旧一动不动，幽深的眼睛牢牢地锁定她。

"林星渡。"

乔西宁叫了他的本名，乌黑的眼珠转了转，有些狡黠："我有点儿冷，你不想进来抱我吗？"

林述放在身侧的手不断缩紧，克制着自己上前的冲动。

乔西宁像是忘了演唱会的不愉快，满心都想着让他进来避雨。

两个人因为吵架，车直接丢在了停车场。

"林星渡，你过来抱我，"乔西宁觉得可能是这个诱惑力不够，顿了顿，又说，"不，你过来亲我一下，不然，我就不喜欢你了。"

话音刚落，瓢泼大雨降下的前一秒，林述踏进屋檐下。

"啊啊啊，哥哥——"

"方醒，老子爱你！"

此起彼伏的尖叫声打断了乔西宁的思绪。她回过神，发现林述已经牵着她坐在了座位上。

大屏幕上，轮番播放着方醒的音乐视频，场内的尖叫声此起彼伏。

乔西宁靠近林述，轻声说话："这是我们看的第一场演唱会呢。"

"嗯，"林述应声，"以后我都陪你看。"

乔西宁悄悄捏了一下他的手指。

全场的灯光骤然熄灭，只剩下荧光棒营造出的星空。台上的追光灯由白变红，升降台上慢慢出现一个人影。

尖叫声持续。

方醒全国巡演的第一站，公司早早安排了宣传。开场不到十分钟，五六个和演唱会有关的词条就出现在"热搜"榜上。

当晚九点整，在体育馆的呐喊声中，"热搜"榜上一个词条从倒数第五十，不断地在向上攀爬。

第四十三……

第二十……

第九……

第一……

然后爆了。点进去却是和"热搜"词条丝毫不相关的内容。

冬冬子："#双向的喜欢也太甜了吧# 啊啊啊，今晚异地恋五年的男友求婚了，为了找回以前发的那些短信，找到了这部旧手机。突然发现了好久之前拍的这个视频！男朋友怕女朋友生气，在外面淋雨认错；女朋友担心男朋友淋雨，傲娇地哄人。这也太甜了吧。呜呜呜！"

视频里的女孩子戴着个白色的口罩，遮住了半张脸，朝外面站着的人喊道："林星渡，你过来抱我。不，亲我一下。"

她哼了一声，眉眼有些傲娇："不然，我就不喜欢你了。"

听了女生那句话后，她们眼中素来清俊冷静的男神，以一种十分虔诚卑微的姿态，弯着背将人狠狠搂进怀里，脑袋深深埋进女生的颈窝。

以往硬挺的脊背，微佝偻着，卑微极了，仿佛十分害怕会失去怀里的人。

过了两秒。他抬头，环在女生腰上的手臂收紧，拥吻着自己怀里的女生，眼底有着难以自控的侵略性和占有欲，声音低沉又沙哑："别和我开这样的玩笑。"

评论井喷似的增加。

"我酸了，我酸了，我酸了。"

"这不是林述吗？！"

"这是在拍电影吗？是在拍电影吧？在拍电影吧？在拍电影吧？啊啊啊！我哥谈个恋爱这么卑微？"

"我哭了！我真的哭了！！！"

"哥哥说的什么话，'别和我开这样的玩笑，'前面那个名字，那个名字是什么？！"

"啊啊啊，谁呀？到底谁呀？不会还是那个，他说想要结婚的那个吧？！"

…………

网上讨论得如火如荼，粉丝们截着图，企图找出视频里只露出一双眼睛的女生是谁。

演唱会现场同样火热,听众沉浸在演唱会的音乐里,对网络上的消息一无所知。

一曲终了。

方醒拿着话筒,站在台上说道:"接下来的这首歌,想送给在座的所有人。"

底下早已有粉丝喊出了歌名,是方醒作为唱跳歌手,唱的为数不多的情歌《我想说》。

"对,是《我想说》。接下来,想和大家进行一个互动。大家来听演唱会,要么和家人,要么和朋友,或者和情侣。"方醒顿了一下,继续道,"在演唱过程中,摄影机会随机挑选几位听众。希望大家能勇敢地对你的同伴说出你心里最想说出的话,大声地告诉我,好不好?"

"好!"

前奏响起时,大荧幕定格在一对母女身上。

工作人员迅速递上了话筒。

"今天陪我过来的,是我的妈妈。她担心我的安全,非要跟着我过来,我们坐了一天的动车……"女孩子说到后面,有些哽咽,"妈,我以后……一定会好好读书,好好听你的话,不和你吵架了!"

"我想说,"方醒极富磁性的声音传来,"回到过去好不好?回到我们……"

最后一个字还没落下,镜头直接对准了乔西宁的方向。

眼睁睁看着自己出现在大屏幕上,乔西宁低骂了一句。

她几乎是下意识的,第一时间伸手挡住自己的脸。

不是吧……林述还在旁边呢。

坐在林述和乔西宁旁边的妹子漫不经心地看了过来,然后发出了一声尖叫:"啊——不是吧?不是吧?林述坐我旁边?!"

下一秒,镜头一顿,顺着乔西宁的手臂,将坐在一旁的林述也给拍了进去。

全场震惊,尖叫不断。

显然观众都认出来了。

工作人员站在一旁,没有丝毫犹豫地将话筒递给林述。

林述伸手接过,顿了顿,摘下脸上已经起不了遮挡作用的口罩。

如果说刚刚隔着大屏幕,大家还有些怀疑的话。这下子,体育馆的尖叫声更加猛烈了。

谁都知道接下来可能会发生什么事情——大明星林述在演唱会上,对女友的现场告白。

乔西宁脑子还有些蒙,下意识地喊他:"林述。"

"嗯,"他应声,轻笑了一下,"我在。"

尖叫声更加汹涌。

林述放下了手里的话筒。

"乔西宁。"他直直地盯着乔西宁，开口叫她的名字。

乔西宁抬头，对上林述认真的眉眼。

大屏幕上，长相清俊气质冷淡的男人，眉眼温柔，无声地开口。哪怕听不到声音，也不妨碍体育馆里万人呐喊呼叫。

三个字的嘴形，让人轻易能分辨出他说的话。

分明是——我爱你。

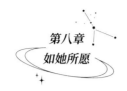

第八章
如她所愿

"热搜"实实在在地炸了。

早在林述摘下口罩的那一刻，就有不少人拿出手机，录下了他告白的那一幕。

所有关联的词条，热度在不断地攀升。

"林述演唱会告白"。

"林述 乔西宁"。

"林述现身方醒演唱会"。

号称能承受七个明星同时出轨的社交软件直接瘫痪了。刷新过慢，承载量过大，程序员不得不连夜赶工。

好一会儿才恢复正常。

每一条词条话题点进去，都能刷出几十条新微博。

"绝了，啊啊啊，我在现场，我在现场！原本我只是打算陪小姐妹看个演唱会的，谁知道居然碰到了哥哥！就坐在我旁边，镜头扫过来的时候，他们手还牵着！十指紧扣！

"演唱会中途，我一直听到哥哥问旁边的人，手冷不冷什么的。当时我就在想，这声音怎么这么像哥哥！结果！

"后来告白的时候，后排的没听到，我在旁边听得清清楚楚，那句'我爱你'，呜呜呜，说得好温柔、好认真。（想剪辑下来，天天听哥哥说，呜呜呜。）"

博主就坐在林述的旁边，拍摄的视频特别清楚，连那句低声的"我爱你"都录进来了。

林述说话的时候，一只手牵着乔西宁的手。

那一刻，演唱会上的人群和星空全部变得虚无。他的世界，只有乔西宁一个人。

这段视频在网上被疯狂地转载，不少在现场的人纷纷转发，称有幸见证。

也有很多人跑到乔西宁的微博下"观光打卡"。

乔西宁的大号里，和林述有关的微博纷纷沦陷。

第一条，就是转发的律师函，还在乔西宁的置顶上挂着。

"护夫！这是在护夫呀！"

"都这么明显了，当时怎么没想到！不然还能当预言家的！"

"第一条微博同框，打卡。"

…………

不少粉丝因为律师函的举动，对乔西宁很有好感。而当初的评论也全是在认粉丝的。

一条"情侣粉"的评论，在这晚脱颖而出，直接被顶到了热评第一。

"啊啊啊，明媚大小姐和高冷顶流，有没有好心人'产粮'？啊啊啊！！！"

评论回复——

"姐妹，牛。"

"你这还产什么粮，洗（西）漱（述）情侣是真的！"

"你粉的情侣是真的！"

"万人演唱会告白，这'糖'要吃出糖尿病了！"

博主转发了自己的微博："刚上微博，点开就发现评论和点赞炸了，我的心也跟着炸了！啊啊啊，奶奶！奶奶！我居然！粉到了！真的！"

"情侣粉"风风火火，创建了"洗漱"超话，跟过年一样，开始在舞台活跃起来。挖糖的挖糖，剪辑视频的剪辑视频……分工特别明确。

而林述在告白后，拉着乔西宁，在现场工作人员的掩护下，及时从后台撤离，避免造成现场混乱。

乔西宁被他牵着手，一路呆呆地往前走。

公开的方式她想过很多种，只是怎么都想不到，林述会在万人的演唱会上说出那样一句话，将直接又直白的爱意袒露无遗。

乔西宁停下脚步唤道："林述。"

林述跟着停下："嗯？"

"你刚刚，"乔西宁看着他，问，"怎么当着那么多人的面，直接就说出来了？"

作为当事人，乔西宁比旁人看得更加明白。

其实一开始，镜头扫过来的时候，她是不太想站起来的。

她的男朋友，林述，就坐在她旁边。

在这样的场合里，林述一出现，势必会引起人群骚动，可能还会暴露他们的恋情。

考虑到他低调的行事风格，乔西宁对于自己的曝光是有些恼火的。她捂着脸，就是不想被镜头拍到，下意识地就往他的怀里缩。

"怎么了？"

那个时候林述全身心都在乔西宁身上，根本没听到前头方醒说的话，更没注意一旁已经对准他们的镜头。

"镜头在拍人，我被拍到了，要当着万人的面说心里话，"乔西宁咬唇，有些烦，"我不想说，要是把你给拍进去了，就不好了。"

"什么？"

"你看大屏幕。"

林述偏头看了一眼前方的大屏幕，很快就反应过来，知道了互动规则。

"林述，"乔西宁想，"要不我直接蹲下去吧？"

林述答非所问，认真地说："可我想说。"

乔西宁"啊"了一声，就已经被他拉着站了起来，耳边是万人的喧嚣呐喊。

随着他开口，乔西宁感觉所有的声音都在慢慢远离和消失，只剩下荧光棒铺就的星空里，他温柔的眉眼，还有那句直击心灵的"我爱你"。

乔西宁的一颗心，到现在都还跳得飞快。

见林述没说话，乔西宁又开口："林述？"

"不是说，"口袋里，林述慢慢握紧乔西宁的手，"要说出心里话？"

"嗯，但你……"

"那就是我的心里话。"

乔西宁的睫毛颤了颤。

雪花突然簌簌落了下来。

冬天的这场雪下得毫无预兆，来得也比往年早。

林述伸出手，拍掉落在乔西宁头发上的小雪花。

"我记得。"乔西宁说，"我们当初没看成演唱会的那一晚，也下了雪。"

乔西宁的话题跳跃得太快，林述抿唇，静静地听她说话。

"林述——"乔西宁叫他，眼睛发亮，慢慢说，"我好像一直没告诉你。"

重新在一起后，她对林述说过许许多多的话。但从没有一句，像这晚，像他这样，把爱意完全袒露。

看着乔西宁的眼睛，林述的心跳有一瞬间的骤停，猜到了她下一秒要说出口的话。

乔西宁倾身，踮脚凑近林述，在他的下巴上轻轻点了一下："我也……爱你呀。"

林述演唱会上的告白，在网络上引起极大的震动，甚至还被好事的网友评为本年度不得不看的名场面之一。

乔西宁知道，乔川会从网上或者其他渠道看到她和林述的消息，但她怎么也没想到，隔天中午，乔川的电话就打了过来。

乔西宁翻了个身，拿过手机："喂。"

乔川不快道："这个点了还在睡觉？"

乔西宁一下从床上坐起来："爸，你怎么突然打电话过来了？"

虽然他们平时也有电话联系，大多是让她周末回家吃顿饭什么的。但这个时间点的这通电话，从哪里看都不正常。

乔川先是问了一下乔西宁最近的近况才开门见山："小齐早上看到你的新闻，和我简单地说了一下。不然爸爸也不知道你之前说的对象是林述。"

小齐是乔川的特助，不只会处理公事，有时还会处理一些私事。乔西宁有什么事情，对方都会及时向乔川汇报。

乔川继续道："这个林述前几年来过我们家。"

乔西宁干笑两声："这你还记得呀？"

"我之前以为，你那天的表现是因为喜欢的明星来了家里。你们那时候就……"

不等乔川问完，乔西宁急忙开口："没有，那次没有，后面那次才在一起了。"

林述去过他们家两次。

第一次，是乔西宁还追星的时候。因为她喜欢，又恰好有合作，乔川直接把人请回家了。

第二次，就是林述作为朋友，被乔西宁邀请到家里做客。碰上暴雨天，不得已在乔家逗留。

乔川说了句什么，乔西宁没听清，扬声问："爸，你说什么？我没听清。"

"那次他来家里，你的眼珠子都快黏在他身上了。"

不仅如此，平时衣来伸手饭来张口的人，还积极地给林述各种夹菜，生怕他不自在。

乔川那会儿就有些怀疑了。

不过自己的女儿嘛，对长相好的人总是特别热情，他也就见怪不怪了。

想到乔西宁前几天对着他天花乱坠地夸奖林述，生怕他会刁难她的对象，又想到小齐发来的那两个视频……

看得出来，对方的爱比乔西宁的要多得多。

乔川沉默了两秒，问："你什么时候再带他回家吃顿饭？"

"爸！"乔西宁惊喜地叫了一声，"你这意思是同意了？"

"我能不同意吗？"乔川笑道，"我还不了解你吗？就算我不同意，你也是要和他在一起的。"

"那不一样……"

虽然乔川说得没错，就算他不同意，她还是会和林述在一起。

"但是，"乔西宁补充道，"如果能得到家长的同意，那我肯定会更开心呀。"

"为了宝贝女儿开心，我不就得同意嘛。"乔川说，"你找个时间带他回家吃顿饭。上次只当是你喜欢的明星，这次看女婿，我可得好好看看。"

乔西宁笑了一下，然后说："他这几天有工作，要去国外一趟。我过几天再带他回去。"

"乔总，这里有份文件，需要您签字。"

听到电话那边的声音，乔西宁主动道："爸，那我就不打扰你了，挂了。"

林述推门进来，一眼就看到乔西宁脸上挂着明晃晃的笑。他怔了一下，视线挪到她手上——刚刚结束通话的手机屏幕，眼神有些暗。

乔西宁跪在床褥上，眼睛亮亮的，兴冲冲地喊他："林述！"

他走过来，猝不及防被扑了个满怀。

看得出来乔西宁很兴奋，因为那通电话。

林述没忍住，问："刚刚在和谁打电话？"

"和我爸呀，"乔西宁说，"我爸的特助看到演唱会视频了，和我爸说了几句，知道我们在谈恋爱，就打电话来问我了。"

林述松了口气。他知道自己的想法不好，但依旧控制不住。他还是没办法忍受，她因为别人产生一丝一毫的情绪波动。

林述过两天有个工作要出国一趟，具体是什么工作，乔西宁没问。因此她就没打算提早告诉他，要带他回去见家长，免得给他太大的压力。

幸好林述的注意力也并不在上面，知道对方是她父亲，也就没再多问。

"林述，"乔西宁蹭了蹭他的下巴，仰头看他，"今天是你的生日，你晚上想怎么过？"

凌晨的时候，乔西宁是第一个祝林述生日快乐的人——

"林述，生日快乐！我们好久没一起过生日了，今天我陪你过生日！"

林述下午要去一趟工作室，晚上才是他们的时间。

恋情刚公开，林述肯定会受到多方关注。乔西宁没打算拉着他出门，只能想怎么在家里给他过一个生日了。

林述的嘴唇轻启，乔西宁手疾眼快地捂住："算了，你别说，我自己想。"

林述轻笑了一下，胸腔微微震动。

他握住乔西宁的手腕，低眸看她，认真道："和你一起过就好。"

乔西宁嘲笑他："你也太好满足了吧？"

她爬起来，双手落在他的肩上，整个人靠着他："那你快点儿去工作室吧，我下午正好出去一趟，给你买蛋糕。"

林述搂住她的腰："早点儿回来。"

乔西宁没好气地应了一声："知道了。"

林述离开后，乔西宁起床收拾自己。正刷着牙，方新雨的电话就打了过来。

"绝了，绝了，姐妹，"电话那头，方新雨克制不住地大喊大叫，"我昨晚睡得太早了，今天早上起来才看到那两个视频，呜呜呜！"

乔西宁吐出嘴里的泡沫，说："你太夸张了吧。"

"呜呜呜，你都不知道，刚开始看到视频的时候，心疼死我了，我都想开口骂你了。接着看到你们在演唱会上的视频，我真的跟个疯狗似的，又哭又笑。"

"你都不知道，情侣超话一直到早上都非常活跃。还没有哪一对情侣像你们这样，刚公开就发了这么多糖的。"方新雨顿了一下，继续道，"我刚去看了，超话粉丝都快十万了，还在增加。这才过去一晚呀！"

"太夸张了。"乔西宁说，"对了，我问你一下，你知不知道，哪里有可以自制蛋糕的店铺？"

在一起的那几年，她几乎没有亲手为林述做过什么。唯一的一次，就只是往蛋糕上面挤了层奶油。

可仅仅是这样，林述都感到很满足。

那边方新雨又是一声尖叫："今天是林述的生日，你这是要亲手给他做蛋糕？"

乔西宁"嗯"了一声，说："对呀，所以你知道有什么地方可以做吗？"

虽然她是土生土长的本地人，但对这些都不太了解。

方新雨和她说了几个地方："你看这些够不够，不然我再去找其他人问问？"

"够了，够了，"乔西宁笑了一下，"我只做一个蛋糕，又不是十几个。"

方新雨问："要我陪你去吗？"

乔西宁拒绝："不用，我估计要耗很长时间。"

"行。"方新雨欢快道，"我要去超话吼一嗓子，他们今天都在猜，你会不会发微博祝林述生日快乐呢！这可都是糖啊！！"

林述是傍晚回来的，比乔西宁晚。

乔西宁本来是想请所有朋友来为林述庆祝生日的，但想到他说的那句话，觉得他应该只想和她一起过生日，太多人，反而有负担。

门外传来密码开锁的声音。

乔西宁放下手中五颜六色的蜡烛，赶在林述进门前跑过去。

"你回来啦！"

林述摸了一下她的脑袋，看了眼她身后，问道："等很久了？"

"没有，没有，"乔西宁说，"我也刚回来不久。"

等林述换好鞋子，乔西宁握住他的手，牵着他往餐厅里走。

餐厅开了一盏橘黄的壁灯，长方形餐桌上摆满了精致的食物，还有一个六寸大的蛋糕。

乔西宁推着他坐下。

林述看了蛋糕一眼，问："你做的？"

奶油铺得稀稀拉拉的，和几年前的一样。倒是上面的奶油画，简洁又精致。

乔西宁点了点头："对，做了一下午呢。"

虽然和专业的糕点师还是有差距，但这算是她做得最完美的一个蛋糕了。

乔西宁将蜡烛插好，一一点燃，然后起身关灯。

室内昏暗，仅有蜡烛的火苗照亮林述乌黑的瞳孔。

"林述，"乔西宁催他，"你别看我，你先许愿。"

林述刚动，乔西宁就叫住他："等会儿。"

林述抬眼看着她。她与他对视，林述的眼底映照出她认真的模样。

"林述，你听清楚了。现在是 2019 年 11 月 27 日 18 点 27 分，是乔西宁陪你过的生日。以后每一年的生日，乔西宁也都会陪你过。"

他眉眼微动。

"这是我的愿望，也是我的保证。"乔西宁说，"所以你就不要浪费你的愿望了，许你想要的东西吧。"

乔西宁太了解他了。

无神论者林述，偏偏会在之前的每一年生日，许一个和她有关的愿望——永远和她在一起。

可那几年，上帝从不曾眷顾他。

"林述，"见林述还看着自己，乔西宁伸手捂住他的眼睛说，"你许愿吧。"

她的掌心干燥，手腕有淡淡的香味，是他熟悉得已经不能再熟悉的，她身上独有的气味。

林述放轻了呼吸。

等林述睁开眼，乔西宁帮他吹灭蜡烛的时候问道："你今年的生日愿望应该变了吧？"

"我……"

"你别说。"乔西宁打断他，"说出来就不灵了。"

"你不是想知道？"

"你就告诉我，你今年的生日愿望和去年的一样不一样。"

"不一样。"林述说。

乔西宁松了一口气，就怕他死心眼，不许点儿有实质性的愿望。

"可以切蛋糕了。"乔西宁说。

林述自觉地起身，拿过放在一旁的西点刀。

"林述，"乔西宁用手撑着下巴看他，"我给你拍张照片好不好？"

"做什么？"

"纪念一下呀，我们复合后，第一次一起过的生日。"

这原本是她一闪而过的想法，可她突然很想这样做。

"你坐着。"她拿过他手里的西点刀，说，"我给你拍张照。"

乔西宁找好角度，看着屏幕里的林述。

大灯没开，英俊的五官映照在一片昏黄中。幽深的眼睛透过窄小的镜头，直直地和她对视。

她有一瞬间心跳骤停，舔舔唇喊："林述。"

"嗯？"

"你笑一个。"乔西宁说，"今天是你的生日，很开心的日子，不要抿着唇，你笑一个。"

林述眉目微怔。他从没告诉过乔西宁，他出生的这天，不是什么值得开心的日子。

林瑜人生的转折点，他这一生痛苦的开端，都离不开这一天。

乔西宁上一次陪他过的那次生日，是他自林瑜流产那年后，第一次过生日。

"乔西宁永远喜欢林述

"2016 年 11 月 27 日。"

也是在那天，乔西宁写下了那样一句话，覆盖了他以往关于生日的所有不好的回忆。

乔西宁看着他说："你笑一个嘛。"

林述对着镜头，弯了一下嘴唇。

乔西宁的心跳加快，无意识地摁下了快门。

乔西宁趁着林述起身切蛋糕的间隙，拿起手机，发了条微博。

乔西宁："生日快乐！@林述。"

还配了一张图片，是她刚才拍的照片。

她只是一刷新，几百条评论就冒了出来。

乔西宁没看评论，只放大照片，幽幽地说："林述，你怎么长得这么好看？！"

林述抬头。

乔西宁眨了眨眼睛，毫不吝啬自己的夸奖，直白道："好看得我想睡觉。"

林述切蛋糕的动作一顿。他放下西点刀，一动不动地盯着乔西宁的眼睛。

如同受到了隐形的蛊惑，乔西宁凑到他跟前，直白地说："你这样看我，总让我感觉，你下一秒就要……"

林述承认："是。"

柔软的唇贴了上来。

林述的声音模糊："我想亲你。"

——我想亲你；我想和你做亲密的事情；我想成为你最亲密的人。

他的脑海里响起她的话："以后每一年的生日，乔西宁都会陪你过。这是我的愿望，也是我的保证。所以你就不要浪费你的愿望了，许点儿你想要的东西吧。"

林述在此刻闭着眼，默默许了个愿望——

如她所愿。

林述拿过西点刀，往蛋糕上一按，将蛋糕完美地切成几块。

乔西宁伸手接过蛋糕，咬着叉子，边刷手机，边看着林述。

"林述，你看我干吗？"乔西宁吃了一口，也给他推了一块蛋糕，"你吃呀，今天是你的生日，我是特意为你做的。"

林述尝了一口。

"怎么样？"乔西宁急忙问，"好吃吗？"

知道林述不爱吃甜的，在蛋糕店的时候，她特地询问了西点师傅，关于制作蛋糕需要调试的糖量，只是她也不知道这合不合林述的口味。

林述笑了一下："好吃。"

像是为了证明自己说的话，林述三两下解决了一块蛋糕。

乔西宁又推了一块过去："那你吃多点儿。"

林述接过来。

"林述，"乔西宁双手捧脸看他，"我差不多会自己做蛋糕了，以后你要是想吃的话，我随时给你做。"

林述又笑道："好。"

乔西宁也跟着笑了："今天你生日，多吃一点儿。"

虽然她也喜欢吃蛋糕，但这是晚上，她一向严格控制自己。

林述平时不爱吃甜品，趁着他生日，乔西宁就想让他多吃一点儿，冲刷掉生活中所有的苦。

眼见林述即将解决掉第五块蛋糕，乔西宁急忙伸出手："林述，你都吃第五块了。"

"我让你多吃点儿，是多吃一两块，不是这么多。"乔西宁顿了一下，才说，"你也不怕待会儿肚子疼？"

林述抬眼道："你做的。"

乔西宁简直哭笑不得："是我做的没错，但你也不用都吃完，可以留着明天再吃嘛。"

林述低头，灯光昏黄，在餐桌上映出两道影子。

他看着影子，嘴角缓慢地勾起。

这个生日，比他以往二十多年经历的，都更难忘。

隔天下午。

林述又去了一趟工作室，乔西宁一个人待在家里。不过乔西宁没想到没等到林述回来吃饭，沈家的人就找上了她。

对方通过乐清于联系上了她。

乐清于是乐向晚的妹妹，和她关系也不错，但两个人一般只聊天，很少打电话。

"怎么了？"乔西宁窝在被窝里说笑道，"你最近不都在外面忙着拍戏，怎么突然给我打电话？"

乐清于迟疑了几秒，才说："就是……沈家和林述的事。"

不等乔西宁开口，乐清于又说："你也知道的，我没被找回来之前，是被沈老爷子养大的。林述一直不见他们，他们知道我和你认识，就过来找我了。"

乔西宁挑眉道："所以他们现在想要见我？"

"对，"乐清于原本不好意思说出来，听乔西宁说了，她松了一口气，"爷爷想见你一面。"

"是林述不见他们，他找我有什么用吗？"

乔西宁之前对沈家没什么感觉。但从林述的口中知道了那些事情后，再代入他的处境，对沈家也有些恼怒。但凡他们早些年能想起林述一丝一毫，也不至于现在追悔莫及。

"可能想问问你和林述有关的事情吧，"乐清于喃喃道，"你想去吗？要是不想的话，我……我就帮你推了。"

"你和他们说我下午有时间，"乔西宁说，"正好我也想问问，他们前几年怎么就没去找林述。"

见面的地点定在了江城俱乐部——一家私人商务会所。

乐清于陪乔西宁进了会客厅。

"爷爷。"乐清于打招呼。

沈里点了一下头，开口道："清于，你先出去。"

乐清于担忧地看了乔西宁一眼，不得已走了出去。

沈里一直以来说一不二，不怒自威。就连林述那个一向浪荡不可一世的亲生父亲沈闫，在沈里面前也讨不着好。

沈里沏了杯茶，推向乔西宁："记得当年见你，你还只有你爸大腿那么高，没想到都长这么大了。"

乔西宁没动茶杯，看着头发花白、依旧精神矍铄的沈里，说道："沈爷爷，您今天找我来，不是为了说这些的吧？"

沈里问："听清于和明柏说，你和林述在交往？"

乔西宁"嗯"了一声，说得更加明白："我过两天会带他回去见我爸爸。"

沈里肯定道："你爸不会同意的。"

"只要我喜欢的，我爸就会接受。"乔西宁说，"所以您今天找我来，到底什么事？"

"你和林述不合适。"

乔西宁完全没想到，对方找她来，会说出这样的话。

"你也知道，林述小时候经历的那些事情，导致情感观念畸形……哪怕他不承认，身体里也依然流着沈家的血。而且作为他的长辈，知道他和你分手后酗酒洗过胃，你父亲怎么可能还会同意他跟你在一起。"

提到那次酗酒，乔西宁心里还有些愧疚。不过听完沈里最后一句话后，她冷静了下来，声音平淡地说："林述不会和我分手的。"

林述不会听任何人的话，和她分手。

桌上放着厚厚一个牛皮袋，沈里将纸袋推了过去，平淡的语气中含着一丝命令："你拆开。"

乔西宁没动，说道："其实我今天本不打算见您的。林述不肯回沈家，我尊重他，也不可能劝他回去。毕竟那些事，任谁听了都心疼。"

沈里喝了口茶，静静地听乔西宁说。

"今天我来这一趟，就想问问您。当初沈家不要林述，现在怎么又要找他？"乔西宁顿了顿，继续说，"别说那时候找不到他，依您的人脉，想找他轻而易举。"

沈里反问："你怎么知道我当初不想找他？"沈里的目光落在牛皮纸袋上，依旧说，"你拆开。"

乔西宁没动。

"知道我为什么说你们不合适吗？"沈里咳嗽了一下，继续说，"你们在两种不同的环境下长大，接受的感情观念、为人处世的态度都不一样。磨合成功，对谁都好；磨合不成功，你不会受到影响，可林述会。这里面的东西，就当我送给你们的礼物，希望你以后看到它们，想起我这个老人家，能好好对林述。"

乔西宁懂了。

沈里认为她和林述不合适，但并不打算出手阻止。牛皮袋里装的东西或许价值不菲，可以用来买断她和林述的一辈子。

沈里不相信她会和林述永远在一起。

乔西宁没多看牛皮纸袋一眼，正声道："林述喜欢我，我也喜欢他。我会一辈子陪在他身边……"

砰——

门被人从外面撞开。

乔西宁看过去，惊讶道："林述，你怎么过来了？"

王洋最近有一堆事找林述，她特意趁他去工作室，才出来和沈里见面的。

林述没看沈里一眼，也没看桌上的牛皮纸袋，拉过乔西宁的手就要往外走。

看着他们的背影，沈里突然想起林述和自己说过的话。

沈里对着他，说了对乔西宁说过的话："你和乔西宁不合适。"

林述回头，直接道："那又怎么样？"

无论合适不合适，他都只喜欢乔西宁，只会和她在一起。

"林述，"乔西宁跟在林述旁边，瞄了一眼他的脸色，"你是生气了吗？"

林述摇头："没有。"

"你怎么知道我在这里的？"她猜测，"是清于告诉你的吗？"

"嗯。"

沈里一向强势，乔西宁再怎么无法无天，也只是个小辈。毕竟是自己在中间牵线，乐清于怕乔西宁吃亏，一出去立刻就给林述打了电话。

林述紧赶慢赶地过来，也听到了她说的最后一句话。

他的眼神柔和下来，看着她说："以后不要见他们。"

乔西宁点头，试探着问："你真的没打算回去吗？"

沈里告诉她为什么之前一直没去找林述的原因。

沈家旁系众多，沈里一家作为直系，只有两个儿子，他一直对两个儿子管教得十分严格。

大儿子，也就是沈明柏的父亲，根正苗红；而林述的亲生父亲沈闫，表面稳重自持，背地里顽劣不堪、花心放纵。

如果不是某次酒后说漏了嘴，沈里都不知道沈闫干的荒唐事，也不知道自己还有一个流落在外的孙子。

见林述没说话，乔西宁又说道："就是……林述，你有想过，回去和家人团聚吗？"

"没有。"他垂眸，定定地说，"我有你就够了。"

家人，有一个就够了。

听到林述这句话，乔西宁下意识想反驳。只是她动了动唇，发现自己说不出任何话。

连孩子都被他摒弃在家人之外，好像在他心里，真的只要她一个就够了。

乔西宁不想继续这个糟心的话题，便转移道："你明天几点的飞机？"

林述如实道："八点多。"

乔西宁看了一眼时间，说道："现在已经快五点了。"

林述低声说："不着急。"

乔西宁牵住林述的手："刚好到饭点，我们来都来了，干脆就在这里吃顿饭再回去吧。这里的东西还蛮好吃的，像吉多拉生蚝、银丝球……我都还挺喜欢的，你肯定也会喜欢。"

林述思考了一下，说："回去我给你做。"

乔西宁拒绝："做什么做，你明天的飞机，今天要早些休息。晚上回去还要收拾行李，累都累死了。反正都出来了，我们吃完饭再回去。"

林述扬眉问："你很想吃？"

"还好吧，"乔西宁对着他笑，"我就想和你一起吃。"

她想把自己喜欢的东西都和林述分享一遍。

"哎呀！"乔西宁撒娇般地拖着他的手，不给他拒绝的机会，"走吧，走吧。以后你想给我做饭的话，随便你做，做一辈子都行。"

一辈子……

林述看着乔西宁的背影，嘴角轻轻扬起。

他们到家已经是晚上七八点了。

林述要带的东西不多，简单地收拾了下行李，便进了浴室。

等他洗完澡出来，就看到乔西宁扑在被窝上，手机放在枕头上，一边看手机，一边咯咯笑，怀里还抱着他的人形抱枕。

林述走了过去，俯身，直接抽走了她身下的抱枕，丢到一旁。

乔西宁看手机看得正起劲，怀里的抱枕突然被抽走，她抬头就看到了林述。

"你洗完啦？"乔西宁随意问了句，目光转向被他丢在一旁的抱枕，说，"你把我的抱枕拿走干吗？我抱得正舒服呢，快还给我。"

林述将人拉到自己怀中，拉着她的一只手，穿过腰腹，放在自己腰上。

"看什么？"他低声问。

"我在看……没什么，"乔西宁将手机往后一藏，欲盖弥彰地回了句，"你还没说呢，你把我抱枕拿了干吗？"

林述哂了一声："抱它做什么？"

"抱着舒服呀，你……"

乔西宁突然福至心灵地说："林述，你该不会又吃醋了吧？！"

看他吃自己的醋，乔西宁像发现了新大陆一样。

她伸手揪住他的睡衣，凑上前："那可是你的人形抱枕呀，不就是你吗？你现在怎么连自己的醋都吃呀？"

林述狼狈地避开，不太敢直视乔西宁："没有。"

乔西宁没再拆穿他，话锋突然一转，说道："林述，你要听好、听仔细了。"

林述低头，贴过来："什么？"

"演唱会之后，迎来了林述的生日。乔西宁为庆祝林述的生日，特意制作了一个蛋糕。"乔西宁边看手机边念，声音突然拔高，"隔着蛋糕，林述目光深邃地盯着她，把她看得心里毛毛的。"

林述低头看了过来："你在念什么？"

乔西宁不理他，继续念道："乔西宁问林述，你不吃蛋糕，看我做什么？"

"林述说……"乔西宁突然一顿，脸也变得有些红。

看是一回事，念给当事人听又是一回事。

林述的声音有些哑："说什么了？"

他的眼神犹如乔西宁念的那样，看得她心里有些发毛。

乔西宁使劲咳了咳。

"你别急，马上就念了。"乔西宁装出一副毫不在意的样子，朗声道，"林述说，比起蛋糕，我更想吃你。"

底下还附了一行小字——文笔不成熟，望轻拍，人物、剧情不合理都是我的错，最终所有权，归林述和乔西宁本人所有。

"情侣粉"不仅创建了超话，还根据林述和乔西宁最近的举动，创作了一篇篇小文章。有温馨的日常，还有"脑补"的相知相恋的情节。

乔西宁刚刚就是在翻阅那些文章，趴在床上止不住地笑。

乔西宁声情并茂地说："比起蛋糕，我更想吃你。"

话音刚落，她手里的手机被抽走。

林述翻身，手撑着床靠近乔西宁。

乔西宁看着他，脸上飘着红晕："你想干吗？！"

这姿势……不怪她多想。

回答她的，是林述覆过来的唇。

他的手轻车熟路地从她的衣摆探了进去。

天花板上的吊灯刺眼，迷迷糊糊的，似乎在晃动。

乔西宁看着看着，忍不住伸手推了他一把："你关灯呀。"

林述长手长脚，一边亲她，一边伸手关灯。

前一天晚上闹得太晚，林述早起要出发去机场，乔西宁还缩在被窝里，像一摊烂泥。

林述俯身，轻轻亲了下乔西宁的额头："我走了。"

乔西宁费力睁开眼，眯起一条缝。

外面黑云笼罩，黑压压的。

"外面下雨了？"乔西宁问。

"没有。"

"你出门在外注意安全，到了记得和我说一声。"乔西宁说了一句，伸手牵住林述的手腕，嘟嘴朝他撒娇，"你亲我一下再出门。"

林述轻笑，低头亲了她一下。

乔西宁睁开了眼睛说："让你亲额头，没让你亲嘴唇。"

抱怨归抱怨，她诚实地伸手搂住林述的脖颈，回应他，并加深了这个吻。

林述的余光看了眼时间，眼看就要来不及了。他微抬下巴，撤离了乔西宁的嘴唇，低声重复道："我走了。"

乔西宁朝他摆了摆手。

随着脚步声远去，一道关门的声音后，别墅彻底地安静下来。

乔西宁突然有些失落。她深呼吸了两下，拉过被子蒙住脸，又睡了过去。

"轰隆"一声，闪电划过天空。

外面暴雨倾盆，乔西宁半点儿没受影响，沉沉地睡去。

乔西宁再次醒来，是被饿醒的。她起身走到落地窗边，看了看外面的天气。伴随着雷声，雨滴倾斜着往地上砸，不放过任何地方。花园里翠绿的树叶，被雨水洗刷得透亮翠绿。

乔西宁打了个哈欠，拉上窗帘。她走回床边，拿起手机，点开和林述的聊天页面。

乔西宁："林述，你到哪儿了？下飞机了记得和我报声平安哦。"

醒来后，她就有些心慌，也不知道为什么，总感觉似乎有什么事情要发生一样。

乔西宁等了一会儿，也没等到林述的消息。

窝在沙发上的噜噜低着脑袋舔了一下自己的爪子，朝乔西宁叫两声，企图吸引她的注意力。

乔西宁看了过来："饿了吗？"

不知道林述早上出门有没有喂猫。乔西宁将手机丢在沙发上，抱起噜噜，往它的用餐区域走。

乔西宁倒好猫粮，把噜噜放了下来，随手捡起地上的逗猫棒："其他玩具呢？怎么就只剩下这个了？"

一楼是噜噜活动的区域，经常看见它叼着玩具在别墅里来回跑，也不知道会叼到哪里去。

乔西宁闲着无聊，逗它："问你呢，小胖猫，其他玩具呢？！"

她摸了摸噜噜圆滚滚的小肚皮，说："把玩具都吃进你的小肚子了吗？"

噜噜给了她一个自己体会的眼神，转头背对着她，小脸埋进猫粮里，吃得很香。

"你这什么眼神？这样看铲屎官……"手机突然响起来，打断了乔西宁的独角戏。

乔西宁摸了摸"噜噜"的脑袋："自己先吃着。"

她刚刚点了个外卖，估计是外卖到了。

乔西宁看了一眼屏幕，接起来："喂，向晚。你大半夜不睡觉打电话给我？我还以为是外卖电话呢。"

江城五六点，乐向晚那边是晚上十一二点。这么晚给她打电话，不像是乐向晚的作风。

乐向晚说："我本来都要睡了，结果想起好几天没看到噜噜了，就和你打一个视频电话。"

乔西宁"哦"了一声，说："你也太无情了吧？就想你的猫，都不想我的？"

"别这样，"乐向晚说，"这话你还是对林述说去吧。"

她要是说想乔西宁的话，估计又会惹得林述乱吃醋。

这些年她待在乔西宁身边，看得格外清楚。

乔西宁一噎："他今天去国外了，不在我旁边。"

"那我肯定是想你的，"乐向晚笑了两声，从善如流地说，"肯定是先想你，才想噜噜的。"

"这才差不多。"乔西宁满意了，将镜头对准身后，"看吧，看吧，就在我身后。

怎么样？看到了吗？需不需要我调一下角度？"

"哪儿呢？没看到呀。"

"啊？！没看到？我刚刚还喂它吃猫粮呢……"

乔西宁说完，转身看去，噜噜趁她接电话的时间，不知道跑哪里去了，猫粮倒是吃得一干二净。

"别担心，"乔西宁说，"估计跑哪个房间去了，我找找。"

乔西宁把客厅的角落都找了个遍，也没看到噜噜的身影，又看了一下猫爬架。

她抬脚走向厨房："噜噜？！"

她连续找了一楼的两三个房间，都没看到猫咪的影子。

乔西宁只能说："向晚，等我找到噜噜再拍照片给你看好了。你那边也挺晚的了，现在先去睡吧。"

乐向晚点头："也行。"

挂断电话后，乔西宁顺着走廊，一间间房找过去。

二楼的尽头是个杂物间，乔西宁推开门，杂物间里东西堆放整齐，整洁又干净。

乔西宁环顾了一眼，往里面走："噜噜？！"

"喵——"角落里传来小小一声猫叫。

乔西宁走过去，扒开桌柜下的纸箱。里面还有一个纸箱子，此刻倒在地板上，东西撒了一地。

噜噜一只脚踩着地板，还有一只脚扒着纸箱的边缘，猫头使劲往里探。

乔西宁蹲下，捡起一个小玩具，有些哭笑不得："又没有猫咪和你抢玩具，怎么还把玩具都藏到这里来了？！"

乔西宁将它从纸箱上抱开，扶正纸箱，慢慢捡起地上的东西。

东西丢得乱七八糟……逗猫棒、自动不倒翁、枯黄的树叶、一小袋牛肉干、几粒鹅卵石、一个小叮当玩偶、一条手链。

噜噜甩着尾巴走开，趴在墙边看着乔西宁收拾。

掉在地上的都是一些零碎的东西。乔西宁三两下收拾好，起身走向噜噜。

"你呀你，"她俯身，把养得胖胖的猫抱起来，"叫你乱跑。"

噜噜无辜地叫了两声。

乔西宁抱着猫转身要走，脚下却踩到了什么。她低下头去看："这里怎么还有部手机？"

认出是林述之前用过的手机，乔西宁弯腰捡起来，随手打开。屏幕上显示一千多条消息。

乔西宁嘀咕："这么多条消息，林述不会欠费了吧……"

267

她点开信息。一千多条信息，全来自一个人，源头是林述现在用的号码。

林述怎么自己给自己发消息呀？

乔西宁带着疑惑点开了短信，往下滑了两下。她的呼吸瞬间一顿，眼神下意识地凝住——

2018 年 5 月 16 日，星期三。

看到你和别人笑得那么开心。

我很嫉妒。

2018 年 5 月 20 日，星期天。

不喜欢你身边还有其他的人存在。

2018 年 6 月 5 日，星期一。

药很苦，突然想吻你的手。

…………

2019 年 2 月 4 日，星期一。

乔西宁，新年快乐。

上面还有一张照片。

她放大照片。照片上，穿着红色外套的女孩子，波浪卷发自然垂落在肩后，和其他几个人肩并肩、头贴着头的，凑在一起拍照。

背景天空烟火璀璨，热闹极了。而地上昏黄的灯光，折射出林述孤独的倒影。

他就站在后边，远远地看着她和别人一起庆祝新年来临。

乔西宁眨了眨眼睛，突然有些喘不过气来。

最后一条，停留在 2019 年 11 月 27 日。

他生日的那天。

——谢谢你，回到我身边。

他买下了她弃用的手机号码，在分手的那几年，假装维持着联系的状态。

一部手机，一千多条的消息，三千多张照片，全部关于她。

叮——

手机突然跳进来一条消息。

"受局部特大暴雨影响，由安城飞往 M 国的航班，途经太平洋，与地面塔台失去联系……"

乔西宁看到消息后，感觉一阵窒息。她不清楚林述的航班号，只知道他在安城那边有个活动，活动结束后才会转机去 M 国的 N 城。

乔西宁想都没想，直接用手里的手机给林述打电话。

无人接听。

乔西宁捏着手机，手指无意识地颤抖。她不死心，又打了两三个电话过去，然后跑下楼，用自己的手机给他发消息。

"林述，你的航班号是多少？你上飞机了吗？

"看到消息了，打个电话给我，或者回我一下。

"求求你了，林述。

"求你，回我一下。"

她咬了一下手指，点开应用软件。

最上面也有一条消息——受特大雷电暴雨影响，部分航班停售。

乔西宁立刻想到回家。家里有一架私人飞机，她就算是自己开着飞机，也要去找林述。她抓起手机和钥匙，几步跑去了车库，哆哆嗦嗦地开车门，点火。

"砰"的一声，车直直地撞上大门，熄火了。

乔西宁打开车门，跟跟跄跄地下了车，往路上走。只是一会儿，她浑身便湿得彻底。

远处的车打着双闪，光线刺眼，车子快速逼近。

三米、两米、一米……

乔西宁瞪大了眼睛。

电光石火之间，一双手及时伸出来，一把拉过她。

"下雨天出门不带眼睛的呀……"驾驶座上的司机在大声咒骂，声音被雨幕自动隔绝。

大雨"哗啦啦"地下着，乔西宁却清晰地感受到上方的呼吸声。

她抬头，看到了林述。

"呜呜呜……你吓死我了，让你给我回消息，你怎么都不回？"乔西宁边抹眼泪，边打他，"你知不知道，我以为你出事了，我刚刚……都想和你一起死了。"

林述的眉心一跳。

他抬手，动作轻柔地擦掉她脸上的泪痕："别哭。"

暴雨如注，洗刷着整座城市。

林述摸了一下乔西宁湿漉漉的头发，鼻尖抵着她的，问道："回去？"

乔西宁还有些恍惚，任由林述牵着她的手，带着她离开。

进了门，林述拿过干毛巾，擦了下乔西宁的脸和头发："先去洗澡，不然你会感冒。"

乔西宁抓住他的手："你也淋雨了，不洗洗吗？"

林述揉了一下她的脑袋，说："你先洗，我……"

以为他是担心先后顺序，乔西宁自然而然地说："别墅里面不是有很多间浴室吗？而且，你可以和我一起洗呀。"

林述怔了一下。

得知飞机失事的消息，乔西宁有些缺乏安全感，恨不得每分每秒都紧紧贴着他。

林述强压下心里所有的想法，低声哄她："你先洗，我去煮姜汤。"

他自己淋雨还好，但乔西宁淋了雨，他总归有些不放心，怕她会因此感冒发烧。

乔西宁待在浴室里，一边放水，一边听门外的动静。

她听到飞机失事而七上八下的心，久久未能平复。哪怕林述已经待在她身边了，她还是有些后怕。

寂静的空间里，只有不间断的水流声，以及她的呼吸声。

乔西宁忍不住又有些慌，往外高声喊道："林述？！"

林述的脚步声传来："我在外面，你别怕。"

听到他的声音，乔西宁缓了缓神，开口道："你别走！你就站在浴室外面，等我出来。"

"好。"

乔西宁隔了一会儿又说："你和我说会儿话吧。"

"你想说什么？"林述低声问。

"随便什么。"乔西宁打着泡泡和他说话，"我刚刚真的吓死了，我只知道你要飞N城，航班时间差不多，就以为你……"

林述说道："航班晚点了。"

原本的确是那个时间点，不过一号台风登陆安城，暴雨突至，雷云堆积。航班先是晚点，最后决定取消。

林述待在机场，比外界更早知道飞机失事的消息。

因为手机没电，怕乔西宁看到新闻担心，林述特地借了工作人员的手机给她打了好几个电话，只是她的电话一直处于占线状态。

他不敢想乔西宁看到新闻后的样子，丝毫不敢耽误，马不停蹄地从安城开着车回来了。

"你的手机是不是没电了？"乔西宁问他，"我刚刚给你打了好多电话，发了好多条消息，你都没回我。"

林述"嗯"了一声。

虽然知道乔西宁可能会给他打电话，或者发消息。但直到刚刚手机充上电了，他才有更加直观的反应。

图标上显示"99+"的电话和消息。

"你刚刚真的吓死我了，我还以为你上了那趟飞机，都想直接回家，开家里的私人飞机去找你了。"

林述突然就明白了，乔西宁刚刚的那句"我都想和你一起去死"。

在全城航班取消的状态下，她冒着风险开飞机去找他，是真的做好了要和他一起死的准备。

林述的声音干涩："我没事。"

乔西宁冲掉泡沫，重重地呼出一口气："幸好你没事。"

"林述，"乔西宁安静了一会儿，又问，"你在外面等我，会不会很无聊？！"

他的手机放在客厅沙发旁充电，只能在外面干站着，听她说话。

"不会。"他恨不得一直听到乔西宁的声音。

"我洗好了，马上出来。"她顿了一下，继续说道，"这是我出生以来，洗得最快的一次了。"

哪怕林述站在外面，和她只隔着一扇玻璃门，她依旧觉得不踏实。

"林述，"乔西宁拉开门，朝他张开双手，"你抱抱我。"

她像是得了肌肤饥渴症，这会儿只想贴着他解渴。

林述已经换下了那套湿衣服，整个人干净又整洁。闻言，他朝乔西宁走近，轻轻松松地将她抱了起来。

乔西宁双手环在林述的后背，紧紧地箍住他："你明天和我回一趟家吧。"

林述微顿，声音有些哑："什么？"

"回家，"乔西宁解释，"那天我爸不是给我打电话了吗？就是知道了我们的事，叫我找个时间带你回家。总不可能你把他宝贝女儿拐走了，他都不见你一面吧？"乔西宁笃定地说，"我们注定是要结婚的。"

林述的心一动，低声问："什么时候？"

乔西宁抬手搂住他的脖颈，寻找他的眼睛："林述，你很紧张吗？"

"怎么这么问？"

"我明明说了明天，你还问我什么时候。"

林述垂眸，抿唇没说话。

他不是紧张，而是下意识地在乎和她有关的每一件事情。

看他那样，乔西宁忍不住笑出声："你紧张什么？别紧张。"

林述又叹了一口气："你哪件事我不紧张？"

"林述，"乔西宁收了笑，正声道，"你别担心我爸怎么想，反正是我喜欢你，是我和你在一起，是我和你结婚生孩子。"

"我喜欢你就行，"乔西宁给林述打了一针强心剂，"我爸什么意见不重要。

"我只是带你回去，简简单单地吃个饭而已。"

林述低头，额头轻轻触上她的："好。"

隔天下午，乔西宁带着林述回了乔家。

陈妈看到林述的时候，小小地惊呼了一声，问乔西宁："西宁，你爸今天让我准备得丰盛一点儿，说你要带人过来，我还以为你是要带男朋友回来。你倒好，又把你喜欢的明星带回家了？！"

不怪陈妈这么问。林述第一次过来乔家的时候，乔川就是这样介绍林述的——这是乔西宁喜欢的男明星。

"不是，"乔西宁牵过林述的手，说，"陈妈，他是林述，我和你说过的。我的男朋友，大明星。"

陈妈上上下下打量林述。

除了乐向晚，第一个能在乔家落榻的人，陈妈对他还是很有印象的。

"我想起来了，"陈妈问，"上次你特地熬粥去看望的人，是他？"

乔西宁"嗯"了一声："我爸人呢？"

怎么回事？说要她带人回来，结果她带回来了，乔川居然不在客厅。万一林述以为乔川不喜欢他，可怎么办呢？

陈妈解释："你爸四五点就在沙发上等着了，后来好像临时有个会议，去书房了。"

乔西宁问："多久了？"

陈妈想了一下，说："快半小时了吧。"

话音刚落，楼上响起了关门声。

等乔川从楼上下来后，乔西宁急忙把林述手上提着的东西，一股脑儿地塞到乔川手里，假话真话混着说："爸，这些都是林述亲自买给你的，有些东西挑了很久呢，我在旁边等得都有些生气了。"

乔川怎么可能听不出来乔西宁的画外音——林述特别重视你，你就不要为难他了，不然我就和你生气了。

"回家吃顿饭而已，怎么还带东西过来？"乔川说，"一家人，不用这么客气。"

乔西宁松了口气。

"西宁，"乔川将东西递到乔西宁手边，"你去把这些东西分类放好。"

林述带了很多东西过来，有烟、有酒、有字画……全是乔川平日里的爱好。

乔西宁看了一眼默不作声的林述，有些不放心："让陈妈……"

乔川直接堵住她的话："陈妈在忙着煮饭，还是你要进去替换陈妈？"

乔家人口不多，乔西宁出国留学后，家里就只有乔川，陈妈是几十年的老保姆了。

见乔西宁站着不动，乔川佯装不满："怎么？出国读了几年书，爸爸都请不动你了？"

"说好了，"乔西宁也不遮遮掩掩，光明正大地说，"你可别背着我为难林述。"

乔川摇头："真是女大不中留。"

几乎是乔西宁转身上楼的同一时间，乔川脸上的笑容跟着消失。他看着林述，开门见山："沈闫是你生父？"

林述点头："是。"

这些事情一查就能查到，乔川知道这些事情，林述并不惊讶。

"沈家关系太乱了。沈闫没个儿子，到头来是侄子沈明柏掌权，你回去也捞不着什么好。"

乔川说这话，像是在赞同林述选择不回去的举动。

但林述知道，他不是。

乔川喝了口茶，问道："你真喜欢我女儿？"

林述毫不犹豫地说："喜欢。"

"乔西宁是江城脾气最不好的大小姐，"乔川自己都笑了，"你喜欢她什么？"

林述想都没想就说："什么都喜欢。"

因为是乔西宁，所以哪里都喜欢。

"我这女儿，骄傲任性，出生后用的东西都要最好的，说是要星星、要月亮都不为过。你回沈家，每年好歹还能有个分红，不回去，你能给她什么？拍戏赚的几个钱？"

问完这句话，乔川又笑了："别说爱，这东西太虚无了。"

乔川作为一个追逐利益的商人，向来不信这些东西。再坚定的爱，经过时间的打磨也会变得斑驳不堪。只要有心，甚至能用钱买到。

林述睫毛微垂，淡淡地答："我能给她我的所有。"

所有的所有。

还有一颗完完全全迷恋着她的心。

第九章
最高荣耀

　　惦记着林述还待在楼下，乔西宁用了最快的速度收拾。

　　她下楼的时候，乔川和林述还坐在沙发上喝茶，维持着她上楼前的状态，气氛看上去似乎还不错。但乔西宁觉得这些都只是表象，两个人指不定在她上楼后说了什么话。

　　她走过去，直接在林述旁边的扶手上坐下，和他靠得很近，想悄悄和他说会儿话。

　　乔川看了过来："家里沙发那么多，坐旁边去，挤在一起做什么？"

　　"不要，"乔西宁拒绝，"我就要坐这儿。"

　　乔川很看不上："你这像什么样？"

　　乔西宁挽住林述的手臂，回他："反正在家里，我想怎么样就怎么样。"

　　她就是要坐在林述旁边。要不是乔川看着，她都想直接坐林述腿上了。

　　手机突然响了起来，是乔川的："你把文件发我邮箱，我看看……"

　　"爸。"见乔川要走，乔西宁喊了一声，"林述还在这儿呢，你去哪儿？"

　　"你们先坐着，我上去处理一下文件。"

　　乔川顾不上林述和乔西宁，丢下一句话，又上楼工作了。

　　等乔川的身影从楼梯消失，乔西宁和林述挤在沙发上，凑上前问："林述，我爸刚刚和你说什么了？他没为难你吧？"

　　乔西宁了解自己的父亲，对她好是真的好，但对别人也是真的凶。林述和她在一起，乔川用看女婿的标准看他，绝对会更加苛刻地对他。

　　林述握住了她的手，笑了一下："没什么。"

　　"真的没什么吗？"乔西宁凑过来，直直地看着他，"我还是了解我爸的，他怎么可能没为难你？你老实告诉我，不要骗我。"

　　林述垂下眼，避开乔西宁明亮乌黑的眼睛。

乔川的确和他说了一些话，但是那些在他看来都不算是为难，只是一个父亲为自己女儿好的苦心。

林述知道自乔西宁母亲过世后，她和她父亲的感情最好。嘴上说着就算她父亲不同意，她也要和他在一起，但是心里面多多少少还是希望能得到父亲的同意。

林述愿意为此付出所有。只要能得到乔川的同意，让他如愿娶到乔西宁，让她幸福。

乔川说："你现在能给她什么？"

乔西宁和林述不一样，她生来什么都有，金钱、名利、美貌，她受惯了众人的追捧……已经什么都不缺了。

林述想了一下，说道："我能给她，我的所有。"

乔川笑了一下，意有所指："年轻人总喜欢把话说得太满。"

到了他这个年纪，看多了人生百态，已经不相信口头漂亮的承诺了。

毕竟承诺谁都会说，但做不做得到是另一回事。说出口的时候，人人都以为自己是那个能信守承诺的人。

"西宁喜欢你，我这个做父亲的，总不好过于反对。"乔川顿了一下，从茶几下抽出了一份协议递给林述，开门见山道，"你把它签了，我就不反对她和你在一起。"

乔川让乔西宁带林述回来吃顿饭，不只是为了见见他，还是为了一份协议。他早早地准备好了协议，就等着林述签字了。

这是一份婚前协议，里面的内容大多都对林述不利。

合同要求林述把名下的所有财产悉数转移到乔西宁的名下。

乔西宁可以在婚后反悔，但如果林述没能做到对她一心一意，先对不起她，就要自行净身出户。

林述没有多看，直接翻到最后一页，拿过笔在落款处利落地签下自己的名字。

"不看看？"乔川问，"不怕签了之后后悔？"

林述笃定道："不会。"

看他这态度，乔川倒是满意了不少。不少人口头上说得好听，到了真正落笔前，又会迟疑反悔。

现在很多年轻夫妻会在婚前协议上找差错，哪怕是夫妻共同体，也怕自己吃亏。

林述倒是干脆。

因为林述的这个举动，乔川看他也顺眼多了。

乔西宁推了推他："林述，你还没和我说呢，我爸真的没为难你吗？"她顿了下，又说，"比如让你签婚前协议什么的？"

这是他们圈内很多联姻家族的做法。

在婚前规划好之后的财产分配，双方合作，不至于太吃亏。只是她总觉得，林述一个人面对乔川，就会很吃亏。

林述淡声道："没什么。"

和她相比，其他什么都显得不重要了。

"你看着我的眼睛，"乔西宁捧起林述的脸，道，"你老实告诉我，我爸他真的……"

"咳咳，"乔川站在楼梯转角，看向乔西宁，"在背后说我什么呢？"

乔西宁站起来，直接问："爸，我问你，你让没让林述签什么协议？"

乔川装糊涂："什么协议？"

"爸，你让林述签协议了吧？"乔西宁翻了个白眼，"你要是没让林述签，你会直接说没有。"

乔西宁很生气地说："是我非要嫁给林述的，求着他娶我的。你逼他签什么协议呀？！"

因为她这句话，乔川直接黑了脸："我乔川的女儿，有得是人想娶，需要求着他娶？"

"我才不管其他人怎么样，反正我要嫁给林述，也只嫁他。"乔西宁哼了一声，"你是不是让林述签协议了？签那种协议干什么？"

乔川也哼了声："协议是他自愿签的。"

"可是……"

陈妈站在餐厅门口，担忧地看着这边，生怕乔家父女吵起来。

林述一把拉住乔西宁的手腕，就此打断了乔川和她的争吵。

"话说完了就去吃饭。"乔川丢下一句话，下楼走向餐厅，算是给林述和乔西宁留下一个说话的空间。

"林述，"乔西宁转身看他，"你拉着我干吗？为什么不让我说下去？就是我让你娶我的，我爸凭什么逼你签协议？！"

林述低声说："那份协议没什么。"

乔西宁皱眉道："可是他……"

林述打断她："以后我都是你的，我有的，也都是你的。"

乔西宁听懂了。

因为怀揣着这样的想法，所以那份协议在林述看来，是真的不重要。

她伸手握住林述的手，说："那我的也是你的。"

林述只说："你是我的。"

"那我爸帮我要了你那么多东西，你就只要我？不要我的其他东西吗？"她逗他，"你这就满足了？便宜都被占光了。"

"嗯，"林述抬手碰了一下乔西宁的耳朵，笑道，"只要你。"

他不要其他东西，只要乔西宁。

乔西宁眼睛亮亮的，和林述对视。

林述捏了捏她的脸："脸怎么红了？"

乔西宁打掉林述的手，反驳道："才没有。"

陈妈等了一会儿，见他们还没来，便出来找人，一眼就看到林述和乔西宁低着头在说话。

乔西宁的脸上有些许红晕，罕见地害羞了。

陈妈看着笑了，看了十几秒才开口："西宁，还有林……林述，吃饭了。"

"来了。"

乔西宁牵着林述的手走向餐厅，就听陈妈说了句："西宁，脸怎么这么红啊？！我还是第一次看你这么害羞呢。"

身旁一道目光如有实质。乔西宁偏头，对上了林述含笑的双眼。

陈妈的话，像是在打她的脸。

因为乔西宁带了男朋友回家，陈妈摸不清对方的口味，做了些不会出错的海鲜。虾蟹又肥又嫩，鲜香四溢，恰好都是乔西宁喜欢的。

陈妈了解乔西宁的习惯。刚坐下拿起一双透明手套，准备帮乔西宁剥壳。

林述接过手套，说："我来吧。"

陈妈觉得有些不妥："这……"

乔西宁看过来："没事，陈妈，你让林述剥。"

陈妈看向乔川。

乔川点了一下头，表示她听乔西宁的。

林述戴上手套，将虾剥去壳，全部放进乔西宁的碗里。

乔西宁拦住他的手："你自己也吃呀。"

林述低声道："先给你剥。"

乔川看在眼里，心里对林述又满意了不少。他拿起桌上放着的一瓶酒，给自己倒了点儿，又看向林述："来点儿？"

乔西宁原本正低头喝汤，一听，急忙伸手，紧张地拿走林述面前的玻璃杯："爸，要喝你自己喝，林述喝不了酒。"

乔川笑了一下，调侃她："还没结婚呢，这就管上了？"

乔西宁应了一声："他就乐意我管着他。"

林述闻言，低低地笑了一声。

乔西宁看过来，瞪他："你笑什么笑？你自己说，是不是乐意让我管着你？"

他还是笑："是。"

陈妈在一旁偷偷地笑。

乔西宁在国外留学这么多年，家里已经很久没有过这么热闹的时候了。

听到林述的回答，乔西宁满意了，看向乔川手中的酒杯："爸，你也少喝点儿，一两杯就行了。"

"行。"乔川面对自己的女儿，向来好说话。他问林述和乔西宁，"在一起也这么久了，打算什么时候结婚？"

乔西宁看了一眼林述，开口道："这个还不……"

林述却说："快了。"

"行，我还等着抱外孙、外孙女呢。"乔川说了句，"对了，晚上就在这边住下吧，明天再回去。"

乔西宁点头："嗯，我本来也是这样想的。"

陈妈听了，立刻从餐桌旁站起来："那我先去把客房收拾出来，就西宁旁边那间吧。"

知道陈妈不把事情处理好就待不住，所以倒也没人阻止她。

对于收拾客房的安排，乔川没什么异议。

乔西宁凑近林述，小声说："你晚上别关门，我去找你。"

林述点了一下头，抬手，将手中的虾肉抵在乔西宁的嘴边："张嘴。"

乔西宁偷偷看了一眼在看手机消息的乔川，推了推林述："你也吃。"

晚上十一点，乔西宁打开房门，溜进了林述的房间。

房内只开了一盏床头灯，林述靠在床头，低头看着手机。

他眉眼低垂，长睫在眼睑落下一层阴影，高挺的鼻子，好看的嘴唇，侧脸温和。不知他在看什么，很认真，连她进门的动静都没听到。

"林述，"乔西宁走过去，"你在看什么呢？"

林述关了手机，声音淡淡的："没什么。"

乔西宁"啧"了一声，道："你骗我，我刚刚都看到了，你在看戒指！"

林述看着她，没说话。

她掀开被褥，凑到林述身边："什么样的，你给我看看？"

林述拒绝："没什么好看的。"

"怎么就没什么好看的，"乔西宁说，"你是不是求婚用的？那不就是给我戴的，那我想看，你还不给我看了？"

乔西宁过来找他前，还不懂他在餐桌上的那一句"快了"是什么意思，甚至打算问问他，现在却懂了。

上次剧组杀青，她还说林述轻飘飘一句话就想娶她，原来林述私底下准备了戒指，是打算在某天出其不意地求个婚。

只是不凑巧，被她看到了。

"林述，"乔西宁纳闷了，连续发问，"上次那枚戒指不是还在你那里吗？你干吗不用那枚戒指？而且你怎么不找我设计呢？我肯定比别人更了解自己呀。"

林述揉了一把她的头发："那样就没有惊喜了。"

求婚戒指是求婚重中之重的一环。乔西宁又当设计师又当新娘子，那就没有半点儿被求婚的惊喜与神秘感了。

那枚戒指是乔西宁想起林述的时候设计的。虽然对他们有不一样的意义，但作为求婚戒指，还是太素了些。

在他心里，乔西宁值得最好的。

最大的钻石，最贵的戒指。

乔西宁愣了一下，忽然笑了："林述，你想得还挺多的。"

他性格内敛，把什么事都闷在心里，却会考虑到一些小事，顾忌到她的情绪与心情。

他一直如此。

乔西宁侧身拱进林述的怀里，嗅到他身上的薄荷清香："你怎么这么好？！"

乔西宁都觉得自己有些不是人了。哪怕她流露出的只是一点点喜欢，都足以让他死心塌地。

"林述，"乔西宁的手从林述的肩上滑下来，紧紧圈住他的腰，"你不要对其他人这么好，你就对我一个人好，好不好？"

虽然两个人现在已经完全绑在了一起，然而只要一想到如果不是林述这么喜欢她，在没复合之前喜欢上了别人，也会对别人好，她心里就有种说不出的难受。

她想要林述一辈子只对她一个人好。

她知道只要是林述说出口的承诺，就势必会做到。如同分手的那几年，他即使想她想得快要疯掉，依旧忍着没有出现在她的面前。

直到等到她回来，等到自己再也忍不下去。

"好，"林述笑了一下，"我只对你好。"

"那林述，"乔西宁偏头看他，忍不住又问，"你会永远喜欢我吗？无论我做什么，你都喜欢我，只对我好。"

他的眉骨凌厉，眉眼生来清冷，可这会儿看着她的眼神中透着说不出的温柔。

他的嘴唇一动，说出她最想听到的话。

"你做什么我都喜欢你。"

林述是乔西宁的林述，所以无论她做了什么事，他永远只会接受，永远喜欢她。

"林述，"乔西宁吸了两下鼻子，发自内心地感叹，"你真好！"

幸好她回国了，幸好她又和林述遇上了，幸好他们又重新在一起了。

不然还不知道他们会变成什么样。

林述见不得乔西宁伤感的样子。他微微偏头，亲了一下她的额头："睡觉吗？"

"不要，"乔西宁拒绝，"还早呢。"

这个时间点，两个人在家，一般都在做一些少儿不宜的事情。但这是在乔家，知道乔川对自己还不够满意，而且乔西宁又是偷偷跑过来的，林述放在她肩上的手指用力，手背泛起青筋，极力克制着自己。

"刚刚我进来前，你不是在看戒指吗？"乔西宁说，"你继续看，我刷会儿微博。"

乔西宁不知道一枚成品戒指有什么好看的，但林述看得还挺入迷，连她走进来都没察觉。

乔西宁刷了一会儿超话，看到某条微博的时候，忍不住笑出了声。

"林述。"

林述还在看戒指，头也没抬地问："怎么了？"

"我看看，你是不是变胖了？"乔西宁捧着林述的脸，捏了捏他脸上的肉，"我觉得还好呀，怎么微博上都说你最近胖了呢。"

林述没说话。

"外面下雪了。"乔西宁的话题转得快，"我们出去逛逛吧，顺便买点儿东西。"

晚上十二点半，乔西宁牵着林述的手，手里拎着一袋汉堡炸鸡从店里出来。

走了两步，乔西宁忽然停了下来："林述。"

他侧身看她："嗯？"

"脚疼。"乔西宁说，"可能刚刚走过来走累了，现在脚有点儿疼。"

她自然而然地张开双臂，用求抱抱的姿势，仰头看林述："你背我吧，你背我回去好不好？！"

乔家的别墅坐落在市区，出来就是繁华的街道，但距离炸鸡店还是有些远。

乔西宁不想点外卖，也不想开车，看到外面下雪了，非拉着林述走过来，这会儿知道疼了。

林述俯身道："上来。"

乔西宁扑上去，紧紧搂住他的脖颈。林述背着她，稳稳地向前走。

雪下个不停，乔西宁伸手扫掉落在林述头顶上的雪花。只是刚拿掉，她就隐隐后悔了。

乔西宁叹气："应该让雪花落在你头上的。"

林述配合地问道："为什么？"

"走到家的时候，你的头顶上差不多就都是雪花了，"乔西宁说，"就像你背着我，一路走到了白头。"

林述的心脏紧缩了一下。

乔西宁一直不知道，平时她随口说的一句话，会对他产生多么大的影响。

乔西宁察觉到林述脚步一顿，纳闷道："怎么了？"

林述没回答，把乔西宁往上掂了一下，手臂卡着她的大腿，手伸进口袋里，摸到了放在里面的盒子。

路灯下，雪花落了一地。在这个寒冷的冬夜，呼啸而过的风也变得温柔了。

乔西宁趴在他的背上，微微眯着眼，睡得迷迷糊糊，然后听到林述十分认真的声音。

"乔西宁，你愿意和我组成一个家庭吗？"

翌日。

乔西宁睡得迷迷糊糊的，往旁边一扑，没摸到人，只摸到空荡荡的枕头。

她登时睁开眼睛，想起来晚上睡前，林述和她说过，前两天因为台风暴雨堆积的行程，顺延到了这天。

前一晚在深夜的别墅区，偶尔有穿堂风。林述背着她走在路上，稳稳当当的，她靠着他的肩膀，舒服得忍不住闭上眼睛。

昏昏欲睡中，猝不及防间听到他的声音："乔西宁，你愿意和我组成一个家庭吗？"

其实乔西宁想过林述求婚的那天，自己会是什么样的反应，会控制不住地流下眼泪，还是开心地大笑着说"我愿意"。

然而当这一刻真正来临的时候，她的内心异常平静，甚至没由来地笃定，这是自然而然该发生的事情。

只是她心里多少还是有些心疼，心疼林述。

别人求婚，是正常的"嫁给我"，而林述是"愿不愿意组成一个家庭"。

"好呀。"乔西宁偏头，热气喷洒在他的脖颈上，"我愿意和你组成一个家庭。"

林述背着她，继续往前走。

乔西宁搂住他的脖颈说："林述，你听着。"

林述偏头，示意自己在听："你说。"

"我会给你一个家，"乔西宁一顿，补充道，"和和美美，永远不吵架的那种家。"

时间回到现在。

乔西宁躺在床上，取下了左手戴着的戒指，细细观看，和她设计的款式差不多，只是钻石更大，纯度也更高。

戒指内圈刻的不是他们在一起的纪念日，而是她和林述的名字——L&Q。

乔西宁把戒指重新套了上去，捞过手机给林述发消息。

"林述，你到了吗？"

林述很快回复道："刚上飞机。"

"我怎么感觉你很早就出去了？！"

"林述，昨天忘了问你，戒指上的名字，是你亲手刻的吗？"

"嗯。"

"你什么时候背着我偷偷去刻的？我居然都没发现！"

明明两个人一直都待在一起。

那边没有再回。倒是方新雨，在两分钟后，连续发来好几条消息。

"姐妹，藏得够深的呀！

"这么一件大喜事，居然没告诉我们！改天出来请客！

"怎么样？被求婚了感动不感动？哭没哭？！你说出来，我不会笑话你的。

"啊啊啊，林述可是'最想和他结婚的男明星'中票选第一呀，羡慕死你了。"

乔西宁满脸震惊地回复："不是，你怎么知道林述求婚了？！"

前一天晚上发生的事情，她自己都还没反应过来，打算过两天再告诉朋友们。

谁知道，方新雨居然知道了？！

方新雨激动地回复道："林述求婚都上'热搜'了呢。"

方新雨发来一个链接，乔西宁点了进去。

"啊啊啊，刚刚在飞机上遇到哥哥了！人有点儿多，有个阿姨不小心撞了哥哥一下，然后，一个戒指绒盒掉了出来！里面有一张写着'L&Q'的小纸条，但没有戒指！！！啊啊啊，这什么意思，应该不用我多说了吧？"

底下的评论早就炸开了——

"求婚了吧？！"

"戒指已经送出去了！！！"

"啊啊啊，之后是不是要结婚生小孩了？求上新婚综艺或者亲子综艺。"

"等等！这个小纸条的内容，我好像在哪里看到过……"

"+1，我好像也看过。"

"这个符号，我在小主持人的微博看到过……我……我感觉我好像发现了什么了不得的大事情。你们看戒指内圈的纹路，像不像哥哥纸条上的字，Q习惯性地弯曲。而且小主持人也是这两天，哦，不，昨晚被求的婚……"

每个人写字都会有自己的习惯。林述写字母"Q"的时候，习惯性写得弯曲，粉丝自然就一眼认出来了。

看到这儿，乔西宁怔了一下。

和林述公开恋情后，她微博中提到他的，只有祝他生日快乐的那条。其他和他有关的，都发在当初用来追星的微博小号。

现在小号里的内容都是一些恋爱日常，自然也包括他求婚这样重中之重的事情。

乔西宁突然有种不好的预感。

她切回小号，不断增长的粉丝数量，以及评论、点赞，都在提醒她一个事实——

她的小号"乔小乔乔乔""掉马"了！

"昨天晚上他背着我回去的时候，突然求婚了。他问我愿不愿意和他组成一个家庭，我就想到他家里那些破事、破人，好心酸……我在这里发誓！以后一定要对他好，比对自己还好！！！"

最新这条关于求婚的微博由原本一两百条评论，猛增几万条。

"啊啊啊，求婚卡。"

"他是林述吧？！"

"啊啊啊，你和你男朋友的恋爱日常我是一路追过来的，如果真的是林述，那也太绝了吧？"

乔小乔乔乔："他说，我有你一个就够了。"

乔小乔乔乔："比你多一天的喜欢。"

"1s永远喜欢只qxn，2016年11月27日——世界末日。"

"Qxn永远永远、最最最喜欢1s，2016年11月27日——世界末日的后一天。"

"…………"

这条微博，乔西宁趁林述睡觉的时候，拿出他手机里藏着的那张小纸条，偷偷补上了属于自己的期限。

她自己复刻了一张，拍照纪念。

一千多条微博，不是和林述有关的转发和宣传，就是和他恋爱的记录。

粉丝们开始兴奋地在每条微博下留言——

"太甜了，太甜了！怎么可以这么甜啊！"

"腻死在你们的日常里。"

"这里，这句史迪仔最可爱，我好像在哪里也见到过，好熟悉。"

过了一分钟，该粉丝又回复。

"啊啊啊，我想起来了，我想起来了！我之前在一个帖子里看到过，某个剧组人员发帖＃我们剧组的大明星和他的女朋友也太甜了吧＃，这个帖子里面的，所以当初姐妹没猜错，真的是你们！！！"

"什么帖子？求一个链接。"

"蹲链接。"

蹲链接的人越来越多。

"林述求婚""乔西宁小号""乔小乔乔乔"等话题的热度高居不下。

乔西宁看着这些话题，咬了一下嘴唇。

她和林述过往的恋爱日常，彻彻底底地曝光了。

随着乔西宁小号的曝光，评论里一个个的，全在嗷嗷叫。还有人截图了和林述相关的内容，发到了情侣超话里。

方新雨消停了半个小时，又冒了出来。

"牛，姐妹，我看你的日常，感觉自己一头栽进了糖罐里。看林述冷冷淡淡的样子，原来私底下你们相处是这样的。太甜了，呜呜呜！

"我在床上扭得像条蛆。"

乔西宁无语地回道："夸张了。顾简看你这样，不得生气？！"

方新雨快速回复："管他呢。谁都没有我'吃糖'重要。

"信女愿一生荤素搭配，愿林述和乔西宁长长久久。"

乔西宁："……"

她走进卫生间，将手机放在置物架上，拿起牙刷刷牙。刷完牙，她不再回复方新雨的消息，下了楼。

"西宁，"陈妈叫她，"林述早上很早就出去了，我问了他，说是要赶航班。"

"我知道。"

"你知道？"陈妈诧异了，"你平时都要睡到十一二点的，今天醒那么早？那怎么没下楼吃早餐？"

乔西宁愣了一下。

陈妈还以为她和林述是分睡在两个房间里，所以林述是早上告诉她，他已经离开了的。

乔川早上没去公司，闻言看了过来。他镜片后冷淡的眼睛犹如利剑，直直地扫向乔西宁，等着她合理的解释。

婚前同居在当下已经算不上是什么大事了。

但如果被乔川知道，对林述的印象会大打折扣。

乔西宁反应过来，扬了一下手里的手机："我刚刚下楼前先去了一趟他的房间，没看到人，就发消息问了他。"

乔川收回目光，说道："每天睡到十一二点，像什么样？"

"爸，"乔西宁翻了个白眼，"等我回了别……公寓，你就眼不见心不烦了，今天就先忍忍。"

她其实醒得挺早的，只是看网上那些评论，时间不知不觉就过去了。加上又和方新雨聊了一会儿，才导致这么晚下楼。

乔川教育她："整天这样懒懒散散的，也不怕林述嫌弃你。"

乔西宁撇撇嘴："林述才不会嫌弃我呢。"

林述嫌弃自己都不会嫌弃她。

乔川哼了一声，却没说话，也知道乔西宁说的是事实。

"行了，"乔川摆手，"赶紧吃饭。你这三餐不规律的毛病，我改天找林述说说，让他看着你点儿。"

乔西宁在家里用完午饭回了别墅，小憩了一会儿，掐着时间给林述打了个电话过去。

"林述，我现在就回别墅了，"乔西宁问，"你到酒店了吗？"

"在路上。"

乔西宁松了一口气，而后试探性地问："林述，你下飞机到现在没上网看新闻吧？！"

林述低声问："什么新闻？"

乔西宁说："没什么，没什么好看的，都是一些……"

可林述根本不按常理出牌："我回酒店再看。"

乔西宁连忙说："你别看。"

话音刚落，她反应过来，自己现在的态度有点儿不正常。

林述也是听她的话，轻笑道："你不想我看，那我就不看。"

乔西宁挫败地"啊"了一声，往后倒进被窝里，自暴自弃地说："随便吧，你要是想看你就看吧。只是你看完了，不要在我面前说就好了。"

乔西宁当初发那些微博，只是想记录自己在那个时刻最直接的心情。以及提醒自己要对林述好，要好好地和他在一起。

她根本没想到自己有一天会"掉马"。

她自认为绝对不会犯切错号的低级错误，绝对安全。谁知道网友无所不能，仅凭借着一张图就迅速找出她的小号，甚至关联上论坛的爆料帖。

乔西宁打了个哈欠，抱紧林述的抱枕，迷迷糊糊地和他说话。

前一天晚上她睡得晚，又来回奔波，是真的有些困了。

她说话的声音渐渐小了下去，呼吸跟着平稳下来。

林述静静地听着手机那头的呼吸声。

过了两秒，他退回手机主页面，点进了微博。

"林述求婚""乔西宁小号""乔小乔乔乔"几个话题热度居高不下。

林述的手指微顿，点进了第二条话题。往下一刷，相关的微博用户跳了出来，有七十多万的粉丝。

他点了进去。

"我从来都不知道，他偷偷来过 F 城几百次。

"只要对视二十一秒，就会喜欢上对方。他说：不用对视，因为不会有别人。我怀疑分手的这几年，他是不是偷偷去报了什么培训班，这么会说话！

"他简直是个中华醋王，连一只猫的醋都吃。我觉得我想养猫，估计是不可能的了。

"阿渡。我的。

"偷偷做了一件大事，嘻嘻。

"上一条微博说的大事，其实就是以他为灵感，设计了一套系列珠宝。希望能拿奖，这是属于我和他的荣耀！"

看到最后一条，林述的目光凝住了。

"昨天晚上他背着我回去的时候，突然求婚了。他问我愿不愿意和他组成一个家庭……我在这里发誓！以后一定要对他好，比对自己还好的那种！！！"

林述突然想到很久很久以前，林瑜被家暴，抱着他流泪呜咽说的话。

"阿渡，你听着，无论你未来的伴侣是富贵还是贫穷，漂亮还是丑陋，相比于对你好这件事上，其他什么都不重要了。你一定找一个真正对你好的人，不要像我这样，像我这样……"

林瑜泪流满面，湿热的眼泪流进了林述的后脖颈。

那时的他沉默地盯着电视，想着：既然那样痛苦，那为什么还要去找那样一个人？自己对自己好，不是比别人对自己好更好吗？

可感情往往毫无缘由。

他不想喜欢任何一个人的时候，乔西宁却出现了。

从此，他深陷在她的眼神里；深陷在她摸上他手腕的温热触感中；深陷在她语调张扬的一声"喂，我是你的救命恩人"里。

他想，他应该听林瑜的话，找一个对自己好的人才对。而乔西宁娇气任性，完全的大小姐脾气，事事都要他迁就。

可他舍不得放弃她。在他心里她比任何人都要好，也比任何人都对他更好。

没有乔西宁，也就没有后来的林述。

可能十三岁的林星渡会悄无声息地死在一个阴雨连绵的小城里，无人问津，直至发烂，腐臭。

林瑜告诉他，要找一个对自己好的人。

但她没告诉他，原来十三岁看到第一眼时就喜欢的人，直到二十五岁，也不会改变。

时间悄然流逝，天色暗了下来。

乔西宁睁开眼睛，下意识地"嗯"了一声。

旁边传来一道熟悉的声音："醒了？"

乔西宁看过去，声音是从手中的手机里传出来的。

乔西宁猛地反应过来，她躺在床上和林述打电话，不知不觉中睡着了。

"林述，"乔西宁瞥了一眼屏幕上的通话记录，"你怎么不挂断电话呀？听了我三个小时的呼吸声，你也不嫌无聊。"

"不会。"

乔西宁笑了一声："林述，你现在真的……"

林述耐心地等着她的话："什么？"

乔西宁顿了一下，才说："老是说些我爱听的话来哄我。"

林述没说话。只有他自己知道，这些都是他的真心话。

乔西宁抱着林述的抱枕，问："你什么时候回来？"

林述垂眸，翻了一下手中的设计稿。蓬松的白色蕾丝裙摆层层叠放，垂顺下来像一朵绽放的花朵。裙尾拖地，极致华丽。

一旁的设计师见林述在打电话，拿过平板电脑直接和他打字沟通。

"我们特地查了乔小姐近年来参加的宴会礼服，着重分析了她的着装爱好，加紧设计了几款乔小姐可能会喜欢的婚纱……"

"林述？"电话里，乔西宁疑惑地问他，"你这次工作要多久呀？什么时候回来？"

林述想了一下，说："不确定，怎么了？"

"没什么，"乔西宁说，"这不是快新年了吗，想和你一起跨年。"

别说分手的那几年,就连在一起的时候,林述和乔西宁都没好好地跨过一次年。

　　林述一年三百六十五天,有三百多天在外奔波拍戏。等他空闲下来,乔西宁又要忙自己的事情,两个人的时间根本就对不上。

　　他飞去 F 城偷偷看她那次,正好是新年。

　　她和朋友们一起庆祝新年,搞怪自拍。而他一个人,隔着人山人海,无声地祝她新年快乐。

　　"你要是跨年前能回来,是最好啦。要是不行,"乔西宁的声音一下子变得欢快,"我就过去找你吧。"

　　地点不重要,重要的是,陪在身边的人。

　　林述直接道:"我会回去。"

　　"好,"乔西宁又问,"你现在是在外面吗?我怎么听到了海浪的声音?"

　　林述"嗯"了一声,说:"在外面。"

　　"那我就不打扰你了,"她下意识地以为林述在工作,"我先挂电话了。"

　　电话挂断后,乔西宁突然有种怅然若失的感觉。

　　分开后感觉时间过得格外慢。明明只过了一个白天,却像过了一个世纪一般。

　　以前林述拍戏不在,乔西宁一个人也自得其乐,约上几个朋友,世界各地到处飞。如今他不在,她居然生出了几分不习惯。

　　"喵——"噜噜的叫声从门外传来。

　　乔西宁揉了一下眉心,收拾好情绪,下床喂猫。

　　分开的十几天说快不快,说慢也不慢。

　　新年来临似乎是一眨眼的事情,紧跟在平安夜、圣诞节后,静悄悄地来了。

　　林述是 12 月 31 日凌晨回来的。

　　乔西宁那时候还躺在被窝里,听到开门声还没反应过来,整个人就连人带被地被抱进怀里。

　　她原本抱着的抱枕被人丢了地上,取而代之的,是林述从身后抱过来的手。

　　"林述!"乔西宁翻了个身,眼睛都亮了,"你怎么今天回来了?!"

　　他抱着乔西宁,下巴搁在她的头顶:"不是说想要我陪你跨年吗?"

　　乔西宁吃惊地道:"今天已经 31 号了?!"

　　林述刚离开的那几天,她几乎是数着日子过的,就等着跨年夜的到来,等着他回来。后来,日期在一天天中变模糊。

　　她完全没有了概念,特意放空自己不去想,她觉得这样时间或许能过得比较快。

　　林述的声音很淡:"嗯。"

乔西宁动了动唇，刚要开口说些什么，看到他眼下的乌青，下意识地抿紧了唇。

林述注意到了，问："怎么了？"

她埋进他怀里，瓮声瓮气地说："你先睡觉，有什么事情等我们睡醒了再说。"

这十几天，她吃了睡睡了吃，养足了精气神。她甚至想好了，等林述回来，要和他做些什么有纪念意义的事情。

可这会儿看他满脸疲惫，她只想让他赶紧补觉。

他其实可以不用这么赶回来的。

林述拉过被子，盖在乔西宁身上，说道："一起。"

第二天，乔西宁罕见地醒得比林述早。

"林述，"等他吃完早餐，乔西宁急忙把切成一块块的苹果推过去，"你吃苹果。"

林述看了过来。

乔西宁捧着脸说："平安夜你不是在国外吗？你一个人，肯定没吃苹果吧？！"

"'苹'和'平'同音，你把苹果吃了，寓意你这一年都平平安安的。"乔西宁说，"这是我早上特地出门去超市买的。"

那次飞机失事的乌龙，在她心底留下了很深的阴影。以至于她现在看到有平安寓意的事物，总是忍不住想要用在林述身上，保他平安喜乐。

林述拿起果签，插了一块小的，抵在乔西宁的双唇间。

乔西宁摇头："你自己吃……"

苹果被人强势而又温柔地塞进她嘴里。

乔西宁鼓起腮帮子："你喂我干吗？！是要给你吃的，剩下的你自己全吃了。"

她不知道，在林述心里，她的平安，比他自己更重要。

乔西宁的刀功不好，苹果一块大、一块小的，形状不一。

林述咬住大的，又插了块小的，再次递到乔西宁的嘴边："再吃一块。"

乔西宁抬手，推了推他的手腕："都说了你自己吃。"

林述再次如法炮制地喂她。

乔西宁闭着嘴。

她抬起手，两只手掌交叉，护住自己的嘴，一双乌黑的眼睛盯着林述："你别想再喂我了。"

半分钟后。

乔西宁嚼着口中的苹果，气急败坏地捶他："林述，你……"

她两只手腕被扣住，抵在身后的椅背上。她的嘴唇被咬住，刚含住的果肉一分为二，唇齿间都是苹果的清甜味。

乔西宁抬眼。林述点漆似的双眸镀着星光，倒映着她的身影。

从认识至今，林述的眼里，满满的都是她。

乔西宁的心跳骤然加快，伸手搂住他的脖颈，双唇贴得更近了："林述。"

"明天是个好日子。"她的眼中含着笑，连说出的话都是甜的，"我们去领证吧？"

决定和林述去领证后，乔西宁立刻给乐向晚打了个电话，和她分享这个好消息。

"向晚——"乔西宁说，"明天是个好日子，我决定要和林述领证了。"

乐向晚明显愣住了："什么？你再说一遍，你说你什么时候和林述去领证？！"

"你别那么激动，"乔西宁只当她是被"领证"两个字给吓到了，不紧不慢地解释，"反正我和林述都复合了，也同居了那么久，领证是迟早的事情。明天元旦，都说日子很好，正好可以去领个证。"

"我是因为你们要领证激动吗？！"乐向晚笑了出来，"你不知道元旦民政局不上班吗？"

乔西宁："……"

乐向晚轻笑着调侃她："你也太着急了！是不是急着想嫁给林述了，连元旦不能领证这件事情都给忘了？！"

乔西宁现在有点儿想骂人了。

她好不容易特别主动地和林述说要领证。

结果……

听到乔西宁轻声叹气，林述看了过来："不开心？"

乔西宁扫了他一眼，和乐向晚说："那我再去看看有没有别的时间吧。"

电话挂断。

"太可惜了。"乔西宁很郁闷，看着林述说，"我忘了，元旦不能领证。"

林述愣了一下，也没想到这回事。

"没事，不能领证就不能领证，"乔西宁盘腿坐在客厅的沙发上，翻着手机上的日历，自言自语，"我找一下，看之后还有哪些好一点儿的日子。"

过了一会儿，乔西宁从手机里抬头，眼睛亮亮地看他："林述，三号那天早上你有空吗？"

不等林述回答，她立刻又说道："我先告知你哦，你那天没空也得有空。我查过了，一月三号也是个好日子，民政局也上班，就那天了！不然就要等到下个月了！"

"好。"林述点点头，神色认真，"我们三号去领证。"

时间很快就过去了。

三号当天，乔西宁一大早就起来捣鼓自己，又是洗头发，又是化淡妆，比出席高级晚宴还要重视。

临近出门，林述牵她的手："手怎么这么凉？"

乔西宁白了他一眼："我紧张。"

林述将她的两只手紧握在手心，低笑出声："别紧张。"

民政局。

拍照前，乔西宁忍不住打开包包，翻找东西："我照一下镜子。"

"不用。"林述抬手，将她两边的碎发别至两耳后，"你很好看。"

拍照和宣誓的流程很快就结束了。

从民政局出来后，乔西宁拿着那两个红本本，轮番看了又看："简直太般配了。不过主要还是我长得好看，拉高了整体水平。"

林述在一旁笑。

"你说说，"乔西宁去扯林述的脸，"像你长得这么好看的人，也就只有这样漂亮的我，才能配得上你了。"

林述偏头看着她。

见他不说话，乔西宁抓着他问："你说是不是？！"

林述淡声道："是我配你。"

是他去配她，不是她配他。

"都一样。"乔西宁挽住他的手臂，轻蹭了两下，"反正以后我们都是一起的。"

林述眼底的笑意渐浓。

他回握住她的手，低低地"嗯"了一声。

不管谁配谁，总归他们都是在一起的。

几乎是林述和乔西宁前脚离开民政局的瞬间，后脚微博上就有人爆料了。

"林述和乔西宁今天领证了吗：啊啊啊，领了！1月3日！今天可真是个好日子，我满足了！"

评论里一片问号。

"真的假的？"

"你怎么知道领证了？！刚求婚就领证，这么速度的吗？后天是不是就要生孩子了？！这一看就是假料！"

"远离私生活……算了，真的假的？！"

…………

这条微博热度不高，仅限于林述的粉丝里小范围流开。

过了大约半个小时，该博主又更新了一条微博。

"林述和乔西宁今天扯证了吗：今天日子还不错，我正好和男朋友去领证。在民政局门口，看到哥哥和小乔牵着手离开的。小乔手里，还拿着红本本。"

照片是抓拍的，有些模糊，但依旧可以认出林述的背影，还有一个左手被他牵着，右手拿着红本本的女生。

拍摄的那一瞬间，林述刚好附耳凑过去，在和乔西宁说话。

隔着照片，粉丝仿佛都能感受到那股甜蜜。

这下评论彻底炸了。话题更是如同坐了火箭，迅速占领"热搜"头条。

"啊啊啊，奶奶，你粉的情侣终于结婚了！"

"祝福！新婚快乐！早生贵子！"

"我之前还想，什么样的女孩子能嫁给哥哥，原来是乔西宁这样的。"

"应该说，林述只想娶乔西宁这样的，只想娶她这个人。"

而彼时被讨论的两位当事人正开着车，离开了江城，去往林述的家乡。

这趟行程是乔西宁提起的。那时候两个人刚从民政出来，乔西宁坐上车，将两本结婚证放在腿上拍了照正在调滤镜。

"林述，"乔西宁兴冲冲地说，"我要发条朋友圈，告诉所有人，我和你领证了。让大家祝福我们，和我一起分享喜悦。"

林述开着车，偶尔偏头看几眼低头打字的乔西宁。

"中午想吃什么？"他问。

"我们在外面吃吧，"乔西宁说，"庆祝我们领证了！"

林述点头："行。"

她打着字，随口道："林述，你不发条朋友圈，或者告诉其他人，我们领证的消息吗？！"

乔西宁朋友圈一发，一大群人跑过来找她，消息都快回不过来了，手忙脚乱的。

而林述的手机，除了工作，从来没有多余的消息。

林述沉默了两秒，声音发哑地说："不用。"

乔西宁打字的动作猛地一顿。

她怎么就忘了。除了经纪人王洋，林述也没有什么能和他分享这份喜悦的人了。

她手机仍响个不停，她却没有了回应的心思。

她侧坐着，看向林述："你要不要带我回家？"

林述不解："待会儿不就是要回家？"

"我说的回家，不是回别墅，"乔西宁举起红本本，朝他扬了扬，"是回你曾经的家，告诉……告诉妈，我们领证了呀！"

乔西宁以为自己羞于开口，没想到那个称呼自然而然地脱口而出。

林述虚握着方向盘的手一顿。

乔西宁像是没看到，一个劲地怂恿他："我还没去过你成长的地方呢，反正我们现在也没什么事。走吧，走吧，明天晚上再回来。"

她第二天晚上有个电视台采访，直接连线户外大屏的那种。时间和流程都确定好了，更改不了，必须赶回。

林述突然说："你去过。"

身旁的汽车鸣笛，呼啸而过，吹散了林述的声音。

乔西宁听得不清楚，把身体凑过来问："林述，你刚刚说什么了？我没听清，你再说一遍。"

"坐好。"林述低声说，"我带你回去。"

乔西宁在车上睡了一觉。

林述的家乡是个海滨小城，旅游业发达，空气清新怡人。自行车铃声叮当响，大黄狗停在马路中间，跟随着行人的脚步再慢慢踱步到马路对面。人行道外，一排汽车安静有序地为行人让行。

乔西宁睁开眼，偏头看着周围陌生的环境："林述，我们到了吗？"

"还有一段距离，"林述说，"你可以再睡一会儿。"

乔西宁眼尖，瞅到了车后座放着一捧菊花。

应该是林述在路上买的。

"不睡了。"乔西宁歪着头，问，"你累不累？要不我们换换，我来开车，你休息一会儿？"

林述拒绝："不用。"

车往前开了一会儿，途经热闹的居民区，进入一条僻静的大道。沿路遮天蔽日的树木随着车辆前进，往后退去。

乔西宁"咦"了一声，左看右看的，说："我以前好像来过这儿。"

这些年城市在不断发展，街道路面几次翻新，只有墓园依旧保持原来的样子。

"大概是十一二岁的时候吧，我爸带我过来听音乐会。"乔西宁有些记不清了，只说了个大概，"那天雨下得挺大的，经过这段路的时候，好像发生了一起车祸。"

"然后呢？"林述的声音沙哑。

"然后……"乔西宁顿了一下，回忆道，"好像是我让我爸打了急救电话，急救车把伤者送去了医院。最终那天，没赶上音乐会……"

林述突然伸手，抓住了乔西宁的手。

"林述？"乔西宁疑惑地看过来，"怎么了？"

"到了。"林述一只手解开自己的安全带，另一只手顺着解开了乔西宁的，"下车吧。"

乔西宁跟在林述后面走。

林述每个月几乎都会空出一两天时间回来看看林瑜。

墓碑沾染了些许灰尘，却比周围的干净不少。菊花经过风吹日晒，早已凋零。

乔西宁俯身，将手里新鲜的菊花放上去，替换下枯萎的。

"林述，"见他只是沉默地盯着墓碑，乔西宁忍不住问，"你怎么不说话？"

"说什么？"他问。

"和妈妈聊聊天，随便说点儿什么。"乔西宁顿了一下，然后说，"是我在旁边，让你不好意思说了吗？"

林述没回应。

"你把你想说的话和妈妈说呀，比如我们今天领证了，不久后我们就会办婚礼，或者说说其他的事情。"

乔西宁想不出在此之前，林述是不是一直就这样，一个人默默地矗立在墓碑前，静静地看着，安静又孤独。

"我等会儿到旁边去，你要说什么话，你就说出来，不用顾忌我。"乔西宁说完，看向墓碑上的林瑜。

林瑜墓碑上的照片，是她这一生中仅有的一张正式的照片。她嘴角扬起，眼睛带笑，直直地看着前方，脸上丝毫没有经历过磨难的痕迹。

乔西宁紧紧握住林述的手。

"妈，"她轻声说，"今天我和林述领证了，你放心，我一定会好好对他的。"

把你缺失的那份也补上。

乔西宁站远了些。手机在轻轻地振动，她低头扫了一眼屏幕，又往外走了一点儿。

林述俯身，像以往那样，手指轻抚过墓碑，拂去照片上面的灰尘。

林瑜脸上的笑容似乎更明媚了些。

"妈。"

他的嗓子像是堵住了，用了三秒才说出已经很多年没说出过的字眼。

再次沉默。

林述不是个话多的人，每次过来看望林瑜，总是静静地站在墓碑前，等着夕阳下坠，再独自离去。

林述又想起了乔西宁说的话："林述，你要说什么话就说出来，把你想说的话说给妈妈听。"

林述低垂着眼，目光扫过乔西宁刚刚摆放的那束菊花。

"她是乔西宁。她很好，对我也很好。我很爱她。"

"我现在人还在外地，"乔西宁打着电话，"明天下午，我尽量五点前到电视台……"

眼前突然落下一片阴影，乔西宁抬头，发现林述不知道什么时候站在了她的面前。

"你好了？"

"嗯。"

乔西宁点头，对电话那头说道："放心，我不会迟到的。造型要是来不及我就自己做，我做好再过去……"

等她挂断电话，林述看着她："怎么了？"

"没什么……我明天晚上不是有个电视台采访吗？工作人员打电话过来，和我确定一下时间，让我明天别迟到。"

"几点？"林述又问。

"五点半到电视台做造型。"乔西宁"哎呀"了一声，说，"反正来得及就是了。"

林述垂眸问："你还想去哪里？"

"反正是明天的采访，我不想那么早回去。"乔西宁说，"我们在这里住一晚吧？"

林述带乔西宁回了老房子。

这些年他虽然在江城定居，但这边还是请了人定时打扫。

小区看得出有些年月了，房屋老旧。

各家的窗口亮着灯，是朦胧温暖的黄色。一群老人坐在路边石椅上聊天消食，桌上摆放着一盘围棋。

有人眼尖，瞥到了走过来的林述和乔西宁。

老人戴着眼镜，隔着不远的距离认出了林述："那不是林瑜家的孩子吗？"

因为林清的事，之前有不少媒体跑来采访。邻居们多多少少看过林述的照片，记得他现在的样子。

老人身边的人听到后，都跟着抬头，只来得及看到林述牵着乔西宁上楼的背影。

有人叹息一声："好好一姑娘，不知怎么就遇上了林清那样的人。"

以前小区里家长里短的事，最常提起的，就是林清一家子。时间久了，众人也渐渐淡忘了。

谁知道这件事又被林清自己翻了出来。

"我当初还想，小孩子一个人在外面，指不定要受多少苦……这是他妈妈在天上保佑他。"

"他这是带着女朋友回来了？结婚了好呀，人这一辈子，还是要有个自己的家庭。爸妈给不了的，总有人会给。"

············

"林述。"乔西宁跟着他进了门，追着他问，"这是你以前住的地方吗？你怎么带我来这儿了？"

林述关门的动作一顿，问她："想住酒店？"

"没，"乔西宁摇头，"我就随便问问。"

这房子转了几手后还是回到了林述的手里，装修和家具都有些旧了，但很干净，看得出有人长期清扫。

乔西宁抬头，偷偷看了一眼林述。他确实比任何人都长情。

或许是没住人的原因，房子冷冷清清的，少了些烟火气。

乔西宁趿着鞋往里走："你以前住在哪一间？"

林述走进厨房烧水："最左边那间。"

乔西宁推开门。房间不大，一张床就占了一大半的面积，书桌上还摆着几本课本。

透过这些旧物，她似乎能看到当年埋头在桌前学习的林述。

林述端了一杯水进来，递给乔西宁："去洗澡？"

"不要，"乔西宁翻着书，看他以前做的笔记，"你先去洗，我待会儿再去。"

林述的字迹从小到大都很好看，书面整洁，字体工整。

乔西宁随意翻了两本。

看了一会儿，她的手往下，托住书桌自带的柜子往外一拉，里面也全是书。

窗户开了一半，冷风灌了进来，书本顺着风的方向，哗啦啦地翻页。

乔西宁的目光一凝，抽出藏在课本里的照片——初二分班的合照。

乔西宁扫了一眼，一下子就认出了站在人群中的林述。

饶是在十二岁的年龄，他还是和同龄人拉开了差距。

乔西宁看着照片，上次在报纸上看到他照片的熟悉感再度卷土而来。

浴室的水声停了。林述走了出来，看到乔西宁坐在书桌前，手里还拿着一张照片，神情很专注。

他走上前问："在看什么？"

"我看到这张照片，"乔西宁将照片摆在桌上，说道，"就一直在想，我是不是之前在哪里见过你，不然怎么感觉这么熟悉？"

林述偏头，避开乔西宁的眼睛。

"然后我突然就想起来了。"乔西宁站了起来，凑到林述跟前，逼迫他不得不与自己对视，"那个发生车祸的人是你，对不对？"

人的记忆十分奇妙，一直以为记忆模糊的事情，总能在突然之间又记忆回笼。

刚刚电光石火之间——雨天、音乐会、车祸、林述、去墓园的路……所有的所有，一下子都串联了起来。

林述静静地注视着她。

乔西宁的睫毛颤动了几下。半晌，她开口问："你是不是很早就喜欢我了？"

她当初一直不懂，林述不是个没脾气的人，可偏偏对她的容忍度极高，心甘情愿地承受她的所有情绪，无论好坏。

林述没有再隐藏："是。"

"你个傻子。"乔西宁没忍住哽咽一声，"那你以前……怎么都不和我说呀？"

林述淡声道："没什么好说的。"

"林述，"乔西宁将头埋进他的胸膛，紧紧地抱着他，"我以后……也会很喜欢很喜欢你的，比你喜欢我更加喜欢你。"

他低笑，眼神很温柔："好。"

第二日，乔西宁晚上有电视台采访，两个人吃过午饭后简单地收拾一下，就赶回了江城。

林述开着车，将她送到了电视台门口。

"你先回去，"乔西宁亲了他一下，"等结束后我给你打电话，你再过来接我。"

乔西宁对着林述的背影挥了挥手。

"乔小姐，你真的和林述领证了吗？"前来接引的工作人员忍了又忍，终于问道。

乔西宁点了一下头，没有遮掩："对呀。昨天早上刚领的证，改天请你们吃喜糖啊。"

"好。"

"不过，"乔西宁顿了一下，才问，"你怎么知道我和林述领证了？"

工作人员道："哦，昨天有人在民政局拍到照片了，乔小姐，你不知道吗？"

乔西宁笑了一下，说道："我没上网。"

"网上都是祝福声，"工作人员说，"你别太担心。"

采访七点半准时开始。

乔西宁做完造型，走进演播厅。

主持人例行开场后，介绍了一下乔西宁，很快就进入了正题。

这次的采访主要是因为乔西宁设计的珠宝在国外拿了奖，并且还携手自己的珠宝品牌登上了 N 城大屏。

这份殊荣，在设计行业里极为少见。

主持人照着台本问了几个和珠宝有关的问题后，又问道："这次拿奖的珠宝，听说是有灵感来源，方便和我们透露一下灵感来源吗？"

"灵感来源呀……和我处女作设计的戒指来自同一个灵感。"乔西宁握着话筒，笑道，"至于戒指的灵感来源，很多人应该都已经知道了吧？！"

在她和安夏陷入抄袭纷争的时候，她已经对外公开过戒指的灵感来源了。

是林述。

主持人继续道："作为独立设计师，年纪轻轻就登上时代广场，珠宝品牌在国内外享誉盛名，这是不是你人生中的高光时刻，算不算得上是至高无上的荣耀呢？"

乔西宁握着话筒，手指间的钻石在灯下闪闪发光。

她微微笑了起来，眼睛明亮又柔和："不是。"

接到乔西宁的电话之前，林述就已经等在电视台楼下了。

"林述。"乔西宁走出电视台，钻进他怀里，"外面这么冷，你怎么不进去里面等呀？"

"不冷。"林述说着，展开围巾，围在乔西宁的脖子上。

乔西宁牵他的手说："走吧，我们回家。"

一场小雪来得突然。

"林述，"乔西宁偏头道，"刚刚采访的时候，主持人问了我一个问题，你知道我怎么回答的吗？"

不远处商场的户外大屏上，正回放着半个小时前，乔西宁的采访内容。

"作为独立设计师，年纪轻轻就登上时代广场，珠宝品牌在国内外享誉盛名，这是不是你人生中的高光时刻，算不算得上是至高无上的荣耀呢？"

年轻漂亮的女设计师坐在沙发上，眼睛微弯，想也不想地否认："不是。"

主持人还想再问，就见她笑着开口："能够嫁给林述，才是我至高无上的荣耀。"

广场上停留了许多人，他们仰头，在听到这个回答后，爆发出一阵接一阵的喝彩和尖叫。

林述低头，看着乔西宁。耳边，她的声音和大屏幕上的声音，在这一刻重合了。

"林述。"乔西宁往后退一步，双手张开抵在嘴边，做喇叭状，"你听着。"

他的眉毛微动，心跳在这一刻几近停止。

"林述，你才是我这辈子最至高无上的荣耀。"乔西宁看着他笑，"现在是，以后是，永远都是。"

　　他的心脏像是触电了一般，麻麻的。

　　林述俯身，难以自控地吻上她的嘴唇。

　　乔西宁抬手，下意识地回吻他。

　　十三岁的林述，失父丧母，孑然一身，蹒跚行走在吵闹而又孤寂的世界里。

　　也是那个夏季的雨天，乔西宁穿着蓬蓬的红色公主裙，扬着下巴，娇气又高傲地说："喂，我是你的救命恩人。"

　　如果没有乔西宁，世上不会有林述。

　　或许他会死在那个雨天，又或许，他会在世界上某个角落，孤独而痛苦地苟活着。

　　可乔西宁出现了，成了救赎他的那一抹光。

　　他痛苦、愤怒、不甘、嫉妒……为此，他尝遍了世间所有的酸甜苦辣。

　　可如果生命再重来一次，他依旧会在那个朦胧的雨天，对乔西宁一见钟情。

　　那是他生命新的开始。

第十章
来生约定

虽然网上爆料的人曝光了林述和乔西宁领证的照片，但还是有很多人持观望的态度，纷纷扬言要等着林述亲自公开，或者辟谣。

谁料在当晚，乔西宁接受珠宝采访的视频，直接坐实了和林述领证的消息。

视频被传到了网上，又掀起了一轮高潮。

乔西宁那句话算不上正式的官宣，但就是这种无形中秀恩爱才最为致命。

"哥哥这也太快了吧？！我总感觉公开还没两天，就扯证了？"

"能够嫁给林述，才是我至高无上的荣耀。啊啊啊，绝美爱情！！！"

"啊啊啊，这也是我的梦想，也是我至高无上的荣耀！可我没有机会。"

"啊啊啊，糖分超标了！"

"这速度！下一步是不是该坐火箭生宝宝？"

"@新婚日记 @老爸去哪儿 @萌娃驾到快，快，快，利索点儿，赶紧安排。下一季收视率不用愁了！！！"

"上面姐妹提到的节目，感觉述哥可以都上一遍，哈哈哈！！！"

"情侣粉"将视频搬运到了情侣超话，还提到了亲子综艺、新婚综艺，热闹得像是过年。

前一晚安静漆黑的别墅，这晚却异常火热。

乔西宁趴在枕头上，没骨头似的瘫着，额发湿漉漉地黏着脑门儿，身后的身影挡住了所有的光。

乔西宁没见过这么凶狠的他，像是体内的猛兽折断了束缚理智的铁链，满眼猩红，只剩下最原始的欲，肆无忌惮地发泄着。

电视台下，她说完那句话以后，林述紧紧地搂着她，有一下没一下地接吻。

回来的那一路，他一直沉默不语。乔西宁还暗暗想过，是不是发生了什么她不知道的事情。

谁知道一进门，林述就像变了个人一样。

从玄关到卧室，根本不给她反应的时间。

他坚实的胸膛贴着她香汗淋漓的背，密不透风地压制住她，贴着她耳垂说话，气息温热，吹拂而过。

乔西宁瑟缩了一下，顺着溜进来的月光看清了林述的脸。

他英俊的面庞此刻轻微扭曲，素来冷淡的一双眼极具侵略性。有汗滴落，滚过他发红的眼眶。

乔西宁别过头，控诉他。

寂静的深夜，充满气息的密闭空间下，她的语调发软，说着似是而非的话。

也不知过去了多久，一切终于结束了。

电视台采访是七点半开始，八点多结束。可等乔西宁拿到手机时，已经十二点了。

"都怪你，"乔西宁躺在床上，看着在床尾收拾被单的林述，抬脚蹬了他的胸膛两下，"十二点了，我美容觉的时间都过了。"

林述伸手抓住她的脚踝，却没马上放开。他的手指摩挲着，喉结不自觉地滚动了一下。他手背的青筋绷起，极力克制着自己想亲上去的冲动。

对上他暗沉的眼神，乔西宁意识到了某种危险。

她立刻把脚收回，拉高新换上的被子，把自己从头到脚包得严严实实的，声音从被子里传出来："你别看我了，快去收拾。"

空气有一瞬间的寂静。

"林述？"乔西宁试探性地叫了一声。

被子被人拉下，她伸手，挡住突如其来的光线。她透过指缝，紧张地看着林述，哼哼唧唧地说："我累了，要睡觉了。"

他的表情在床头灯昏黄的灯光下，显得模糊又柔和。

乔西宁却察觉到了危险的意味。

林述低笑了一下。

他俯身，压着她说话："在你眼里，我就是这样的？"

"不是，"乔西宁的眼珠子转了转，开口道，"您只是特别生龙活虎，精力十足而已！"

林述扣着她的下巴，亲了下来。

唇齿纠缠间，乔西宁的呼吸发烫，浑身酥软，脚尖不自觉地绷直。

眼见着场面逐渐要变得失控……林述双手撑在床褥上，微微往后仰，撤离了乔西宁的嘴唇。

乔西宁迷茫地睁开眼："嗯……怎么了吗？"

林述似笑非笑地看着她。

乔西宁一阵抓狂，她差点儿就抓着林述主动索吻了。

林述低头，埋进她颈窝，嗅着她身上的香味，平复自己的呼吸。

趁着林述收拾的时间，乔西宁点开了微博，打算刷刷新闻。结果就看到首页在疯转自己采访的视频。

"看什么？"

林述从浴室出来，看见乔西宁拿着手机看得津津有味。

他掀开被子，坐了进来。

"喏，"乔西宁把手机举到他面前，"就我那个采访视频。"

"现场采访和通过手机看到的，感觉还挺不一样的。"乔西宁顿了一下，然后说，"我有点儿想笑。"

林述垂眸，目不转睛地看着。

"不是。"

视频里，是他午夜梦回时总要梦到的一张脸。此刻嘴角勾着，笑得很幸福："能够嫁给林述，才是我至高无上的荣耀。"

他的呼吸下意识地一顿。

"林述，"乔西宁仰头去看他，"你晚上听我说那句话，是不是感动得要死？"

林述没有犹豫，声音沙哑："是。"

有一种身体疯狂下坠的失重感。他每听到一次，就要再体会一遍心跳不受控制的感觉，却还是甘之如饴。

"那你再多看几遍吧。"林述的坦诚让乔西宁有点儿不好意思，语气倒是很平静，"你多看几遍，不要太感动了。"

"嗯？"

"就……"乔西宁含含糊糊地解释，"以后我们一直在一起，多得是让你感动的事情，没必要为一句话太感动了。"

林述似乎没有听到她在说什么。

他伸手，一遍遍摁着重播，专注得像是第一次看到这段视频，听到那句话一般。

他的目光很柔和。

"你别看手机了。"乔西宁用手掌遮住手机屏幕，故意问道，"手机比我还好看吗？"

林述抬眼和她对视。

"你说，"乔西宁凑近他，看着他乌黑的眼珠，问道，"手机好看，还是我好看？"

林述放下手机，搂住她的腰，把人往怀里带，然后低头。

他的答案，永远不变。

"你好看。"

的确好看。好看到他每看一次，都想吻上去。

乔西宁笑了，眼尾自然地上挑，很勾人。

"林述，"乔西很认真地说，"你以后要是惹我生气了，你就夸我好看，我肯定没辙，都不舍得和你生气了。"

他的嗓音沙沙的："我也舍不得。"

乔西宁闹他。

"你舍不得什么？"她咬了一下他的喉结，留下清晰的牙印，"听你这意思，还敢和我生气？"

乔西宁也只是随口说说而已。她不会对林述生气，但没想到他居然接话了。

"不是。"

看着她气炸的样子，黑暗中，林述勾唇，微微笑了起来，目光很柔和："是不舍得惹你生气。"

日子一天天过去，无论是恋情公开，还是意外领证，围绕在林述和乔西宁身上的话题从未断过。

社交网络上，视频和论坛帖子被人铺天盖地地转发扩散，底下都是各种艳羡之声。情侣超话更是一周涌现上万的新粉，猜测他公开恋情领证一条龙，指不定哪天就曝光另一个重磅惊喜。

然而一直没有其他消息传出来。

林述不是个高调的人，不会主动公开自己的私生活。没有作品出现的话，除了日常念叨他的粉丝以及蹭流量的媒体营销号，鲜少出现在大众视野里。

林述拍摄的《追捕》赶在年前提档上映。

春节档都是喜庆大片，《追捕》作为犯罪动作电影，退出贺岁档的争夺，却也提前拉开了春节档混战的序幕。

与此同时，之前剧组的爆料帖又被人顶了上去——我们剧组的大明星和他的女朋友也太甜了吧。

"啊啊啊，明天又可以看到哥哥了！！！"

"乔西宁是影片珠宝顾问的话，应该也会出席明天的首映礼吧？"

"《追捕》也算是定情的电影吧？从时间线上看，就是在拍摄电影期间复合的，没道理不出席。"

"那应该是会出席的。我记得她出席活动穿的都是高跟鞋，要是明天穿平底的，那肯定就是怀孕了！姐妹们，明天眼睛都放亮一点儿。"

方竟的电话是一早就打过来的。

通知林述的同时，也邀请乔西宁一同出席首映礼。不过乔西宁没和主创人员坐在一起，而是自己挑了个后面的位子坐。

首映礼其实就是走个流程而已，和粉丝一起看电影，然后接受采访。

影片不长，剧情紧凑，只用了一个多小时就讲述了整个故事。

观影结束，众主创人员被邀请上台。

后排的粉丝看着台上的林述，小声讨论了起来。

"乔西宁居然没来？"

"要么她虽然作为珠宝顾问，但不是主演，不用出席；要么就是她怀孕了，不方便出席。"

"等会儿！你们发现了没有？哥哥一直往台下的方向瞟，在看什么？！"

"啊！这眼神，好熟悉。"

"出席恒隆代言的时候，他也是这样的眼神，温柔又专注。"

提起恒隆的那次活动，粉丝都很熟悉。当时有人距离林述比较近，拍下了他那一刻的表情和眼神。

楼主："早上起床的时候，他工作忙，去了现场。你很想他，偷偷跟在他后面混进粉丝中，被他一眼认出来了。他看你的眼神，温柔专注，全心全意的，好像全世界只能看到你一个人。没和你生气，但满眼写满了——回去收拾你。"

粉丝坐在底下，逐渐发现了林述的反常。

"他真的！站在台上，说话不说话的时候，平均五秒往台下看一次。"

"看的是西南方向，所以那边是坐着什么人吗？"

"那边那个穿着细格软外套，坐在最里面披着头发的那个，是不是乔西宁？！"

"绝了！"有粉丝反应过来，"所以上次在恒隆，那不是什么伪女友视角的照片，而是真的女友视角！！！"

"散了，散了，那是专属于乔西宁的眼神。"

采访结束，粉丝有秩序地撤离。

坐在乔西宁旁边的粉丝虽然认出了她，但没有围过来，只是一直往她身上看。

乔西宁被看得有些不明所以，下意识地快步走向林述。

"西宁也来了。"方竟招呼她，"打算找个地方吃顿饭，你也一起。"

"方导，"许江川调侃，"人家新婚夫妻，要回家生宝宝。"

有还没撤离的粉丝听到了这句隐晦的话语,登时看了过来,盯着乔西宁的肚子,两眼放光。

旁听的众人:"……"

无形中又吃了一顿"狗粮"。

当晚回去,爆料帖又刷新了几千条,口径一致。

"请述哥继续努力!让小崽崽早点儿出来看世界!"

看到方新雨发来的截图,乔西宁"扑哧"一声笑了出来。

灯光骤暗,手机被人抽走。

他温热的手指禁锢着她的脚踝,不轻不重地摩挲着。

乔西宁有些痒,身体往后,下意识地逃避。

夜晚混乱,月光迷离。

乔西宁只觉得自己像是大海里的扁舟,顺着翻涌的海浪沉沉浮浮,逐渐失去所有意识。

林述参演的电影一向都是保质保量的精良制作。

《追捕》刷新了国内同题材电影票房纪录,却也只是林述高票房电影中不起眼的一部。

乔西宁也被带上了"热搜",因为电影里的珠宝。

"啊啊啊,电影里的珠宝也太好看了吧!特别是'惊凰'系列,好像真的置身于古代宫廷一样!明明追捕是部现代刑侦电影。要是有同款周边对外发售就好了!!!"

"不是说是方导特地请人过来设计的这一块的珠宝吗?果然夫妻同心,其利断金!"

"用来杀人的那套胸针也好好看,看着特别高贵!"

"电影里的珠宝算什么,结婚戒指都是自己设计的,这才牛!"

林述亲自写下的"L&Q",外界都以为是乔西宁亲自设计的戒指。

话题一下子又引到了林述和乔西宁的婚戒上。还有人跑到她的微博底下,问她能不能出一款简约版对戒,想买了和男朋友一起戴。

"婚戒真的也好好看!"

"结婚戒指,应该都希望独一无二吧?不然的话,我也想求一对对戒……"

"顶你上去,让小乔看看。要是不可以的话,那就算了。"

"对亲手在戒指上写过字的人来说一句,难是真的难,一不小心笔画歪了就毁所有了。为了那一枚印刻的戒指,要练习上千万遍。林述是真的很用心了。"

"啊，楼上，我一个大哭！"

乔西宁抽了个网友回复："戒指是他和设计师沟通设计出来的成品，不归我所有。而且他想给我独一无二的东西，我也很喜欢他的心意，就没办法啦。"

一条回复让"情侣粉"瞬间开始狂欢。

"天！这是什么绝美爱情！"

"他想给我独一无二的东西，你品，你细品！！！"

"啊啊啊，甜甜的恋爱什么时候才能轮得到我？！"

"啊啊啊，小乔自己就是设计师，述哥瞒着她设计结婚戒指，还能让她喜欢！述哥这是得多用心，才能讨一个珠宝设计师的欢心呀！"

"我的妈呀！戒指就这样了，还没曝光的婚纱岂不是……啊啊啊，我不能想了。"

乔西宁不经意地瞥到这一条，突然想起林述之前在顾简的婚宴上对她说的那句话——不要羡慕，我会给你更好的。

乔西宁靠在床头，顺手回复："嗯，我也挺期待的。"

浴室的水流声戛然而止。

林述带着一身湿热的水汽走了出来。

乔西宁丢掉手机，跪坐在床上，一步步挪到了床尾，朝他伸手："抱。"

林述的左腿跪在床褥上，将乔西宁抱进怀里："怎么突然这么乖？"

"没有，"乔西宁摇头，"只是好久没抱你了，想抱抱你。"

他扣着她细腰的手臂，力道在慢慢收紧。

乔西宁皱了一下眉，说："松点儿。"

林述隔着睡衣揉了两下："疼？"

"还好。"

片刻的安静后。

"林述。"她问他，"今年春节你想怎么过？"

时间过得很快，眨眼就从他们领证的那天，来到了除夕前夜。

林述低声问："你想怎么过？"

她想做什么，就做什么。

他会永远陪着她。

"就我爸和陈妈，"乔西宁顿了一下，继续说，"他们觉得我们会吃不好，想让我们回去过。"

林述道："那就回去。"

乔西宁窝在他的胸膛，轻声说："那我们就回去吃顿饭，然后就回来家里自己过。"

得知林述和乔西宁要过来，陈妈又是一大早起来准备。

饭前，乔川给林述和乔西宁各包了一个大红包。

饭后，林述将一个红包给了乔西宁。

乔西宁看了一眼红包，说："我爸给你的，你给我干吗？"

林述将红包塞进乔西宁的口袋里："这是我给你的。"

乔西宁想把红包拿出来，结果摸上去感觉手感奇怪，索性也不问他，直接拆开了红包。

跟着钱一起掉出来的，还有银行卡。

乔西宁捡了起来，问道："林述，你怎么还把银行卡放进去了？"

林述看着她说："给你的。"

乔西宁一愣，问道："我拿你的银行卡干吗？"

林述捏她的脸："说好的我养你。"

"所以，"乔西宁眨了眨眼睛，"你这是上交银行卡的意思了？"

"嗯。"

乔西宁笑他："我跟你开玩笑的，你还真应了。"

"你随便花。"

"我才不呢。"乔西宁拒绝，理想远大地说，"既然你给我了，那我就先替你保管了。我也不会乱花的，我要当个贤妻良母。"

乔川刚一下楼，就听到乔西宁的这句话。他登时就笑了："你说什么？贤妻良母？"

贤妻就先不说了，良母肯定存疑。照乔西宁这脾气，宝宝一哭，她就能直接开骂，估计还会想着塞回肚子里回炉重造。

林述也轻笑了一下。

"干吗？爸，你笑什么？我说错了吗？！"乔西宁捏了一下林述腰间的肉，又去捂他的嘴："还有你，不许笑了。"

她做什么了，一个两个的，都不相信她的话。

乔川喝了口茶解渴："你看看，不只我，林述也不相信。"

林述握住她的手，手指挠了一下她的手心，她便懒得争辩了。

时间在一分一秒地过去。

五、四、三、二、一。

"林述。新年快乐！新年平安！"乔西宁说完，不太满意，又改口道，"希望林述年年平安。"

林述低头，鼻尖轻轻碰了一下她的："谢谢你。"

"我接受你的谢谢。"乔西宁好奇地问，"不过，你为什么……"

下一秒，她的嘴唇被人温柔地吻上，声音猛地止住了。

等被放开后，乔西宁还记着刚才的问题："林述，你不和我说新年快乐，做什么说谢谢啊？"

林述紧紧握住她的手："谢谢你，给了我不一样的人生。"

时间一眨眼就来到了二月末。

某天早上，林述有事去了趟工作室。回来的时候，别墅里静悄悄的。

"林述，"脚步声从楼上传来，接着是乔西宁的声音，"我在衣帽间，你上来。"

他虽然疑惑她的行为，但还是三步并作两步地上了楼。

衣帽间的门虚掩着，林述推开门，看清里面的场景，瞬间愣住了。

乔西宁穿着婚纱，透过全身镜与他对视："好看吗？"

婚纱是一字肩露背款的，裙摆拖尾，柔软蓬松，蕾丝上有花纹点缀。裙面采用宫廷手工刺绣，针线精致，每一道刺绣上面都镶嵌着珍珠。

为了配合婚纱，她简单地盘发，露出线条优美的脖颈。婚纱腰部收紧，裙尾蓬松，将她的身材勾勒得凹凸有致。

"好看吗？"见林述不说话，乔西宁又问。

林述点头："好看。"

乔西宁笑了一下。她伸手，往两边提了提裙摆："你上次去 N 城这么久，是不是忙着和设计师探讨婚纱的设计？"

说来也是不凑巧，林述等了这么多天，一直没等来婚纱的具体消息。这早他刚出门，婚纱便从 N 城寄到了家里，随行的还有品牌的设计师。

设计师开口就问林述，是以乔西宁一下子就猜到了。

"这是我想要的漂亮婚纱，"乔西宁说，"我很喜欢。"

林述道："你喜欢就好。"

婚纱一辈子只穿一次。

因为她当初说的那句"想为你穿一次漂亮婚纱"，所以他瞒着她和设计师一起设计出一套完美切中她审美的漂亮婚纱，就为了给她最完美的婚纱体验。

"林述，"乔西宁拿过一旁放着的蕾丝头纱，罩在头上，"你过来帮我把它戴上。"

林述走过来，接过乔西宁递来的小夹子，问："怎么没让人帮你戴好？"

乔西宁随口道："设计师把婚纱送过来我就让她走了。你回来前五分钟，我才穿上这件婚纱。"

小夹子穿过她顺滑的头发，牢牢地固定住。林述伸手，拨了拨头纱，让它自然地垂落在她的肩头。

"林述。"

林述看着镜子里的乔西宁。

乔西宁说："婚纱其实很早就送过来了。"

林述眼皮微抬，没说话。

乔西宁主动说道："你不问问我怎么不马上试穿婚纱呢？！"

林述配合道："为什么？"

"因为想让你成为第一个看到我穿婚纱的人。"

林述愣住了。

乔西宁伸手，在他面前挥了挥："林述，你想什么呢？"

林述俯身，从后面紧紧抱住乔西宁。

"又感动了？"乔西宁手往后摸了一下他的头发，说，"别感动，你只要夸我是最漂亮的新娘就好了。"

林述轻轻吻上了她的耳垂："你是。"

乔西宁当然是。

在林述眼里，这世界上不会有比乔西宁还漂亮的女人。

试完婚纱，就要准备拍婚纱照了。

对此，林述也准备了很多拍摄地点供乔西宁挑选。

"新天鹅堡？布拉格？渔人堡……"乔西宁刷了六七张照片后，把平板电脑一丢，偏头看林述，"你怎么都找的这些呀？"

林述低声问："不喜欢？"

那些大部分都是拍婚纱照的首选地点。林述提前看过了，景色和建筑都很不错，所以才会被他归为备选的地方。

"也不是不喜欢，"乔西宁靠在他怀里，玩他的手指，"这些地方漂亮是漂亮，但对我们来说，好像没什么意义。"

林述抓住她的手。

乔西宁眨了一下眼睛，说："婚纱照是要挂在家里的。你不觉得在我们有过回忆的地方拍摄会更有意义吗？"

电光石火之间，乔西宁的脑子里闪过一个想法。

"我知道了。"她翻了个身凑近林述，在他脸颊上胡乱蹭了几下，"顾简他们那套婚纱照，我觉得就拍得挺好的，我去问问，让他把摄影师推给我。"

林述的呼吸渐重。

乔西宁说完自己的想法后，就要下床去拿手机，手腕却被人扣住了。

她回头，撞入他满含欲火的眼睛。

他的反应让乔西宁有些错愕："你怎么……"

林述重重地咬上她的唇。

乔西宁别过头说："那你关灯。"

隔天早上，乔西宁拿到了摄影师的联系方式，和摄影师简单地聊了一下自己关于婚纱照的一些构思。

到了拍摄婚纱照的当天，林述才知道乔西宁的具体想法。

婚纱照拍摄地点之一是在 F 城，是他当初站在她身后，远远地看着她和朋友玩闹、祝她新年快乐的地方。

乔西宁和摄影师另辟蹊径，选择在夜晚拍摄第一组婚纱照。

"林述，"乔西宁说，"你待会儿就像照片上的那样，站在我身后，看着我站的方向就行。"

乔西宁提着婚纱，仰头看着天上的星空。林述就站在她身后，眼神专注地盯着她。

像那年的照片一样，又有些不一样。

林述的视线中，那个始终背对着他站着的人，动作有了变化。

乔西宁转过身，笑盈盈地看着他，朝他伸出手。

林述的心脏重重一缩。

时间回溯，场景重演。那些曾经落寞收尾的结局，在此刻，都得到了圆满的改写。

林述的眼眶微热，轻轻勾唇，脸上笑容满足。

快门按下，画面永远定格。

人群中，有人隔空用意大利语喊了一句："Lynn, mi piaci！"

林述的眉目微动，还是只看着乔西宁。

乔西宁看过去，又看向林述，也说道："Lynn, mi piaci！"

林述轻笑了一下。

乔西宁反应过来："你听得懂意大利语？"

看林述的反应，她还以为他听不懂，所以才会跟着说了那句"林述，我喜欢你"。

林述道："懂一点儿。"

"哦，我就说。"乔西宁没有不自然，也不含蓄，"反正你也知道的，我就是喜欢你。"

围观的人中有能听得懂中文的，突然起哄。

"你们是要结婚了吗？"有人用英语问道。

乔西宁笑着应答："是呀。"

林述牵着她的手，笑道："她是我的妻子。"

还不知情的围观群众听到这句宣示主权的话，又是发出一阵尖叫。

有人拿出手机，拍了张照片，发到微博上，很快就引起了关注。

"绝了，乔西宁身上穿的这套婚纱！"

"羡慕了。"

"啊啊啊，颜值怎么都这么高，我可以，我太可以了！！！"

"Lynn, mi piaci！！！"

....

摄影团队收拾好了仪器设备，林述牵着乔西宁就要离开。

"你们会永远在一起吗？！"有人喊道。

乔西宁刚要回答，一旁的林述没有半点儿犹豫，斩钉截铁地答："会。"

他过去不曾放开过她的手，之后也永远不会。

不只是 F 城，他们当初第一次相遇的小城，也是婚纱照的取景地之一。

林述和乔西宁去了很多地方。

那些承载了两个人浪漫回忆的地方，那就场景重演，定格在美好的那一刻；擦肩而过满怀遗憾的地方，那就改写，让其圆满。

摄影团队的工作效率很高，很快就洗好了照片，准备连同底片一起给乔西宁寄过来。

乔西宁等了两三天也没等到婚纱照。

临睡前，乔西宁想到自己还没拿到手的婚纱照，越想越觉得不安，立刻从床上爬了起来。

林述拉住她，低声问："做什么？"

"我去给摄影师打个电话，"乔西宁有些担忧，"可别把婚纱照弄没了。"

拍婚纱照还挺快乐的，但累也是真累。要是重新拍一次，乔西宁不知道自己还有没有激情了。

"不用打，"林述箍住她的两只手腕，将人带进怀里，说道，"我收起来了。"

"啊？"乔西宁疑惑，"你收起来干吗？等等，婚纱照什么时候到的？我怎么不知道？！"

林述拉高乔西宁身上的被子，温声道："睡觉了。"

"不是，"见他答非所问，乔西宁有些蒙了，"林述，你不和我解释一下？"

林述言简意赅："明天带你去一个地方。"

第二天早上。

林述牵着乔西宁的手，坐上了去 Y 国的飞机。下飞机，又上了一辆车。

车子一路开过繁华的街市。

"林述，"乔西宁没注意周边的景色，只顾着询问林述，"你带我来 Y 国干吗？"

"西宁。"

旁边突然冒出来一道声音，是乐向晚，还有方新雨的。

乔西宁疑惑地抬头："嗯？"

不知什么时候，林述带着她，站在了一座教堂前面。

那一刻，林述所有的行为都得到了解释。

Y 国的 Selby Abbey（塞尔比修道院），她和林述举行婚礼的地方。

乔西宁见到了许多自己的朋友……乐向晚、方新雨、顾简，还有许多许多人。

林述不是爱与人过多往来的个性，为了给她一个惊喜，也不知他是怎么瞒着她，邀请她的朋友的。

"林述，你……"

乔西宁想说什么，可乐向晚和方新雨已经冲上来，推搡着她："走，走，走，赶紧换婚纱去。大家都等着你们了。"

乔西宁换好婚纱后，坐着任由化妆师折腾，然后问："你们什么时候过来的？"

"昨天过来这里准备的，"乐向晚说，"林述提前给我打电话了，特地让大家把这几天的时间都空出来。"

方新雨整理好头纱，不经意地说："我还是昨天才知道，要在这个教堂举行婚礼，居然需要提前一年预约。看来林述很早就提前准备了。"

一年前，她才在酒吧重新遇上林述。他就这么笃定她一定会嫁给他？

"漂亮！"方新雨看着镜子中的乔西宁，夸奖道，"你今天是最漂亮的新娘子，姐妹等着你惊艳全场。"

突然响起一阵敲门声。

"谁？"乐向晚猜测，"不会是林述吧？"

"不是吧？"方新雨纳闷，"这才过去多久，见不到新娘子就着急了？"

乔西宁一听，拎着裙摆就要站起来。

"哎，妆还没化完呢，"方新雨急忙让她坐下，调侃道，"我看你比林述还着急。"

乔西宁说："我有话想和他说。"

"你们晚上有的是时间可以说。"方新雨不怀好意地笑了一下，"好了，好了，你坐着把口红涂了，我去开门。"

方新雨走过去开门，外面站着的果然是林述。

乐向晚拖着方新雨离开，给林述和乔西宁独处的空间。

偌大的化妆间突然安静下来。

"林述，"乔西宁伸手抱他，"你准备了这么久，都没告诉我。"

婚戒、婚纱、婚礼、宾客……一切的一切都不用她来操心，都有林述。

林述抬手，虚搂住她。

乔西宁轻声问："不过，你是怎么把我的朋友都请来的？"

最初交往的时候，乔西宁根本没想着介绍林述。有些朋友，他可能听都没听说过，却还是把他们请来了。

估计够他忙的。

林述没回答，反问道："今天开心吗？"

这天是他和乔西宁举行婚礼的日子，也是属于她的日子。知道她爱热闹，为了让她开心，他才会请那么多人过来。

其实他更希望的，是和她举行一场安静的婚礼，彼此见证对方成为生命中最重要的人。

"开心。"乔西宁眼睛亮亮的，看着他说，"今天要嫁给你了，我很开心。"

林述伸手，想揉一把她的头发。可碍于她的发型，最终只是轻轻地碰了一下白色的头纱，然后低声笑道："你开心就好。"

乔西宁心头一动，踮起脚想要吻他。

"西宁、林述，"乐向晚站在不远看着他们，"时间要到了。"

乔西宁有些挫败地"哦"了一声。

建筑内部色彩浓烈，极其奢华。外面是一大片绿色的草坪，小草随风微微摇晃。

"新婚快乐，林述。"

"新婚快乐，乔西宁。"

在国内晚上十点，林述的工作室发了一条微博，是条视频。

乔西宁穿着洁白的婚纱，长长的头纱盖住裙摆上方，齐齐拖地。她捧着捧花，挽着林述的胳膊，迎着花瓣雨，一步步走过红毯，走过前来观礼的宾客，走到牧师台前，说出这辈子最庄严隆重的誓言。

微博直接"瘫痪"。

婚礼过后便是晚宴。

晚宴是在教堂附近的城堡举行的。到场的人和林述都不太熟，想闹的话，又要顾忌乔西宁的脾气。

顾简一把夺过司仪的话筒，说道："你们新婚，我确实也不想闹得太过。这样吧，你们就当着我们所有人的面对对方说一句今天在婚礼上最想说的话。"

乔西宁走过去，接过顾简手中的话筒，转身看向林述："林述，你听好了。"

林述朝她扬眉。

"我爱你。"乔西宁说，"林述，我爱你，我永远爱你。"

底下的起哄声越来越大。

"新郎呢？"

见林述一言不发，怔怔地盯着乔西宁，司仪及时反应过来，控制全场："一句话，让我们感受到新娘对新郎真挚热烈的爱，就是不知道新郎有什么想对我们新娘说的话。"

林述没用话筒，直直地看着她："乔西宁。"

下面有人替林述喊道："我爱你，我爱你，我爱死你了。"

又是一阵哄闹。

乔西宁没笑。她看向林述，等着他接下来的话。

他的声音很低，温柔又认真："你是我的宇宙中心。"

——你是我的宇宙中心，我的世界守则，我的一切永远必将以你为先。

"什么？什么？新郎说什么了？"有坐在后面的没听清楚，急忙问前面的人。

"你是我的宇宙中心。"

"什么意思？"

"生存依赖宇宙。宇宙，即最重要的，赖以生存的基础。"

得了，婚礼没闹上，还吃了一嘴"狗粮"。

乔西宁牵住林述的手，贴着他小声道："林述，你也是我的宇宙中心。"

一番玩闹过后，气氛顿时升温。

司仪出来主持现场，有要伴郎、伴娘跳舞的，有要唱歌祝福准夫妻的，形式应有尽有。

林述和乔西宁则游走在亲朋好友之间敬酒。

"林述。"顾简有些喝大了，见林述走过来，抬手招呼他，"今天是你大喜的日子，喝杯酒庆祝庆祝。"

"顾简，"乔西宁气得差点儿没直接拿酒泼醒他，没好气地说，"林述不能喝酒，他不跟你喝。"

"不行。"顾简也拒绝，"今天这种好日子，不喝酒怎么行呢？"

乔西宁翻了个白眼。自己的婚礼，她也懒得和顾简生气，等晚上零点过了再收拾他。

"行，林述喝还是我喝都差不多。"乔西宁说着，给自己倒了一杯酒，"我跟你喝。"

高脚杯沿刚抵上她的唇，旁边便伸出一只手将酒杯抢了过去。

"林述！"

乔西宁瞪大眼睛，眼睁睁看着林述一口干掉了。

她根本来不及阻止，紧张地围在他身边，伸手想要拍他的背，又舍不得他疼，急得团团转，眼睛都红了。

乔西宁一脸着急地说："林述，你喝什么酒？！你快吐出来！"

顾简还在一旁说着风凉话："对嘛，对嘛，这才对嘛。结婚的日子，就要喝酒才开心呀！"

乔西宁紧张地盯着林述的脸，连骂顾简的心思都没有了。

林述拍了拍乔西宁的手，说道："没事。"

他不能喝酒是在过量的前提下，他当初酗酒，喝下了半斤白酒。

高脚杯里的酒不多，更何况在晚宴开始前，他已经提前喝了一杯牛奶，能很好地隔绝酒精和胃膜的直接接触。

毕竟在乔西宁家里的长辈面前，他的确不好以茶代酒。

"真的没事吗？"乔西宁问，"你现在感觉怎么样？"

"我没事。"

乔西宁很紧张，伸出一根手指在林述面前晃了晃："林述，这是几？"

林述笑了一下，答："一。"

他突然俯身，把脑袋埋进乔西宁的脖颈，好像已经醉了，浑身的重量都压在她身上。他偏头，湿热的呼吸喷洒在她的耳垂和脖颈处。

"乔西宁，我今天很开心。"

"我们随机抽取一位来宾，为新婚的夫妻唱一首歌。"

被抽到的人跑上台，接过话筒："一首《死了都要爱》，送给新婚的夫妻。祝他们永结同心，早生贵子。"

底下顿时爆发一阵掌声和起哄声。

乔西宁什么声音都听不到了，全世界只剩下林述在耳边絮絮叨叨的声音。

"乔西宁，我今天很开心。"

他翻来覆去重复的都是这句话。

林述像是卸了浑身力气，脑袋深深埋进她的颈窝。他的头发硬硬的，抵着她的皮肤，有轻微的刺痛感。

乔西宁搂住他的腰，觉得无奈，又有些好笑："都这样了，你还说你没醉。"

他重复这句话快三十遍，太不正常了。

醉酒的人往往自说自话，觉得自己没醉。

林述俯身，呼吸滚烫，一呼一吸间，气息无孔不入地钻入她的身体。

他突然间就安静下来，好像睡着了。

乔西宁的睫毛颤动了一下。

"林述？！"她轻声叫他。

他的声音很低，像是清醒，又像是已经醉糊涂了："嗯？"

"怎么了？"顾简手持高脚杯走了过来，看了一眼林述的脸色，又看向乔西宁，"这就醉了？看来林述是真不能喝酒。今天是你们结婚的好日子，你替他，我们今晚好好地喝……"

"咝——"

乔西宁皱眉，忍不住轻呼出声，靠近锁骨的肌肤传来一阵濡湿的刺痛感。

林述咬了她一口。

乔西宁的手掌正搭在他的后脑勺上，下意识地抓了一把他的头发，掌心刺刺的。

"林述，你没睡呀？"

"乔西宁，不要和他说话。"他低声说。

周围的环境太吵了，乔西宁没听清，低头凑近一点儿："什么？林述，你刚刚说什么了？"

乔西宁的皮肤很白，那一块咬痕红得特别明显。林述直直地看着，忍不住凑上去，轻轻地舔了一下。

乔西宁忍不住缩了一下身子，带着林述往后踉跄了两步。

顾简反应过来，下意识地伸手想要拉住重心不稳的乔西宁。就见林述长手一捞，将她搂进了怀里，又低头埋进她的脖颈，安安静静不说一句话，好像一只等着主人顺毛的大猫。

顾简也看不懂了。林述这到底是醉了，还是没醉？

"没事吧？"顾简问。

乔西宁摇了一下头。

"他这是醉了吧？！"顾简放下手中的高脚杯，最后说道，"走，走，走，我帮你扶他回房间。"

乔西宁敏感地察觉在听到顾简的这句话时，林述箍着她后腰的手一瞬间收紧。

她大概猜到他刚刚对她说的话，在心底止不住想笑。

他真的无时无刻不在吃醋。

"不用了，"乔西宁说，"你帮我和我爸说一声，我先带林述回房间了。"

"你一个人可以吗？"方新雨在一旁有些不放心，"你嫌弃顾简，不然我和你去？"

顾简的眉毛一挑，反驳道："怎么说话的？"

方新雨一点儿没认输，挑衅他："你管我怎么说话的？"

"顾简！"方新雨用手撑着腰，抬眼瞪他，"你是不是想回去跪键盘？！"

这边，顾简和方新雨吵吵闹闹的。林述闭着眼，安静地靠着乔西宁的肩膀上，呼吸轻缓均匀。

"林述，我扶你回房间好不好？"

"嗯。"

乔西宁也没和他们打招呼，扶着林述就离开了会客厅。

他们一路上了电梯，乔西宁刷卡开门，让林述躺在床上，又走进卫生间，弄湿了毛巾。

房间只开了盏床头灯，是温馨的暖黄色。

林述的睫毛很长，在眼睑落下一层细密的阴影。他的鼻梁很挺，唇色浅红，此刻卸下了平时的冷情感，添了几分平易近人又温润的感觉。

乔西宁的心跳瞬间加快。

"林述，"她给他擦了一下脸，控制自己的力道，"你还好吗？"

林述睁开了眼睛："什么？"

她俯身，轻轻捏了一下他的脸颊："你今晚这么开心呀？"

林述低声回："开心。"

"我们领证那天都没见你这么开心。"

林述没说话，视线落在她开开合合的红唇上，目光发沉。

"林述，"乔西宁顿了一下，才问，"我刚刚和顾简说话，你是不是又吃醋了？"

林述狼狈地别过头："没有。"

"真的没有吗？"她将他的脸转移回来，笑了一下，"我们结婚了，顾简也结婚了，你的醋劲儿怎么还这么大？"

林述的皮肤很好，触感也很好。乔西宁忍不住又捏了两下，给他取外号："大醋王林述。别人是小醋王，你是大醋王。动不动就吃醋。"

林述没说话。他只是偏头，握住乔西宁的手抵在嘴边，不轻不重地吮吻。

他喜欢和她亲近的感觉，疯了一般的迷恋。

乔西宁低头，和他凑得更近了。

"刚刚在那么多人面前，我们举行了婚礼，现在，就只有我们了。"

林述的心脏又开始不受控制地狂跳。

乔西宁看了一眼手表，说道："现在是晚上十点半，国内时间，下午两点半。乔西宁和林述，正式结为夫妻。"

"林述先生。"乔西宁问他,"娶到了乔西宁小姐,你开心吗?"

林述扯了一下嘴角:"开心。"

"乔西宁也很开心。"乔西宁接话,"今天,所有人都会知道,她拥有了她的至高荣耀。"

"能够嫁给林述,才是我至高无上的荣耀。"

跨年夜前乔西宁的话还历历在目。

林述的眼眶突然有些发热。

乔西宁伸手,挠了下他的下巴:"那既然这么开心,你想不想做些什么呢?"

林述微微仰头,咬住了她的唇。

乔西宁眨了一下眼睛,还没反应过来,手腕被人一扣,她扑进温热坚硬的胸膛。

大红色的旗袍被人随意地丢在地上。

林述扣住她的两只手腕,反向压制住,毫无阻碍地和她零距离接触。

时间好像回到了那年蝉鸣的夏天,她穿着红色的公主裙,朝他昂着下巴,明媚地笑。

那一刻,他抓到了光。

第二天,宾客陆续飞回了国内。

林述和乔西宁选择待在欧洲,开启蜜月旅行。

他们跑了很多地方,留下了许多足迹,把那几年缺失的一一补足。

蜜月结束,林述和乔西宁飞回国内,继续他们的同居生活。

不一样的是,现在是合法同居。

日子在一天一天地过去。

四月初,方新雨早产,在医院平安地生下一个男婴。

乔西宁提着果篮去医院看她。

产后的方新雨气色还不错,乔西宁陪了她一会儿,又去看了一眼干儿子,这才牵着林述的手离开了医院。

"林述。"乔西宁摇着他的手,"你刚刚看到了没?宝宝长得好可爱。"

林述握紧了乔西宁的手。

他没错过乔西宁谈起宝宝时眼底都要溢出来的喜爱,也猜得到她接下来想和他说什么。

"林述。"乔西宁停下了脚步,侧身看他,"你想不想和我生一个宝宝?"

林述没有丝毫犹豫地拒绝:"不想。"

从开始到现在,他的想法一直没有变过。

乔西宁眨了眨眼睛，不放弃："可我想给你生个宝宝。"

"你为什么不想？"她固执地问，"宝宝那么可爱，可能长得像你，或者长得像我，叫我们爸爸和妈妈。我们生一个不好吗？"

林述的眼珠动了一下。

"你为什么不想？"乔西宁坚持不懈，"你告诉我你为什么不想，你担心什么呢？还是说，你怕什么呢？"

林述沉默了一会儿，说："我怕你疼。"

林述不喜欢小孩子。这样的生物，容易占据乔西宁所有的目光和心思，生产的时候甚至会给她带来疼痛。

或许大部分男人的毕生所求就是传宗接代，养儿防老，但林述不是。

他想要的，从来只是乔西宁好好的。她怕疼，他不忍心让她吃一点儿苦。

乔西宁怔了一下，回神后，她拉住林述的手，声音很甜，仿佛也勾着他的心："可我想为你疼一次。"

之后两个人再也没有做过任何避孕措施，自然而然地达成了备孕的共识。

就这样持续了一段时间。

某天晚上，乔西宁坐在餐桌旁，闻到桌上海鲜的气味时有点儿反胃，忍不住干呕。

林述的脸色有些难看，眉头皱了起来："去医院？"

"我没事。就是林述——"乔西宁眼睛弯弯的，"你可能……要当爸爸了。"

林述没什么特别的感觉。刚刚一瞬间掀起的异样，全被她的喜悦冲散了。

乔西宁的确很开心。她甚至都顾不上林述了，拿着手机和亲朋好友们一个个报喜。

"对呀，我刚刚吃饭的时候，突然就想吐，我就怀疑是不是怀孕了。

"不知道多久了，明天去医院做个检查。

"啊！我们改天出来买一些小衣服吧……没事，管他男的女的，我先买着……"

林述站在门口，看乔西宁躺在床上，跷着腿，满脸兴奋。

"等会儿，等会儿，我调整一下坐姿。"乔西宁对电话那头说道，"没有，我刚刚跷着腿躺着的，对胎教不好。"

别墅里很安静，只有乔西宁和别人说话的声音。

林述走过去，拿过她手中的手机，温声道："睡觉了。"

"时间不是还早吗？！而且我还没和她们说完话呢……"乔西宁试图挣扎，"你把手机给我一下，我和她们说一声。"

那边问："西宁，怎么了？"

乔西宁回："没事，林述叫我睡觉了。"

"哟！"方新雨大喊了一声，"你都怀孕了，悠着点儿。"

乔西宁笑骂："你想什么呢！"

挂断电话后，林述把她的手机拿出去放在外面的客厅沙发上，然后关灯上床。

乔西宁往林述的身边了动，抓起他的手臂搁在自己的腰上，再把自己的脑袋搁在他身上。

"林述。"

"嗯。"

"你是不是不开心？"

空气有一瞬间的寂静。

"我感觉你今晚好像很不开心。"乔西宁很直接地问，"我怀了宝宝，你不开心吗？"

明明她之前都已经能感觉到林述态度的变化，没道理呀。

林述低声否认："没有。"

"你别骗我。"乔西宁侧身抱他，"你晚上都没说过一句话。"

半晌，他低低地"嗯"了一声。

"为什么不开心呀？"乔西宁问，"我有了宝宝，你为什么不开心呀？！"

突然，乔西宁想到了什么，问："林述，你是不是吃宝宝的醋了？"

林述最不喜欢的，就是别人夺走她的视线。而她这晚沉浸在怀了宝宝的喜悦里，根本没顾得上照顾他的情绪。

"你别担心。"乔西宁仰头看他，认真地说，"就算有了宝宝，我还是最喜欢你。"

他一晚上自我较劲的情绪，被她一句话轻松便化解了。

林述放在她腰的手收紧了些。

"林述。"乔西宁闭上眼睛，轻声说道，"我知道你现在对宝宝可能没有多少感情，但你能不能试着喜欢宝宝？"

林述轻轻地亲了一下她饱满的额头："好。"

林述对怀孕生小孩子这件事情没有多大的感觉，只是乔西宁喜欢，才会决定生。现在，她又开了口。

毕竟是他和乔西宁孕育出来的生命，身体里流着她一半的血。可能眼睛，可能鼻子，也可能嘴巴，总有像她的地方。

他也会试着去喜欢。

第二天，林述陪着乔西宁去了趟医院。

检查报告显示，乔西宁已经怀孕三个星期了。

从科室出来，已经接近上午十一点。

林述和乔西宁牵手离开的这一幕，被不远处的人用相机拍了下来，发到了网上。

"今早十点，林述携同乔西宁现身某医院妇产科，她孕态明显，疑似怀孕……"

底下的评论也是层出不穷。

"你火眼金睛，看出乔西宁孕态明显了？你拍的照片哪里看得出是妇产科了？你说妇产科就是妇产科了？"

"去个医院都能幻想，服了你们这些蹭热度的了。"

"你是乔西宁肚子里的宝宝吗？不然你怎么知道她怀孕了？"

"关注作品，远离私生活。"

网上发生的事情，乔西宁都不知道。为了宝宝，她现在已经合理控制使用电子产品的时间，避免超强度的辐射。

晚上睡觉前，乔西宁扔给林述一本童话书。

童话书看上去有些年头了，书页都被翻得翘了起来。

乔川知道乔西宁怀孕了，陈妈自然也知道了，下午特地煲了汤送过来。乔西宁便拜托她，顺便带本小时候看的童话书过来。

"我现在不能玩手机，你给我念童话书吧。"

"我之前看网上说了，这样胎教好。"乔西宁摇了摇他的小臂，"你就念嘛，林述。"

林述调高了房间内的温度，又帮乔西宁盖好了被子。他靠床坐着，翻开了手中的童话书，她的脑袋就搁在他的腰腹上，呼吸清浅。

"在海的远处，水是那么的蓝，像最美丽的矢车菊花瓣……"

林述的声音，低哑磁性，低音炮似的。他咬字清晰，语气平淡，在安静的空间里，透出一股不易察觉的温柔。

乔西宁听着他的声音，昏昏欲睡。

"从此之后，小人鱼和王子过上了幸福美满的生活。"林述合上童话书，放在了一旁的床头柜上。

乔西宁猛地睁开眼睛："结局不是这样的吧？林述，你怎么还改了结尾？"

林述却没解释，轻手轻脚地将乔西宁挪回了她的位置。

"孕妇不能熬夜，睡觉了。"

乔西宁听到这话，想起了早上医生的嘱咐，也没了和林述争辩到底的心思，急忙闭眼睡觉。

林述轻轻地关上灯。

如今的生活太好，他熟记于心的故事结尾在脱口而出的时候，不自觉地就变了味。

隔天，乔西宁出门和方新雨逛街买宝宝的衣服。

小孩子的衣服款式很多，乔西宁看得眼花缭乱。只要是好看的、可爱的、喜欢的，她都买了。

方新雨在一旁看得有些呆："你这胎是怀了两个吗？怎么男的女的都拿了？"

"没。" 乔西宁笑了一下，"我就都拿一些。"

方新雨抱拳："有钱人。"

小孩子的衣服都小小的，袜子更是差不多巴掌大小。乔西宁觉得太可爱了，没忍住，就开启了疯狂扫货模式。

"你想生男孩，还是女孩呀？"方新雨问。

乔西宁应了一声："我都可以，男孩女孩都一样。"

"林述呢？你就没问问他？"

乔西宁摇头。林述能答应生就不错了，还能和她探讨这个问题？！

林述过来接她回家的时候，她实在忍不住，问道："林述，你说，宝宝会是男孩，还是女孩呀？"

林述开着车，偏头看了她一眼。

乔西宁换了种说法："你喜欢男孩还是女孩？"

林述言简意赅："是你生的就行。"

男孩女孩其实都可以，只要是乔西宁生的，就行。

乔西宁安静了两秒，又开始在座位上动来动去。

林述不得不分出点儿精力，放在乔西宁的身上："怎么了？"

"林述，我问你一件事，你老实告诉我？"

"你问。"

"在你心里，我和宝宝谁重要？"

孕妇的心思总是这么敏感，瞬息万变。前一秒能说"你能不能喜欢宝宝"，后一秒就能问一句"在你心里，我和宝宝谁重要"。

林述秒答："你比较重要。"

虽然知道他的答案，但看他毫不犹豫地选择自己，乔西宁心满意足之余，心里甜滋滋的。

然而问题永无止境。

乔西宁又问："为什么？"

林述还是没犹豫："我先喜欢的是你。"

乔西宁扯了一下嘴角，很快又撇了撇："那之后呢，宝宝出生后呢？你也会永远更喜欢我吗？"

林述点头："会。"

无论与任何人相比，乔西宁永远排在最前面。

因为林述的话，乔西宁心情好了，晚上回去特地多喝了一碗汤。这样几天下来，营养充足，人都跟着胖了一圈。

只是在怀孕的第六周，乔西宁孕吐得厉害，什么都吃不下，一吃进去立刻就反胃吐出来，刚长的肉又瘦了下去，甚至比之前更瘦了。

林述给乔西宁捏腿的时候，看着她纤细的两条腿，眉头紧锁。

他现在有点儿怀疑，自己是不是不应该答应乔西宁生小孩子。

"林述。"乔西宁动了动脚踝，转移他的注意力，"孕妇都这样的，吃了吐吐了吃，等到第三个月就好了。"

林述问："肚子饿吗？"

"不饿。"乔西宁摇头，"我虽然晚饭没吃多少，但下午吃了挺多东西的。"

"明天想吃什么？"

"都可以。"乔西宁也不挑剔，"你随便做就行，反正我都吃。"

吃了也会吐，结局都是一样的。

这种情况一直到了第三个月的时候才渐渐变好。

乔西宁一改之前的孕期状态，疯狂进食，看什么都想吃，只是体重在一个区间内稳稳地维持住了。

乔西宁把碗递给林述，让他盛这晚的第三碗米饭。

林述扫了一眼她鼓鼓的肚子。

"不是我想吃，"感受到他的视线，乔西宁急忙撇清关系，"是宝宝饿了。"

林述盛了小半碗。

乔西宁接过，表情严肃地说："你发现没有？我最近太能吃了。你说，我是不是怀了三胞胎？"

林述愣住了。

乔西宁像煞有介事地说："一个比一个贪吃，一点儿都不像我。"

"明天去医院看看。"

乔西宁朝他竖起大拇指，毫不吝啬地夸奖："那你真厉害，一下就让我怀了三个。"

林述的脸色一言难尽。

"林述。" 乔西宁用手托腮看他，"你看我每天都吃这么多，是不是真的怀了三个？不然怎么这么能吃？！"

正常人应该都会害怕分娩的疼痛。偏偏乔西宁不一样，还津津乐道的，好像生五个都没问题。

见林述没搭理自己，乔西宁不死心，换种个问法："你希望我生几个？万一到时候我真的生了一个幼儿园怎么办？"

林述将剥好的虾推到她面前，直接当没听到她后一个问题："一个。"

"太少了。"乔西宁不满意，"一个没有伴，两个还差不多，家里也比较热闹。"

"但我总觉得，"乔西宁一顿，朝他使眼色，"我这一胎，真的怀了三个。"

林述的太阳穴一跳，忍着没和一个孕妇争辩。

一孕傻三年。她好像忘了自己做过产检，肚子里只有一个。

他刚才也差点儿被带沟里去了。

随着预产期一天天临近，林述整个人如临大敌，整天跟在乔西宁旁边，生怕出什么意外。

他不喜新生命的原因，一是不舍得让乔西宁疼痛，二是会让他想到林瑜当初怀孕的样子。

林述经常失眠，整日整夜地盯着乔西宁，人都跟着瘦了一大圈，把她心疼坏了。

"林述，"乔西宁捧住他的脸，"你看你瘦的，脸上都没肉了。要不我们分开睡吧？"

她好几次醒来都看到林述睁着眼睛，在边上紧紧盯着她，生怕错过了她的什么需求。

乔西宁觉得是自己影响了林述的睡眠。毕竟怀着孕，她偶尔也会睡不好，翻来覆去的，他就更别想睡觉了。

不过林述怎么可能答应她："没事。"

宝宝很乖，三个月后一直没怎么闹乔西宁。估计也是心疼父亲，没等到两个星期后的预产期就提早发作了。

乔西宁也是在那一瞬间，才真正感觉紧张。

林述立刻抱起乔西宁，大步下楼。

疼痛一阵阵传来，乔西宁咬牙皱眉，还有力气调侃林述："林述，你的手别抖呀，抖得我更紧张了。"

"别说话。"他低声说。

乔川早就和医院打好了招呼，乔西宁等到开指，立刻就被推进了产房。

林述待在外面，第一次发现，时间可以过得这么慢。

乔西宁生了很久，从半夜到了早上。

乔川从外地赶过来的时候，乔西宁还没被推出来。

"进去多久了？"乔川问。

林述的声音哑得不像话："七个小时。"

时间一分一秒地过去。

林述的一颗心从深渊掉落，在不断地往下坠。

东方初现熹微，阳光照了进来。

林述背对着窗台站着，整个人站在阴影里，身上的气压很低。

不知道过了多久，护士先走了出来，例行公事地说："恭喜，母女平安。待会儿会先带着宝宝先去做身体检查，家属可以……"

后面的话，林述听不见了，满脑子只剩下那一句"母女平安"。

他重重地松了口气，感觉到眼里奔涌的湿意。

宝宝被护士用毛巾包着抱了出来，头上没多少头发，细细软软的，眼睛闭着，手握成小拳头。

乔川的心都快化了："怎么没哭呀？！"

护士说："宝宝挺乖的，就出生的时候哭了一下。"

见林述没过来，乔川转身找人，看到他盯着产房的门，连他亲生女儿都没顾得上。

"林述。"看到他眼底弥漫的红血丝，乔川又是一声叹息，"你在这儿待着，我去跟着看宝宝。"

林述还是没反应。眼见着抱着宝宝的护士都快走到拐角了，乔川没办法，只能先跟了上去。

总觉得他女儿生产一回，林述魂都丢了。

乔西宁醒来的时候，最先感受到的是唇上的湿润感。有人拿着棉签，在润湿她干燥的嘴唇。

她一睁开眼，就对上了林述通红的眼睛。

"林述。"乔西宁愣了一下，握住他的手，声音很轻，"你是不是一整晚没合眼呀？"

他整个眼睛，连带着眼圈都是红的，眼球充血得厉害，血丝明显。

乔西宁生了一整夜，林述在产房外陪着她彻夜未眠。

"反正我现在也醒了，你要不要先去睡一觉？"

林述没说话。他俯身，嘴唇轻轻罩住她的，落下一个十分克制的吻。

乔西宁纳闷："怎么了？""

林述还是一言不发。

"对了，"乔西宁反应过来，"宝宝呢？！"

"护士抱走了。"

"抱走了？！抱去哪里了？"

林述说不上来。

门被人从外面推开，乔川抱着宝宝走了进来："在这儿，在这儿，刚刚抱去做身体检查了。"

宝宝刚出生，身体健康，也不用待在暖箱里，可以待在父母身边。乔川就又把宝宝抱了过来，放在乔西宁身边。

"爸——"乔西宁没忍住捏了捏宝宝脸上的软肉，说道，"你是不是也一晚上没睡？你先回去休息吧。"

乔川毕竟上了年纪，禁不起折腾，便听了乔西宁的话，先回去，把时间留给他们。

"林述。"乔西宁的声音惊奇，"她好小哦，脚还没我半个手掌大。"

林述的视线一顿，看过去。

"你要不要抱抱她？"乔西宁问他，又问宝宝："你看你爸爸一个人待在旁边好可怜哦，让爸爸抱抱你，好不好呀？"

宝宝还不会说话，乔西宁就模仿着小孩子的声音，说了句"好"。

"林述。"乔西宁抱起宝宝递给他，"你抱抱她。"

在此之前，林述对新生命根本没什么实感。甚至在乔西宁生产前，他满心挂念的，也只有她。

可在这一刻，他第一次感受到了做父亲的滋味。

林述把手掌在衣服上擦了擦，才伸手接过宝宝。他第一感觉就是很轻，没什么重量，好像随时都能被风吹走。

"林述，你想好宝宝的名字了吗？"

林述低低"嗯"了一声。

乔西宁伸手轻轻戳了戳宝宝的脸颊，随口问道："什么？"

"悦宁。"林述抬眼，对上乔西宁的眼睛，温声说，"林悦宁。"

林悦宁。林述心悦乔西宁。

乔西宁原本以为孩子生了就完事了，谁知道痛苦还在后面等着她。

宝宝还不会说话，无论饿了，还是要换尿布，都只会扯着嗓子嚎啕大哭，提醒新手父母该把注意力放在她身上。

小宝宝的脑海里也根本没有时间概念这回事。

大半夜的，只要她醒了，就开始哭，吵着要喝奶。

"太能哭了，简直要败给你了。"乔西宁打着哈欠，把林悦宁抱起来。

她醒了，林述自然也得跟着起来，就站在一旁看她喂奶。

小悦宁喝奶，瞪大眼睛，直直地看着林述，一眨也不眨。细软的头发在灯下反着光，表情看上去呆呆傻傻的，像个小"花痴"。

乔西宁登时就被逗乐了。

"哎，你看哪儿呢？！"

乔西宁凑到她面前，和她对视："你不看妈妈，看哪儿呢？"

宝宝咂吧了一下嘴，喝奶喝得畅快，然后咧着嘴，露出红色的小牙床，流出了点儿口水，一双眼睛盯着林述，痴痴的。

乔西宁没辙了。

敢情别的东西没继承，"花痴"属性倒是继承了。

乔西宁弯了一下唇，看向林述："你女儿看你看到流口水了！"

"你看看你，"乔西宁捏了捏她面团似软乎乎的小脸，"你妈妈长得也不差啊，你怎么就不看看你妈妈？你才这么小，就开始区别对待了吗？！"

宝宝自然是不会说话的，也回答不了她。

喝奶喝了一会儿，乔西宁摸了她圆滚滚的小肚子，放下自己的衣服："好了，好了，吃饱了就要乖乖睡觉。"

林悦宁毫无预兆地伸出两只白白胖胖的小短手，身体偏向林述的方向，像是在说要抱抱。

林述没动，和她保持对视。

还是乔西宁先看不下去了，她抱起宝宝，塞进林述的怀里，又打了个哈欠："你哄她睡觉，我先去睡觉了，困死我了。"

小悦宁穿着纸尿裤，光溜溜的两条小胖腿，身体靠在林述的手臂上，仰头盯着自己的父亲，傻呵呵地笑。

林述俯身，想把她放在小床上。

小悦宁抱着他不放。两个人大眼瞪小眼的，僵持了五分钟。

林述伸手摸了摸她的脑袋，原本稀疏的头发渐渐长了出来，触感细软。

小悦宁抬手抱住林述的手臂，低头开始啃，在上面留下浅浅的印记，还有晶亮的口水。

林述的太阳穴一跳，下意识地用力抽出自己的手。

小悦宁懵懂地抬头："哇……"

林述把手伸了过来。

小胖手又抱了上来，啃他的手指玩。

两条小短腿挂在他的手臂上。

林述的心突然软了一下，甘之如饴地被咬着玩。

五年后。

2025 年 3 月 18 日，星期四，晴。

我觉得我身上发生了一件怪事！

昨天半夜下雨的时候，我抱着我的兔子去找爸爸妈妈 shuì（睡）觉，结果早上 xǐng（醒）来，我居然待在自己的房间里！

这太不正常了！难道我和小白一样梦游了吗？！

哦，对了，小白是我最近陪妈妈看的泡沫剧里的一条狗，每次男主人回家的时候，小白第二天也是在客厅的狗窝 xǐng（醒）来的。

今天写日记用了三个拼音，依我的聪明才智，下次肯定不会了，哼。

林悦宁"啪"的一声合上自己的日记本。

听到楼下传来的动静声，林悦宁把椅子一拉，飞快地跑下楼。

"妈咪，妈妈……"她眼珠子转了转，朝乔西宁大声喊道，"Honey（亲爱的）！"

乔西宁刚刚一直在和人打电话，这会儿才注意到自己后面跟了条小尾巴，连忙把人抱起来。

"又乱叫，待会儿你爸听了又要多想了！"

"什么多想？！"

五岁的小悦宁眨巴着眼睛，听不明白。

"没什么。"乔西宁转移话题，"宝宝刚刚想说什么？"

"妈妈，我昨天不是和你一起睡觉的吗？为什么我早上是在自己房间里醒来的？你知道为什么吗？"

乔西宁脸上罕见地泛起红晕。

坐在腿上的女儿还懵懵懂懂的："我是不是和小白一样梦游了？呜呜呜，我要死了吗？！"

梦游这个词，还是她看电视和乔西宁学的。

电视剧里，小白像忠诚的骑士，守护着它的女主人。可每天晚上，只要隔壁的男人偷偷爬窗，小白第二天就是在客厅外醒来的。

林悦宁没看懂剧情，一直问："妈妈，狗狗不都是睡在床上的吗？怎么到客厅了？"

乔西宁不好和她说得太详细了，只好说："狗狗梦游了！"

"梦游是什么？做梦的吗？！"

"睡前在另外一个地方，醒来后却在另外一个陌生的地方。"乔西宁尽量用林悦宁这个年纪能理解的话跟她解释。

"呜呜呜……"林悦宁一脸伤心地说，"我和小白得了一样的病，我就要死了。"

"说什么呢？"乔西宁捏了捏她的脸颊，"长大就会好了。"

长大就懂了。

"真的吗？"

门又被人打开，林述走了进来，放下自己手中提着的袋子。

他这天去了一趟工作室，顺便买了乔西宁想吃的甜品。

心中的疑虑被打消，林悦宁的心情也跟着好了起来。看到熟悉的甜品包装袋，她欢呼了一声，立刻抱住林述的大腿撒娇："爸爸，爸爸，你特地去买了我爱吃的蛋糕吗？爱死你了！"

她的动作飞快，三两下打开，没注意林述的动作僵了一下。

乔西宁注意到了，和他交换着眼色。

"你没买女儿要的蛋糕？！"

"忘了。"

那边林悦宁已经把东西拿了出来，左看右看都没看到她最爱的那一款。

"爸爸！"林悦宁跺跺脚，很气愤地说，"你是不是又忘了我的份？！"

好几次都这样！

乔西宁往旁边坐了坐，自觉地退出这场父女间无声的战争。

"下次。"林述俯身，摸了摸她的小脑袋，"下次一定给你买。"

林悦宁重重地哼了一声，跑上了楼。

她回到房间，又接着刚刚的日记写道——

我要在这里批评一下我的爸爸！每次妈妈让他买东西的时候，爸爸没有一次忘记的，我的他就老忘记！

悦宁小白菜，没人疼也没人爱。

爸爸再也不是我最喜欢的人了，哼！

晚上十点半，林述轻轻敲了一下林悦宁房间的门，才走进去。

见她已经躺在床上休息了，想了想，他转身打算离开。

"爸爸。"身后传来一道弱弱的声音。

林述转身。

林悦宁小朋友已经爬下床，两三步跑到林述面前，抱着他的大腿不放，仰头渴望地看他："我想吃蛋糕。"

怕林述不同意，她一屁股坐在地上，蹬着两条小短腿："我要吃蛋糕，我就要吃蛋糕，你给不给我吃蛋糕？"

林述俯身，一边把人从地上抱起来，一边说道："明天给你买。"

"我不要，我现在就要吃！"

乔西宁见林述没回房间，出来找他，就看到他手里拿着车钥匙要出门。

"这么晚了，你去哪儿？"

"买蛋糕。"

乔西宁幸灾乐祸："给宝宝买的？"

林述点了一下头："你先睡。"

晚上十一点，林悦宁小朋友终于吃上了自己念了一整天的蛋糕。

她偷偷地爬起来，看着日记里那一句"爸爸再也不是我最喜欢的人了"，皱了皱眉，伸手画掉，在后面补充道——

爸爸出门给我买了蛋糕，我还是最喜欢爸爸了！

虽然他刚刚逼着我刷牙了！

爸爸最帅了！不接受反 bó（驳）！

2025 年 9 月 18 日，星期二，晴。

爸爸这个讨厌鬼！！！

我和他一起 guàng（逛）街，都不给我买我喜欢的东西，全买妈妈喜欢的！

说待会儿给我买，结果到点了就要回家准备晚饭！

我再也不要和他一起上街了！

我怀疑我不是他亲生的，呜呜呜。

不过……这样也好，等我长大了，我就能嫁给爸爸了，嘿嘿！

小悦宁记完这天的日记，打开微博，看到了首页上父亲的照片，顺着词条点了进去。

十三张图汇集成九宫图，是她和父亲上街的照片。

林述提着东西，从商场出来。林悦宁坐在他的手臂上，被他抱在怀里。她凑到他面前，说着话，和他讨价还价。

"爸爸，我们出来前说好的，要给我一大堆零食。你说话不算话！"

林述言简意赅："零食吃多了容易上火。"

"可是我们说好的呀！出来了你就给我买的！"

乔西宁这次由于工作原因，去 N 城出差一个星期。碰上林述要出门，林悦宁千磨万磨，才让他带她出门来商场买零食。

结果到最后，他只给她买了两包薯片……

"我们没说好。"林述淡声说。

林悦宁重重地哼了一声，下意识地垂眸，扫了一眼父亲手里提着的袋子。

她扬声质问："零食吃多了会上火，那你怎么给妈妈买了这么多？！"

林述坦然道："你妈想吃。"

林悦宁瞪大眼睛，抬手指了指自己："我难道不想吃？你就这么忍心看你善良可爱的女儿，为零食求而不得辗转难眠？"

林述勾唇："你妈妈要回来了。"

意思就是——你妈要回来了，就算我改变主意了，现在也没时间回去买你要的东西了。

你妈妈是最重要的。

林悦宁俯身，恨恨地咬住林述的衣服，撕扯了一下，闷声道："我怀疑我不是你亲生的，妈妈才是你亲生的。"

林述的动作一顿，极快地否认："不是。"

林悦宁惊呆了："我真不是你亲生的？"

她扯着嗓子，作势就要哭。

虽然爸爸有时候老爱忽视她，但她还是很喜欢爸爸，很喜欢这个家的，呜呜呜。

"你妈妈不是。"他垂眸，直直地和林悦宁对视，"她是我的妻子。"

林悦宁："……"

好了，好了，知道了。不要再在她面前秀恩爱了！

从之前"不愉快"的记忆里抽身出来，林悦宁往后一靠，跷着脚，看自己被抓拍的照片。

"偷拍也不用好一点儿的镜头，把我的脸都拍糊了。"她自言自语，"不过没办法，基因太优秀了，天生丽质难自弃。我还是很漂亮的。"

她拿着手机，刚要保存照片，底下就传来了熟悉的声音。

"好香。林述，你又做什么好吃的了？女儿呢？"

"在楼上。"是爸爸的声音。

妈妈回来了。

林悦宁把手机往床上一丢，合好日记本，锁进抽屉里，快步跑下楼。

"妈咪。"她扑腾着小短腿，一把抱住乔西宁的腿，仰头告状，"我好想你，幸好你回来了。你都不知道，爸爸他又欺负我了。"

乔西宁把她抱了起来："怎么欺负你了？"

"他对我秀恩爱！"林悦宁伸手，指着林述的背影，"爸爸太过分了！骗我出去买零食，结果只给我买了两包薯片，我就是个可怜的童工！"

她白皙的脸颊气鼓鼓的："他还对我秀恩爱，欺负我！"

林述其实也疼女儿，但他的所作所为，就如怀孕之前他保证的那样——乔西宁永远是第一位的。

所有事情，包括女儿，都排在乔西宁的后面。

他做到了。

乔西宁伸手摸了摸林悦宁有些委屈的小脸，开口道："妈妈给你带了礼物，我们出去看看？"

一听礼物，林悦宁两眼放光，立刻被吸引了注意力："是什么？！"

"你出去看看就知道了！"

林悦宁跑出去，末了还不忘回头，对林述又哼了一声："臭爸爸。"

林述停下手中的动作，转身看了过去。

林悦宁这年才五岁，身高只到林述的大腿，趿拉着她粉红色的猫咪拖鞋，两个朝天辫嚣张地扬着，随着她的动作，一上一下地抖动。

是林述出门前给她绑的。

她一边小跑，一边追问："妈妈，你给我带了什么礼物？"

客厅传来母女俩的交谈声，林述听着，勾唇笑了一下。

晚上。

一家人坐在客厅里看电视，林悦宁吃着零食，有些无聊地摁着遥控器。

液晶屏幕上，林述的脸一闪而过。

电影频道晚间，正播放林述的电影——《荒岛行动》。

正好是电影高潮的那一幕，林述拖着木棍，一步步走向躺着一动不动的男主角，显得阴鸷又冷血。

"咦……"

林悦宁搓了搓自己的双臂，抱紧自己，有些被吓到了。

她回头，看了一眼坐在沙发上的父母，特别是她父亲。他英俊的面容隐在灯光下，半明半暗，有种模糊的冷冽感。

"爸爸，你以后会打我吗？"

林述面无表情地看她。

林悦宁反应过来，快速地抿唇闭嘴，还用手在唇上做了个贴胶布的动作，表示自己再也不说话了。

"我想再说一句话。"林悦宁垂死挣扎了一下，飞快认错，"爸爸，我错了！"

乔西宁在一旁笑得肚子都疼了，她和林述生的孩子怎么这么可爱！

电影结束后，乔西宁起身，去了趟卫生间。

林悦宁随手剥了一颗糖，是乔西宁带回来的太妃糖。

"爸爸。"她又剥了一颗，递到林述面前，"这个好吃。"

不等林述回答，她又收了回去："不过这个好像有点儿太甜了。"

父亲不爱吃甜的东西。

林悦宁有些遗憾地看他："爸爸，这个糖真的好吃，可惜你不吃甜的。"

她转过身去，又开始随手摁着遥控器，挑选好看的频道。

她点开《大头儿子和小头爸爸》，看得津津有味，还哈哈大笑。

过了一会儿，身后渐渐有动静传来。

乔西宁咬了一口糖，有些受不了："这个糖也太甜了吧？"

林述伸手："给我吧。"

林悦宁回过头，默不作声地盯着他们看，乌溜溜的大眼睛里写满了不解和怀疑，然后发出了灵魂质问："爸爸，你不是不吃甜的吗？"

林述自然地回话："你妈妈给的。"

林悦宁："……"

没法儿活了，她要离家出走。

当晚，林悦宁又提笔在日记本上写——

外公说，妈妈生我的时候，爸爸在外面站了一整夜，还哭了……

什么喜极而泣，我算看清了，肯定是因为担心妈妈，怕妈妈疼才哭的！

妈妈在爸爸心里就是最重要的。

我以后也要找一个这样的人，做对方最重要的人。

这样我肯定也很幸福！

当然，如果某乎有个问题问有一对恩爱非常的父母，生的孩子是什么样的，我一定会回答——谢邀，电灯泡不应该出生。

2031 年 6 月 17 日，星期三，晴。

小黑太气人了！有个妹妹有什么好炫耀的？！

只要我想，我也可以让我爸爸妈妈生一个，绝对比小黑的妹妹还好看！

还有顾言！每天就知道盯着我看！

不过我知道我长得好看，就随便他看了，嘻嘻。

乔西宁推开门，就看到林悦宁背对着门，坐在椅子上，双脚悬空，不时地晃来晃去，嘴里还念念有词。

"闷葫芦，谁想和他生孩子呀。"

乔西宁猛地一惊。她知道自己女儿早熟，但还不知道已经早熟到这种地步了。

居然要和别人生孩子了？！

乔西宁咳嗽了一下，打断了林悦宁口中的念念有词。

林悦宁把日记本一合，转过头，紧张兮兮地盯着乔西宁："妈妈。"

看这架势，乔西宁也猜出来，她多半是在写什么小秘密。

"收拾一下，下来吃饭了。"

林悦宁懊恼地"哦"了一声。她刚刚太入迷了，也没听到脚步声。

乔西宁也没想打扰她，说完就转身打算下楼。

"妈妈。"林悦宁叫住她。

乔西宁回头："怎么了？"

林悦宁数着手指头说："我都十一岁了，再过十天，就要过十二岁的生日了。"

乔西宁不解地皱眉："所以？"

"妈妈，你什么时候和爸爸再生一个弟弟或者妹妹呀？！"林悦宁越说越激动，"小黑今年十一岁了，她妈妈又生了一个妹妹。"

小黑是个有着小麦色皮肤的女孩子，是林悦宁的小同桌。两个人一黑一白，是班里有名的"黑白无常"。

不过显然，这条友谊的小船处在岌岌可危的边缘，说翻就翻。

林悦宁也不会承认小黑的妹妹和家长一起来接小黑放学，她真的有点儿羡慕。

乔西宁愣了一下。她其实也曾经产生过这样的想法，只是林述看着不像会愿意。毕竟生这一个，她就磨了好久。

再说了，她也怕林悦宁会因为弟弟妹妹不自在，不乐意。

乔西宁弯下腰，手撑着膝盖，和她保持平视，问："真想要一个弟弟妹妹？"

林悦宁点头："对呀，这样就有人可以陪我玩了。"

小孩子的脸颊摸起来软软的，很舒服，她一定会狠狠揉好几把的。

乔西宁看出来了，林悦宁就是想让她生一个宝宝出来玩。

"你就不怕，"乔西宁试探地问，"宝宝生出来，夺走了爸爸妈妈的喜爱吗？"

"不会。"林悦宁嘟嘴，哼了一声，"爸爸不喜欢宝宝，只喜欢你。"

不知道是不是错觉，乔西宁甚至从这张酷似自己的脸上看出了一丝幸灾乐祸，仿佛在高兴有人要经历和自己一样的事情。

"妈妈、妈妈。"林悦宁牵住乔西宁的手，晃了晃，撒娇道，"你就再生一个弟弟或者妹妹吧，我不想家里只有我一个孤单的电灯泡。"

听了这话，乔西宁有些忍俊不禁。

"妈妈？"林悦宁叫她。

乔西宁收敛了一下自己的神色，只当没听到她后一句话，开口道："这要问问你爸爸。"

林悦宁有些不明白。

父亲一向最听母亲的话了，怎么这件事情母亲还要问父亲呢？

乔西宁没解释，只是牵着她的手下楼了。

当天晚上。乔西宁从浴室出来，看到靠坐在床上的林述，轻手轻脚地走过去。

她还没走到床边，原本低着头的人便抬起头看了过来。

"林述。"乔西宁原本还想霸王硬上弓的，见此索性放弃，坐在他的腿上，直接说道，"我们再要一个孩子吧。"

他沉默半晌，声音很淡地说："我只会有一个孩子。"

"你这话，要是让悦宁听了肯定开心死。"乔西宁没反应过来，调侃他，"平时虽然经常吐槽你，但她还是非常喜欢你这个爸爸的，要是知道你这辈子只要她一个孩……"

乔西宁猛地停住了。

她瞪大眼睛，诧异地盯着林述。

"林述——"乔西宁舔舔唇，心头一跳，"不会是我想的那样吧？"

林述握住她的手，无声地承认了她认定的事实——他去做了手术。

乔西宁喃喃："难怪。"

难怪他们结婚这么多年了，一直没怀上第二个；难怪有时候，他会放任她不做避孕措施。

"你……"乔西宁顿了顿，问了出来，"你什么时候去做的手术？我怎么都没发现？"

"你生产的第二天。"

哪怕乔西宁说了想为他疼，也愿意为他疼。可经历了她生产的那一晚，目睹她怀孕的辛苦过后，他说什么都不愿意让她再为他受苦了。

现在这样的生活，就已经很好了。

第二天上学，小黑周栩栩发现她的小同桌林悦宁愁眉苦脸的，一会儿趴在桌上发呆，一会儿手托着下巴唉声叹气，便主动挑起话题："你昨天说，回去要让你爸爸妈妈生妹妹，这事情怎么样了？"

林悦宁又叹气："别提了。"

她昨天睡前，想到自己的定制玩偶落在父母的房间了，跑过去要拿，结果就听到了他们的对话。

"我问你，"林悦宁组织了一下语言，"你原本能生孩子的，但变成一辈子只能有一个孩子，这是什么原因？"

"啊？"周栩栩一脸蒙，"之前能生，之后生不了吗？"

林悦宁想了想，说："我也不知道。"

反正她听来的，大概就是这个意思。父亲之前能和母亲生出她，却生不出第二个孩子了。

周栩栩挠挠脑袋，改口道："那我也不知道是什么问题了，不过你可以问问顾言。他学习好，肯定知道。"

林悦宁撇撇嘴："谁要问他？"

五分钟后，林悦宁没忍住，转头看向自己的后桌。

"喂，顾言——"林悦宁抬着下巴，"我问你一个问题。"

正埋头写字的人闻言抬头，目不转睛地看着她。

林悦宁被他看得有些不自在，凶巴巴地道："你看什么看？我问你问题你回答就是了，看我干吗？"

顾言垂下双眸。窗外的光打了进来，落在他的身上。他原本白皙的皮肤，在阳光的笼罩下，更白了，嘴唇浅红，鼻梁俊挺。

十二岁的年龄，浑身的气质已经远远甩开了同龄人。

盛夏蝉鸣，微风刮过树叶，沙沙作响。

林悦宁看着他，心跳忽然漏了一拍。

"林悦宁。"顾言问她，"你想问我什么问题？"

"我问你。"

他的声音将林悦宁从奇怪的思绪中拉了出来。为了防止出现和周栩栩一样的情况，她特地换了种说法问道："你要是和喜欢的人结婚，你想和她生几个孩子？"

一旁偷听的周栩栩诧异地看过来。

虽然知道年级里有很多人喜欢顾言，但她怎么也没想到，林悦宁居然也会是其中一个。

居然还问出了这种问题！

顾言的眉眼有一瞬间惊讶，但他很快反应过来，看着林悦宁说："不生。"

这下轮到林悦宁诧异了："为什么？！"

顾言睫毛轻颤，声音有些低："没有为什么。"

"果然。"林悦宁翻了个白眼，"像你这种说话只说一半的人，最讨厌了。"

周栩栩看看顾言，又看看林悦宁，有点儿怀疑人生。

很讨厌吗？

她怎么就从中看出了般配感呢？！

"你胡思乱想什么！"看出了周栩栩的所思所想，林悦宁说道，"我喜欢的，是我爸爸那样的。"

就只喜欢母亲一个人，虽然也从来不吝啬对她的疼爱，但眼底、心底，第一个看到、想到的，都是母亲。

这才是她想要的！

以后的人生那么长，她一定会找到那样一个人的！

乔西宁这一辈子，只陪着林述到六十岁。哪怕平时再怎么注重养生锻炼，身体也还是出现了毛病。

林悦宁也从没想过，自己眼里漂亮精致的母亲，有一天会穿着素净的病服躺在病床上。那一头顺滑如丝绸的头发，经过一次次化疗，慢慢变得枯燥，不断变短。

她心里有点儿难受，明明她还年轻，怎么这么快就要失去母亲了。

可她知道，最难受的，应该是自己的父亲。

以往宽厚坚硬的脊背，像是丧失了足以支撑的脊柱，慢慢地佝偻下去。

那段时间，林述几乎在医院住下了。

乔西宁醒着，他醒着。

乔西宁睡着了，他也醒着，不眠不休地照看着她。

"林述——"乔西宁躺在床上，偏头看他，轻声问，"我现在是不是很丑？"

"不会。"他伸手，摸了摸她戴着帽子的脑袋，说，"你很漂亮。"

乔西宁对他笑了一下："你说的，我就相信。"

以往她会乐于和他斗嘴，争辩话语的真假。可如今只有所剩无几的时间，她只想和他好好相处。

"林述。"乔西宁说话慢吞吞的，声音很轻，"说好要陪你一辈子的，但我的这一辈子，好像有点儿太短了。"

这世界上，没有什么值得她挂念的东西了。

父亲早在几年前就去世了；唯一的女儿结了婚生了子，对方显然对她很好；孙子也很可爱、活泼。

她唯一放心不下的，只有林述。

"对不起。"乔西宁这一辈子甚少对人低头。仅有的两次对不起，全是对林述。她说，"我真的……有点儿累了。"

林悦宁站在外面，透过小窗格看进病房。看到这一幕时，她忍不住抬手捂住嘴，无声地流泪。

医生说这叫回光返照，也是最后的说话时机了。

病房里，乔西宁拉着林述的手腕抵到嘴边，咬了一口。很轻，像是羽毛轻轻扫过。

这不该是乔西宁该有的力道。以前她随便咬一下，都能留下明显的牙印。

林述叫她的名字："乔西宁。"

乔西宁虚弱地笑道："留个印记，下辈子找到你。"

林述低眸，扫了一眼手腕上并不明显的牙印，低低地应了一声。

乔西宁笑了一下，睁大眼睛，一眨不眨地盯着林述看。

看着看着，她就慢慢闭上了眼睛。

林述默不作声，像一座雕塑，似要与黑暗融为一体。

林悦宁站在外面。

五岁的顾嘉林小声叫她："妈妈。"

林悦宁盯着病房里。

林述慢慢地抬手，张嘴，狠狠地咬住手腕，在刚刚乔西宁留下印记的地方，加深这个印记。

"好。"他的声音又低又哑，"我等你来找我。"

"爸。"等他走出来，林悦宁才敢开口，"你以后干脆就搬过来和我们一起住吧，这样妈妈也能放心一些。"

林述点了点头。

林悦宁轻轻松了一口气。

莫名其妙的，她刚才甚至觉得，下一秒父亲就会随着母亲去了。

然而一天后，她的预感成真了。

"林述去世"话题上了"热搜"。

这个消失已久，却又屡次被提及的名字，再次引爆"热搜"。

去世的原因，众说纷纭。

只有林悦宁知道，她的父亲，是追着母亲去了。

间隔一天的同一个时间。

这辈子，就连死亡都无法将他们分开。

特别番外
至死不渝

自从十八岁成年生日会一过，乔西宁便开始频繁地做梦。

全是一模一样的场景。

梦里，她穿着素净的病号服，躺在医院的病床上。旁边站着一个男人，正看着她，眼底的悲伤几乎要溢出来。

旁边的呼吸机发出刺耳的警报声，如同额头被重重拍了一掌，她灵魂出窍似的从床上的躯体里弹了出来，然而梦境并没有就此消散。

她就站在病房的角落里，看着站在床边的男人弯下腰，像是世界骤然坍塌一般，失了全部的精神气。

他缓缓抬手，张嘴咬上女人刚才咬住的手腕，加深着印记。

"乔西宁。"她听着他的声音，叫着属于她的名字，"我等你来找我。"

乔西宁抬脚往前，想要走到病床边，看清楚男人的长相。

但梦境似乎随着男人的这句话开始逐渐变得模糊起来，同时无形中像是有一股力量，把她越推越远。

"喂！喂！"她语气焦急地朝男人喊道，"你叫什么名字？你转过来，让我看看你啊！"

他像是听到了，慢慢站直了身体，半转了过来。

乔西宁努力地瞪大眼睛，却只能看到线条流畅，但模糊不清的侧脸。

"我等你来找我。"

伴随着脑海里不断重复的这句话，乔西宁喘着粗气，从床上惊醒过来。

房间的窗帘没拉紧，月光和别墅区的地灯光顺着缝隙漏了进来。乔西宁借着光摸到手机，点开一看——深夜两点半。

她平时胆子算大的了，但冷不丁一直重复一个梦境，又是在这样的时间点醒来，不免有些害怕。

乔西宁把手机放回原位，拉高被子盖住自己的脑袋。她一边告诉自己不用怕，一边分出精力想着要怎么解决这件事情。

这个梦也太诡异了。

因为这个梦，乔西宁一觉睡到日上三竿。下楼用早饭时，乔川已经去公司了。

这下没得人商量了。

她正思考要不要打个电话知会家长一声，手机提前响起两声消息提示音。

她点开一看——哦，差点儿忘了。

她有个玩在一起的发小，最近在追江大的一个美女"学霸"，打算今天告白，让他们帮忙布置来着。

乔西宁想了想，选择先去江大。可一进江大的校门，她就有些摸不清方向了。

她跟着人潮往前走了一段路，正打算找个人问问路，就看到树荫下，一个女生挡在一个男生面前。

看样子似乎是在告白。

乔西宁掏出手机，打算让人来接，视线扫过去，就看到了男生的脸。

她动作一顿，想也没想便挂断电话，急匆匆地大步走过去。

她明明不认识这个男生，但看到他被人告白，哪怕他已经拒绝了那个女生，她心中也还是控制不住地升起一股怒气。

"干什么啊你？"乔西宁一把挽住男生垂在身侧的手臂，瞪着眼前的女生，"我男朋友说的话你没听懂？他都已经拒绝你了，你还这么缠着，有意思吗？"

女生一脸难以置信："林星渡，你什么时候谈的恋爱？她真是你女朋友？"

林星渡？这名字还挺好听。

乔西宁回过神，语气很不客气："你谁啊？他谈个恋爱还要和你汇报啊？"

话题的中心人物一直没说话，微垂着眼，盯着乔西宁白皙的脖颈，微微出神。

乔西宁没注意到，对着女生伸手做了个"请"的动作："我和我男朋友还要交流感情呢，麻烦您让让。"

女生气得跺了下脚，又看林星渡始终不说话，只能转身走了。

"你叫林星渡？"人一走，乔西宁立刻问道。

看他拒绝女生那副冰冷的模样，乔西宁原本以为他不会回答，结果他很轻地点了下头。

乔西宁弯了弯唇："我叫乔西宁。"

她介绍完自己，又忍不住和他确认："所以你现在，是没有女朋友的吧？"

林星渡看着她："怎么？"

他看着就不像个情场高手，这个反问也算是间接承认了自己还没女朋友。

"没，我就是通知你一声。"乔西宁嘴角的笑意更深了，"我打算追你，做你的女朋友。"

乔西宁长这么大还没追过人。不过话都放出去了，哪怕不知道该怎么做，她也还是每天跟上课报到一样，准时出现在林星渡面前。

她就像是他的一条小尾巴，陪着他上课，也陪着他吃饭。

这天，林星渡刚从实验室出来，就看到了守在门口的乔西宁。

旁边有同学看到了，忍不住打趣："追你的女生里，还得是她最有毅力。"

同学又看向林星渡："这样的大美女你都没看上？你这到底是和尚心还是眼高于顶啊？"

林星渡看了一眼站在树荫下的乔西宁，抿着唇没说话，跟没看到她似的从她面前走过。

乔西宁连忙跟上他。

他个高腿长，走路的速度却不快，乔西宁很快就跟上了他，和他并肩行走。

"林星渡——"乔西宁偏头瞅他，"刚刚你同学说的话我都听到了。"

被喊的人脚步没停，但略微侧着头，明显在听。

比起那个同学的猜测，乔西宁有别的想法，于是也就这么问了出来："你说你没有女朋友，但我追了你那么久也不见你答应，你是不是心里有'白月光'啊？"

林星渡脚步一停。

乔西宁也跟着停了下来。

以为他不知道"白月光"的意思，乔西宁刚要给他解释，就听到他低沉的声音："一个月，很久吗？"

乔西宁愣了下。反应过来后，她抬头看着人，一脸难以置信："我以为你矜持，结果你是在钓我？"

喜欢还是不喜欢，相处之下是能感受得到的。

他们之间，看似乔西宁一直在追着林星渡跑，可实际上，被照顾、被包容的人一直是她。

但凡林星渡表现出对她的抗拒和厌恶，她也不知道自己还会不会坚持。

只是没想到林星渡居然还有小心思。

林星渡淡淡地否认："我没在钓你。"

"那既然我喜欢你，你又喜欢我——"乔西宁追问，"你为什么不答应和我在一起呢？"

林星渡答非所问："你不去国外上大学了？"

"我还没开学啊，等等——"乔西宁一顿，瞪大眼睛，"你怎么知道我是在国外上的大学，我好像没和你说过吧？"

林星渡不自然地摸了下鼻子："猜的。"

乔西宁也没在意这件事情，仰头看着他："不过我也快开学了，到时候我出国了，就没办法一直追着你了。"

林星渡没说话。

"所以啊——"乔西宁双手背在身后，笑意盈盈的，"你要不要委屈一下，现在就让我追上？"

林星渡一脸无情地拒绝了，抬脚往食堂附近的餐厅走去。

乔西宁觉得他这个人蛮奇怪的,平时看着感觉挺节俭的,但基本都在餐厅用餐,而不是比较便宜的学校食堂。

不过正好她吃不惯食堂的饭菜，也就没多问。

"林星渡——"乔西宁跟上他，偏头问，"你喝奶茶吗？"

林星渡看了她一眼："不喝。"

"那你待会儿帮我点餐吧。"乔西宁朝他做了个拜托的手势,"我去买杯奶茶。"

见林星渡点了头，乔西宁对他挥了挥手，走向一旁的食堂。

她虽然不是江大的学生，但因为追人的原因，没少混迹学校论坛，也知道食堂内新开了一家奶茶店。

正是下课时间，食堂人多，排队买奶茶的人却不多。乔西宁很快便拎着一杯奶茶出来，刚要去找林星渡，身后就传来一道声音："同学。"

乔西宁转身，看到是个陌生的男生，有些疑惑："有事？"

"请问一下，博学楼怎么走？"

"乔西宁。"

她刚要告诉对方怎么走，就先听到了林星渡的声音，于是抬头看过去。

他站在餐厅门口，薄唇微抿，面无表情地看着她。

乔西宁一愣，反应过来后，快速地动了动嘴唇，告诉对方具体的方位后，便小跑向林星渡。

"你怎么出来了？"

林星渡没说话，伸手推开玻璃门，而后下巴一点，示意她进去。

本来就不是什么值得多追究的问题，见他不回答，乔西宁索性也就没再多问。

只是饭吃到一半，林星渡倒是开口了。

"刚才那个人……"他顿了一下，还是问了出来，"找你什么事？"

"没什么，就是单纯的……"乔西宁回答到一半，声音一停，眼珠子跟着转了转，"你问这个干吗？"

林星渡的声音淡淡的："随便问问。"

乔西宁长长地"哦"了一声，接着语不惊人死不休道："你该不会是吃醋了吧？"

林星渡没说话。

"你是不是吃醋了啊？你承认的话，我就告诉你。"

乔西宁看着他，随口道："他刚刚问我有没有男朋友……你要是不说话，我就去告诉他了。"

林星渡抬头，乔西宁也抬头，和他保持对视。

接着就看到他叹了一口气，像是无可奈何，又像是终于妥协般："是，我是在吃醋。"

乔西宁感觉自己的心跳快了一拍，完全没想到他会这么说，也有些不理解。

"你说这句话，是你也喜欢我的意思吗？"她心中已经笃定了答案，所以也完全不用他再承认，直接问出来，"你说你不是在钓我，又喜欢我，为什么不和我在一起呢？"

"因为我的梦告诉我，你好像更喜欢得不到的东西。"

放在之前，乔西宁要是听到这样的话，只会觉得林星渡是在搪塞自己。

但她很快就联想到自己做的梦。

说来也是奇怪，十八岁之后隔三岔五梦见的场景，在遇到林星渡的那天便没再梦到过了。

乔西宁坐直了身体，上上下下地打量他。

林星渡疑惑道："怎么了？"

乔西宁眼神往下，落在他的手腕上。

她先前一直没注意，这会儿细看才发现林星渡的手腕上居然有个胎记，颜色很淡，小小的，不是很规则，像牙印。

乔西宁忍不住瞪大了眼睛。

林星渡还盯着她，明显是在等着她的回答。

于是她摇了摇头："没什么。"

接下来几天，乔西宁没再来江大。

以往一日三餐准时报到的人没出现，平时一起上课的同学都注意到了，时不时觑他。

上次调侃他的同学正好坐在林星渡旁边，刚想打趣他摆脱了"尾巴"，转眼看到他桌上空白的笔记，倏地闭了嘴。

林星渡察觉他的视线，偏头看了他一眼。

"咳咳——"同学赶紧转移话题，"你听说了吗？有个学生要转到我们学校来。今天过来转学籍，论坛上说是个女生，长相不输校花呢。"

林星渡没什么表情道："关我什么事？"

下了课，林星渡没和其他同学一起走，路过港式餐厅时脚步顿了下，就准备往食堂走。

餐厅玻璃窗传来清脆的两记敲击，接着是一道熟悉的声音："嘿！那个帅哥。"

林星渡脚步一停，转头看过去。

乔西宁勾唇，朝他招了招手："进来啊，今天我请你吃饭。"

林星渡隔着玻璃与她对视。

他抿着唇，很想直接离开，但在乔西宁期待的目光下，还是走了进去。

林星渡在座位上坐下，没说话，好像又恢复了之前的高冷模样。

乔西宁仿佛根本没察觉一样，手捧着脸看他："才几天没见，你就这么冷淡。那之后我去上课不能来找你，你岂不是就把我给忘了？"

林星渡垂眸，问道："你要开学了？"

"对呀。"乔西宁用手指点了点自己的脸颊，"今天刚转学籍，就通知我下午上课了。"

林星渡抬头。

"哎——"乔西宁没再和他开玩笑，正色问他，"你说梦里的我喜欢得不到的东西，那你知不知道她最喜欢什么啊？"

林星渡反问："什么？"

"你啊。"乔西宁徐徐道，"不过她用了好长时间才明白，所以我和她一样，却又不一样。"

一开始乔西宁选择去国外读书，并不是奔着什么好好学习去的，就是单纯想要摆脱家里的管控。

现在喜欢的人在国内，那她倒也不是不能妥协。

林星渡目光沉沉，气氛有片刻的安静。

"乔西宁——"林星渡看着她，声音很低，"你走不掉了。"

这一辈子，她不会再有分手的机会了。

他们会永永远远在一起。